古典文獻研究輯刊

十七編

曾永義 主編

第13冊

孤城、孤舟與京華
——杜甫夔州與兩湖時期的創作視角（上）

陳曜裕 著

國家圖書館出版品預行編目資料

孤城、孤舟與京華——杜甫夔州與兩湖時期的創作視角（上）
／陳曜裕 著 — 初版 — 新北市：花木蘭文化事業有限公司，
2018〔民 107〕
目 8+244 面；19×26 公分
（古典文學研究輯刊 十七編；第 13 冊）
ISBN 978-986-485-330-4（精裝）
1.（唐）杜甫 2. 唐詩 3. 詩評
820.8   107001703

ISBN-978-986-485-330-4

9 789864 853304

古典文學研究輯刊
十七編 第十三冊   ISBN：978-986-485-330-4

孤城、孤舟與京華
——杜甫夔州與兩湖時期的創作視角（上）

作　　者　陳曜裕
主　　編　曾永義
總 編 輯　杜潔祥
副總編輯　楊嘉樂
編　　輯　許郁翎、王筑　美術編輯　陳逸婷
出　　版　花木蘭文化事業有限公司
發 行 人　高小娟
聯絡地址　235 新北市中和區中安街七二號十三樓
　　　　　電話：02-2923-1455 ／傳真：02-2923-1452
網　　址　http://www.huamulan.tw 信箱 hml 810518@gmail.com
印　　刷　普羅文化出版廣告事業
初　　版　2018 年 3 月
全書字數　390959 字
定　　價　十七編 26 冊（精裝）新台幣 50,000 元

孤城、孤舟與京華
——杜甫夔州與兩湖時期的創作視角（上）

陳曜裕　著

作者簡介

陳曜裕，1982 年生於豐原，台中一中、師大國文系畢業，成大中文所碩士，筆名吾土，現任教於蘭陽女中。熱愛教學，喜歡思想課程、指導學生創作。寫過一些字，曾獲聯合文學獎、時報文學獎等，還是個學走路的人，聆聽四方教訓，以及學生的素樸。執教十年多，很高興，永遠是個努力學習的老師。著有學術專書《孤城、孤舟與京華——杜甫夔州與兩湖時期的創作視角》、散文集《河流》，散文、新詩散見於《趨光》、《沉舟記》、報紙等。

提　要

　　本文以杜甫夔州、兩湖詩歌作品爲研究對象，「孤城」、「孤舟」與「京華」爲統攝，探討杜甫兩段時期裡，歸路上的生活與思考，全文分爲六章：

　　第一章爲「緒論」，說明本文研究動機與目的，從杜甫尋家談起，透過安居與理想、卜居與返鄉的糾葛，討論杜甫出蜀後道路的雙重內涵。其次對前人已有的研究成果進行回顧，並對本文義界、取材範圍與研究方法進行說明。

　　第二章爲「孤城駐足——京華歸路的障礙與追尋」，本章首先探討杜甫歸路的阻礙及掙扎，接著分析詩人如何藉由訪古尚友尋得精神慰藉、拓展生命視角。而因停留時間延長，文中分別闡述駐足夔州時的生活調適與寄寓孤城的今昔情。最後透過孤城殊俗的他鄉體驗，確立杜甫於開展生活體驗外，亦堅守了儒者身分。

　　第三章爲「孤城夜色——遙望當歸的京華圖象」，本章從杜甫夜色之作入手，探討杜甫黑夜裡的憔悴形象及理想謳歌，其次論及杜甫遙望京華，並在不得歸去的想像中，記憶、思索京華圖象。最後以連章詩的情思組合，串起孤城與京華間的多重關係。

　　第四章爲「孤舟漂蕩——兩湖時期的舟陸去住兩難」，本章主要探討杜甫兩湖漂蕩的生活，從萍蓬生活的抉擇與預言、人情與命運雙重影響的舟陸兩難，論證杜甫由工具之舟到生活之舟的生活轉變與傾斜。最後，詩人更因長期與舟船相依爲命，使得生命充滿舟船意涵，形塑出與舟船至死方休的密切關係。

　　第五章爲「孤舟物理——杜甫兩湖飄泊中的人生困境與疏解」，本章主要探討杜詩中「物理」一詞的內涵，藉由此詞分析杜甫兩湖生活中，物理難齊的人生困境與孤舟中的生命展現。文末更以物理一詞，討論兩湖飄泊下所體認的天理，從而建立杜甫對「天」這一議題在歷史中承上啓下的關鍵。

　　第六章爲「結論」，概述全文所得外，並對未來研究方向進行簡單分析與展望。

誌　謝

　　道別的日子終於來了，夏日只合在蟬鳴鳥叫中響起離別的不捨，讓人在濕熱環境下，分不清情緒原貌。

　　因為工作關係，未敢奢望畢業的一天，記起兩年修八學分的日子，當時投入工作的自己究竟是什麼模樣？現在也說不明了。慶幸翊良學長與雁詩的鼓勵，修習了廖美玉老師的李杜詩，終於在學術的感動中，開啟生涯另一扇門，踏入「心」的世界。

　　這一條路是艱辛的，因為前兩年的空白，真正念碩士的日子只有末兩年，其中碩三時，還擔任資優班導師、三個班的國文教學。那些熬著夜、流鼻血的歲月，獨電腦桌前的倒影明白，無數黑夜中，與論文一同記錄成長。

　　辛苦是必然過程，尤其起步甚晚，然而能夠有學習的機會，特別在碩四一年留職停薪，都讓我感到可貴。感謝藝高王延煌校長、曾靜雯主任的鼓勵，讓我放心離開學校。凱賢與怡璇為我承擔導師班一切，後母的責任和辛酸，亦令我無比愧疚。而成大中文系全體老師願意給自己一個機會，破例在碩四上學期修完十六學分，更促使我把握這次因緣。

　　擁有工作夥伴的支持已十分幸福，師門中的體貼與溫暖尤其撐起碩四一年的天地。感恩翊良學長、怡云、俐君在學習、生活與心靈上的幫助，尤其學長無微不至的關心，帶領我走過許多惶恐歲月，真的感謝您。這段日子在身旁的人太多了，不論父母、朋友的幫助，還是學生的關心，重閔、文正、永信、菁姐、智傑、嚴修、銘仁、蛋蛋、斐如、阿虎、煥中、怡宏、宛君、田滋、小新等，謝謝你們的支持、陪伴。

　　最感謝的是廖美玉老師以及兩位口考委員。廖老師在學問上啓蒙我甚大，尤其融入生命的教育，在教導同時又點醒生活中的愚昧，是我的人生導師。施懿琳老師平時對自己的鼓勵，還有多次溫柔對話，都是我求學路上滿滿感動。與蕭麗華老師雖是第一次「正式」碰面，過去卻早已是老師的座上生，當天高鐵上的談話更是滿滿收穫。對於老師，我有很多的感謝，常常在表現之餘，又成了一封封不知剪裁的書信，再度打擾著老師。凡此，都成爲這一趟求學之路的印記。

　　夏日潮陽，未來將走入秋意的舒爽，惟這一刻沒有杜甫的蕭瑟，只有滿滿感動，在即將到來的秋索中，踏上新的道路。

曜裕　庚寅夏日
于人學居

目

次

第一章 緒 論

第一節 論題的提出與文獻回顧

一、點與線的拉扯──杜甫歸路的討論

（一）卜居與返鄉的糾葛

　　杜甫（西元 712～770，字子美），是中國偉大的詩人，更是廣受討論的作家。然而千秋萬世的聲譽，照顯的卻是生前的寂寞、蒼涼，杜甫棄官走入秦州後，開啓「漂泊西南天地間」〔註1〕的命運，這段時間裡，杜甫並非一往而逝，反而在尋家與歸家間徘徊。尋家是爲了安置全家，如趙翼所說：

> 古人流寓，往往先營居宅。杜詩云：「杜曲幸有桑麻田。」又《寄河
> 南韋尹》一首，自注「甫有故廬在偃師，公頻有訪問」云。是杜曲、
> 偃師，皆有少陵田宅，不知何以寄妻子於鄜州？蓋因祿山之亂，河
> 南、長安所在被兵故耳。因妻子在鄜，而託贊上人爲覓栖止之所。
> 先擇東柯谷，次及西枝村，卒結茅於同谷。未幾入蜀，結廬於浣花
> 江上。其後入巫峽，又有「前江後山根」之居。已而巫峽敞廬贈崔
> 侍御。而至夔州，先寓西閣，旋卜居赤甲，又遷瀼西，再遷東屯。
> 此數年中，課辛秀伐木，遣信行修水筒，催宗文樹雞柵，使獠奴阿
> 段尋水源，使張望補稻畦水，其辛勤較成都十倍矣。後將出峽，則

〔註 1〕 見〔清〕仇兆鰲：《杜詩詳注》（臺北：漢京文化事業有限公司，1984 年 3 月），
　　　　卷 17，頁 1495。以下各章引《杜詩詳注》爲方便性，皆採隨文注。

以果園四十畝贈南卿兄而去。以後流落湖、湘,並無突黔之地矣。後來東坡亦略似之。黃州則有臨皋亭、雪堂之居,惠州則有白鶴觀之居。儋州則又結茅與黎人雜居,亦隨地營宅,然坡以遷謫難必歸期,故然。少陵則偃師、杜曲尚有家可歸,且身是郎官,赴京尚可補選,乃不作歸計,處處卜居,想以攜家不能遠涉之故。甚矣妻子之累人也!〔註2〕

因有家人,遠途最大考驗就在為之尋得一處避風港。然杜甫離開京華的理由誠如廖美玉所說有兩個原因:經濟的問題與職場挫折感〔註3〕,經濟問題來自戰亂與家園殘破,挫折感則是與肅宗間的矛盾〔註4〕。如此,杜甫尋家除生計的考量外,當還存有理想性的追尋——反抗與獨善的思維。但隨著時間與時事的改變,杜甫又生起歸家之念,如浦起龍之言:

> 蜀中詩只「劍外官人冷」一句蓋卻。設不遇嚴武,蚤已東下。夔州詩口口只想出峽,荊州、湖南詩口口只想北還。〔註5〕

倘若理想受挫是杜甫出京的最大原因,詩人顯然與屈原有著一樣道路,藉由出走的選擇與政治、權力對抗,並循著獨善的模式找尋第二出路。心繫蒼生又讓杜甫放不下,何況自古以來兼善與獨善兩者是一座向前者傾斜的天秤〔註6〕,杜甫在內心早已將砝碼偏置於此,這時正似廖美玉所說:

> 不同於「香草」所映現的對原有美好德行的堅持,「道路」則是走向四方,因而不斷拉長與原有位置的「距離」,以致形成兩種反向發展的生命體驗,可能因而造成生命斷裂的危機〔註7〕。

杜甫在兩種反向中造成自己生命斷裂的危機,使得尋家的目的受到歸家實踐理想的拉引,終於形成拉扯的現象。

〔註2〕 見〔清〕趙翼:《甌北詩話》,引自郭紹虞編:《清詩話續編》(臺北:木鐸出版社,1983年12月),頁1157~1158。

〔註3〕 見廖美玉:《中古詩人的生命印記》(臺北:里仁書局,2007年2月),頁28~29。

〔註4〕 韓成武亦有討論。見韓成武:〈解說「罷官亦由人」之「罷官」——杜甫離開華州任原因之辯論〉,《杜甫新論》(保定:河北大學出版社,2007年6月),頁92~97。

〔註5〕 見〔清〕浦起龍:《讀杜心解》(臺北:九思出版有限公司,1979年3月),頁62。

〔註6〕 見廖美玉:《中古詩人的生命印記》,頁199。

〔註7〕 見廖美玉:《中古詩人的生命印記》,頁32。

既言拉扯，兩端之間便有各自的吸引力，首先就尋家而言，詩人對求得一處安定居所的念頭始終沒有放棄過，可以說，棄官後的生活裡，隨處充斥尋家的努力。關於家，加斯東‧巴舍拉有一些論述頗為精采：

家屋就是我們的第一個宇宙。〔註8〕

在存有者的內在，在內在世界的存有中，有一股無所不在的溫暖歡迎著、圍繞著存有者。〔註9〕

如果沒有家屋，人就如同失根浮萍。家屋為人抵禦天上的風暴和人生的風暴。它既是身體，又是靈魂。是人類存在的最初世界。〔註10〕

從根源處建立家的重要性，家不只是保護我們的處所，更是靈魂最初的陶養之地。以此了解杜甫棄官後的生活，縱然京華每每成為心中最永恆的追尋，步履地理的每一足跡裡，何嘗不見詩人尋覓一處居家的心念！但京華追尋本質上亦是一種思家的表現〔註11〕，則杜甫飄泊的晚年歲月中，家的尋覓實是非常重要的關鍵，前者是安居，後者是回歸，如此，兩端點又將如何影響杜甫晚年的飄泊？

（二）草堂安居裡的流寓性

家可以是一個實際的居住地理，也可以是一道傳統力量的無形建築。首先就實質的家談起，踏出關中後，詩人便不斷尋覓一個處所可以安置全家大小，如：「況我飢愚人，焉能尚安宅」（〈發同谷縣〉‧卷9頁705），以在成都時，營造草堂所成的「家」最具特色，更成為杜甫生命中一段較為安定的歲

〔註8〕見加斯東‧巴舍拉著，龔卓軍、王靜慧譯：《空間詩學》（臺北：張老師文化事業股份有限公司，2008年5月），頁66。

〔註9〕見加斯東‧巴舍拉著，龔卓軍、王靜慧譯：《空間詩學》，頁69。

〔註10〕見加斯東‧巴舍拉著，龔卓軍、王靜慧譯：《空間詩學》，頁68。

〔註11〕杜甫故居與京華相近外，這種以京華為「家」的觀念也可從古代文人的長安情結看出，周曉琳與劉玉平即言這種文化現象有以下幾點特質：第一、與忠君情結在一定程度上具有同一性，而這並非都是奴性人格，其中所含的愛國意識與民族情感是顯而易見的。第二、折射出官本位思想對古代作家的深刻影響。第三、反映中國古代知識分子選擇人生道路時的一種不自由的心態，以及向統治集團蜂擁而至的單一流向。以上三點可說多少觸及杜甫的情況，除了第三點較不同外；但杜甫自由地選擇出走，最終卻仍欲回歸，則又相近了。見周曉琳、劉玉平：《空間與審美——文化地理視域中的中國古代文學》（北京：人民出版社，2009年9月），頁188～192。

月〔註12〕。此時杜甫關於草堂的詩作甚多，如建築草堂時投入的心力：〈蕭八明府實處覓桃栽〉（卷9頁731）、〈從韋二明府續處覓綿竹〉（卷9頁732）、〈憑何十一少府邕覓榿木栽〉（卷9頁732～33）、〈憑韋少府班覓松樹子〉（卷9頁733）、〈詣徐卿覓果栽〉（卷9頁734）。以上諸詩中，可看出杜甫營建草堂時的投入，足見詩人經營一個家的心念確實非常清晰，故有機會一踐心中所想時，自然奮力構造。就著上述心理特質與求家念頭，杜甫整理居所也花費不少工夫，如：〈惡樹〉（卷10頁816）、〈營屋〉（卷14頁1202～1203）、〈除草〉（卷14頁1203～1204），愛家必然伴隨惜家的關懷而來，杜甫除樹斬草的紀錄裡，正是他的付出和維護。

　　除了構造與維護的紀錄外，杜甫更多的是與成都之家的互動，如：〈卜居〉（卷9頁729）、〈堂成〉（卷9頁735）、〈田舍〉（卷9頁745）、〈江村〉（卷9頁746）、〈春水〉（卷10頁799～800）、〈進艇〉（卷10頁819）、〈屏跡三首〉（卷10頁882～883）。這些作品中，杜甫細緻描寫居住環境與生活，可見詩人與居所的結合，更見詩人心靈的寄託。仇兆鰲注解〈江村〉一詩曾言：

> 江村幽事，起中四句。梁燕屬村，水鷗屬江，棋局屬村，釣鉤屬江，所謂事事幽也。末則江村自適，有與世無求之意。燕鷗二句，見物我忘機。妻子二句，見老少各得。蓋多年匍匐，至此始得少休也。
>
> 　（卷9頁746）

長期的奔波與顛沛流離，使得如今的喘息更為重要，作為庇護杜甫一家人的處所，草堂實是彌足珍貴。仇注也提醒我們此時的忘機之感，既然多年匍匐，休息的契機到來時，世外之念也就油然生起。上述作品裡，隱世的心跡已經不少，〈遣意二首‧其一〉（卷9頁794）、〈漫成二首‧其一〉（卷10頁797）、〈屏跡三首‧其二〉（卷10頁882～883）諸作中，更可感受詩人萌發的澹然世外之感。前文曾提及家所帶來的內在溫暖，實則草堂諸作中流露的正是這樣一股清淡的氣息，簡單中，卻又充滿杜甫對生活的熱愛，誠如莫礪鋒所言：

> 把平凡的日常生活情景寫入詩歌，在杜甫之前只有陶淵明作過嘗試。但陶詩數量不多，所詠的生活內容也比較單調，所以朝著這個

〔註12〕 見方瑜：〈浣花溪畔草堂閒──論杜甫草堂時期的詩〉，《古典文學‧第二集》（臺北：臺灣學生書局，1980年12月），頁157。

主向走向進行開拓的使命仍有待於杜甫來完成。杜甫在蜀地五年的
創作與入蜀前有很多不同，其中最主要的一點就是主題走向的變
化，日常生活情景成為詩人吟詠的主要對象，許多為其他詩人所忽
視的生活細節在杜甫筆下都成了絕妙的詩料。〔註13〕

關注自己的生活，正因為擁有了家。家不只提供了避風港，更讓杜甫將眼光
放在所處之地，於是「描寫日常生活，吟詠平凡事物的詩較多，反映軍國大
事、民生疾苦的詩較少。」〔註14〕也許草堂的生活仍然清苦〔註15〕，生活的
安定讓詩人得到不同以往的安寧卻是事實。

　　這樣的生活在往後離開的歲月中仍不斷被憶起，不論是短暫的離開，或
者出蜀去夔的不復返，杜甫的思念滿溢在作品中，前者如：〈從事行贈嚴二別
駕〉（卷 11 頁 940～942）、〈寄題江外草堂〉（卷 12 頁 1013～1015）、〈院中晚
晴懷西郭茅舍〉（卷 14 頁 1171～1172）；後者如：〈懷錦水居止二首〉（卷 14
頁 1237～1238）、〈杜鵑〉：「我昔遊錦城，結廬錦水邊。有竹一頃餘，喬木上
參天」（卷 14 頁 1250），凡此皆可看出杜甫對草堂一地的追憶。值得注意的是
杜甫生涯後期有大量作品都在追憶京華，甚至兩湖〔註16〕飄泊的過程中亦沒

〔註13〕見莫礪鋒：《杜甫評傳》（南京：南京大學出版社，1993 年 10 月），頁 152。
〔註14〕見莫礪鋒：《杜甫評傳》，頁 166。
〔註15〕〈狂夫〉：「萬里橋西一草堂，百花潭水即滄浪。風含翠篠娟娟淨，雨裛紅蕖冉冉
　　　香。厚祿故人書斷絕，恆飢稚子色淒涼。欲填溝壑惟疏放，自笑狂夫老更狂。」
　　　（卷 9 頁 743）、〈草堂即事〉：「荒村建子月，獨樹老夫家。雪裏江船渡，風前竹
　　　徑斜。寒魚依密藻，宿雁聚圓沙。蜀酒禁愁得，無錢何處賒。」（卷 10 頁 860）
〔註16〕兩湖地區又稱荊湘地區，尚永亮〈盛唐貶官特點與荊湘地域的文化特性〉一
　　　節有細膩的討論。其中重要特色如：「荊湘的文化生態環境儘管較為荒陋，但
　　　楚文化的歷史輝煌畢竟給這塊土地打下了深刻的烙印。荊湘地區的自然及人
　　　文景觀，包括山川形勝、神話傳說、風俗民情、歷史掌故等，在一定程度上
　　　都能起到使貶謫作家息養心靈、豐富創作的功用。……風景明麗、人情淳樸，
　　　精神壓力較小。使他們真正感到不甘和痛苦的，倒是生當這樣一個風雷激蕩
　　　的年代，而被廢棄荒遠，失去了乘時而起、實現自我、報效社稷的機會。」
　　　見尚永亮：〈盛唐貶官特點與荊湘地域的文化特性〉，《唐五代逐臣與貶謫文學
　　　研究》（武漢：武漢大學出版社，2007 年 9 月），頁 192～193。又如：「楚文
　　　化精神體現了一種悲美的風格。以老莊、屈騷為核心的楚文化程度不一地影
　　　響了荊湘逐臣，使他們既懷有縈繞胸中揮之不去的屈賈情結，由此呈現出悲
　　　憤哀怨的文學風貌；又在人生逆境中展示出一定的超越傾向，從而導致文學
　　　中時時具有淡泊超然的情調。」見尚永亮：〈盛唐貶官特點與荊湘地域的文化
　　　特性〉，頁 190。其他更多說明詳見尚永亮：〈盛唐貶官特點與荊湘地域的文化
　　　特性〉，頁 183～193。

有思念經營有成的夔州〔註17〕產業，可見作爲杜甫心中所謂「家」一概念的草堂，確實有著深刻意義存在，如同人文地理學的觀念：

> 內在於一個地方，就是歸屬並認同於它，你越深入內在，地方認同感就越強烈。〔註18〕

> 身體的移動性在空間與時間裡結合，產生了存在的內在性，那是一種地方內部生活節奏的歸屬感。〔註19〕

杜甫在這段日子裡，慢慢深化對草堂一地的感情，乃至生活的節奏也因此改變，而有上述諸多在此幽居的作品。故當杜甫離開時，雖將之託與弟弟杜占〔註20〕，仍不免有許多不捨，難怪乎浦起龍云：

> 前去成都，則有〈寄題草堂〉詩，此去成都，則有〈懷錦水居〉詩，
> 公生平流寓之跡，惟草堂最費經營，宜其流連不舍歟。〔註21〕

最費經營者，正因草堂是杜甫心中「家」的代表，也許遠離了京華的理想象徵，但在飄泊歲月中，卻實實在在給予詩人一段深刻的居家寧靜與實踐獨善想法的體驗。

這樣的安定在後來的時間裡卻慢慢被改變，如方瑜所說：

> 自廣德二年至永泰元年這段重歸草堂的生活，前後大約一年有奇。
> 浣花草堂雖已不是子美長居的家屋，但仍爲詩人心靈安頓之所。重
> 歸草堂後的詩篇，平和寧靜閒適之感已漸失，杜甫內心因出處去就
> 的掙扎，困擾頗深，而鄉愁亦隨歲月之流逝而日增，家、國雙方的
> 挫折，在詩人心上形成越來越重的倦怠感。〔註22〕

杜甫在四川時曾因戰亂離開草堂一段時間，雖然後來回歸此地，戰亂的波及已影響詩人心情，就此而言，是離開的外因。但當時嚴武再次鎮蜀，情況已

〔註17〕 關於夔州的歷史與地理，因有許多專著，筆者此處不再說明，而簡錦松在現地踏查後，有更詳細的考證與說明。詳見簡錦松：〈杜甫夔州生活新證〉，頁118～122。

〔註18〕 見 Tim Cresswell，徐苔玲、王志弘譯：《地方：記憶、想像與認同》（臺北：群學出版有限公司，2006年12月），頁74。

〔註19〕 見 Tim Cresswell，徐苔玲、王志弘譯：《地方：記憶、想像與認同》，頁58。

〔註20〕 〈舍弟占歸草堂檢校聊示此詩〉：「久客應吾道，相隨獨爾來。孰知江路近，頻爲草堂迴。鵝鴨宜長數，柴荊莫浪開。東林竹影薄，臘月更須栽。」（卷12頁1066）

〔註21〕 見〔清〕浦起龍：《讀杜心解》，頁493。

〔註22〕 見方瑜：〈浣花溪畔草堂閒——論杜甫草堂時期的詩〉，頁163。

有改善，以外因而言，實非關鍵，那麼出處去就便成爲思考的關鍵。杜甫居蜀期間便思欲前往荊州，其中當有生計與歸京兩種考量，筆者將於第四章討論。這種離去的念頭頻繁出現在作品裡〔註23〕，使人難以相信是出自詩人安居之筆，可見尋家與歸家間的矛盾。前面浦起龍談到草堂對杜甫的重要性，卻也說：

> 杜集不應稱草堂。草堂特流寓之一，該不得此老一生。〔註24〕

既言草堂的重要性，復說明它流寓的性質，作爲一處安居的家，草堂本身的雙重特性實受杜甫內在拉扯影響。杜甫本已準備出蜀，此時因嚴武薦舉他爲檢校工部員外郎，並形成一關鍵性的影響——回京任官的可能〔註25〕，因此再度停留。這讓我們產生一疑問，草堂已有安居的可能，「家」的感覺透過時間內化亦慢慢塑成，如此「微軀此外更何求」（〈江村〉・卷9頁746）的無求之意，早已成爲與京華對照的另一點參照，杜甫卻仍一心想離開，甚至只因嚴武薦舉與歸京補官的力量，又讓此身暫留，那麼京華究竟是憑著何種力量，左右杜甫的方向，暫置全家安定的考量？

〔註23〕如：「一室他鄉遠，空林暮景懸。正愁聞塞笛，獨立見江船。巴蜀來多病，荊蠻去幾年。應同王粲宅，留井峴山前。」（〈一室〉・卷10頁820～821）、「天畔登樓眼，隨春入故園。戰場今始定，移柳更能存。厭蜀交遊冷，思吳勝事繁。應須理舟楫，長嘯下荊門。」（〈春日梓州登樓二首・其二〉・卷11頁970）、「老夫復欲東南征，乘濤鼓枻白帝城。」（〈桃竹杖引贈章留後〉・卷12頁1062）、「巴蜀愁誰語，吳門興杳然。九江春草外，三峽暮帆前。厭就成都卜，休爲吏部眠。蓬萊如可到，衰白問羣仙。」（〈遊子〉・卷13頁1088）、「賤子且奔走，三年望東吳。弧矢暗江海，難爲遊五湖。不忍竟舍此，復來薙榛蕪。」（〈草堂〉・卷13頁1115）、「蓄積思江漢，疏頑惑町畦。」（〈到村〉・卷14頁1174）、「五載客蜀郡，一年居梓州。如何關塞阻，轉作瀟湘游。萬事已黃髮，殘生隨白鷗。安危大臣在，不必淚長流。」（〈去蜀〉・卷14頁1217）、「漾舟千山內，日入泊枉渚。我生本飄飄，今復在何許。石根青楓林，猿鳥聚儔侶。月明游子靜，畏虎不得語。中夜懷友朋，乾坤此深阻。浩蕩前後間，佳期赴荊楚。」（〈宿青溪驛奉懷張員外十五兄之緒〉・卷14頁1218～1219）等。可見杜甫往荊州的念頭非常強烈。

〔註24〕見〔清〕浦起龍：《讀杜心解》，頁62。

〔註25〕關於杜甫此時授官的始末，簡錦松有清楚的論證，可參。見簡錦松：〈杜甫夔州生活新證〉，《唐代學術研討會論文集》（臺北：里仁書局，2008年11月），頁122～133。

（三）「銀章」所標示的士人印記

關於杜甫家的另一層義涵〔註26〕，或可據封野所論：

> 杜甫出生在走向邊緣的官宦世家，承受著與生俱來的邊緣憂患；在努
> 力實現社會回歸的過程中，其實際地位卻更加邊緣化。他的一生都在
> 官宦階層的邊緣騰挪，邊緣焦慮伴其終身，成為其人格構成的重要因
> 素。邊緣焦慮對杜甫的生活具有十分重大的影響，其中一個重要方面
> 是限制了杜甫對理想自我的設計和追求，使其社會生活呈現以官府為
> 中心的顯著特徵；另一個重要方面是培植了杜甫的京城情結，促進了
> 其詩歌創作與社會現實和國家政治生活的緊密關聯。〔註27〕

由上文可知杜甫一生實背負著家族的傳統，於此，莫礪鋒書中有許多論述〔註28〕，可參。筆者想要證明的是杜甫既然背負著家族驕傲與傳統，那麼家的意義便不只有草堂那樣的居所內涵而已，包含家望、地位、親人與政治的歷史關係等，都會成為杜甫心中考量。在這些思考下，杜甫的家便不只有草堂一處可以道盡，縱然它帶給了杜甫人生中少數的溫暖與安慰，內在文化背景與傳統仍不時提醒杜甫其他「家」的內涵。

這一種家族、士人文化形塑出的家族概念，不僅讓杜甫將之視為素業，如：「自先君恕、預以降，奉儒守官，未墜素業矣」〔註29〕、「素業行已矣，浮名安在哉」〈秋日荊南述懷三十韻·（卷21頁1904～1909）〉，同時也是杜甫一種地域性的象徵，如曾季貍所說：「蓋老杜秦人也，故喜言秦」〔註30〕，杜甫有不少詩篇皆表明歸鄉的念頭〔註31〕，關鍵就是這一地理性的身分證明。

〔註26〕 誠如筆者開頭所謂：「這樣的追尋可以分為理想的家與實際的家兩種，前者即
是京華的追尋，後者則是提供杜甫一家人生活穩定的居所。」杜甫的掙扎當
然包含著京華這一深深的追憶，惟此處要談的是家對杜甫的影響，京華追憶
留待後文再處理。

〔註27〕 見封野：〈論杜甫的邊緣焦慮及其影響〉，《江蘇教育學院學報（社會科學版）》
（南京：江蘇教育學院學報編輯部，2004年11月），第6期，頁95。

〔註28〕 見莫礪鋒：《杜甫評傳》，頁1～36。

〔註29〕 見〔清〕楊倫：《杜詩鏡詮》（臺北：華正書局有限公司，1981年6月），頁
1040。

〔註30〕 見〔宋〕曾季貍：《曾季貍詩話》，引自吳文治主編：《宋詩話全編》（南京：
鳳凰出版社，2006年10月），頁2625。

〔註31〕 杜甫歸家之作甚多，如：「故林歸未得，排悶強裁詩。」（〈江亭〉·卷10頁801）、
「綿谷元通漢，沱江不向秦。五陵花滿眼，傳語故鄉春。」（〈贈別何邕〉·卷
10頁872）、「安得如鳥有羽翅，託身白雲還故鄉。」（〈大麥行〉·卷11頁910）、
「此生那老蜀，不死會歸秦。」（〈奉送嚴公入朝十韻〉·卷11頁912）、「劍外

素業是世世代代累積的結果，地理上的歸屬更是歷史留下的輝煌地址，甚至還可以是一種評價的標準，如：「尚書勳業超千古，雄鎮荊州繼吾祖」（〈惜別行送向卿進奉端午御衣之上都〉‧卷 21 頁 1890～1891），可見杜甫對於優秀的家族傳統有著極大認同。這種傳統不只是身分的肯認而已，它也表現在士人這一身分的握持與守護，此時杜甫如同屈原以香草作爲此生的生命印記，他也有一味象徵自己的印記——銀章。

　　銀章，銀印也。隋唐以後官不佩印，只有隨身魚袋。金銀魚袋等謂之章服，亦簡稱銀章〔註32〕。杜甫提到銀章的作品如下：

> 赤管隨王命，銀章付老翁。豈知牙齒落，名玷薦賢中。
>
> （〈春日江村五首‧其三〉‧節‧卷 14 頁 1206）
>
> 誰云行不逮，自覺坐能堅。霧雨銀章澀，馨香粉署妍。
>
> （〈秋日夔府詠懷奉寄鄭監李賓客一百韻〉‧節‧卷 19 頁 1699～1715）
>
> 素髮乾垂領，銀章破在腰。
>
> （〈奉贈盧五丈參謀琚〉‧節‧卷 22 頁 2001～2003）

接受赤管大筆與銀章，可見杜甫因嚴武有了新的官職。對於晚年如此授予，

忽傳收薊北，初聞涕淚滿衣裳。卻看妻子愁何在，漫卷詩書喜欲狂。白首放歌須縱酒，青春作伴好還鄉。即從巴峽穿巫峽，便下襄陽向洛陽。」（〈聞官軍收河南河北〉‧卷 11 頁 968）、「別離終不久，宗族忍相遺。」（〈奉送崔都水翁下峽〉‧卷 12 頁 982）、「覽物想故國，十年別荒村。日暮歸幾翼，北林空自昏。」（〈客居〉‧卷 14 頁 1254）、「故園松桂發，萬里共清輝。」（〈月圓〉‧卷 17 頁 1466）、「會將白髮倚庭樹，故園池臺今是非。」（〈秋風二首‧其二〉‧卷 17 頁 1482）、「叢菊兩開他日淚，孤舟一繫故園心。」（〈秋興八首‧其一〉‧卷 17 頁 1484）、「故園不可見，巫岫鬱嵯峨。」（〈江梅〉‧卷 18 頁 1598）、「消渴游江漢，羈棲尚甲兵。幾年逢熟食，萬里逼清明。松柏邛山路，風花白帝城。汝曹催我老，回首淚縱橫。」（〈熟食日示宗文宗武〉‧卷 18 頁 1615）、「故園暗戎馬，骨肉失追尋。時危無消息，老去多歸心。」（〈上後園山腳〉‧卷 19 頁 1648）、「豈無平肩輿，莫辨望鄉路。」（〈雨〉‧卷 19 頁 1671）、「牛羊下來久，各已閉柴門。風月自清夜，江山非故園。石泉流暗壁，草露滴秋根。頭白燈明裏，何須花燼繁。」（〈日暮〉‧卷 20 頁 1754）、「峽險江驚急，樓高月迥明。一時今夕會，萬里故鄉情。星落黃姑渚，秋辭白帝城。老人因酒病，堅坐看君傾。」（〈季秋蘇五弟纓江樓夜宴崔十三評事韋少府姪三首〉‧卷 20 頁 1764～1766）、「何年減豺虎，似有故園歸。」（〈傷秋〉‧卷 20 頁 1782）、「爲客無時了，悲秋向夕終。瘴餘夔子國，霜薄楚王宮。草敵虛嵐翠，花禁冷葉紅。年年小搖落，不與故園同。」（〈大曆二年九月三十日〉‧卷 20 頁 1787）

〔註32〕見韓成武、張志民：《杜甫詩全譯》（石家莊：河北人民出版社，1997 年 10 月），頁 975。

杜甫是非常重視的，因為這是回京補官的機會〔註33〕，更是證明自己士人身
分的要物。杜甫自棄官以來，雖有著捍衛理想的決心，但放不下的關懷與割
不去的家族傳統，使得居於草堂的杜甫始終沒有放下士人身分〔註34〕。如今
象徵身分的銀章結於身上，正似杜甫未曾放棄的心念一樣〔註35〕，成了一種
具體印記〔註36〕。爾後不論滯留夔州，還是漂蕩兩湖，就算銀章因霧雨沾濕
而失去光澤，或因長久奔波而破損，詩人一直配在身上，代表此生的身分、
認同以及京華道路的永恆追尋。銀章隱喻的京華夢想也可以時時喚起杜甫對
過去的想像，在素髮枯澀之際，猶然記憶官府裡的馨香，成為自己貼近京華
的媒介，一種超越時空的奇點，可知杜甫在出走的生活裡，與京華、故鄉始
終有一聯繫。前人對於這一印記有許多看法：

> 杜工部詩屢及銀章，歐陽文忠公詩數言金帶，此亦常事。後來士大
> 夫多以不仕為曠達，又因前輩偶謂「老覺腰金重，慵便枕玉涼」，為
> 未是富貴。小說遂云「永叔這條金帶，幾道著。」余謂近世邁往凌
> 雲，視官職如韁鎖，誰如東坡。然〈送陳睦詩〉云「君亦老嫌金帶
> 重」，〈望湖海詞〉云「不堪金帶垂腰」，豈害其為達耶？〔註37〕

> 功名不垂世，富貴但堪傷。底事杜陵老，時時矜省郎？〔註38〕

> 郎官之選，唐朝尤重。順宗初政，柳子厚為禮部郎，與蕭俛書云：「僕
> 年三十三，年甚少，自御史裏行得禮部員外，超取顯美，欲免世之
> 求進者怪怒媚嫉，其可得乎！」杜子美一檢校工部爾，而詩中數及

〔註33〕 關此，賴瑞和言：「唐代官員若官階未到，還不夠資格衣緋，則由皇帝特賜緋
魚袋，也是一種無上榮譽。杜甫此時獲『賜緋魚袋』，從此可以穿緋紅官服，
算是進入中層官員之列。」見賴瑞和：《唐代中層文官》（臺北：聯經出版事
業股份有限公司，2008 年 12 月），頁 230。另關於細節，可參見簡錦松之說。
見簡錦松：〈杜甫夔州生活新證〉，頁 122～133。

〔註34〕 參見廖美玉：〈杜甫士／農越界的身分認同和創作視域〉，《中古詩人的生命印
記》，頁 199～279。

〔註35〕 沈德潛：「性情面目，人人各具。……讀少陵詩，如見其憂國傷時。」見〔清〕
沈德潛：《說詩晬語》，引自丁福保編：《清詩話》（臺北：木鐸出版社，1988
年 9 月），頁 557。杜甫面目如此，後世讀者猶有感應，可見杜甫未曾放棄自
己的信念。

〔註36〕 杜甫詩中也常提到郎官，這也是一種身分的證明，可參簡錦松之文。見簡錦
松：〈杜甫夔州生活新證〉，頁 122～133。

〔註37〕 見〔宋〕周必大：《周必大詩話》，引自吳文治主編：《宋詩話全編》，頁 5911。

〔註38〕 〈秋興·其二〉。見〔宋〕陸游：《陸放翁全集》（臺北：河洛圖書出版社，1975
年 5 月），頁 693。

之，衒詫不已。〔註39〕

周必大認爲毋須大驚小怪，陸游嚴肅看之，葛立方則表示一些驚訝。許德楠嘗試爲此現象作解釋：

> 「以我爲詩」的老杜，也曾坦言自己的功名欲求。所以，唐代的司空圖譏諷説，「亦知王大是昌齡，杜二其如韻律清。還有寒酸堪笑處，擬誇朱紱更崢嶸。」（〈力疾山下吳村看杏花〉十九首之十五）宋人周必大也説：「杜工部詩屢及銀章……」。陸游則説杜詩中「時時矜省郎」（〈秋興〉）。（「朱紱、銀章、省郎」指官服、官印和官位。）
> ——其實，作爲凡人的士大夫情結，和作爲詩歌的愛國主義的美學品格，對於杜陵是同時存在的，也是和諧的，互動的，不必大驚小怪。〔註40〕

許德楠認爲這是杜甫的士大夫情結與愛國主義的美學，此説可與杜甫對家族傳統的讚美結合。然而杜甫是不是對功名有所欲求？這就牽涉到他爲官的目的，陳弱水在〈思想史中的杜甫〉一文裡討論甚明，可參〔註41〕。杜甫爲官除了有士人身分等家族傳統因素影響，還與他兼善之心有關，不論杜甫自己的作品，後人即言：

> 古之人，如杜子美之雄渾博大，其在山林與朝廷無以異，其在樂土與兵戈險厄無以異，所不同者山川風土之變，而不改者忠厚直諒之志。〔註42〕

杜甫的初衷是在辯證中深化？還是不改？筆者將於後文討論；但就文中所指，後人對詩人此一心念的掌握確是十分清楚的。何況杜甫若眞要求富貴，當初就不必冒險爲房琯説話，可見內在縱然對士人身分有拋不去的執著，卻仍堅持理想、品格，實非汲汲求欲者。

　　杜甫曾云：「鐘鼎山林各天性，濁醪粗飯任吾年」（〈清明二首・其一〉・卷22頁1968～1970），葛立方以爲：「天性之所欲，夫豈可強也哉！」〔註43〕

〔註39〕見〔宋〕葛立方：《葛立方詩話》，引自吳文治主編：《宋詩話全編》，頁8271。

〔註40〕見許德楠：〈論杜詩「以我爲詩」〉，《文學研究》（南京：南京社會科學研究，2003年），第8期，頁73。

〔註41〕陳弱水認爲杜甫求官並非爲功利意圖。詳見陳弱水：〈思想史中的杜甫〉，《中央研究院歷史語言研究所集刊》（臺北：中央研究院歷史語言研究所，1998年3月），頁4。

〔註42〕見〔清〕張謙宜：《絸齋詩談》，引自郭紹虞編：《清詩話續編》，頁809。

〔註43〕見〔宋〕葛立方：《葛立方詩話》，引自吳文治主編：《宋詩話全編》，頁8275。

天性所如，本就難以輕易改變。然這句話乍看之下是走向山林隱者的道路選擇，卻也可能是杜甫始終堅持的兼善之心〔註44〕，加上其人以銀章爲印記，鐘鼎所成的入世之心確實是杜甫人生步履的常道，那麼作爲杜甫人生最大之夢〔註45〕，詩人要如何縮合這兩種家？

（四）廣廈的構築──京華概念的涵攝

　　由上文可知杜甫仍舊受到兼善性格影響，不能開出割捨的瀟灑，送不走日月，就只好「鞭撻日月久」（〈上水遣懷〉‧卷22頁1957～1959），以一身朽骨在天秤上一次次放上兼善的砝碼。綜合上述兩種家──獨善之家與家族傳統的家，杜甫心中的天秤又有了傾斜的討論空間，首先是杜甫對「家」這一觀念的開展。此時尋求一己之家的念頭慢慢加深，直到寫出〈茅屋爲秋風所破歌〉〔註46〕，其中「安得廣廈千萬間」正是追求安定之家此一意念的擴大。當杜甫家族、儒官體系下的信仰與尋家兩種內涵攪合在一起時，重以草堂安居的經驗，使得詩人求家的心念擴大爲仁心無盡的關懷，這時塑造出一棟既可以安己又安人的住所便成爲杜甫最大心願。也許詩人可以有受凍死亦足的犧牲，但天下寒士「都能」開顏的大夢，其實也有自己能夠得到救贖的想望。第二就是詩人此生腳步的難以休止。杜甫要建造這種廣廈，必然得踏上歸京之路，以入朝之姿爲人民幸福發聲，而杜甫家鄉本就離此不遠，如此京華便成了杜甫心裡兩座家的結合，順理成章構築成攪合後的終極目標，如此，原

〔註44〕從「秦城樓閣煙花裏，漢主山河錦繡中。春水春來洞庭闊，白蘋愁殺白頭翁」（〈清明二首‧其二〉‧卷22頁1968～1970）四句即可得知。另許德楠在〈杜詩中的「銀章」和「省郎」〉也有處理到上述那些看法，意見與前一段引文相同。惟其人在文末以爲杜甫的本性仍是愛山林的，筆者以爲不盡然，此點可參見上引陳弱水〈思想史中的杜甫〉一文。見許德楠：〈杜詩中的「銀章」和「省郎」〉，《論詩史的定位及其他》（北京：學苑出版社，2004年4月），頁83。

〔註45〕〈病後禁酒，午日默坐二首‧其二〉：「杜甫宮衣夢，陶潛止酒詩。」見〔明〕來知德：《來知德詩話》，引自吳文治主編：《明詩話全編》（南京：鳳凰出版社，1997年12月），頁4184。

〔註46〕「八月秋高風怒號，卷我屋上三重茅。茅飛度江灑江郊，高者掛罥長林梢，下者飄轉沈塘坳。南村群童欺我老無力，忍能對面爲盜賊，公然抱茅入竹去。脣焦口燥呼不得，歸來倚杖自歎息。俄頃風定雲墨色，秋天漠漠向昏黑。布衾多年冷似鐵，嬌兒惡臥踏裏裂。牀頭屋漏無乾處，雨腳如麻未斷絕。自經喪亂少睡眠，長夜霑濕何由徹。安得廣廈千萬間，大庇天下寒士俱歡顏，風雨不動安如山。嗚呼！何時眼前突兀見此屋，吾廬獨破受凍死亦足。」（〈茅屋爲秋風所破歌〉‧卷10頁831～833）

本遠走的地點又成爲航向的地標，緊扣銀章印記。

我們很訝異杜甫會在草堂時期產生廣廈這樣的念頭，因爲這是杜甫安居獨善之刻。考察杜詩，兼善觀念並非只在草堂才有，如：「安得誅雲師，疇能補天漏」（〈九日寄岑參〉・卷 3 頁 209）、「安得壯士挽天河，淨洗甲兵長不用」（〈洗兵行〉・卷 6 頁 519）、「安得廉頗將，三軍同晏眠」（〈遣興三首・其一〉・卷 7 頁 546）、「安得壯士提天綱，再平水土犀奔茫」（〈石犀行〉・卷 10 頁 836）、「安得鞭雷公，滂沱洗吳越」（〈喜雨〉・卷 12 頁 1020）、「安得覆八溟，爲君洗乾坤」（〈客居〉・卷 14 頁 1255）、「惡鳥飛飛啄金屋，安得爾輩開其群，驅出六合梟鸞分」（〈王兵馬使二角鷹〉・卷 18 頁 1586）、「安得務農息戰鬥，普天無吏橫索錢」（〈晝夢〉・卷 18 頁 1603）、「安得春泥補地裂」（〈後苦寒行二首・其一〉・卷 21 頁 1848）等，可見這種廣大的情懷不是杜甫草堂裡的專有發語。然而以「家」這一概念提出，卻僅在草堂階段，草堂的居家生活勢必讓杜甫有所觸發〔註 47〕，故產生廣廈的觀念。

上述由居所延伸而出的廣廈思維會與京華扣合，除京華實踐理想外，也與古代政治思想有關，如陳贇所說：

> 漢語思想中的政治概念，不僅僅是面向人類的，它也是面向一切存在者的。正定萬物之命，也就是物各付物，讓存在者作爲存在者自身而存在。政治被理解爲這樣一個發生著的境域，在其中，存在者作爲它自身，以它自己獨特的方式，通達自己的本源性天命。由於每個存在者都根據自己的存在方式（道路）而存在，由此，政治本身構成了這樣一個場所。〔註 48〕

> 「方」即「道」、猶「道」，但並不是說「道」就等於「方」。「方」更多地包含著「界別」的意義，因此與總體性的「道」相比，它具有分化的意義，是在某一個地方、領域之「道」，是與某些特定群體或物件相關之「道」。問題是「各正性命」的政治理想落實在民眾那裡，爲什麼是一個「率民向方」的過程，而不是一個「率民向道」的過程

〔註 47〕「成都草堂以後……又以自然的善意觀照人間世界，轉化個人的困頓爲普遍存在於人間社會的共通憂愁苦楚。」「成都草堂之自然善意的感得是超越江南漂泊無奈的動力。」以上參見連清吉：〈吉川幸次郎及其杜甫研究〉，《杜甫與唐宋詩學》（臺北：里仁書局，2003 年 6 月），頁 40～41。

〔註 48〕見陳贇：《天下或天地之間：中國思想的古典視域》（上海：上海書店，2007年 4 月），頁 39。

呢？「率民向方」的政治引導或者塑造「有方之民」（或「有方之士」）的政治理想，乃是將廣土眾民，也就是居住在不同地方的人們，引向一種地方性的生活世界，在這個地方性的生活世界中，人們的居住與行走皆有一貫之方向，因而「有方之民」也就是具有自身生活的法則的人們。「方，道也」這個表述意味著，「地方」本身就是「道路」，離開了地方，也就無所謂道路，生命也就失去了方向。〔註49〕

古代政治與存在方式有著密切連結性，當與帝王、人民形成的金字塔頂、底兩端有關，如今政府無法引領人民走向生活，中間的文人自然扛起這份責任。杜甫便是在這樣的空間思維下，將廣廈的概念融入已經遠離的京華裡，形成如下所示：

安居　→　草堂經驗與家居的感受

　　　　　　　　　　　　　　　　＞　→　廣廈　→　京華歸夢

銀章　→　家族傳統、士人堅持、故里與理想

如此融入是必然趨勢，尤其杜甫的生命背景和古代政治形勢皆讓他不得不走上這路。但當時唐朝戰亂不止，自己又「欲起殘筋力」（〈客堂〉‧卷15頁268），已將未來「委行色」〔註50〕的詩人，腳步實非他所能決定，於是顛沛流離便成為此生不斷被重複的故事。加斯東‧巴舍拉曾言：

我們進入新家屋之後，當我們住過的其他地方的記憶復現，我們便能悠遊於平靜的孩提之境，它如同所有不復記憶的事物那般，靜止不動。我們活在固著裡，固著於幸福。我們藉由重新活在受庇護的記憶中，讓自己感到舒服。某些已完結的事情，必須保持在我們的記憶中，透過意象，將它們的原初價值保留下來。外在世界的記憶，與家屋的記憶基調絕對不同。〔註51〕

草堂帶來的世外閒隱生活〔註52〕與傳統家族文化的使命，兩者實是杜甫心中

〔註49〕 見陳贇：《天下或天地之間：中國思想的古典視域》，頁59。

〔註50〕 〈客堂〉：「形骸今若是，進退委行色。」（卷15頁1267～1269）

〔註51〕 見加斯東‧巴舍拉著，龔卓軍、王靜慧譯：《空間詩學》，頁67。

〔註52〕 這種生活的感受在後面還不斷提及，如：「我生性放誕，雅欲逃自然。嗜酒愛風竹，卜居必林泉。」（〈寄題江外草堂〉‧卷12頁1013）、「我昔遊錦城，結廬錦水邊。有竹一頃餘，喬木上參天。」（〈杜鵑〉‧卷14頁1250）、「錦江春色逐人來，巫峽清秋萬壑哀。正憶往時嚴僕射，共迎中使望鄉臺。」（〈諸將五首〉‧卷14頁137）

著急復現的，所以顛沛時忙於求居，安居時又思起京華〔註53〕，兩造間不斷地拉扯、斷裂。然觀杜甫一生爲理想奉獻的仁心不棄，後者的影響顯然要大於前者，那麼杜甫離開草堂實有他的潛在因素，畢竟在重回京華與仕宦之路前，杜甫都是有所缺憾的。只是誠如加斯東‧巴舍拉所言：「所有眞實棲居的空間，都含有家這個理念的本質」〔註54〕，後者的影響雖然催促杜甫不斷往前，草堂悠逸的安家思維影響仍然深深打動著詩人，重以舉家遷徙不是容易之事，歸京之路便多了舉家生活與跋涉之苦的考量。如此，路途中的花費、居住，乃至於生理、疾病等因素都會是杜甫必須面對的問題，而這些只有在穩定生活中方能得到解決，草堂之家的影響又成爲杜甫一處深切的渴望了。

（五）問題意識的提出

筆者在前面花費許多篇幅討論杜甫「家」的兩種觀念，其中目的即在帶出杜甫的兩難，因爲杜甫棄官後便是這樣的問題與衝擊，草堂之後尤爲關鍵。據王勛成所言，杜甫離開草堂本欲回京補官，然而嚴武暴卒，高適亦早於當年正月去世，再沒有人有力量爲杜甫在朝廷說話〔註55〕。至此，杜甫回京補官的夢已然破碎，只好依著原本到荊衡一帶依附親友的想法而行，無奈此時杜甫又染病，遂滯留夔州養病。大曆元年（766）七、八月後，體力漸恢復，這時因爲養病期間的花費，旅資已不足，爲了籌措旅資再度停留於此。杜甫於大曆三年（768）元月離開夔州到巫山縣，不意等待杜甫的卻是人生飄泊的起點，便在爲生計奔波的漂蕩歲月裡病死舟中，留下千古遺憾。以上是杜甫

〔註53〕杜甫本欲到荊州，因諸多原因滯流於夔州，這時雖然生活已經穩定，可是又生起歸家之路的追尋，首先表現爲到荊州的想望，如：「他日訪江樓，含悽述飄蕩。」（〈八哀詩‧故著作郎貶台州司戶滎陽鄭公虔〉‧卷16頁1413）、「胡騎中宵堪北走，武陵一曲想南征。故園楊柳今搖落，何得愁中卻盡生。」（〈吹笛〉‧卷17頁1470）、「曾聞宋玉宅，每欲到荊州。此地生涯晚，遙悲水國秋。孤城一柱觀，落日九江流。使者雖光彩，青楓遠自愁。」（〈送李功曹之荊州充鄭侍御判官重贈〉‧卷18頁1594）、「青草洞庭湖，東浮滄海漘。君山可避暑，況足采白蘋。子豈無扁舟，往復江漢津。我未下瞿塘，空念禹功勤。」（〈寄薛三郎中璩〉‧卷18頁1620～1621）。而在〈夜雨〉一詩裡提到：「天寒出巫峽，醉別仲宣樓。」（卷19頁1677）可知荊州亦只是杜甫的轉運點，別去仲宣樓的原因正在歸路的目標是那衷心理念的京華，荊州只是過路中的一站。

〔註54〕見加斯東‧巴舍拉著，龔卓軍、王靜慧譯：《空間詩學》，頁66。

〔註55〕見王勛成：〈杜甫授檢校部員外郎之始末〉，《中國唐代文學會第14屆年會暨國際學術研討會論文匯編》（蕪湖：安徽師範大學，2008年10月），頁174～175。

離開成都後的大概，亦為學界所熟知。惟這般歷程如何與安居／理想兩點扣合，亦即杜甫在失去最後一絲希望後，剩下的道路裡，尋家的兩種意涵將與所遭所遇碰撞出怎樣的詩歌與思考？實是我們所應注意的。

　　杜甫之心從來都在實踐理想，一生所志實為人民之幸福，自然不可能安於所到之處，於是生命歸屬在天下人民，一旦此地無了實踐的可能，便毅然似孔孟般走上避人之路。杜甫又是凡人，尤其攜家帶眷，歸京之路每每因為疾病、安置家人等問題而停留，停留後再因需要，重新尋求生計。這樣出走後又踏上回歸道路的過程裡，既以一顆尋家之心，滯留夔州與兩湖，一者山城，一者水鄉；又以盛唐時積極的文化精神，飄泊在步入中唐的土地中，其中必有他生命高度所照顯的光輝。但杜甫遭逢亂世，又拙於逢迎，生活必然產生不少挫折下的黯淡，兩者其實就是杜甫後半生命的表現，塡滿這一山水之路。前人曾云：

　　　乾坤高枕即吾廬，底事偏憐水竹居。

　　　不向黃虞追稷契，卻教白日弄樵漁。

　　　平生空志千間廈，落筆如神萬卷書。

　　　懷古我來初展拜，息機亭下漫躊躇。〔註56〕

點出「水竹居」〔註57〕／「千間廈」與「弄樵漁」／「追稷契」兩組對比，正是杜甫尋求安居與實踐理想的兩種尋家之念。陳師道又說：

　　　唐人不學杜詩，惟唐彥謙與今黃亞夫庶、謝師厚景初學之。魯直，

　　　黃之子，謝之婿也。其于二父，猶子美之於審言也。然過於出奇，

　　　不如杜之遇物而奇也。三江五湖，平漫千里，因風石而奇爾。〔註58〕

在這條漫漫道路中，引領杜甫的雖是兩種心念，與之碰撞的卻還有山城水鄉裡的山川美景，那麼懷抱著上述心情的詩人又將如何與之碰撞，擦出旅寓中的對話？黃徹曾以〈赴奉先詠懷五百言〉為杜甫之心迹，言其「迹江湖而心稷契」〔註59〕。如此，「江湖」和「稷契」又與「水竹居」／「千間廈」、「弄

〔註56〕出自〈謁杜祠用張沙韻句句本色〉一詩。見〔明〕應大猷：《應大猷詩話》，引自吳文治主編：《明詩話全編》，頁2435。

〔註57〕應是指草堂所居，如：〈杜鵑〉：「我昔遊錦城，結廬錦水邊。有竹一頃餘，喬木上參天。」（卷14頁1250）、〈春日江村五首〉：「種竹交加翠，栽桃爛熳紅。」（卷14頁1206）

〔註58〕見〔宋〕陳師道：《陳師道詩話》，引自吳文治主編：《宋詩話全編》，頁1020。

〔註59〕見〔宋〕黃徹：《黃徹詩話》，引自吳文治主編：《宋詩話全編》，頁2413。

樵漁」／「追稷契」形成一聯串的類比，古人早已注意到此，卻沒有論述說明這心情下的詩歌內涵，殊爲可惜。

　　前引陳贇曾說過：

> 政治的本源性目標不僅是要一切存在者都有路可走，而且要一切存在者都有地方可以居住，都有家可歸。就前者而言，本眞的政治意味著道路的敞開，由於道路，存在者與它自身、與其它存在者、與它所置身的世界得以相互通達；就後者而言，家居，也就是「居住」，構成了本眞政治的所向，如果存在者顛沛流離於道路之上，而無有歸止，則生命亦不得安頓，道路也就無所謂方向。在這個意義上，道路與居住，構成了敞開本眞政治的兩個基本維度。〔註60〕

杜甫不僅自己如詩中所寫：「今如喪家狗」（〈將適吳楚留別章使君留後兼幕府諸公〉・卷 12 頁 1064～1066）、「別家長兒女，欲起慚筋力」（〈客堂〉・卷 15 頁 268），眼裡的世界亦是「去家死路旁」（〈又上後園山腳〉・卷 19 頁 1663）。這般拋屋、舉家共赴危難的結果是「不見江湖行路難」（〈夜聞觱篥〉・卷 22 頁 1941）的共相，杜甫不能獨立於外，便只好參與其中，一同在失家與失路中流走，又不斷地尋家踏路。或許這種拉扯的感覺就點與線來講，是京華與安居兩點間的拉扯，拉扯出一條滿是扭曲又充滿辯證的線，由山城與水鄉構成。但若就杜甫內在的心靈來描寫，也許正如加斯東・巴舍拉所言：

> 人的存有，是怎麼樣的一條螺旋線啊！而這條螺旋線，又蘊含了多少峰迴路轉的動力！我們不再能當下明白，自己究竟是正在往軸心跑，還是正在逃離。〔註61〕

> 螺旋形的存有，自己從外部選定了一個充分投射能量的軸心。其實卻從不曾企及其軸心。〔註62〕

線在扭曲下變成了一條螺旋線，杜甫之心以京華爲核心，當年爲了理想的完整性毅然出走，產生了拋出的動作，啓動了螺旋的運轉。如今杜甫已想回歸，本該往內趨近的線卻因爲嚴武之死、生計、家鄉戰亂等其他因素，在尋一暫

〔註60〕見陳贇：《天下或天地之間：中國思想的古典視域》，頁 41。
〔註61〕見加斯東・巴舍拉著，龔卓軍、王靜慧譯：《空間詩學》，頁 315。
〔註62〕見加斯東・巴舍拉著，龔卓軍、王靜慧譯：《空間詩學》，頁 316。

棲的安居之所時，頻頻往外奔馳。當初是自己選擇出走，如今的螺旋線卻成
了命運對杜甫的考驗，本文即在探討這扭曲的線裡，會不會在上述討論的幾
點問題裡，以雙向之力拉扯出辯證後的智慧，尤其一條扭曲的線總有兩端力
量較平均的時候，那時便成爲杜甫一處新的時空，得以與當地構築新的對
話。筆者期待能爲杜甫這兩個時期寫下一段見證，說明這一螺旋中的拉扯與
昇華。

二、文獻回顧

　　討論杜甫的著作甚多，已是學界公認，《杜集書錄》一書收錄之作便不可
勝數〔註63〕，而《杜甫大辭典》中1910到2003幾年的整理亦令人吃驚〔註64〕。
因論題所指，筆者只集中討論夔州、兩湖階段的著作概況，避免文獻回顧成
了一篇杜甫的研究述略。據裴斐的整理〔註65〕，杜詩共1457首，夔州近兩年
的作品470首，約佔總數的三分之一；兩湖漂蕩近三年的歲月裡，作品有148
首，約佔總數的十分之一，兩個時期加起來幾佔總數的四成，可見杜甫最後
五年多的人生裡，創作仍是十分豐富。然而夔州與兩湖的作品在後人的接受
裡卻有不同的命運，首先就總論與選集來看。

（一）總論與選集裡顯現的傾斜

　　關於杜甫夔州、兩湖時期的著作選錄並不平均，首先在綜論的部份，如：
陳貽焮《杜甫評傳》〔註66〕、莫礪鋒《杜甫評傳》〔註67〕、蕭麗華《杜甫──
─古今詩史第一人》〔註68〕、陳香《杜甫評傳》〔註69〕、龔嘉英《詩聖杜甫

〔註63〕見周采泉：《杜集書錄》（上海：上海古籍出版社，1986年12月）。
〔註64〕見張忠綱主編：《杜甫大辭典》（濟南：山東教育出版社，2009年3月），頁
　　　　798～881。張忠綱等並編有《杜甫敘錄》一書，裡面對杜甫文獻的整理直至
　　　　2008年，可參。見張忠綱等編：《杜甫敘錄》（濟南：齊魯書社，2008年10
　　　　月）。另《杜甫大辭典》亦收編在此。
〔註65〕統計數量本身必然會因爲少數詩作篇年的問題，產生在各期詩作中些微的差
　　　　距，然這種差距的數量並不大，做爲一種量的觀察，筆者以爲裴斐的統計仍
　　　　有一定意義。裴斐：〈杜甫八期論〉，《文學遺產》（南京：江蘇古籍出版社，
　　　　1992年），第四期，頁28。
〔註66〕陳貽焮：《杜甫評傳》（北京：北京大學出版社，2003年7月）。
〔註67〕莫礪鋒：《杜甫評傳》（南京：南京大學出版社，1993年10月）。
〔註68〕蕭麗華：《杜甫──古今詩史第一人》（臺灣：幼獅文化事業公司，1994年8月）。
〔註69〕陳香：《杜甫評傳》（臺灣：國家出版社，1993年6月）。

——以詩作傳以史證詩》〔註70〕、王實甫《杜甫年譜》〔註71〕、韓成武《詩聖——憂患世界中的杜甫》〔註72〕、范震威《一個人的史詩——漂泊與聖化的歌者杜甫大傳》〔註73〕、康震《康震評說詩聖杜甫》〔註74〕。這些著作中，除陳貽焮、龔嘉英、韓成武投入較多心力處理兩湖外，夔州的討論皆比兩湖時期要多，尤其莫礪鋒、蕭麗華、陳香三人之作，涉及兩湖的討論非常少。其中或本爲推廣性之作，如蕭麗華之作，故著墨少；然如莫礪鋒之作，資料運用頗深，猶將兩湖時期附在夔州一文之末處理，足見兩湖時期被忽視之一斑〔註75〕。雖然杜甫夔州時期的作品數量是兩湖時期的三倍多，兩湖之作的數量卻不比之前幾期少，傾斜之下，已經透顯兩個時期研究上的懸殊。

這種現象在選集裡亦十分清楚，如：葉嘉瑩《葉嘉瑩說杜甫詩》〔註76〕、許永璋《杜甫名篇新析》〔註77〕、曹慕樊《杜詩雜說全編》〔註78〕、黃珅《杜甫心影錄》〔註79〕、張忠綱、孫微《杜甫集》〔註80〕、周錫〔韋复〕《中學生文學精讀——杜甫》〔註81〕、陳耀南《陳耀南讀杜詩》〔註82〕、梁鑒江《杜甫詩選》〔註83〕、黃玉峰《說杜甫》〔註84〕、殷孟倫《杜甫詩選》〔註85〕、盧國琛《杜甫詩醇》〔註86〕、葛曉音《杜甫詩選評》〔註87〕、劉開揚《杜甫

〔註70〕龔嘉英：《詩聖杜甫——以詩作傳以史證詩》（臺北：杜詩研究山房，1993年5月）。

〔註71〕王實甫：《杜甫年譜》（臺北：西南書局有限公司，1978年9月）。

〔註72〕韓成武：《詩聖——憂患世界中的杜甫》（河北：河北大學出版社，2004年5月）。

〔註73〕范震威：《一個人的史詩——漂泊與聖化的歌者杜甫大傳》（保定：河北大學出版社，2009年7月）。

〔註74〕康震：《康震評說詩聖杜甫》（北京：中華書局，2010年1月）。

〔註75〕雖然文中有討論到兩湖詩歌的價值，但也是在夔州這一時期的立場上討論。

〔註76〕葉嘉瑩：《葉嘉瑩說杜甫詩》（北京：中華書局，2008年9月）。

〔註77〕許永璋：《杜甫名篇新析》（臺北：天工書局，1991年8月）。

〔註78〕曹慕樊：《杜詩雜說全編》（北京：三聯書店，2009年1月）。

〔註79〕黃珅：《杜甫心影錄》（臺北：漢欣文化事業限公司，1990年11月）。

〔註80〕張忠綱、孫微：《杜甫集》（南京：鳳凰出版社，2006年11月）。

〔註81〕周錫〔韋复〕：《中學生文學精讀——杜甫》（香港：三聯書店有限公司，2005年8月）。

〔註82〕陳耀南：《陳耀南讀杜詩》（香港：天地圖書有限公司，2008年7月）。

〔註83〕梁鑒江：《杜甫詩選》（臺北：遠流出版事業股份有限公司，2000年6月）。

〔註84〕黃玉峰：《說杜甫》（上海：上海辭書出版社，2008年8月）。

〔註85〕殷孟倫：《杜甫詩選》（臺北：嵩高書社股份有限公司，1985年10月）。

〔註86〕盧國琛：《杜甫詩醇》（杭州：浙江大學出版社，2006年11月）。

〔註87〕葛曉音：《杜甫詩選評》（上海：上海古籍出版社，2008年4月）。

詩集導讀》〔註88〕等。這些集子裡，除最後四本對兩湖詩歌有較符合比例的選擇外，其餘九本針對兩湖的作品仍是注意較少。

由此可知，夔州、兩湖間，杜詩受到重視的情況不一，此亦是筆者關心兩湖作品的原因，行文間將以更多筆墨討論這段歲月。以下便分述兩個時期的重要著作。

（二）夔州時期的研究概況

1. 專書

關於夔州的專書如：方瑜《杜甫夔州詩析論》〔註89〕，綜論整個夔州作品的特色與內容，並建立夔州時期的地位。劉健輝等《杜甫在夔州》〔註90〕，以時間、地點分別處理杜甫此時詩作，並談論夔州作品的價值。簡錦松《杜甫夔州詩現地研究》〔註91〕，以現地研究、踏查，為夔州時期創作進行科學式的編年與分析。封野《杜甫夔州詩疏論》〔註92〕與方瑜的處理方式相似。蔣先偉《杜甫夔州詩論稿》〔註93〕，因作者自小居於夔州附近，故此書在處理上多從當地文化觀點切入，對認識詩歌裡的文化現象有很大幫助。以上書籍觀察的面向多是作品內涵，或者評述整個時期，簡錦松的處理雖是引進科學方法，目的一樣在內容上的釐清，可知夔州專書多著墨在內容上，屬於開創之作，為後學者建立起基礎，而少議題性的處理。另有葉嘉瑩：《杜甫〈秋興〉八首集說》〔註94〕一作，將歷來相關〈秋興八首〉的注解、討論做了整理，並在開頭言及夔州時期律詩的價值，給予極高評價。

這些奠基之作雖少議題的發揮，對夔州的掌握卻是整體性的，有很深的功力在，給予筆者在背景上很大的幫助。故文中一旦牽涉到背景、考證等問題，便盡量以前輩的討論為依據，不再做論證工作。

〔註88〕 劉開揚：《杜甫詩集導讀》（北京：中國國際廣播出版社，2009 年 1 月）。
〔註89〕 方瑜：《杜甫夔州詩析論》（臺北：幼獅文化事業公司，1985 年 5 月）。
〔註90〕 劉健輝、劉新宇、劉紅雨、張素華編著：《杜甫在夔州》（重慶：重慶出版社，1992 年 11 月）。
〔註91〕 簡錦松：《杜甫夔州詩現地研究》（臺北：臺灣學生書局，1999 年 12 月）。
〔註92〕 封野：《杜甫夔州詩疏論》（南京：東南大學出版社，2007 年 12 月）。
〔註93〕 蔣先偉：《杜甫夔州詩論稿》（成都：巴蜀書社，2002 年 11 月）。
〔註94〕 葉嘉瑩：《杜甫〈秋興〉八首集說》（臺北：桂冠圖書股份有限公司，1994 年 6 月）。

2. 學位論文

關於夔州時期的學位論文，如：許應華《杜甫夔州詩研究》〔註95〕，在處理上仿照方瑜的方式。李欣錫《杜甫巴蜀詩「生活」題材研究》〔註96〕，以生活的角度切入，捕捉巴蜀時期的生活樣貌。朱伊雯《杜甫晚期詩作之精神動向——以夔州詩爲歸趨之探究》〔註97〕，以命運爲觀察，藉由杜甫返觀雙重命限之重厄後所逼顯出的命限感悟，來看夔州時期杜甫的精神動向。整體來看，學位論文較側重議題的發展，然這些作品裡依然沒有討論到杜甫道路的觀念，對於這樣一種兩端點間的拉扯討論仍少。

3. 單篇論文

（1）夔州詩成就與文獻的討論

關於夔州的單篇論文甚多，如以下：龔鵬程〈論杜甫夔州詩〉〔註98〕、曹慕樊〈杜甫夔州詩及五言長律之我見〉〔註99〕、許總〈艱難詩萬首　夔州至今名——杜甫夔州詩評價之我見〉〔註100〕、廢名《廢名講詩》〔註101〕裡談到夔州詩的一節等，這幾篇討論的仍是夔州詩的價值。而如：簡錦松〈杜甫夔州生活新證〉〔註102〕、〈杜詩白帝城現地研究〉〔註103〕、〈現地研究對詩篇詮釋的積極作用〉〔註104〕、〈我怎樣爲杜甫夔州詩重定編

〔註95〕許應華：《杜甫夔州詩研究》（臺北：國立臺灣師範大學國文研究所碩士論文，1996年）。

〔註96〕李欣錫：《杜甫巴蜀詩「生活」題材研究》（臺北：國立臺灣師範大學國文研究所碩士論文，1998年）。

〔註97〕朱伊雯：《杜甫晚期詩作之精神動向——以夔州詩爲歸趨之探究》（臺中：東海大學中國語文學系研究所碩士論文，1996年）。

〔註98〕龔鵬程：〈論杜甫夔州詩〉，《讀詩隅記》（臺北：華正書局有限公司，1987年8月），頁266～273。

〔註99〕曹慕樊：〈杜甫夔州詩及五言長律之我見〉，《杜詩雜說全編》（北京：三聯書店，2009年1月），頁472～484。

〔註100〕許總：〈艱難詩萬首　夔州至今名——杜甫夔州詩評價之我見〉，《杜詩學發微》（南京：南京出版社，1989年5月），頁289～318。

〔註101〕陳建軍、馮思純編訂：《廢名講詩》（武漢：華中師範大學出版社，2007年10月）。

〔註102〕簡錦松：〈杜甫夔州生活新證〉，《唐代學術研討會論文集》（臺北：里仁書局，2008年11月），頁117～162。

〔註103〕簡錦松：〈杜詩白帝城現地研究〉，《杜甫與唐宋詩學》（臺北：里仁書局，2003年6月），頁139～168。

〔註104〕簡錦松：〈現地研究對詩篇詮釋的積極作用〉，《唐代現地研究》（高雄：中山大學出版社，2006年），頁233～260。

年〉〔註 105〕，這些文章是作者成果的整理與分述，由於進行實地的調查，對於筆者了解夔州生活的情況有很大的幫助，亦增加實地感。

（2）關於道路觀點的啓發

於此議題性的文章頗多，啓發筆者的如廖美玉在《中古詩人的生命印記》一書裡提到的回車觀念，本文道路觀念的啓發實從此處而來。梁敏兒〈杜甫夔州詩的深度感覺初探〉〔註 106〕、〈杜甫夔州詩的開端與結尾——墜落的恐怖〉〔註 107〕、〈杜甫夔州詩的深度想像——大地母神的幽暗世界〉〔註 108〕等諸文，則讓筆者對杜甫夔州詩歌有了斷裂這一種現象的掌握，在了解杜甫道路上的兩難有很大幫助。

（3）從創作視角談起

廖美玉近來不斷從創作視角這一思維切入，啓蒙筆者甚多，如：〈詩人夜未眠的典型案例——杜甫〉〔註 109〕，文中處理到杜甫夜色之作，其中關於夔州與兩湖部分啓發筆者甚大。〈杜甫士／農越界的身分認同和創作視域〉〔註 110〕處理成都與夔州兩個時期裡士／農越界問題，結論談及身分認同的論述，分析杜甫出走京華後的轉變，幫助筆者釐清不少問題。而其他討論後人學杜作品裡，藉由他人視角的討論，也開拓筆者對杜甫的認識。如：〈東京與兩川——王安石、黃庭堅學杜的兩種視角〉〔註 111〕、〈記夢、謁墓與前身——唐宋人學杜的情感徑路〉〔註 112〕、〈錢牧齋論學杜在建構詩學譜系上

〔註105〕簡錦松：〈我怎樣為杜甫夔州詩重定編年〉，《臺灣學術新視野——中國文學之部（一）》（臺北：五南圖書出版股份有限公司，2007年6月），頁247～285。

〔註106〕梁敏兒：〈杜甫夔州詩的深度感覺初探〉，《中國文學的開端結尾研究》（臺北：臺灣學生書局承印，2002年6月），頁109～156。

〔註107〕梁敏兒：〈杜甫夔州詩的開端與結尾——墜落的恐怖〉，《李白杜甫詩的開端結尾研究》（臺北：臺灣學生書局承印，2002年6月），頁81～121。

〔註108〕梁敏兒：〈杜甫夔州詩的深度想像——大地母神的幽暗世界〉，《漢唐文學與文化研究》（臺北：臺灣學生書局承印，2004年2月），頁281～326。

〔註109〕廖美玉：〈詩人夜未眠的典型案例——杜甫〉、《中古詩人夜未眠》（臺南：宏大出版社，2002年1月），頁345～478。

〔註110〕廖美玉：〈杜甫士／農越界的身分認同和創作視域〉，《中古詩人的生命印記》（臺北：里仁書局，2007年2月），頁199～279。

〔註111〕廖美玉：〈東京與兩川——王安石、黃庭堅學杜的兩種視角〉、《傳統中國研究集刊（第六輯）》（上海：上海人民出版社，2009年6月），頁203～222。

〔註112〕見廖美玉：〈記夢、謁墓與前身——唐宋人學杜的情感徑路〉，《國際東方詩話學會第六次學術大會論文集》（延吉：延邊大學國際東方詩話學會，2009年8月），頁385～405。

的意義〉〔註113〕、〈杜甫在唐代詩學論爭中的意義與效應〉〔註114〕等。筆者在這些文中學習杜甫對後人的影響外，更在後人學習的過程裡，看到閱讀視角因人而異的現象，對於研究方法採用呂克爾的觀點有很大的影響。

（4）外國學者的新觀點

國外學者也許在文獻使用不如中國學者明確，但在切入點上，由於不同文化的養成，常能夠提供我們不同思考方向。如：高友工《中國美典與文學研究論文集》〔註115〕、宇文所安《盛唐詩》〔註116〕、《追憶：中國古典文學中的往事再現》〔註117〕、《中國「中世紀」的終結──中唐文學文化論集》〔註118〕等。這些作品裡對杜甫有很新穎的認識，尤其對杜甫在夔州時期的創作給予很高評價。

以上，關於夔州的論文甚多，卻沒有文章處理杜甫在不離不返之際的心路歷程，正如前面所言，夔州反映的不只是杜甫創作的高潮而已，處在一種矛盾的過路中，作品透過「道路」與京華對應而出的思考必然有很大的力量，尤其在失去政治支持後，夔州時期的詩作實值得我們以不同角度注意。

（三）兩湖時期的研究概況

1. 以編年為主的研究

專論整個時期的作品有：洪素香《杜甫出夔後行旅與詩歌研究》〔註119〕，從整個兩湖作品做全面性的觀察，其中包含杜甫的行蹤、應酬、身心、作品特色等，惟作者在撰寫時即以初探為本，故全書雖整理出輪廓大概，卻未做更深入的探討。其它以部分文章討論整個時期的作品有：龔嘉英《詩聖杜甫

〔註113〕見廖美玉：〈錢牧齋論學杜在建構詩學譜系上的意義〉，《文與哲》（高雄：國立中山大學中國文學系，2009 年 12 月），頁 285～331。

〔註114〕見廖美玉：〈杜甫在唐代詩學論爭中的意義與效應〉，《中華文史論叢》（上海：上海古籍出版社，2009 年 6 月），頁 37～72。

〔註115〕高友工：《中國美典與文學研究論文集》（臺北：國立台灣大學出版中心，2004 年 3 月）。

〔註116〕宇文所安著，賈晉華譯：《盛唐詩》（臺北：聯經出版事業公司，2007 年 1 月）。

〔註117〕宇文所安著，鄭學勤譯：《追憶：中國古典文學中的往事再現》（臺北：聯經出版事業股份有限公司，2006 年 11 月）。

〔註118〕宇文所安著，陳引馳、陳磊譯：《中國「中世紀」的終結──中唐文學文化論集》（臺北：聯經出版事業股份有限公司，2007 年 5 月）。

〔註119〕洪素香：《杜甫出夔後行旅與詩歌研究》（臺南：台灣復文興業股份有限公司，2003 年 8 月）。另此書據作者碩論（洪素香：《杜甫荊湘詩初探》，國立中山大學：中國文學系研究所，2002 年）修改而成。

──以詩作傳以史證詩》〔註120〕、韓成武《詩聖──憂患世界中的杜甫》〔註121〕、王實甫《杜甫年譜》〔註122〕、聞一多《唐詩雜論》〔註123〕、劉開揚〈杜甫兩湖晚期詩作述評〉,《唐詩論文集》〔註124〕、〈關於杜甫湖南紀行詩的編次考證〉,《唐詩論文集續集》〔註125〕。這些作品多以編年爲經,除劉開揚較具體指出此時成就外,多有編年的味道。

以單篇論文論述的文章,有許多亦是處理編年,如:丘良任〈杜甫湘江詩月譜(上)〉〔註126〕、〈杜甫湘江詩月譜(下)〉〔註127〕、黃去非〈杜甫入湘早期行蹤及詩作編年〉〔註128〕、〈杜甫入湘中期行蹤及詩作編年〉〔註129〕、〈杜甫入湘晚期行蹤及詩作編年〉〔註130〕。這些作品裡,皆以杜甫兩湖作品的編年串接詩人的行蹤,對於我們了解杜甫兩湖時期的行蹤有很大的了解和幫助。另有幾篇文章並非處理整個兩湖時期,亦提供許多寶貴的知識,如:陶先淮、陶劍〈大名詩獨步　勝跡遍長沙──杜甫三寓長沙行蹤及卒年考略〉〔註131〕、熊治祁〈杜甫湖南詩作五首編年考辨〉〔註132〕、樊維綱〈南客瀟湘

〔註120〕龔嘉英:《詩聖杜甫──以詩作傳以史證詩》(臺北:杜詩研究山房,1993年5月),頁248～285。

〔註121〕韓成武:《詩聖──憂患世界中的杜甫》,河北:河北大學出版社,2004年5月,頁249～285。

〔註122〕王實甫:《杜甫年譜》(臺北:西南書局有限公司,1978年9月),頁252～290。

〔註123〕聞一多:《唐詩雜論》(北京:中華書局,2004年4月,頁90～95。

〔註124〕劉開揚:〈杜甫兩湖晚期詩作述評〉,《唐詩論文集》(上海:上海古籍出版社,1979年9月),頁177～216。

〔註125〕劉開揚:〈關於杜甫湖南紀行詩的編次考證〉,《唐詩論文集續集》(上海:上海古籍出版社,1987年5月),頁158～171。

〔註126〕丘良任:〈杜甫湘江詩月譜(上)〉,《長沙水電師院學報》(筆者案:現已改爲長沙理工大學學報)。(長沙:長沙理工大學,1987年第2期),頁93～98。

〔註127〕丘良任:〈杜甫湘江詩月譜(下)〉,《長沙水電師院學報》(筆者案:現已改爲長沙理工大學學報)(長沙:長沙理工大學,1987年第3期),頁83～89。

〔註128〕黃去非:〈杜甫入湘早期行蹤及詩作編年〉,《雲夢學刊》(岳陽:湖南理工學院學報編輯部,2000年第4期),頁52～55。

〔註129〕黃去非:〈杜甫入湘中期行蹤及詩作編年〉,《雲夢學刊》(岳陽:湖南理工學院學報編輯部,2001年11月第22卷第6期),頁81～83。

〔註130〕黃去非:〈杜甫入湘晚期行蹤及詩作編年〉,《雲夢學刊》(岳陽:湖南理工學院學報編輯部,2002年4月第23卷第2期),頁87～90。

〔註131〕陶先淮、陶劍:〈大名詩獨步　勝跡遍長沙──杜甫三寓長沙行蹤及卒年考略〉,《中國韻文學刊》(湘潭:湘潭大學出版社,2002年第2期),頁33～39。

〔註132〕熊治祁:〈杜甫湖南詩作五首編年考辨〉,《船山學報》(長沙:湖南省社會科學界聯合會,1988:1(總10期)),頁100～116。

外　江湖行路難——杜甫在湖南的行踪、境遇〉〔註133〕、黃去非〈杜詩湖湘地
名考〉〔註134〕、〈杜甫岳州詩論略〉〔註135〕。這時期處理編年的作品很多，可
見兩湖時期不僅在討論上甚少，連編年都還存在許多不確定性，莫礪鋒即言：

> 〈過洞庭湖〉一首真偽難定，〈回棹〉、〈登舟將適漢陽〉、〈暮秋將歸
> 秦留別湖南幕府親友〉三首則難以準確地繫年，所以這四首可以暫
> 時不論。〔註136〕

顯然這個時期的作品在編年上有不少問題，筆者曾試著挑幾位作家的編年比
較〔註137〕，便有這樣感觸。實則編年甚難，本文重點不在此，關於上述編年
只就合理處挑選，倘若證據許可，筆者亦嘗試討論，惟要點不在此，仍將集
中道路的兩難以及路途中的啟發上。另針對杜甫之卒年也有不少討論，筆者
以為陳文華〔註138〕與莫礪鋒〔註139〕的討論甚詳，可參。

　　整體而言，前人對杜甫兩湖時期的研究不多，多為編年之作。莫礪鋒《杜
甫評傳》可說宏觀且細緻地描述了杜甫一生，其中針對兩湖時期生活僅有 193
～194 兩頁。韓成武《詩聖——憂患世界中的杜甫》談到杜甫兩湖時期亦只有
頁 247～285 此處，且僅概述生平。其他論文如：廖美玉〈詩人夜未眠的典型
案例——杜甫〉〔註140〕處理杜甫此時部分作品，但因研究主題的方向，只限
夜色之作。裴斐〈杜甫八期論〉〔註141〕談到兩湖時期的價值，惟強調杜甫八

〔註133〕樊維綱：〈南客瀟湘外　江湖行路難——杜甫在湖南的行踪、境遇〉，《湖南師
　　　　院學報》（筆者案：現改名為《湖南師範大學教育科學學報》）（長沙：湖南師
　　　　範大學教育科學學報編輯部，1981 年第 1 期），頁 28～35。

〔註134〕黃去非：〈杜詩湖湘地名考〉，《雲夢學刊》（岳陽：湖南理工學院學報編輯部，
　　　　2004 年 11 月第 25 卷第 6 期），頁 82～83。

〔註135〕黃去非：〈杜甫岳州詩論略〉，《中國韻文學刊》（岳陽：湖南理工學院學報編
　　　　輯部，2003 年 3 月第 1 期），頁 12～15。

〔註136〕見莫礪鋒：〈重論杜甫卒於大曆五年冬——與傅光先生商榷〉，《唐宋詩歌論集》
　　　　（南京：鳳凰出版社，2007 年 4 月），頁 100。

〔註137〕可參附錄一。

〔註138〕陳文華：《杜甫傳記唐宋資料考辨》（臺北：文史哲出版社，1987 年 11 月），
　　　　頁 175～201。

〔註139〕莫礪鋒：〈重論杜甫卒於大曆五年冬——與傅光先生商榷〉，《唐宋詩歌論集》
　　　　（南京：鳳凰出版社，2007 年 4 月），頁 90～109。

〔註140〕廖美玉：〈詩人夜未眠的典型案例——杜甫〉，《中古詩人夜未眠》（臺南：宏
　　　　大出版社，2002 年 1 月），頁 345～478。

〔註141〕裴斐：〈杜甫八期論〉，《文學遺產》（南京：江蘇古籍出版社，1992 年），第
　　　　四期，頁 27～39。

期的轉變與意義,針對兩湖時期所舉作品甚少,較難深入表現兩湖的深層意涵。許總〈艱難詩萬首 夔州至今名——杜甫夔州詩評價之我見〉〔註142〕一樣旁及杜甫兩湖而非專門論述,可見此期研究甚少之狀。要以前人文獻回應上述問題著實不易,何況前面所引亦少全面考察、論證,資料已少,論者亦鮮爬梳此時作品,殊為可惜。

2. 兩湖時期作品對宋朝詩歌的開展

杜甫與宋朝詩歌的關係前人早已有許多論述,陳文華《杜甫傳記唐宋資料考辨》一書即詳細說明宋人對杜甫的接受〔註143〕,其中忠君愛國之心的道德情懷與詩史觀念是很大關鍵,但未言及創作上的影響。龔鵬程在《唐代思潮》中已經注意到杜甫與宋代的關係,有〈從杜甫、韓愈到宋詩的形成〉一文〔註144〕,而後在《中國文學史》上冊中,進一步藉由杜甫記敘時事、以詩為史的發展,並認為白居易所謂「卒彰顯其志」之志已不是作者內在心靈之自我,亦即非「盍各言爾志」、「詩言志」之志,而是對一事件的議論評判。順著這種趨勢,宋朝自然會出現充滿敘事情趣與議論書卷的詩風,雖然也有抗拒這種詩風者,甚至發展出兼包的處理方式,融合紀實外,亦堅持情性才是詩的本質,但都與杜甫脫離不了關係〔註145〕。

張高評則以詩歌內容的考察說明杜甫與宋詩的關係。其人以為所謂「杜工部似司馬遷」,大致有三大義蘊,頗可見詩與史的會通:其一、杜詩筆力變化,足以方駕《史記》諸紀傳。其二、「杜工部似司馬遷」的命題,標幟著成就卓越,登峰造極的意蘊指向。其三、以敘為議,寄寓褒貶,是「老杜似司馬遷」的另一層意蘊,此則與「詩史」說最為密切相關〔註146〕。又在《宋詩之新變與代雄》一書裡論述宋詩的特色〔註147〕,其中不論「破體出位,注

〔註142〕許總:〈艱難詩萬首 夔州至今名——杜甫夔州詩評價之我見〉,《杜詩學發微》(南京:南京出版社,1989 年 5 月),頁 289～318。

〔註143〕詳見陳文華:《杜甫傳記唐宋資料考辨》(臺北:文史哲出版社,1987 年 11 月)。

〔註144〕詳見龔鵬程:《唐代思潮》下冊(宜蘭:佛光人文社會學院,2001 年 6 月),頁 653～679。

〔註145〕以上詳見龔鵬程:《中國文學史》上冊(臺北:里仁書局,2009 年 1 月),頁 412～418。

〔註146〕詳見張高評:《會通化成與宋代詩學》(臺南:國立成功大學出版組,2000 年 8 月),頁 186～193。

〔註147〕詳見張高評:《宋詩之新變與代雄》(臺北:洪葉文化事業有限公司,1995 年 9 月)。

重整合融會」〔註148〕、「翻轉變異，強調推陳出新」〔註149〕、「轉益多師，題材拓展廣博」〔註150〕、「深造有得，內容體現深遠」〔註151〕、「精益求精，努力技法洗煉」〔註152〕、「別裁創獲，期於自成一家」〔註153〕等，早在杜甫身上可以看見。而「以文爲詩」、「以議論爲詩」、「以賦爲詩」〔註154〕、「或俗爲雅」〔註155〕等特色，杜甫亦兼有開創之工，則杜甫對於宋人的啓蒙可

〔註148〕杜甫即有許多作品與書法、音樂、繪畫有關，關此，學界已有定論，不再舉例。

〔註149〕「杜詩正而能變，變而能化，化而不失本調，不失本調而兼得眾調，故絕不可及。」見〔明〕胡應麟：《胡應麟詩話》，引自吳文治主編：《明詩話全編》，頁5497。「子美七言，以古入律，雖是變風，然氣象風格自勝。」見〔明〕許學夷：《許學夷詩話》，引自吳文治主編：《明詩話全編》，頁6201。

〔註150〕杜甫學習前人者甚多，如呂正惠即有《杜甫與六朝詩人》一書討論，可參。詳見呂正惠：《杜甫與六朝詩人》（臺北：大安出版社，1989年5月）。而吳懷東《杜甫與六朝詩歌關係研究》細膩之討論也提供不同思維，詳見吳懷東：《杜甫與六朝詩歌關係研究》（合肥：安徽教育出版社，2002年5月）。

〔註151〕「古來詩材之富，無若老杜。」見蔣瑞藻輯：《續杜工部詩話》，引自張忠綱編注：《杜甫詩話六種校注》（濟南：齊魯書社，2002年4月），頁347。「少陵集，……。正如曬衣樓頭，五光十色，無所不有，洵詩中聖也。」見蔣瑞藻輯：《續杜工部詩話》，引自張忠綱編注：《杜甫詩話六種校注》，頁356。

〔註152〕「老耽詩律細，非即孔子之『從心所欲不逾矩』乎？」見蔣瑞藻輯：《續杜工部詩話》，引自張忠綱編注：《杜甫詩話六種校注》，頁348。「少陵筆力變化，極於近體。……杜變化在意與格。……近體有定規，難於伸縮。……意格精深，始若無奇，繹之難盡。」見〔明〕胡應麟：《胡應麟詩話》，引自吳文治主編：《明詩話全編》，頁5495。

〔註153〕「盛唐一味秀麗雄渾。杜則精粗、鉅細、巧拙、新陳、險易、淺深、濃淡、肥瘦，靡不畢具，參其格調，實與盛唐大別，其能會萃前人在此，濫觴後世亦在此。且言理近經，敘事兼史，尤詩家絕觀。其集不可不讀，亦殊不易讀。」見〔明〕胡應麟：《胡應麟詩話》，引自吳文治主編：《明詩話全編》，頁5495。「詩，杜甫大。眾體皆備，塵垢糟粕，時亦有之。無朽腐不化神奇。不得以瑕誉瑜也。」見〔明〕郝敬：《郝敬詩話》，引自吳文治主編：《明詩話全編》，頁5938。

〔註154〕「以文爲詩」、「以議論爲詩」、「以賦爲詩」等三點在龔鵬程《唐代思潮》下冊、《中國文學史》上冊等書皆有討論，可參。梁桂芳《杜甫與宋代文化》一文也有討論，見梁桂芳：《杜甫與宋代文化》（濟南：山東大學博士學位論文，2005年4月）。

〔註155〕「宋文之淺易，韓文兆之也；宋詩之蕪拙，杜詩啓之也。韓之文大顯于宋，而宋文因韓以衰；杜之詩盛行于宋，而宋詩因杜以壞。雖然，宋文衰于韓而韓不爲之損，未得其所以文也；宋詩壞于杜而杜不爲之損，未得其所以詩也。嗟夫！此豈可爲世人道哉！韓、杜有知，當爲點頭耳。」見〔明〕于慎行：《于慎行詩話》，引自吳文治主編：《明詩話全編》，頁5145。

謂大矣〔註156〕。然而除了上述關係以外，杜甫還有沒有其他的影響？尤其兩湖時期中，作品有了很多轉變〔註157〕，對宋詩還有怎樣的啟蒙值得我們注意？這是上述關於杜甫兩湖時期的論述所未提到的。

第二節　選題之義界與說明

從回京補官的預期裡再度失去希望，雲泥之際的落差是夔州以後生活（即夔州、兩湖）成為筆者關注的原因之一。因為在草堂獨善經驗的驗證後，京華之思確實成為杜甫不可撼動的方向，不只歸鄉一詞的涵攝而已，也包含廣廈建築成功的與否。尤其杜甫既已失去回京補官的有力資助，往後的生活在飄泊中還能支撐杜甫歸京之舉，可見詩人內在確實有著一股返京的力量，故能與迢迢道路碰撞出一篇篇不朽詩作，如此，兩段時期確實有不少討論空間。夔州時期作品指杜甫真正寓居夔州時所作，時間約是大曆元年（766）春末夏初抵夔，到大曆三年（768）正月中旬出峽赴江陵，約莫近兩年，兩湖時期則是出峽後到大曆五年（770）秋天，詩人死於船上。以下便解釋題目義涵。

一、論題的開展——孤城、孤舟、京華的提出

（一）孤城——山中鳥道的地理指標

「孤城」一詞的使用在杜甫貶官華州時便出現，如〈至日遣興奉寄北省舊閣老兩院故人二首·其二〉：

　　憶昨逍遙供奉班，去年今日侍龍顏。

　　麒麟不動爐煙上，孔雀徐開扇影還。

〔註156〕「子美眾作雖與諸家不同，然未可稱變。至五言古，如《柴門》、《杜鵑》、《義鶻》、《彭衙》，用韻錯雜，出語豪縱；七言古，如《魏將軍歌》、《憶昔行》用韻險絕，造語奇特，皆有類退之矣；《茅屋為秋風所破》，亦為宋人濫觴，皆變體也。又七言律，如『伯仲之間見伊呂，指揮若定失蕭曹』，『韓公本意築三城，擬絕天驕拔漢旌。豈謂盡煩回紇馬，翻然遠救朔方兵』，始漸步議論；五言律，如『吾宗老孫子』、『江皋已仲春』，七言律，如〈清江一曲〉、〈一片花飛〉、〈朝回日日〉等篇，亦宛似宋人口語。予嘗與翁方恬論詩，予曰：『元和諸公，始開宋人門戶。』翁恬曰：『杜子美已開宋人之門戶矣。』此語實不為謬，但初學聞之，反以為怪耳。」見〔明〕許學夷：《許學夷詩話》，引自吳文治主編：《明詩話全編》，頁6196。

〔註157〕筆者將於〈孤舟物理〉一文討論。

　　玉几由來天北極，朱衣只在殿中間。

　　孤城此日堪腸斷，愁對寒雲雪滿山。（卷 6 頁 498）

詩中追憶擔任拾遺時一切的筆觸與〈秋興八首‧其五〉頗似：

　　蓬萊宮闕對南山，承露金莖霄漢間。

　　西望瑤池降王母，東來紫氣滿函關。

　　雲移雉尾開宮扇，日繞龍鱗識聖顏。

　　一臥滄江驚歲晚，幾回青瑣點朝班。（卷 17 頁 1491）

如此情形頗為特別，彷彿暗示著未來夔州回憶詩的開啟。藉由第一首孤城之作，可見孤城情緒與遠離京華有極大的關聯，才在貶官之際，產生杜詩裡第一次孤城的使用。

　　這一詞彙的大量出現首先在秦州時：

　　呼號傍孤城，歲月誰與度。

　　（〈有懷台州鄭十八司戶〉‧節‧卷 7 頁 560）

　　帶甲滿天地，胡為君遠行。親朋盡一哭，鞍馬去孤城。

　　草木歲月晚，關河霜雪清。別離已昨日，因見古人情。

　　（〈送遠〉‧卷 8 頁 625）

前兩首詩歌雖不是寫自己，情緒轉移中，可以想像杜甫眼中所見已是眾所皆孤。有這種轉移，詩人對於自己所處自然也是如此體會：

　　莽莽萬重山，孤城石谷間。無風雲出塞，不夜月臨關。

　　屬國歸何晚，樓蘭斬未還。烟塵一長望，衰颯正摧顏。

　　（〈秦州雜詩二十首‧其七〉‧卷 7 頁 578）

　　清秋望不極，迢遞起層陰。遠水兼天淨，孤城隱霧深。

　　葉稀風更落，山迴日初沈。獨鶴歸何晚，昏鴉已滿林。

　　（〈野望〉‧卷 8 頁 618）

襯托孤城的背景是一片灰黑與衰颯的心靈，這樣的孤城意象其實正是杜甫自身形象的反映，在霧深石谷間，暢訴自己的哀思與愁望。

　　前面已提到成都草堂是杜甫安居的一處重要指標，可是孤城意象不只在秦州時出現，安居時也存在，如〈暮登四安寺鐘樓寄裴十迪〉：

　　暮倚高樓對雪峰，僧來不語自鳴鐘。

　　孤城返照紅將斂，近市浮煙翠且重。

　　多病獨愁常闃寂，故人相見未從容。

知君苦思緣詩瘦，太向交遊萬事慵。（卷9頁783）

詩歌為杜甫卜居之後所寫，拋下與朋友的內容，滿是濃郁的憂鬱色調，可知杜甫縱然有了安居之所，心情仍處在一種不安的氛圍。之後杜甫奔走流離錦州、梓州、閬州間，也寫下類似作品：

孤城西北起高樓，碧瓦朱甍照城郭。（〈越王樓歌〉‧節‧卷11頁921）

高齋常見野，愁坐更臨門。十月山寒重，孤城月水昏。
葭萌氐種迴，左擔犬戎屯。終日憂奔走，歸期未敢論。

（〈愁坐〉‧卷12頁1054）

杜甫從離開關中後便一直將自己所處比擬為孤城，城是居住之地，「孤」呢？這一個詞彙的內容仍未明指。後來杜甫回到成都，又寫了一詩：

悲秋迴白首，倚杖背孤城。江斂洲渚出，天虛風物清。
滄溟恨衰謝，朱紱負平生。仰羨黃昏鳥，投林羽翮輕。

（〈獨坐〉‧卷14頁1175～1176）

此時杜甫應已接受嚴武的薦舉，故稱「朱紱負平生」，從此處說，孤城的意義已有一點端倪，也就是與朱紱實踐之地的京華有關，加上杜甫對所處孤城以背倚之姿稱之，所向之地實透露方位了。

杜甫在到達夔州前也寫有孤城之詞，如〈題忠州龍興寺所居院壁〉：「小市常爭米，孤城早閉門」（卷14頁1226），這不是詩人自己的描寫，至多只是詩人情感的轉移。然而當杜甫到達夔州後，與孤城相對的地理終於揭開它的面紗，如以下諸作：

萬里煩供給，孤城最怨思。

（〈夔府書懷四十韻〉‧節‧卷16頁1420～1426）

夔府孤城落日斜，每依北斗望京華。

（〈秋興八首‧其二〉‧節‧卷17頁1485）

曾聞宋玉宅，每欲到荊州。此地生涯晚，遙悲水國秋。
孤城一柱觀，落日九江流。使者雖光彩，青楓遠自愁。

（〈送李功曹之荊州充鄭侍御判官重贈〉‧卷18頁1594）

江草日日喚愁生，巫峽泠泠非世情。
盤渦鷺浴底心性，獨樹花發自分明。
十年戎馬暗南國，異域賓客老孤城。
渭水秦山得見否，人經罷病虎縱橫。（〈愁〉‧卷18頁1598）

絕塞烏蠻北，孤城白帝邊。飄零仍百里，消渴已三年。

……弔影夔州僻，回腸杜曲煎。……

每欲孤飛去，徒爲百慮牽。生涯已寥落，國步尚迍邅。

（〈秋日夔府詠懷奉寄鄭監李賓客一百韻〉‧節‧卷 19 頁 1699～1715）

昳戞孤城外，江村亂水中。深山催短景，喬木易高風。

鶴下雲汀近，雞棲草屋同。琴書散明燭，長夜始堪終。

（〈向夕〉‧卷 20 頁 1739）

舊挹金波爽，皆傳玉露秋。關山隨地闊，河漢近人流。

谷口樵歸唱，孤城笛起愁。巴童渾不寐，半夜有行舟。

（〈十六夜玩月〉‧卷 20 頁 1752）

方冬合沓玄陰塞，昨日晚晴今日黑。

萬里飛蓬映天過，孤城樹羽揚風直。

江濤簸岸黃沙走，雲雪埋山蒼兕吼。

君不見夔子之國杜陵翁，牙齒半落左耳聾。

（〈復陰〉‧卷 21 頁 1847～1848）

姑不論這八首詩的內容，就孤城一詞的數量來說，也是各時期之冠。這時孤城
除了與詩人身影一同出現外，也與故鄉作了聯結，但最讓我們注意的是孤城與
京華的相對，兩者關係不僅不平等，還做了相當明顯的傾斜，可見杜甫傾注一
城之思望向那遙遠的京華，誠如筆者前面所說，潛藏在杜甫心裡的呼喚已經壓
抑不住，故傾城而出，也讓兩地出現優劣、高低的輕重之別。之後孤城還出現
過一次，〈行次古城店泛江作不揆鄙拙奉呈江陵幕府諸公〉：「白屋花開裏，孤城
麥秀邊」（卷 21 頁 1874～1875），已是出夔之作，但在作品量上已不若夔州之
時，則夔州實爲杜甫孤城一詞內涵最明顯之時，堪爲夔州生活代表。

　　這樣的孤城是在山中的，可由上述詩中窺知，一座立身於千山中的地理
定位，連接京華的僅是杜甫詩中所言：「關塞極天惟鳥道」（卷 17 頁 1494），
兩地之間，遙望之情確實坎坷，而線與路的概念不言而喻。

（二）孤舟——兩湖水路的詩人身影

　　杜詩出現「孤舟」一詞最早在〈奉先劉少府新畫山水障歌〉：「野亭春還
雜花遠，漁翁暝蹋孤舟立。滄浪水深青溟闊，欹岸側島秋毫末。」（卷 4 頁 277）
孤舟只爲繪畫裡的一角，與詩人生命無涉。杜詩下一次出現孤舟已在夔州：

飛旒出江漢，孤舟輕荊衡〔註158〕。虛橫馬融笛，悵望龍驤塋。

（〈八哀詩·贈左僕射鄭國公嚴公武〉·節·卷 16 頁 1389）

叢菊兩開他日淚，孤舟一繫故園心。

（〈秋興八首·其一〉·節·卷 17 頁 1484）

杜甫回憶嚴武時，想起嚴武棺柩送還京師的場景，對自己此生去路就是以孤舟描寫，可見孤字在夔州之後開始產生意義實與嚴武之死有關，失依之情甚為濃烈，讓人不忍卒讀。之後孤舟還做為與故園牽繫的媒介，當與杜甫亟欲出峽赴荊有關，只有到了荊州，返京才有希望。如此，夔州時期中孤舟與京華的聯繫已然產生，鳥道轉為水路漂蕩的未來也在悄悄轉換。

杜詩集中描寫孤舟幾乎在兩湖時期，如以下：

昔聞洞庭水，今上岳陽樓。吳楚東南坼，乾坤日夜浮。

親朋無一字，老病有孤舟。戎馬關山北，憑軒涕泗流。

（〈登岳陽樓〉·卷 22 頁 1946～1947）

百丈牽江色，孤舟泛日斜。（〈祠南夕望〉·節·卷 22 頁 1956）

孤舟亂春華，暮齒依蒲柳。（〈上水遣懷〉·節·卷 22 頁 1957～1959）

孤舟似昨日，聞見同一聲。（〈早行〉·節·卷 22 頁 1962）

孤舟增鬱鬱，僻路殊悄悄。

（〈轟耒陽以僕阻水書致酒肉療饑荒江詩得代懷興盡本韻至縣呈轟令陸路去方田驛四十里舟行一日時屬江漲泊於方田〉·節·卷 23 頁 2081～2083）

關於孤舟與杜甫間的關係將於論文中討論，由孤舟一詞出現的比例來看，杜甫與孤舟間的關係顯然與兩湖舟中生活有極大關聯。孤舟與京華的關係亦可在這些作品裡找到線索，如杜甫登岳陽樓時，除了感受此身與孤舟的宿命聯結，更將目光投射在「關山北」的遙望中，可見詩人與京華的牽繫仍在延續，甚至〈小寒食舟中作〉一作中更言：「愁看直北是長安」（卷 23 頁 2061～2062），孤舟與京華間，確實有著一條隱隱道路連接。

〔註158〕仇注：「喪返華陰，路經江、漢、荊、衡也。」（卷 16 頁 1389）浦起龍：「出峽江入漢而北也。」、「自言行且南下。」見〔清〕浦起龍：《讀杜心解》（臺北：九思出版有限公司，1979 年 3 月），頁148。筆者以為仇注說不合理，棺木北歸不可能在荊州又轉衡州，當以浦起龍之說為是，時杜甫到荊、衡一帶是因為親友多在兩地，可參筆者第四章所論。

（三）京華——鳥道與水路的終點

京華對古人的影響如廖美玉所言：

> 秦漢以來的京城核心觀點，所謂「中國」，即指一國之中的京城長安，
> 是實踐個人理念的唯一場域，生命存在的意義與價值在此獲得認
> 定，使士人幾乎以京城為心靈上的故鄉。一旦離開京城，除隱逸之
> 士的另有天地外，心中的挫折感與失落感常是溢於詩文。〔註159〕

而今杜甫為了政治上的堅持棄官，走上飄泊的道路，詩文書寫一直是杜甫的
立言之道，以文字彌補他的遺憾；然在諸多詩作中，「京華」對杜甫的意義卻
反覆出現，成為不尋常、惹人關切的詞彙，如〈奉贈韋左丞丈二十二韻〉：

> 自謂頗挺出，立登要路津。致君堯舜上，再使風俗淳。此意竟蕭條，
> 行歌非隱淪。騎驢三十載，旅食京華春。朝扣富兒門，暮隨肥馬塵。
> 殘杯與冷炙，到處潛悲辛。（節・卷1頁74）

早期京華的生活似乎不太順利，在富兒肥馬後，潛著人生的辛酸與白眼，此
時的京華是一種矛盾印象，讓杜甫在施展抱負之餘，也嚐盡了痛苦。惟此時
仍可見詩人願向社會妥協的一面，因此殘杯、冷炙中，除能保住他一絲希望，
亦見其陳情之意〔註160〕，可知京華與杜甫間若即若離的關係。

而在〈夢李白二首・其二〉，杜甫的情緒就顯得激昂許多：

> 出門搔白首，若負平生志。冠蓋滿京華，斯人獨憔悴。
> 孰云網恢恢，將老身反累。千秋萬歲名，寂寞身後事。
> （節・卷7頁557）

此詩雖是贈李白，然同是天涯淪落人，詩中所言何嘗不是杜甫自己的遭遇。
且推杜甫時客秦州，正是棄官之時，所謂傷其遭遇坎坷，恐怕亦是自己的憔
悴，此又見杜甫京華意象中失落的一面，對比京華原意，同時加深了「同學
少年多不賤，五陵衣馬自輕肥」（卷17頁1487）的衝擊。杜甫雖以堅持儒者
初衷的風骨放棄功名〔註161〕，然在「遊子出京華」（〈鹿頭山〉・卷9頁722）
的守道與落寞外，杜甫還是寫下了〈遠遊〉這樣的作品：

> 賤子何人記，迷芳著處家。竹風連野色，江沫擁春沙。
> 種藥扶衰病，吟詩解歎嗟。似聞胡騎走，失喜問京華。（卷11頁969）

〔註159〕參見廖美玉：〈東京與兩川——王安石、黃庭堅學杜的兩種視角〉，頁204。
〔註160〕「前詩有頌韋丞語，此篇全屬陳情。」（卷1頁73）。
〔註161〕杜甫出京的原因很多，上述只是其中之一，因不是此篇論文主旨，故乃不論。

詩中描述了杜甫行蹤無定、飄搖流蕩之貌，充分展現生活的落拓與不堪。杜甫卻在胡騎走的傳聞中，不覺失喜，此失聲、失笑不正是杜甫對京華的牽掛。而後如「異方同宴賞，何處是京華」（〈陪王侍御宴通泉東山野亭〉·卷 11 頁 963）、「西江使船至，時復問京華」（〈溪上〉·卷 19 頁 1672）、「楚雨石苔滋，京華消息遲」（〈雨四首〉·卷 20 頁 1800）、「悠悠照邊塞，悄悄憶京華」（〈季秋蘇五弟纓江樓夜宴崔十三評事韋少府姪三首〉·卷 20 頁 1777）等書寫，反覆的都是杜甫對京華的追憶，足見出走政治核心後的詩人，對京華的牽繫反而逐日加深，形成特殊而在時空日成反比的現象，如廖美玉所言：

> 離開自己所熟悉的生長點，向陌生的、遙遠的征途邁進，內心必然
> 產生畏怯、不安的感覺。離故鄉越遙遠，羈旅漂泊的不安定感也必
> 然越強烈；做爲「出發點」的故鄉，就成了維繫／穩定內心平衡的
> 重要支撐點，並且形成「離去」與「歸返」的辯證：「線」拉得越長，
> 「點」的固著力就有多大〔註162〕。

原本以理想而出走，但在時間與距離的雙重加壓下，點的固著力也慢慢加深了對杜甫的影響，與潛藏心中的理想疊合，終於在飄泊的兩處地理上，形成孤城、孤舟與京華間的關聯。然而在鳥道的阻隔後，杜甫人生最後一段路上不是與京華的直接面對，而是前文所寫更爲艱辛的水路漂蕩，那麼杜甫離開草堂之後的生活，雖一心極欲歸京，縫補與京華之間的距離，現實人生卻以鳥道和水路拉出更遙遠的道路，歷史的發展確實讓人不知所措。杜甫在回車之後，毅然選擇自己該走的方向，艱苦的道路又逼迫詩人必須更加認眞思考生計，尤其鳥道與水路之間，如何在停留與前進中辯證，實存在許多現象值得我們探索。

二、視角的成見——杜甫的儒者特質

前面說明杜甫此時處境與京華一詞間的關係。然本文要探討杜甫的創作視角，詩人背後的思想底蘊，也就是杜甫既有的成見，將是我們首要處理的問題。此處成見指杜甫夔州、兩湖前的思想根本，這當從杜甫所承談起，看看他思想中承繼的源頭爲何，而談到繼承，必然需要處理延伸而出的羈絆，以下亦一併討論。

〔註162〕見廖美玉：《中古詩人的生命印記》，頁 32。

　　首先繼承者，乃言杜甫對傳統中華精神和參與唐代文化的狀況，前者從儒家對杜甫思想的啓蒙入手，後者由盛唐文化切入〔註163〕，筆者希望藉由討論、啜飲杜甫思想的流水，上溯他人生態度的源頭，以及參與唐代社會的態度。

（一）學蔚醇儒姿──孔孟醇儒的繼承

　　杜甫在〈八哀詩・故秘書少監武功蘇公源明〉裡曾言：「學蔚醇儒姿」（卷16頁1404），「醇儒」之詞在〈贈特進汝陽王二十二韻〉：「學業醇儒富」（卷1頁62）亦有提及，可見杜詩關於醇儒的觀念很早就有了。仇注：「蔚醇儒，其學不雜」（卷16頁1404），謂醇儒者其學不能雜，韓愈〈讀荀〉則言：「孟氏，醇乎醇者也；荀與揚，大醇而小疵」〔註164〕，醇儒所指當是目前學界所認識的原始儒家，亦即孔孟之指，如此，杜甫對於儒家的態度是上承原始儒家，也就是發揮孔孟思想〔註165〕，故要了解杜甫思想的成見，便須從兩處文獻入手。

　　中國傳統精神一般皆以儒家作爲代表，不僅在中國經學中佔盡風光，在歷代文人的生活態度裡亦屢見不鮮，茲舉《論語》中言士者與杜甫做一照應，如：「志士仁人，無求生以害仁，有殺身以成仁」〔註166〕，言儒者當以自由意志做爲人生抉擇的根源，闢除一切違背良心的行爲與歧出。此與杜甫堅持不與君王作妥協的態度相吻，亦與其不願尸位素餐的態度有關，譬之「此身那得更無家」（〈曲江陪鄭八丈南史飲〉・卷6頁446）中的去官之志〔註167〕、「何用浮名絆此身」（〈曲江二首〉・卷6頁447）裡的哲思〔註168〕，都見杜甫「恥惡衣惡食者，未足與議也」的實踐〔註169〕；而「同學少年多不賤，五陵衣馬自輕肥」（卷17頁1487）裡的指責，則見杜甫心中的苦恨、痛心了。再察「士

〔註163〕趙謙舉用古證，認爲杜甫詩歌是悲愴而不失盛唐氣象，可見杜甫與盛唐間必有所關聯。詳見趙謙：《唐七律藝術史》：（臺北：文津出版社有限公司，1992年9月），頁95～96。

〔註164〕見屈守元、常思春主編：《韓愈全集校注》（成都：四川大學出版社，1996年7月），頁2717。

〔註165〕陳弱水亦持此觀點，詳見陳弱水：〈思想史中的杜甫〉，頁5。

〔註166〕見〔宋〕朱熹：《四書章句集註》（臺北：鵝湖出版社，2000年9月），頁163。

〔註167〕仇注：「見尸位不可，去官不能，進退兩難也。」可見杜甫對工作的態度，更見其對古代儒者精神的繼承。（卷6頁446）。

〔註168〕「名乃名位之名，官居拾遺而不能盡職，特浮名耳。」（卷6頁447）

〔註169〕見〔宋〕朱熹：《四書章句集註》，頁71。

見危致命，見得思義」〔註170〕裡的社會承擔與自反，此又與杜甫〈自京赴奉先縣詠懷五百字〉中「生常免租稅，名不隸征伐。撫跡猶酸辛，平人固騷屑。默思失業徒，因念遠戍辛。憂端齊終南，澒洞不可掇」（卷4頁273）的精神一致。杜甫眼見當時人民苦痛，除了發出憂積如山的吶喊外，更在承受此一責任同時，透過與老百姓的對照，在自己免去租稅、征伐卻猶且酸辛的不捨中反省，故能卸下政治雙眼的阻隔，拾起知識份子的體貼和細膩。最後如「士不可以不弘毅，任重而道遠。仁以爲己任，不亦重乎？死而後已，不亦遠乎？」〔註171〕亦與杜甫〈秋興八首〉中「請看石上藤蘿月，已映洲前蘆荻花」（卷17頁1486）的等待與堅持相似，看著懸崖上的身影在異鄉的孤獨與蒼涼中，展露一天又一天的強烈使命與願望，卻只有月色同望著北方京華的詩人一起推移，誠如曾子所言，確爲一幅「死而後已」且「任重道遠」的儒者形象。

　　凡此種種，皆可見杜甫創作過程中對傳統儒家精神的繼承，無論政治局勢如何艱險，詩人總以此作爲撐持生命的一道力量，無論夔府懸崖上如何孤寂、兩湖舟中身體如何疲憊、顛沛，杜甫只記得自己「每依北斗望京華」（卷17頁1485）、「愁看直北是長安」（卷23頁2062）的初衷，使其總能在疑惑之際仍勇往直前。或許可以這麼說：因爲繼承的力道是那麼源遠流長，因而在心中生出對古老傳統的珍惜，其中滋長的不只是一份對歷史記憶的懷念而已，分散在細胞中的，實是無數難以切割的牽連。所以我們說杜甫繼承了中國傳統淑世的觀念，因此獲得一份無窮信心，好比「葵藿傾太陽，物性固難奪」（〈自京赴奉先縣詠懷五百字〉‧卷4頁265）裡的本質立論，讓他在艱難苦恨之際，仍然握著自己對人民熱愛的衷望，更秉著「許身一何愚，竊比稷與契」（〈自京赴奉先縣詠懷五百字〉‧卷4頁264）的古老傳統邁進，航向那大鯨的浩瀚偃溟渤〔註172〕。

　　不能否定的，杜甫也在此繼承中閱盡浩瀚的牽掛〔註173〕，於是大量憶昔之作佔據了杜甫心靈，乃致〈秋興八首〉的誕生，還有兩湖時的漂蕩，此皆是繼承和羈絆兩者間的互動交流。

〔註170〕見〔宋〕朱熹：《四書章句集註》，頁188。
〔註171〕見〔宋〕朱熹：《四書章句集註》，頁104。
〔註172〕「白鷗沒浩蕩，萬里誰能馴。」（〈奉贈韋左丞丈二十二韻〉‧卷1頁74）
〔註173〕「非無江海志，蕭灑送日月。生逢堯舜君，不忍便永訣。」（卷4頁265）

（二）不忍便永訣——大唐盛世的參與和羈絆

　　杜甫在〈自京赴奉先縣詠懷五百字〉中提到「生逢堯舜君，不忍便永訣」（卷 4 頁 264），可證杜甫在上述文中與儒家的關係。然而人類皆處在一個複雜時代中，傳承古老智慧與思想外，多少會受到當代思維與風氣的影響，杜甫在儒家血液的長流下，必也因爲上下流位置的不同，因呼應的時空相異而有屬於當時的內涵。杜曉勤在〈盛唐詩人文化心態的形成〉一文中，曾舉三項分析，討論唐代詩人與當時文化之間的關係〔註 174〕，第一、良好君臣關係的重建。言君臣之間因爲玄宗的努力，打破了武后、中宗朝時君臣緊張的關係，使得士人願意投入更多力量與熱情在政治抱負上，培養出君臣遇合的觀念。第二、文人政治格局的初步形成。透過張說、張九齡等人的延禮文儒，終於讓文人能有更多躋身政治核心的機會。第三、對儒學經世精神的重視。指帝王宰相對儒家經世濟民的觀念有一致的認同，遂推動了下層士人對理想實踐的信心。由以上三點討論，我們明白杜甫參與唐代的方式，乃是一種時代氛圍影響所成，所以他無時無刻不思索自己與帝王間契合的可能性、發展性，並在晚年困頓之際，仍想著「幾回青瑣點朝班」（卷 17 頁 1491），足見上述三點對詩人影響之大。

　　因爲當時所塑造出的有利環境如此吸引人，遂令杜甫有了「自謂頗挺出，立登要路津」（〈奉贈韋左丞丈二十二韻〉・卷 1 頁 74）的想法，加上民族的融合，南北文化的統一與前述的儒家思維，終於在自身所受教育、所處社會環境與經歷下，綜合出一種飽滿雄闊的形象：於政治爲「致君堯舜上，再使風俗淳」（〈奉贈韋左丞丈二十二韻〉・卷 1 頁 74）、於社會爲「大庇天下寒士俱歡顏」（〈茅屋爲秋風所破歌〉・卷 10 頁 832）、於詩歌則爲藝術精粹的「語不驚人死不休」（〈江上值水如海勢聊短述〉・卷 10 頁 810）。

　　這種大唐盛世的氣氛對杜甫性格上的影響實爲顯要，尤其盛唐穩定的生活，更構築出杜甫往後的生存力量與理想內容，如歐麗娟在《唐詩的樂園意識》一書所言〔註 175〕，杜甫心中樂土的構成除了物質經濟的穩定外，還須有和平帶來的生命安全保障，是一處安居樂業、重視人性尊嚴的社會，可見這樣的世界與盛唐的氛圍十分密切。然在人與文化的雙互縈繞中，亦即在一個

〔註 174〕見杜曉勤：《初盛唐詩歌的文化闡釋》（北京，東方出版社，1997 年 7 月），頁 301～309。
〔註 175〕詳見歐麗娟：《唐詩的樂園意識》（臺北：里仁書局，2000 年 2 月），頁 324。

文化母體中進行自己對此文化的繼承與創造，我們會發現不是每個人都有同
樣的表現，於是所承同源，卻可有李白、杜甫這樣不同的聲音，此則如傅紹
良所說：

> 盛唐詩人對文化的感受方式，是以共性為前提，以個性為目標，在
> 尊重自我選擇的同時，追求自己時代使命感的實現。〔註176〕

每個人都有屬於自己的人籟，才得以讓天地一氣的天籟吹奏出不同聲響。雖
然杜甫複製著盛唐時期的文化與精神，展現一種投影的情懷，但其中花果的
綻生，卻是自身枝葉伸展所致，哪怕種子的基因是來自儒家根源的母體，受
自盛唐文化氛圍的孕育，姿態是自己的，顏色也是自己的，此乃文化人格中
自我存在的一面。是故就算中國歷代文人在表現自己的過程中，也許彰顯的
不過是古道照顏色下的同樣光輝，甚至在一個大歷史範疇中反覆著同樣努
力，感情卻是自己的。也因此，在歷史中，或是杜甫被寫進青史斑斑中，成
為盛唐文化下的一員；但就杜詩的盛載裡，卻是杜甫將命運拉進自己的生命
裡，尤其那一段出走與回歸的歷史，更成為杜甫跨越在盛唐與中唐間的特殊
體驗。不肯永訣這一世界的，當然是大唐文化氛圍影響下，杜甫對政治的熱
情；成就一段故事的，卻是杜甫內在消化盛唐熱情後的心腸。

（三）儒冠多誤身——理想與現實的悖離和執著

杜甫曾言：「紈袴不餓死，儒冠多誤身」（〈奉贈韋左丞丈二十二韻〉·卷1
頁74），儒者堅持與盛唐熱情雖帶給杜甫入世的決心，現實環境卻也給予許多
打擊。傅紹良認為盛世詩人們的使命感有幾個相似之處〔註177〕，其一是崇高
性，其二是民本思想，其三是理想的朦朧化。上述已約略呼應前兩樣特色，
至於理想的朦朧化則指缺少現實的條件和切實的行動。杜甫當然是一位實踐
力極高的詩人，此不僅在他任為左拾遺一職時可見，從他浩瀚詩篇中亦可嗅
及這一味道；但杜甫仍少了一樣，因此造成他生命中缺憾的來源與湧現，那
就是政治的參與條件。

討論杜甫政治理想的失落與傳統、今日間的難捨，首先當要了解杜甫的
政治意識。杜甫的政治觀在鄧小軍的書中已談得相當清楚，茲不再論述，其
總結為：

〔註176〕見傅紹良：《盛唐文化精神與詩人人格》（臺北：文津出版社有限公司，1999
年6月），頁70。

〔註177〕見傅紹良：《盛唐文化精神與詩人人格》，頁108～109。

杜甫全幅政治實踐，都體現著士人主體之真精神——道尊於君。其中包含四個主要層次：1.致君堯舜與格君之非。2.君有過則諫，反覆之而不聽則去。3.君無道則不赴召。4.期待君主政治自新。〔註178〕

從中我們發現杜甫從來不願當一名政治上的附庸或奴隸，他的政治觀是站在儒家良心與主體性下的一種態度，縱然詩人也曾努力讓自己適應這個複雜的社會，心中的一點堅持卻不曾忘記。因此，在政治與良心的兩難下，他恆常以良心作為自己安身立命的最後決定，帝王不改，杜甫便不回，終而成就他羈人的身分。

羈人乃葛立方所言的「一世之羈人」〔註179〕，據方瑜所說〔註180〕，羈人乃兼有「羈旅」與「羈絆」之意，前者指杜甫以遠離京城的方式來忘卻對政治的執著，後者則言不論走至何處，杜甫始終不能奪此物性，遂產生不斷的思念和感嘆。我們可以這麼說：杜甫是用一輩子的始與末來印證他對人民的關懷，只是他仍有疲倦的時候，於是「滿目悲生事，因人作遠遊。遲迴度隴怯，浩蕩入關愁」（〈秦州雜詩二十首〉‧卷7頁572），可見離去的不得已與苦衷。杜甫顯然是深受京華召喚的人，他也因自己試圖改造京華而與此地形成強烈糾葛；惟當一切並不如預期時，為了斬斷自己與此地的關連，自然地便逆向操作，終以貌似瀟灑的方式棄官出走，取消自己對地方的依存和思念，在滿目悲涼中，帶著浩蕩離愁遠遊。

只是事情並不如所想單純，因為地方是不可能消失的，就算地理上的京華從此消失，歷史相承而下的理想京華卻始終活在杜甫的心裡，何況杜甫始終踏在這塊土地上，遑論在此奔走浪跡的歲月。是故當山中偶然相遇一淪落人時，心中的天涯之感便化作長長感嘆，寫下「山中儒生舊相識，但話宿昔傷懷抱。嗚呼七歌兮悄終曲，仰視皇天白日速。」（〈乾元中寓居同谷縣作歌七首〉‧卷8頁699）時光流逝在理想之身上，無奈之情自是不言而喻。杜甫始終不能忘懷京城的一切，遂只能傷著懷抱，嗚呼時間流逝，〈秋興八首〉是他在懸崖上苦思之作，兩湖詩歌是他兩難的集成，共同記載著杜甫既有成見與現實間的衝突。

〔註178〕詳見鄧小軍：《唐代文學的文化精神》（臺北：文津出版社有限公司，1993年9月），頁262～271。

〔註179〕見〔宋〕葛立方：《葛立方詩話》，引自吳文治主編：《宋詩話全編》，頁8244～8245。

〔註180〕見方瑜：〈困境與突圍——以杜甫〈同谷七歌〉與〈秋興八首〉中的春意象為例〉，《臺大文史哲學報》（臺北：臺灣大學文學院，2008年11月），第六十九期，頁130。

（四）儒術於我何有哉——存在的兩難

討論傳統與今日的難捨，正如上文所言，傳統偉大的理想與今日現實的衝突並馳不已，當兩者間的難捨碰撞在杜甫一己生命裡，其中牽引而生的便不只是思想上的兩難而已，存在上的背反恐怕才是杜甫真正的難題，如「儒術於我何有哉」（〈醉時歌〉・卷 3 頁 176）所言。我們還可以觀看杜甫〈發秦州〉一詩：

> 我衰更懶拙，生事不自謀。無食問樂土，無衣思南州。
> 漢源十月交，天氣涼如秋。草木未黃落，況聞山水幽。
> 栗亭名更佳，下有良田疇。充腸多薯蕷，崖蜜亦易求。
> 密竹復冬筍，清池可方舟。雖傷旅寓遠，庶遂平生遊。
> 此邦俯要衝，實恐人事稠。應接非本性，登臨未銷憂。
> 谿谷無異石，塞田始微收。豈復慰老夫，惆然難久留。
> 日色隱孤戍，烏啼滿城頭。中宵驅車去，飲馬寒塘流。
> 磊落星月高，蒼茫雲霧浮。大哉乾坤內，吾道長悠悠。
>
> （卷 8 頁 672）

詩中提到自己懶拙，所言正是杜甫在政治上的失意，只是一貫的溫柔讓詩人轉而指責自己罷了。其中還提到自己走向農村的意願，正是古代文人仕與隱之間的兩種抉擇，於是在「居然成濩落」（〈自京赴奉先縣詠懷五百字〉・卷 4 頁 265）後，一股腦將己身傾倒道家的自然天地。只是杜甫真的就此快樂嗎？廖美玉《中古詩人的生命印記》一書裡已討論得十分清楚，其中士、農兩者的越界，以及終究不屬於任何一方的邊緣人苦痛，皆足以說明杜甫西去後的處境不如當初所想，日後的痛苦不免也就更加繁多。

概言之，繼承與羈絆本是一體兩面的關係，繼承已如前文所言；至於羈絆者，則多與其人和當代環境的交響有關。杜甫當然離不開對政治的關懷，這與他憂心人民的個性有關，一旦化成現實的追思，詩歌恆常與對人民生活改善最有關的京華相連，終而每每望著北斗思念。或許可以這麼說：若道唐代政治是杜甫生命喜怒哀樂的觸媒，儒家淑世思想便是他心靈上永恆的寄託，人民生活則是杜甫這一生中最大的羈絆。放不下的人民成為他最大的遺憾，唐代政治的糾葛只是他不得不進入的苦衷，畢竟不入則無從改起，人民也就不得幸福，因此杜甫才有揮不盡的惆悵。

　　杜甫一方面於秦中自古的盛事中追憶彩筆年華，一方面又在江湖滿地裡唱訴白頭的哀歌，前者是曾有的盛世與民生安樂，後者則是百姓困苦與政治的不得，正可證明杜甫此時的心境，乃是一種繼承與羈絆的交雜，而那股欲參與而不得參與的苦恨矛盾，則更讓他煎煎熬熬。然「造次必於是，顛沛必於是」〔註181〕，古代文人總不因此而退縮，因此就算寂寞而秋江淒冷，所思仍是故國平居的一切，此即如傅紹良對古代文士政治人格的論述：

> 從政之前，他們基本上是以詩才的顯現爲主，通過卓越的詩才去追求其理想的政治目標；從政失敗後，詩才不再是他們獲取政治資本的手段，開元盛世中所形成的人生熱情，此時便化作憂慮和激憤。詩情的抒發也不再是從政的狂熱和對未來政治的美好幻想，而是充滿了深刻的政治理性和強烈的批判意識，使對自我命運的關注和對國家命運的憂心融匯於一體。〔註182〕

就這樣把對自我命運的關注和對國家命運的憂心融匯於一體，透過從政前表現自我的詩歌唱出，杜甫終於產生一連串的感受與書寫，陪伴著往後道路。

三、地方經驗對視角的影響

　　傅紹良曾指出詩人乃盛唐文化的載體，並這麼論述：

> 他們在接受傳統文化的前提下創造新的文化，在創造新文化的同時實現人格的完善。人們不可能憑空生長，也不可能在沒有任何文化因素的作用下獨來獨往，無論一個人的人格多麼獨特，無論這個人多麼超脫，他都無法超出生他養他的文化，說到底，他是中國大文化和盛唐特定文化的多種因素的複合體，而他人格的獨特性，也許只由於他在某方面表現的更特殊而已。〔註183〕

傅紹良從文化的大視野談人與文化之間的關係，基本上是準確的，此或可如集體潛意識般，人與大環境間本有一定程度的相依相附。但文化源自人類活動，影響風氣者，正可謂「江山代有才人出，各領風騷數百年」，往往藉著某些特定的群眾或個人，生起爾後百代的年華、氣味。此不僅如古時孔、莊的衣被今日，遙接當代的我們，證嚴法師不也以其精神帶出滋潤當下的慈濟文

〔註181〕見〔宋〕朱熹：《四書章句集註》，頁70。
〔註182〕見傅紹良：《盛唐文化精神與詩人人格》，頁111。
〔註183〕詳見傅紹良：《盛唐文化精神與詩人人格》，頁62。

化？可知文化與人之間必有相當關係，卻不必定如引文中的限定，畢竟人的可能性是無限的，反過來影響文化的發展，在歷歷的史學發展中，已是處處可見的例證。

　　然而說人類皆受制於文化影響是偏頗，言道人類全無受影響亦失當，故杜甫精神的所繼與影響，實乃一種以他個人為核心的上下探討，兩個方向中，自有豐富資料供我們閱讀。上面所寫成見是杜甫所繼的源頭，至於他的影響，在今日不論是專書或論文已浩如煙海，非本文目標，且置不論。那麼在繼承與影響中間的停留呢？也就是在杜甫既有的成見中，將在不同生活裡透過「停留」產生如何的調整？陳贇曾言：

> 作為「在世者」，人是在他所在的地方得以將自身標畫為自身的，也是在他所在的地方通達他的世界的。〔註184〕

> 這一個結構傳達的是人的有限性。人雖然具有超越他所在的地方的衝動，但他總是立足在某個地方之中，因而他是在所在的地方給予他視角與限制中領悟世界的。即使他超越了曾在的地方，他並沒有因此而克服這種基於地方的有限本性，因為，另一個地方已經延伸到他的足下。〔註185〕

我們以所在地籌劃自身，這是時空當下對人類的直接影響，縱然杜甫有著前述的成見，甚至總將道路的終極目標指向北方的京華；但不可忽視的是杜甫仍舊處在異鄉───一塊不為自己認同的土地。異鄉這樣一種他者的身分是很敏感的，艾德華‧薩伊德討論甚多：

> 流亡者存在於一種中間狀態，既非完全與新環境合一，也未完全與舊環境分離，而是處於若即若離的困境。〔註186〕

> 對大多數流亡者來說，難處不只是在於被迫離開家鄉，而是在當今世界中，生活裡許多東西都在提醒：你是在流亡，你的家鄉並非那麼遙遠，當代生活的正常交通使你對故鄉一直可望而不可即。〔註187〕

〔註184〕見陳贇：《天下或天地之間：中國思想的古典視域》，頁48。
〔註185〕見陳贇：《天下或天地之間：中國思想的古典視域》，頁49。
〔註186〕見艾德華‧薩伊德著，單德興譯：《知識分子論》（臺北：麥田出版股份有限公司，1998年2月），頁87。
〔註187〕見艾德華‧薩伊德著，單德興譯：《知識分子論》，頁86～87。

> 流離失所意味著從尋常生涯中解放出來，……流亡意味著將永遠成
> 爲邊緣人。〔註188〕

在這些文字裡，我們清楚看到流亡者的形象，與杜甫有著密切的吻合。杜甫選擇與京華切割，可是心中的成見與視角卻也讓他與京華長期處在一種「貌離神合」的狀態下，這使得杜甫既遠離舊環境，又無法眞的融入新地理。然而當時交通絕無現在發達，何況杜甫舉家遷徙，移動甚爲不便，新的時空亦可能讓杜甫在看待事情上有了新的改變，如以下所言：

> 因爲流亡者同時以拋在背後的事物以及此時此地的實況這兩種方式
> 來看事情，所以有著雙重視角，從不以孤立的方式來看事情。〔註189〕

雙重視角暗示著開拓的可能，那麼杜甫在夔州與兩湖時，是否因爲兩地的環境有了新的角度？尤其在孤城、孤舟與京華這樣一條道路上，鳥道與水路的前後影響將如何變化杜甫的雙眼與心靈，這是筆者所要討論的，也是本文關注的核心。

第三節　資料取材與研究方法

一、資料取材

　　杜詩是本文最主要的文獻資料，尤其集中夔州與兩湖時期，故對作品本身的理解成爲第一要務。杜甫詩集有許多注本，本文在使用上當盡力閱讀，吸取古人注釋的結晶。杜詩的整理大致已經完成，其中仇兆鰲《杜詩詳注》廣爲流傳，筆者引用杜甫詩歌即以仇注爲本，詩歌的出處與字詞的校正皆是，蓋因此注在資料使用上向來公認最完備之故。

　　杜詩編年大體上也有一定成果，惟近年來現地研究的精神引領前輩重新思索編年問題，故在編年上有許多新的討論空間，其中簡錦松的研究更是身體力行，感人至深。杜甫在夔州與兩湖時期的編年一直受到討論，可參筆者文獻回顧所引，這些編年多是學者努力考證，甚至實地踏查的結果，自有豐沛學養與付出。惟時地的討論已缺乏時代復返的可能，只能在現有文本和科學研究中逐步還原，它是一種不斷接近，正如同科學家努力還原恐龍世代一樣；但也永遠留下距離，等待著下一次的翻案。畢竟歷史終究過去，時空亦

〔註188〕見艾德華・薩伊德著，單德興譯：《知識分子論》，頁100。
〔註189〕見艾德華・薩伊德著，單德興譯：《知識分子論》，頁97。

難重回，後人只能盡力捕捉輪廓，卻難斷說是不是等於真相，尤其那些爭議性的詩篇，更是充滿詮釋的空間。宇文所安曾作一個大膽假設：

> 在早先的詩學觀念中，詩歌的權威性基於它是一種情境遭遇的直接產物。我們假設杜甫有關安祿山之亂的詩是緊接著它所關涉的歷史事件而作的；如果我們放棄這個假設，那麼許多古典詩歌的繫年以及從中得出的詩人傳記材料便分崩離析了。……如果我們假設杜甫關於安祿山之亂的詩作於十來年後的夔州，這將會改變讀解杜詩的方式。〔註190〕

這樣的觀點不論發展的可能性，亦足以提醒我們在閱讀上的成規與習慣。筆者此文依舊站在詩歌與歷史性的關聯下寫出，卻也思考著上述觀點的衝擊性，故本文尊重前輩的成果，在研究上採取並觀的角度。又因本文的重點在杜甫視角的觀察，而編年所須學力又非粗淺如己能夠置喙，既然目的在藉由詩歌的閱讀闡述杜甫內在與視角，編年部分除非必要，便多依前輩研究成果。

本文在上述資料運用的同時，也輔以其他資料，茲分述如下：

第一、杜詩在過去千家注杜的情況下，已有許多優秀的集子出現，陸續整理的文獻更是不少，甚至還有文獻整理與版本考證的書籍，如：《清代杜詩學文獻考》〔註191〕、《杜甫版本及作品研究》〔註192〕、《杜詩學研究論稿》〔註193〕等。筆者就自己蒐集的注本研讀，如下：《杜臆增校》〔註194〕、《杜詩詳注》〔註195〕、《杜工部詩集輯注》〔註196〕、《金聖嘆全集（四）‧唱經堂杜詩解》〔註197〕、《讀杜詩說》〔註198〕、《讀杜心解》〔註199〕、《杜園說杜》〔註200〕、《讀杜箚

〔註190〕見宇文所安著，陳引馳、陳磊譯：《中國「中世紀」的終結──中唐文學文化論集》，頁117～118。

〔註191〕見孫微：《清代杜詩學文獻考》（南京：鳳凰出版社，2007年9月）。

〔註192〕見蔡錦芳：《杜甫版本及作品研究》（上海：上海大學出版社，2007年12月）。

〔註193〕見孫微、王新芳：《杜詩學研究論稿》（濟南：齊魯書社，2008年6月）。

〔註194〕〔明〕王嗣奭著，曹樹銘增校：《杜臆增校》（臺北：藝文印書館，1971年10月）。

〔註195〕〔清〕仇兆鰲：《杜詩詳注》（臺北：漢京文化事業有限公司，1984年3月）。

〔註196〕〔清〕朱鶴齡：《杜工部詩集輯注》（保定：河北大學出版社，2009年3月）。

〔註197〕〔清〕金聖嘆：《金聖嘆全集（四）‧唱經堂杜詩解》（臺北：長安出版社，1986年9月）。

〔註198〕〔清〕施鴻保：《讀杜詩說》（臺北：臺灣中華書局，1986年11月）。

〔註199〕〔清〕浦起龍：《讀杜心解》（臺北：九思出版有限公司，1979年3月）。

〔註200〕〔清〕梁運昌：《杜園說杜》（北京：書目文獻出版社，1995年2月）。

記》〔註201〕、《杜工部詩說》〔註202〕、《杜詩鏡詮》〔註203〕、《杜詩錢注》〔註
204〕、《翁方綱《翁批杜詩》稿本校釋》〔註205〕、《杜律啓蒙》〔註206〕、《讀
杜新箋──律髓批杜詮評》〔註207〕、《杜甫〈秋興〉八首集說》〔註208〕等。
單憑以上注本與千家之注相較當然還是渺小；但因這些注本或者整理諸家
之說，或者以心印心，直發詩旨，皆有歷史上的地位與價值，可爲代表。
而受限於學力，詩歌的理解雖可在第一接觸中抓住志意的核心，一些字句
的意義卻仍無法在第一時間讀懂，故筆者也參閱韓成武、張志民《杜甫詩
全譯》一書〔註209〕，以求盡量理解詩歌的要義。

　　第二、與杜甫相關之詩話、詩文、序志碑傳。這些文獻是過去漫漫歷史
中，許多人留下的珍貴資料，代表著各個時代認識杜甫的痕跡。本文雖當以
筆者的閱讀爲主，但杜詩在歲月累積的閱讀下，已非一人的表現而已，在他
身上，我們還可以看到多人在詮釋詩學與人格下彰顯的自己面貌。如此，閱
讀這些文獻，不僅可以閱讀杜甫一人，還可以看到書寫者的影子，廖美玉近
來著作即在處理這一部分問題，這些觀念實是恩師所啓發。每一人閱讀作品
的角度都不同，筆者不認爲自己便能跳脫內在成見，於是這些文獻便成爲自
己深化論證以外，檢視觀點的重要依據。當然這些文獻也可能誘導我們認識
到他們眼裡的杜甫，如陳文華即考證宋人如何塑造杜甫的宋代形象，可知閱
讀後人詮釋所帶有的包裝與危險。筆者期待自己能善用之，卻不能保證不被
誘導成另一種成見，畢竟閱讀上，人類可以求公正，卻不代表能夠如實客
觀。惟筆者仍將致力於此，盡力在個人喜好中篤守學術的客觀精神。

　　第三、杜甫的研究文獻甚多，如何站在這些前輩的肩膀上努力也是筆者
深思的問題。故在處理問題上，只要是前輩處理過，且已取得相當成果或學

〔註201〕〔清〕郭曾炘：《讀杜箚記》（上海：上海古籍出版社，1984年3月）。
〔註202〕〔清〕黃生：《杜工部詩說》（京都：中文出版社，1946年6月）。
〔註203〕〔清〕楊倫：《杜詩鏡詮》（臺北：華正書局有限公司，1981年6月）。
〔註204〕〔清〕錢謙益：《杜詩錢注》（臺北：世界書局，1998年8月）。
〔註205〕〔清〕翁方綱：《翁方綱《翁批杜詩》稿本校釋》（台北：里仁書局，2011年3月）。
〔註206〕〔清〕邊連寶：《杜律啓蒙》（濟南：齊魯書社，2005年6月）。
〔註207〕張夢機：《讀杜新箋──律髓批杜詮評》（臺北：漢光文化事業股份有限公司，1986年2月）。
〔註208〕葉嘉瑩：《杜甫〈秋興〉八首集說》（臺北：桂冠圖書股份有限公司，1994年6月）。
〔註209〕韓成武、張志民：《杜甫詩全譯》（石家莊：河北人民出版社，1997年10月）。

術上的肯定，亦是筆者的參考資料。研究杜甫的作品從唐代以來至今，已有
許多亮麗味美的成果，若能藉由資料的使用省卻筆力，自當珍惜這些豐碩的
研究，避免班門弄斧外，也能盡量集中精神在論題上。

第四、由於視角是一種人格精神的彰顯，故要從創作的文本爬梳中，剔
抉作者精神的光華，便不能不藉由文化、精神、哲學等方面的書籍。是故筆
者在閱讀古典與當代相關杜甫或文學的論述時，也參考這一類的作品，期能
在不同領域中，剔抉杜甫兩個時期的內在面貌。

綜言之，筆者在資料處理上，努力以第一手資料爲主，尤其是杜甫詩歌
的文本，而其他資料則成爲筆者檢視自己所見，以及補足詩歌討論，作爲立
論支撐的依據。

二、研究方法與步驟

雖然本文處理的範圍主要是在夔州與兩湖，但理解作品除了使用資料
外，還須自己在閱讀時的直接體驗，這種實踐在古人稱之「以心印心」〔註210〕，
讓作者與讀者透過心靈與體證的方式於閱讀裡合一。然而如何將直觀的體悟
與科學的檢證合一，卻是一難題，關此，法國學者呂克爾有很精深的理解。

呂克爾（Paul Ricoeur 1913～）法國當代哲學家，法國哲學詮釋學奠基人。
主要著作有《歷史與眞實》(1955)、《意志哲學》第1卷(1950)、第2卷(1960)、
《詮釋的衝突》(1969)、《解釋理論》(1976)、《詮釋學與人文科學》(1981)
等。本文提出的相關概念主要出自《詮釋學與人文科學》一書〔註211〕，此書
目前沒有翻譯本，筆者所寫主要來自英譯本的內容，透過翻譯與洪漢鼎課堂
指導而成〔註212〕。

（一）文本的世界

1. 天才與結構的迴避——浪漫主義詮釋學與結構主義辯證後的詮釋學

據呂克爾所說，浪漫主義詮釋學把重點放在天才的表現上，當一位創作
家（天才）創造出一件「藝術品」，其實就是這位創作家（天才）用他自己的

〔註210〕見憨山大師：《老子道德經憨山註、莊子內篇憨山註》（臺北，新文豐出版股
份有限公司，1996年4月），頁393。

〔註211〕Paul Ricoeur, "Hermeneutics and the human sciences : essays on language, action,
and interpretation" (New York: Cambridge University Press, 1981), pp. 131~221.

〔註212〕洪漢鼎於2009年九月於成功大學開課，講授「文本詮釋與對話」一課，集中
處理呂克爾的論著，本文研究方法所述即在課堂上習得。

「生命」來創作。因此，這位創作者（天才）所創作的藝術作品，其實就是狄爾泰（Wilhelm Dilthey 1833～1911）所宣稱的「客觀化」，換以文本來說，就是通過書寫的客觀化來表現自己的生命。當我們想要理解這一歷史流傳物的意義時，所能採取的方式是什麼呢？就是經由一些符號（語言、文字）來認識這一客體（歷史的傳承物），那在理解的過程當中便是一種生命體驗，使得所謂的陌生感、對象性與需要解釋的東西消失了。狄爾泰的理解是對他人以及其生命、生活表達的理解，而解釋則體現爲理解主體生命、生活的方法。理解的過程就是讀者的主體，在生活、歷史中，經由移情想像把自己置入他人的境況而與作者主體之間的精神溝通〔註213〕。這一種想法余秋雨有相似說法，他認爲「對集體深層心理的開掘使我們懂得，藝術的普遍性意蘊應該在自己和同胞的心靈深處去深測。」〔註214〕穿越歷史漫長的發展，直達作者內心深處，這是理解作者生命最直接的方式，如同筆者前文提到的，爲何必須參閱從古至今對杜甫人格與作品的相關理解一樣。

　　但文本在固定化的過程中，使文本遠離了言談的實際情形和所指的對象，即文本實際上中斷了文本意義與原作者的關係，於此便意味著間距化，要與作者溝通便無境遇。此外，假若理解必須從主體內在生命與生活的體驗出發，那麼解釋能不能達到普遍性與客觀性的目標呢？呂克爾顯然是不滿意這一經由主觀解釋達到客觀理解的立場，更何況一旦我們嚴格地通過書寫來間距化，並通過結構客觀化，這條道路就不再爲我們開放了。但這是否是說在拋棄了任何把握作者靈魂的嘗試後，我們就將把自己限制在重構作品的結構上？

　　當代結構主義強調解釋的客觀，即文本本身結構在理解解釋中的作用。文本就其自身而言，並不是如狄爾泰所說是作者生命、生活體驗的外在表達手段。文本一旦被創作出來，就與作者脫離了關係，當然更不受作者意指的束縛。沈清松對結構主義有下列三點評述〔註215〕：

　　（1）結構優先於人的主體〔註216〕。人與其生命的意義或主觀的感

〔註213〕狄爾泰對文本的理解較不強調距離。

〔註214〕見余秋雨：《藝術創造論》（臺北，天下遠見出版股份有限公司，2006 年 1 月），頁 140。

〔註215〕見沈清松：《對比、外推與交談》（臺北，五南圖書出版股份有限公司，2002 年 11 月），頁 32～33。

〔註216〕爲了完成結構，只考慮結構而不考慮人。

受被視爲是不重要的，甚至被視爲僅是幻覺。所以有意義的行動毋需訴諸主體的主觀經驗，唯有結構才能解釋意義的產生。結構被視爲是優先於主體所感受到的意義。

（2）共時性〔註217〕優先於貫時性〔註218〕：結構本身是個系統，它是超越時間的，結構所決定的各因素在時間裡是以共時的方式呈現。至於在時間裡不同的階段、不同的歷史時期都可以用共同的結構分析〔註219〕，而且只是共時性的結構因素不同的排例組合而已。總之，時間的貫時性是必須經由共時性的因素來分析的。

（3）無意識原則〔註220〕：結構主義假設了一種無意識的原則。所有的行動主體皆受匿名結構的決定，任何人皆無法以有意識的努力達致任何有意義的成果，因爲意義本身是受結構以無意識的方式決定的。

結構主義所強調的是結構對於人文與社會的現象的決定性。誠然，重視結構固然很重要，可是人的感受、人文的現象與社會活動的意義何在？這實際上已經剝奪了自己在文本意義解釋方面的發言權，尤其結構主義預設文本只能有一個內在客觀結構，本質上是縮小了文本本身的可能性。

2. 間距化下的文本世界

呂克爾在書中藉由弗雷格（Friedrich Ludwig Gottlob Frege 1848～1925）的觀念區分任何命題的意義（sense）和所指（reference）。意義是命題想要表達的理想對象，因而在話語中是純粹內在的；所指是命題的眞值，它的要求是達到實在。所以指稱使話語和語言（langue）區分開來了，後者（語言）和實在沒有關係，它的語詞是在字典的無限循環中返回到其他語詞。我們可以這麼說：只有話語才指向事物，把自己應用於實在，表現世界。

然而文字的閱讀中，情形則大不相同。不僅說話者不在場，言談時的處境以及周遭環境也都隱而不現，文本的所指不再當即顯現。在這樣的分離下，因爲不再有作者和讀者共同的境遇，指向行爲的具體條件也不復存在，展現

〔註217〕在一個共同時間內一起呈現。

〔註218〕據洪漢鼎課堂所說，貫時性一詞也可翻成歷時性。

〔註219〕也就是用同一框架來看，重點是看框架的轉變，而非裡面細微的人類和情感。

〔註220〕每一個人都受到束縛，且無法選擇結構。

在讀者面前的只是文本自己展示出來的世界，不是一個被固定住的內容，而是在存在之中，隨著讀者閱讀的過程中不斷改變。或許可以這麼說，文本在第一層次取消與世界的關係，在第二層次上卻因為前者所產生的自由，使指稱的可能性大大增加，而可以被人們無限地閱讀〔註221〕。這時，就算並不存在如此賦有想象性的話語可以和實在沒有任何聯繫，但這種話語指稱的另一層次，仍比我們稱作日常語言的那種描述性的、表態的、教誨的話語能夠達到更根本的層次。

文本的自主性在第一層次指稱的取消中成為可能，則作者的死亡竟是文本的誕生，那麼所謂的間距非但不成為阻礙理解與解釋的屏障，相反的，它正是理解與解釋成為可能的源泉和必要前提〔註222〕。

呂克爾另提到胡塞爾（Edmund Gustav Albrecht Husserl 1859～1938）「生活世界」的概念，因為人都是在生活世界裡，也就是在感覺的經驗、與他人的互動、社會的脈絡、在整個歷史過程當中，去構成意義。換言之，要解決意義的問題，一方面必須顧及主體的意向性，才能了解意義；另一方面也必須注意到所居存的生活世界〔註223〕，這樣人生的復全才有可能。呂克爾又提到海德格（Martin Heidegger 1889～1976），認為我們就是在每一個境遇〔註224〕的中心、境緣狀態〔註225〕裡，不斷地籌劃自己生命裡最重

〔註221〕例如面對同一本書，不同人有不同的讀法，甚至自己在不同時間點也有不同的理解。倘若只有一種解釋，那麼便不可能如此。

〔註222〕間距化有四種形式如下：一、通過所說的意義，達到對說話事件的超越。此即掌握意義以超越事件本身，使書寫的話語意義超出了原先的結構，也可稱為意象的外在化。二、說話主體的意義常與作者相同，但文本則擺脫了作品的原先視野，多了許多東西。故文本實際上中斷了文本意義與原作者的關係，使得文本與作者的命運不同。三、書寫的話語是給予未知的讀者的，潛在地給予每個能閱讀的人。因此，文本脫離了產生的社會與歷史條件，使自己面臨著無限制的閱讀，開出一種普遍性。四、文本從原本直指的指稱中解放出來，文本的意義和原本的話語不同。也就是文本具有一個自己的、區別於言談話語的指稱範圍。此四點乃參考洪漢鼎上課筆記與潘德榮著作整理而成，後者見潘德榮：《詮釋學導論》（臺北：五南圖書出版股份有限公司，1999年91月），頁163。

〔註223〕「所謂生活世界，就是這個我與我們共同建構有意義生活的場域。」見沈清松：〈復全之道——意義建構、社會互動與生命實踐〉，收於李紹崑編：《精神學研究》（臺北：臺灣商務印書館股份有限公司，1998年11月），頁100。

〔註224〕洪漢鼎曾言自己不翻成環境，是因為環境會把自己排除在外。

〔註225〕我們被拋在這個世界的結構，理解即是我們的存在。

要的可能性，所以自己的主體是很重要的，因為我們都有一個生命的籌劃，藉此來擴張視域；而境遇也不可忽視，因為存在就是在世界中不斷地與之相遇，並透過境遇籌劃著自己的可能。所以對於閱讀活動而言，作為讀者就是要在文本的世界中既閱讀它的世界，也閱讀自己的世界（籌劃我們可能性的意欲世界）。文本提供一個世界，讀者也是一個世界，兩者便是不斷地在時間之流中，達成自身的生成和再生成，此即筆者所言以心印心。而由於文本一方面具有的「間距性」的性質，會始終保持著主體性；另一方面，讀者的閱讀與文本不斷要求被解釋，要求其意義得到實現，這樣就不再有在結構主義那樣的封閉性、內在性以及純粹形式性的特徵。相反，在閱讀中，它自身得以不斷的開放和更新，使原先在文本中作為可能存在的東西「現實化」，將其可能的因素通過解釋者創造性地實現出來。如此文本給予我們以心印心的機會，也因為距離使得我們多了直接面對文本的空間，而有處理結構的角度。

（二）作品前面的自我理解

話語是說給人的，因此對話的過程中，人其實存在著某種的主觀性，此可從日常生活中的對話得知，如同對話中我們常常只選擇我們要的部分聆聽。如今文本取消了作者的意圖，更因間距化產生了文本自身的主體性，於是人們與文本的對話雖失去作者當時的時空，卻也因此得以與文本創造的語境對話。然而人的主觀性是存在的，所以不會像結構主義那樣少了主體性的參與，因此作品開啓了讀者，而讀者也有主觀性的參與，可以說就文本而言，這個世界是文本的世界；就讀者而言，又是讀者的世界。

"Appropriation"〔註226〕是德文術語"Aneignung"〔註227〕的翻譯，德文動詞"Aneignen"的意思是將原先「異己的」變為「本己的」。依此內涵，讀者對文本的閱讀就是建立在對文本世界中的新關係構造。如前面所說，文本因為間距化解除了一種特殊的語境關聯，因此形成自己的語境。讀者在這樣的文本中，就是透過閱讀進入這新的語境裡，重建與這語境的關聯。文本閱讀解釋過程中的占有，無非是文本、讀者間的間距、關聯互動的結果。這種互動表現為消融間距、建立關聯、化異己為本己的過程。文本與讀者在閱讀中各自

〔註226〕伽達默（Hans Georg Gadamer，1900～2002）所提出。
〔註227〕Aneignung：〞An〞是指「據為己有」，〞eignung〞則是「自己化」。

需要對方來達成自身的實現，文本需要讀者來啓動、實現它在書寫文字中被懸擱起來的非形式化的、生活的、生命的、歷史的、文化的世界；而讀者則需要文本並通過文本的啓動來找到自身、豐富自身、改變自身。依上述所說，那麼間距化就成了我們占有文本的補足〔註228〕，而占有更具備了當下的特徵〔註229〕，唯有讀者在當下的閱讀與理解，意義才能被實現。

「我思故我在」的傳統裡是重視自己的主體而證成自我的存在〔註230〕，與強調通過自我主體的直觀同樣都是強調讀者的主體，這樣的觀念若對映在文本的閱讀，都是強調讀者的主體而忽略了文本本身的世界。但我們只有通過積澱在文化作品中的人文標記，穿越此一漫長彎路才能理解我們自己，這就凸顯文本本身結構的重要。所以理解文本不再是理解的目的，而是我們得以進入自我理解的中介（思索前面的生活世界與海德格說的話），就像愛、恨、道德感以及一般說來我們稱作自我的那些東西，倘若不是由文學帶入語言並加以清楚表述的話，我們會認識它們是什麼嗎？所以似乎和主觀性最相反對的，結構分析作爲文本的結構（texture）而揭示出來的那種東西，就是我們在其中能夠理解我們自己的中介。

我們占有的不是深藏在文本背後的世界，也不是凝固在文本裡的東西，反過來應當是文本向我們展示的一切，以及文本裡面所開啓的可能世界。這個世界就是我們在其中所能籌劃人生的可能，稱之爲意欲的世界。意欲的世界不是在文本之後，而是在文本之前，從理解的過程中，接受一個放大的自我，所以閱讀不是把我們有限的理解能力強加於文本，而是把我們自己揭露給文本，並從它那裡得到一個放大的自我。讀者通過文本本身獲得了一種新的存在樣式，而映射自己的能力也變大了〔註231〕。

文本的世界只有就它是想像的而言才是眞實的，同樣也應該說，讀者的主觀性只有就它被放在不確定的、未實現的、潛在的位置上才能實現自己。換言之，如果虛構是文本指稱的基本度向，那麼它也是讀者主觀性的基本度

<hr>

〔註228〕即間距化不是障礙，反而是條件。
〔註229〕我自己的時空是異時異質的。
〔註230〕我思考，所以意識到了我的存在。因爲當我們懷疑一切時，卻不能懷疑那個正在懷疑著的「我」的存在。
〔註231〕此如同王國維讀宋詞，其中未必有如此意思，但他卻發揮出人生三境界的生命觀照。見王國維：《人間詞話》，引自唐圭璋：《詞話叢編》（臺北：新文豐出版股份有限公司，1988年2月），頁4245。

向。讀者在閱讀、解釋中達到的自我生成並非直接生成，而是經由作爲文化符號的語言間接達成的。通過語言的折射就意味著我們只能在語言之內閱讀、解釋，而不能超出語言，隨心所欲地閱讀與解釋。換句話說，解釋不是對文本的一種行爲，而是文本自身的行爲。另一方面，閱讀的文本只是中介，而非目的本身，閱讀的目的是在讀者和他自身之間架起一座橋樑。作爲讀者，我只有喪失自我才能發現自我〔註232〕，克服異己，從而將閱讀變成達到屬於自身的過程。正是在這一意義上，「占有」就它和「異化」（Verfremdung）直接相反而言，就是在這種通過閱讀的參與和創造，讓讀者更好地理解自身，不同地理解自身，或者才開始理解自身。而這樣的自我蛻變，在自我和它自身的關係中包含了間距因素，所以理解既是失去（disappropriation）也是占有（appropriation），閱讀把我引進到自我的想像性變化，起作用的世界蛻變也是自我起作用的蛻變。

（三）詮釋學之弧

筆者努力以呂克爾的理論說明研究方法，綜而言之，詩歌本身既有讀者主觀情意的鑑賞角度與作者本意的考量，但文本形式的考察亦是不可輕忽，如此方能盡可能地詮釋出詩歌的意義。關於這兩者如何綰合，上文已經不斷提及，而呂克爾本身即有「詮釋學之弧」的觀念〔註233〕，以爲說明和解釋可以沿著一個詮釋學之弧（hermeneutical arc）排在一起：

> 說明就是闡明結構，也就是說，闡明構成文本靜力學的內在依賴性
> 關係；解釋就是遵從文本爲我們開啓的思維之路，把我們自己置身
> 於朝著文本的方向的路上。這個評論引導我們糾正我們原先的解釋
> 概念，並且尋找——超出作爲一個對文本行爲的主觀解釋過程——
> 一個將是文本的行爲的客觀解釋過程。

在此弧中，透過文本產生的間距化，我們有了與文本直接溝通的可能；但呂

〔註232〕如同莊子所說：「今者吾喪我。」呂克爾也說到生命能自由地對自身採取距離，超出自身，成爲有限存在的結構。如此，理解便成此在「籌劃」的方面，此在「向存在開放」的方面。見里克爾著，洪漢鼎譯：〈存在與詮釋學〉，《詮釋學經典文選》（上）（臺灣：桂冠圖書股份有限公司，2005 年 5 月），頁 265～266。

〔註233〕以下翻譯出爲洪漢鼎課堂所與之翻譯。詳細英文文獻出自：Paul Ricoeur, "Hermeneutics and the human sciences: essays on language, action, and interprettation", p. 161~164。

克爾更希望在以心印心的過程外，也就是所謂讀者與作者精神碰撞後產生的
解釋中，建立一種客觀的閱讀模式。

　　呂克爾這樣的方法其實是融入客觀與主觀兩種考量，一方面是主觀的揭
示，是讀者與作者間精神的交互相融；一方面是客觀的說明，在文本的結構
裡，找尋線索。這很像中國兩種論學方式，一個是筆者屢次提及的以心印心，
如同宋明理學理解經典的方法；一者是考察與證據，強調考據的功夫。本文
的研究方法正是建立在這樣兩種方法的弧線上〔註234〕，藉由呂克爾的理論將
兩者攏合，以求爬梳剔抉出杜甫詩裡的視角和光輝。

　　在上述原則下，本文將從四個方向展開論述，前兩章集中討論夔州時期，
後兩章聚焦兩湖情況。又前文已提及鳥道與水路，因為「關塞極天」，故鳥道
象徵著此地的難出；而「花柳塞雲烟」（〈贈韋七贊善〉‧卷23頁2064～2065），
則水路暗示漂蕩的生活。以下便分別從這兩項特色談起，探討杜甫在這樣的
環境中，產生哪一些不同的思考：

　　第一、先從杜甫在孤城的駐足談起。杜甫駐足夔州必有原因，因此阻礙
杜甫歸京之路的原因乃為吾人首先需要了解的。了解原因後，筆者將觀察杜
甫駐足中的生活，嘗試討論杜甫滯留的生活裡，如何變化駐足的不得已與孤
城所居成為自己追尋京華的力量。

　　第二、既然有著駐足，杜甫追尋京華的方式將出現多元的面貌。筆者觀
察杜甫在夔州時期有許多夜色之作，如此，失眠的杜甫在閱讀黑色之餘，取
消了眼前孤城之景後，所看到的京華必將呈現出特殊樣貌，形成黑夜裡的特
殊視角。

　　第三、本文先從杜甫漂蕩的生活談起。杜甫出夔後，生活多在舟中渡過，
如此，杜甫最後的人生可說是在漂蕩裡起伏。本文即在探討如此生活，並論
述生活如何影響詩人的一切，尤其那一葉孤舟，不同於孤城的空間，顯然與
詩人有著更密切的關係，值得我們注意。

　　第四、孤舟中的生活異常艱辛，孤城時期還有夜色可以讓杜甫沉澱，漂
蕩中將如何繼續堅持自己的理想呢？本文在透過孤舟中的作品，了解杜甫這

〔註234〕葉嘉瑩在〈從中西詩論的結合談中國古典詩歌的評賞〉、〈舊詩的批評與欣賞〉
　　　　與〈關於評說中國舊詩的幾個問題〉三篇文章中，提到的評賞方法即是以心
　　　　印心與觀察文本結構兩項方法的並置互參。詳見葉嘉瑩：《迦陵說詩講稿》（臺
　　　　灣：桂冠圖書股份有限公司，2000年6月），頁1～292。

時的思考，並深入處理長期受到忽略的兩湖詩歌。

　　以上所論分為兩個部分，乍看下似乎斷裂，然而既是同一條走向京華的道路，區隔兩個時期的便只是生活型態的差異。這樣一致的方向，可以是杜甫對京華的永恆回歸，不同的生活，卻是詩人在不同地方裡的辯證。如此，這四章既是兩種道路的觀察，卻是同一顆心靈的開拓史，代表著杜甫人生最後的總結。

第二章　孤城駐足
——京華歸路的阻礙與追尋

前　言

　　杜甫出蜀後，一路水行，直到夔州時，終因疾病與旅費停留〔註1〕，可知夔州並非原先預期之地。杜甫以生命對理想的堅持和生計的不得已，踏上了漫長的南北東西，可謂到處為家。然則「大底心安即是家」〔註2〕，杜甫之心從來都在實踐其理想，一生所志既為人民幸福，自然不可能安於所到之處。於是生命歸屬在天下一家，一旦此地無了實踐的可能，便毅然似孔孟般走上避人之路。這樣的行走有其沉重存在，不論出京、返京，杜甫或者避亂、謀生，行走的總是為理想而進的道路，有了流浪的味道。然杜甫亦言：「平生耽勝事，吒駭始初經」（〈不離西閣二首〉·卷18頁1565），可知流浪的過程中，杜甫並非只有沉重，其人既容易為勝事所耽，所到之處自然印象深刻；尤其面對存在的時空，正如《文心雕龍》所說：「人稟七情，應物思感」〔註3〕，人都有所感受，何況是生命坎陷〔註4〕時，時空於人的呼應自是更加深刻，如此，杜甫的流浪其實也兼有駐足存在。

〔註1〕見簡錦松：〈杜甫夔州生活新證〉，《唐代學術研討會論文集》（臺北：里仁書局，2008年11月），頁140。

〔註2〕白居易〈種桃杏〉：「無論海角與天涯，大抵心安即是家。路遠誰能念鄉曲，年深兼欲忘京華。忠州且作三年計，種杏栽桃擬待花。」見〔唐〕白居易：《白居易集》（北京：中華書局，1985年10月）卷18，頁381。

〔註3〕見王久烈等譯註：《文心雕龍》（臺北：天龍出版社，1983年1月），頁66。

〔註4〕「生命坎陷」一觀念爲牟宗三所創，此已是學界所熟知，陶國璋更以此爲發揮，著有《生命坎陷與現象世界》一書，可參。陶國璋在書中即明確爲此詞定義，其人言：「生命坎陷是意指生命存在是一坎陷歷程。坎陷就是下陷、墮落之意。」見陶國璋：《生命坎陷與現象世界》（臺北：書林出版有限公司，1995年4月），頁1。

誠如杜甫自己所說:「斫畬應費日,解纜不知年」(〈自瀼西荊扉且移居東屯茅屋四首・其三〉・卷 20 頁 1746),這一段駐足並非詩人所願,可如唐君毅所言:「人之時間知覺與空間知覺,恆俱起俱生」〔註5〕,縱然不願,人地時之間的俱起俱生,足見人與時空關係緊密。而人類面對困境時也並非都坐以待斃,《邶風・泉水》即言:「駕言出遊,以寫我憂」〔註6〕,存在固然有其坎陷之時,卻可在「跨越空間與時間的運動,以及與離開家園相關的經驗書寫」〔註7〕中得到某種程度的宣洩。故杜甫離開草堂後,跨越在生命的坎陷與時空的變異中,書寫的就是離開安定後的駐足,是杜甫「內在心靈的省思、洗滌,是旅人心智、體力與耐力的考驗」〔註8〕。

我們可以這麼說:杜甫在尋找理想土壤的堅持裡踏上旅途,如緒論所言。如今嚴武既死,理想之路再度與生計攪和一起,逼迫杜甫駐足夔州。舒國治曾言:

> 流浪,本是堅壁清野;是以變動的空間換取眼界的開闊震盪,以長久的時間換取終至平靜空澹的心境。……這時的旅行,只是移動而已。至此境地,哪裡皆是好的,哪裡都能待得,也哪裡都可隨時離開,無所謂必須留戀之鄉矣。〔註9〕

堅壁清野中,變動快速的世界由於什麼都抓不緊,所以也就什麼都可拋下,特別在時空的運動中,旅行者更能因「他者與自我界限的撤除」〔註10〕,逼視自己的內心。只是,杜甫還能逼視自己內心,證出草堂曾有的平靜空澹心境嗎?其人又能不再留戀心中那塊京華?從長安到夔州,變動難料的命運中,內心的理想終是難以握住,故不斷拋下與遷徙外,卻也在眼界的開闊中,結出內在的糾葛與自證,因此「其主體精神是自傲與自悲交織,自我放逐與自我救贖相互糾結」〔註11〕,處處可見掙扎。其心掙扎可見,那所在呢?卡

〔註5〕 見唐君毅:《生命存在與心靈境界——生命存在之三向與心靈九境》(臺北:臺灣學生書局,2006 年 9 月),頁 400。

〔註6〕 見余培林:《詩經正詁》(臺北:三民書局股份有限公司,1993 年 10 月),頁 115。

〔註7〕 見廖炳惠:《關鍵詞 200》(臺北:麥田出版,2006 年 4 月),頁 263。

〔註8〕 見孟樊主編:《旅行文學讀本》(臺北:揚智文化事業股份有限公司,2004 年 3 月),頁 9。

〔註9〕 見舒國治:《流浪集》(臺北:大塊文化出版股份有限公司,2006 年 10 月),頁 70。

〔註10〕 見孟樊主編:《旅行文學讀本》,頁 10。

〔註11〕 詳見廖美玉:《中古詩人的生命印記》(臺北:里仁書局,2007 年 2 月),頁 253。

爾維諾說：「組成這座城市的不是這些東西，而是空間的量度與過去的事件之間的關係」〔註12〕，人之所在不只表面的實物，也不全指人類心中的世界，而包含此地的空間與時間，那麼杜甫的糾葛與自證實應與時空互動。如今我們能夠了解杜甫的心境，其人與土地的關係又如何？廖炳惠認為時空中，旅行經常發展流動、多元的主體位置，這一種異地的新感覺，能「對自己的狹隘地方觀加以修正」〔註13〕，特別在這樣一場流浪的旅途，人與時空的糾葛恐將超過自己內在的矛盾，杜甫修正了什麼？而此刻的時空又是如何照現詩人的心境？

　　夔州時期是杜甫創作豐收的一段日子，這段時期的詩歌在內容上卻有許多問題，不論在成就上是否為第一？或者內容的不定性等，歷來皆有許多討論。就前者而言，夔州詩歌的成就多有定論，筆者不再論述；就後者所言，方瑜《杜甫夔州詩析論》中便明確指出這個現象〔註14〕，其中幾段文字頗可說明這種特性，茲引述為例〔註15〕：

> 杜甫壯年詩明確、單純，晚年詩則不明確，而且相當複雜，這與杜甫晚年內心的不安、懷疑，似乎不能說沒有關係。

> 杜甫晚年詩作，呈現積極面與消極面的交錯。積極面是杜甫儒教人生態度的反映，消極面則為佛教的傾向，晚年杜甫的思想就在這相反的兩端間搖擺不定。

兩段文字皆為日本學者的看法，積極與消極的交錯即複雜的呈現，兩段不同的文本，一致帶出杜甫此時創作的不定性，那麼究竟是什麼原因造成這樣的現象呢？方瑜曾以一段文字描述自己對夔州詩歌的基本看法：

> 渴望再列朝班，貢獻一己之才，有用於世，固為杜甫心之所願，縱然不能再任官職，至少希望能重履京城，回歸故國。這份深入血脈的執念，和安於眼前差足溫飽的生活、妻兒團聚、務農隱居，同樣並存於杜甫心中，成為詩人心境時時起伏變化的根源。〔註16〕

〔註12〕詳見伊塔羅‧卡爾維諾，王志弘譯：《看不見的城市》（臺北：時報文化出版企業股份有限公司，2008年9月），頁200。

〔註13〕見廖炳惠：《關鍵詞200》，頁263。

〔註14〕詳見方瑜：《杜甫夔州詩析論》（臺北：幼獅文化事業公司，1985年5月），頁3。

〔註15〕因筆者不諳日文，無法閱讀原文，故此處僅以轉述為本。

〔註16〕見方瑜：《杜甫夔州詩析論》，頁28。

由此可知杜甫血液內所流的是有用之心，期許自己能爲世間奉獻所能；但杜甫在現實環境的衝突下，駐足於此，可謂願違。方瑜已經意識到杜甫此時視角的複雜性，並提出如上想法，但對於駐足之地的影響討論仍是不夠。廖美玉曾言杜甫回車的過程裡多了駐足這一停頓〔註 17〕，將尋求歸宿與行走道路的不同趨向，在一個旅途中的短暫交會點上，讓記憶停格在生命裡的那一刹那，使自己與景象、事件緊密結合，使描繪更具有眞實性。如此，杜甫的駐足實有其意義存在。本文即以杜甫滯留夔州的駐足切入，討論孤城的歲月裡，時空阻礙、當地生活如何與京華追尋產生新的互動，在這樣不離不返的停頓裡，影響杜甫的視角。

第一節　停頓的腳步——杜甫歸路的阻礙及掙扎

戰亂不能歸鄉一直是杜甫飄泊的原因之一，「何年滅豺虎，似有故園歸」（〈傷秋〉·卷 20 頁 1782），十個字便概括箇中因由〔註 18〕。然而歸不回家園，也還有當初預想的江陵可行，可知杜甫駐足孤城必有其他因素影響，以下便討論阻礙成因，以及因此形成的視角。

一、疾病形成的歸路障礙

欲談阻礙，首先須要了解杜甫停留此處的原由，山水不因人而改，人卻常因內外要素與之有了新關係。考察杜甫滯留的關鍵，疾病乃是最重要一點，簡錦松曾撰文說明杜甫這段時間因爲疾病而不得不暫留於此〔註 19〕，事實上，杜甫自己在詩中便不斷強調，如：

〔註 17〕詳見廖美玉：《中古詩人的生命印記》，頁 29～31。

〔註 18〕記載因爲戰亂不能歸鄉的詩歌還有很多，如：「南極青山眾，西江白谷分。古城疏落木，荒戍密寒雲。歲月蛇常見，風飆虎忽聞。近身皆鳥道，殊俗自人群。睥睨登哀柝，蝥弧照夕曛。亂離多醉尉，愁殺李將軍」（〈南極〉·卷 18 頁 1556）、「吹笛秋山風月清，誰家巧作斷腸聲。風飄律呂相和切，月傍關山幾處明。胡騎中宵堪北走，武陵一曲想南征。故園楊柳今搖落，何得愁中卻盡生」（〈吹笛〉·卷 17 頁 1470）、「江草日日喚愁生，巫峽泠泠非世情。盤渦鷺浴底心性，獨樹花發自分明。十年戎馬暗萬國，異域賓客老孤城。渭水秦山得見否，人經罷病虎縱橫」（〈愁〉·卷 18 頁 1599）、「盜賊浮生困，誅求異俗貧。空村惟見鳥，落日未逢人。步壑風吹面，看松露滴身。遠山回白首，戰地有黃塵。」（〈東屯北崦〉·卷 20 頁 1771）

〔註 19〕見簡錦松：〈杜甫夔州生活新證〉，頁 133～139。

> 伏枕雲安縣，遷居白帝城。春知催柳別，江與放船清。
>
> 農事聞人說，山光見鳥情。禹功饒斷石，且就土微平。
>
> （〈移居夔州作〉‧卷 15 頁 1265）

因病滯留雲安，卻在遷居夔州同時，暗示此地耕種的可能性與平坦適居的特質，推敲久病的杜甫已有暫時養病的想法，此詩名爲「移居」便是停留的確切證明。至於杜甫初期到此是短暫停留還是長期居住，筆者將於下文討論，若以「欲起殘筋力」（〈客堂〉‧卷 15 頁 268）一句所指，杜甫當有出夔之心，停留於此只是養病之要。那麼杜甫實際的病情如何呢？

據筆者考察，杜甫有許多關於疾病的書寫，如〈峽中覽物〉所述：

> 曾爲掾吏趨三輔，憶在潼關詩興多。
>
> 巫峽忽如瞻華岳，蜀江猶似見黃河。
>
> 舟中得病移衾枕，洞口經春長薜蘿。
>
> 形勝有餘風土惡，幾時回首一高歌。（卷 15 頁 1288～1289）

首四句變化眼前風景成追憶，可見杜甫心不在焉，故有超越現實的視覺變動。然而眼前風景並非不佳，否則杜甫又怎麼會有「春城見松雪，始擬進歸舟」（〈曉望白帝城鹽山〉‧卷 15 頁 1280）的表達，只因爲「舟中得病移衾枕」，重以夔州「風土惡」，竟使此地一變爲「形勝有餘」的可有可無之處，慊慊之態實可捕捉梗概。此時杜甫當以治療身體爲要，如〈寄韋有夏郎中〉所提：

> 省郎憂病士，書信有柴胡。飲子頻通汗，懷君想報珠。
>
> 親知天畔少，藥餌峽中無。歸楫生衣臥，春鷗洗翅呼。
>
> 猶聞上急水，早作取平途。萬里皇華使，爲僚記腐儒。
>
> （卷 15 頁 1288）

依浦起龍之說〔註20〕，「歸楫生衣臥，春鷗洗翅呼」說明出峽無期而鷗鳥又頻頻引此歸興，逗擾眼前無奈，何況親知已少，天涯海角之中，何處是依？而今需專心養病，誠如王洙所說：「蜀本產藥，峽俗信禱祠而不服藥，故藥味常少」（卷 15 頁 1288），連尋藥都成了難事，杜甫處境可謂不堪。所幸友人贈上藥物，更給予情感的安慰，惟病不可只依贈與，歸途與身體之間便要有所取捨。觀杜甫〈催宗文樹雞柵〉所言：「吾衰怯行邁，旅次展崩迫。愈風傳烏雞，秋卵方漫喫」（卷 15 頁 1311），詩人必定爲了養病有所停留，友人贈藥恐怕仍

〔註20〕　「『楫臥生衣』，出峽無期也。『鷗呼洗翅』，招朋引興也。」見〔清〕浦起龍：
　　　　《讀杜心解》（臺北：九思出版有限公司，1979 年 3 月），頁 751。

不足以治癒，乃有養雞之舉。而烏雞的養成需要時間，增加了停留的需要，對此，杜甫更加努力，除上述養雞的工夫，「流霞分片片，涓滴就徐傾」（〈宗武生日〉．卷 17 頁 1478），還以「思得仙漿以起疾也」的方式尋求宗教治療，可知病情治療不易，亦從側面看到詩人出夔之心。

縱然疾病歷歷在目，無論杜甫是否能以文學治療給予暫時的寬解，如「緣情慰漂蕩，抱疾屢遷移」（〈偶題〉．卷 18 頁 1543～1545），抱病遷徙中，詩人仍有著「經濟慚長策，飛棲假一枝」的感慨。所以不管宗武生日時「詩是吾家事」的期許，還是〈偶題〉被視爲「杜詩總序」（卷 18 頁 1541）的千古識力之作，杜甫總不諱言表達自己的病情，甚至寄託此生於仙丹妙術裡。重以對歸路的凝眸，「高齋依藥餌，絕域改春華」（〈暮春題瀼西新賃草屋五首〉．卷 18 頁 1612），任憑時間流逝，絕域中杜甫不斷服藥，結果卻總如筆下所寫：「藥餌憎加減」（〈秋清〉．卷 19 頁 1724），心疲於治療的薄效。杜甫只能一次次帶著「浮生一病身」（〈奉送十七舅下邵桂〉．卷 18 頁 1580）的憂歎，面對重重雲水發出傷神的詩句，就算後來如〈秋清〉裡所指，「十月江平穩，輕舟進所如」，放船仍只是空談，所欲之處仍舊隨著病身而滯，只有詩筆能夠經營一些想像。

我們似乎可以這麼說：想像裡船是輕的，可以隨著杜甫思前進；現實中，歸舟卻如〈八哀詩·贈秘書監江夏李公邕〉裡所指：「舊客舟凝滯」（卷 16 頁 1402），有著無比沉重，這一切都歸因於疾病的纏身，使得詩人的步伐沉重不已，徘徊在歸去與滯留的迴圈中。

二、西閣、赤甲的暫居心態

阻礙杜甫歸路的原因既明，研究杜甫此時的居住心態，便能從側面突顯杜甫面對阻礙的反應。

杜甫到達夔州後，先住在西閣，依簡錦松的看法，西閣應是當時官員專用的旅舍〔註 21〕，亦即館驛，不可能經營農業。如此觀來，杜甫一開始便無居住之意，縱然有前述「農事聞人說」之說，可在實際行動上，詩人仍舊以

〔註21〕簡錦松以爲杜甫初到夔州時在西閣借住過幾天，之後就到赤甲租屋，爾後也許也到西閣借住，如此，赤甲宅是杜甫每日起居的住宅，西閣則是偶而借宿的臨江優美勝地。見簡錦松：〈杜甫夔州生活新證〉，頁 149～150。

暫居的行為說明滯留的無奈。此處地勢特殊，前對江水，背倚白帝山，地理位置陡峭，產生的感觸自然較為冷峭，如〈西閣夜〉裡「山虛風落石，樓靜月侵門」（卷 17 頁 1475）一聯的孤高。這樣的空間也容易產生存在的危迫感，遂有「擊柝可憐子，無衣何處村。時危關百慮，盜賊爾猶存」的描寫。不過若能讓身體好轉，也可有歡欣之作，如〈西閣曝日〉：

　　凜冽倦玄冬，負暄嗜飛閣。羲和流德澤，顓頊愧倚薄。

　　毛髮具自和，肌膚潛沃若。太陽信深仁，衰氣欻有託。

　　欹傾煩注眼，容易收病腳。流離木杪猿，翩躚山巔鶴。

　　朋知苦聚散，哀樂日已作。即事會賦詩，人生忽如昨。

　　古來遭喪亂，賢聖盡蕭索。胡為將暮年，憂世心力弱。

　　（卷 18 頁 1563）

冷冽寒冬中，來此飛閣曬暖，不僅身體有著舒適之感，毛髮、肌膚、手腳也都得到一定改善，尤其病情好轉，更讓詩人歡欣不已。然而雖是「太陽信深仁」，眼前猿鶴自得之貌與己之「聚樂散哀」（卷 18 頁 1564）相較，也令杜甫感到沉重。廖美玉以為太陽有君王之喻〔註 22〕，此處杜甫卻表露出喪亂蕭索之嘆，更以此身已老，無力再憂國事為結，其中苦悶不因太陽而解，心中象徵更因心力弱而失去作用。

　　當然西閣亦有其爭勝處，如此地的地理位置便很特別，所以〈不離西閣二首〉中，也流露出對美景的欣賞：

　　江柳非時發，江花冷色頻。地偏應有瘴，臘近已含春。

　　失學從愚子，無家任老身。不知西閣意，肯別定留人。

　　西閣從人別，人今亦故亭。江雲飄素練，石壁斷空青。

　　滄海先迎日，銀河倒列星。平生耽勝事，吁駭始初經。

　　（卷 18 頁 1564）

「江雲飄素練，石壁斷空青。滄海先迎日，銀河倒列星」，四句處處驚奇，杜甫因此有了「吁駭始初經」之感。惟不論美景如何，向西閣問話的杜甫，其實已說明自己的不願逗留。只是「西閣何心，亦任人別去」（卷 18 頁 1565），看來杜甫的不能離去才是真正主因，與西閣的留不留全然無干。

〔註 22〕詳見廖美玉：〈詩人夜未眠的典型案例——杜甫〉，《中古詩人夜未眠》（臺南：宏大出版社，2002 年 1 月），頁 350～353。

　　未能離去，兼以前述養病的需要，便開始了杜甫在赤甲的生活。赤甲即所謂的白帝城西，位在赤甲山麓這部份的夔州城〔註23〕。由於此地屬山坡地形，「峽人鳥獸居，其室附層巔。下臨不測江，中有萬里船」（〈贈李十五丈別〉‧卷 15 頁 1344～1346），可知此處屋宇應不寬廣。為了生活，杜甫仍然試著種植一些蔬菜：

> 既雨已秋，堂下理小畦，隔種一兩席許萵苣，向二旬矣，而苣不甲坼，伊人覓青青。傷時君子或晚得微祿，轗軻不進，因作此詩。

> 陰陽一錯亂，驕寒不復理。枯旱於其中，炎方慘如燬。
> 植物半蹉跎，嘉生將已矣。雲雷欻奔命，師伯集所使。
> 指麾赤白日，澒洞青光起。雨聲先已風，散足盡西靡。
> 山泉落滄江，霹靂猶在耳。終朝紆颯沓，信宿罷瀟灑。
> 堂下可以畦，呼童對經始。苣兮蔬之常，隨事藝其子。
> 破塊數席間，荷鋤功易止。兩旬不甲坼，空惜埋泥滓。
> 野莧迷汝來，宗生實於此。此輩豈無秋，亦蒙寒露委。
> 翻然出地速，滋蔓戶庭毀。因知邪干正，掩抑至沒齒。
> 賢良雖得祿，守道不封己。擁塞敗芝蘭，眾多盛荊杞。
> 中園陷蕭艾，老圃永為恥。登於白玉盤，藉以如霞綺。
> 莧也無所施，胡顏入筐篚。（〈種萵苣〉‧卷 15 頁 1346）

氣候異常炎熱，所幸大雨一場，終於可以開始耕作。然此地蔬菜似乎不易種植，尤其萵苣這樣的嘉蔬，於是如「野莧迷汝來」所寫，莧菜蔓延了一地。杜甫並未讓詩意就此打住，面對人生政治挫敗的他，將莧比擬為小人，透過小人一時得志，然盤菜食的終究是萵苣，責罵了莧菜的無所施為。此詩反應杜甫農耕生活中清晰的士人意識，尤以君子／小人、萵苣／野莧的對比，足見杜甫仍延續士人的視角，對於所植採取的是文人觀點，有著士人好惡。

　　赤甲的生活還有一樣特色：炎熱。〈種萵苣〉一詩表現出對赤甲氣候炎熱的不適，「陰陽一錯亂，驕寒不復理」一聯更是嚴重批判。關於這樣的作品在更早以前即有表示：

〔註23〕　見簡錦松：〈杜甫白帝城之現地研究〉，《杜甫與唐宋詩學——杜甫誕生一千二百九十年國際學術研討會論文集》（臺北：里仁書局，2003 年 6 月），頁 159。

> 大旱山嶽焦，密雲復無雨。南方瘴癘地，罹此農事苦。
> 封內必舞雩，峽中喧擊鼓。眞龍竟寂寞，土梗空僂俯。
> 吁嗟公私病，稅斂缺不補。故老仰面啼，瘡痍向誰數。
> 暴尪或前聞，鞭石非稽古。請先偃甲兵，處分聽人主。
> 萬邦但各業，一物休盡取。水旱其數然，堯湯免親睹。
> 上天鑠金石，群盜亂豺虎。二者存一端，愆陽不猶愈。
> 昨宵殷其雷，風過齊萬弩。復吹霾翳散，虛覺神靈聚。
> 氣暍腸胃融，汗溼衣裳污。吾衰尤計拙，失望築場圃。
>
> （〈雷〉‧卷 15 頁 1295）

久旱無雨，必然造成農事蹉跎，杜甫一句「罹此農事苦」道出他以士人視角觀察農業的態度，故在大旱議題外，也將矛頭指向政治對人民的傷害。「二者存一端，愆陽不猶愈」，苛政猛於虎的觀念早是中國傳統的議題，如《禮記》所載：

> 孔子過泰山側，有婦人哭於墓者而哀，夫子式而聽之。使子路問之曰：「子之哭也，壹似重有憂者。」而曰：「然，昔者吾舅死於虎，吾夫又死焉，今吾子又死焉。」夫子曰：「何為不去也？」曰：「無苛政。」夫子曰：「小子識之，苛政猛於虎也。」〔註24〕

婦人在苛政與猛虎間，寧可選擇自然對人類的天擇，足見人文錯舉不當時，制度帶來的傷害遠比自然律則來得嚴重。此處亦指出「萬邦但各業，一物休盡取」的傳統儒家觀念，前者乃「使老有所終，壯有所用，幼有所長，矜寡孤獨廢疾者，皆有所養」〔註25〕思維的推演，使生命有其安身立命之處；後者則是儒家以仁參贊天地化育的環境態度〔註26〕，如孟子所謂「不可勝用」〔註27〕者。杜甫對百姓的關心在赤甲居住時依然，儒者視角的一面則表示著自己身分的堅持，間接說明自己與夔州的隔閡。

　　觀察杜甫在西閣與赤甲的日子，仍將情緒置在天下事而少對自己生活的關注，雖有種植蔬菜與養雞之舉，著眼的仍是病情改善，甚至在收成不

〔註24〕見王夢鷗註譯：《禮記今註今譯》（臺北：臺灣商務印書館，1987 年 9 月），頁 192。

〔註25〕見王夢鷗註譯：《禮記今註今譯》，頁 362。

〔註26〕見潘朝陽：《心靈‧空間‧環境——人文主義的地理思想》（臺北：五南圖書出版股份有限公司，2005 年 6 月），頁 368。

〔註27〕見〔宋〕朱熹：《四書章句集註》（臺北：鵝湖出版社，2000 年 9 月），頁 203。

佳時，更投以士人視角的懲惡扶善，於孤城的居住實情較少書寫，遑論對生活的投入。

三、農耕與放船的迴圈

方瑜曾以〈移居夔州作〉（卷 15 頁 1265）一詩為杜甫在夔州耕農的徵兆〔註28〕，就詩中「農事聞人說」、「且就土微平」等句來看，確有此念頭。家是每個人必須經營的場所，杜甫流浪至今，雖無一個穩定的家，至少家人還在身邊；惟飄泊的日子久了，隨著不能放船和旅資的需要，考量在此定居便成為杜甫重要的考量，比如〈瀼西寒望〉提到的：

> 水色含群動，朝光切太虛。年侵頻悵望，興遠一蕭疏。
>
> 猿掛時相學，鷗行炯自如。瞿唐春欲至，定卜瀼西居。
>
> （卷 18 頁 1562）

依題目「寒」字與「瞿唐春欲至」一句，應是冬日所作，此時杜甫當未遷居於此。杜甫面對平靜的溪面，不只靜中見萬物，朝日初昇之光與大地相近之景也讓詩人沉浸在一片清晨舒爽中。然隨著歲暮蕭疏景象與悵望中的遼闊，杜甫也不能不有所感懷，何況猿鷗在目，無論猿愁或鷗鳥對映，都讓人滋生家遙鄉遠的無奈感。杜甫既感受眼前清景，也滋味歸路漫漫的涕淚，詩人決定居住瀼西實有複雜感受存在，可見此時心中掙扎。

隨著定居需要的大增，杜甫與人文世界慢慢產生脫鉤的現象，這與詩人屢次在人文世界受創有關，畢竟世界因人性複雜，有太多層面不為我們掌握，那麼就暫時到一處人煙稀少的地方，何況此地景色亦幽，如〈卜居〉所說：

> 歸羨遼東鶴，吟同楚執珪。未成遊碧海，著處覓丹梯。
>
> 雲嶂寬江北，春耕破瀼西。桃紅客若至，定似昔人迷。
>
> （卷 18 頁 1609）

杜甫是相信卜居的，尤其面對自己希望居住的地點〔註29〕。此詩以丁公、莊舄表明自己不忘故鄉，復嘆不能放船歸京，困守夔州山城尋找新的住所。末四句點出自己欲居瀼西之想，「雲障之寬，眼邊無俗物也；耕破瀼西，欲自食

〔註28〕 見方瑜：《杜甫夔州詩析論》，頁 9。

〔註29〕 「杜公是相信卜宅的，從秦州到成都、夔府，他為四個欲居或已居的地點，都分別做了卜居的動作。」見簡錦松：〈杜甫夔州生活新證〉，頁 143。

其力也」〔註30〕，一來顯示所見之不俗，二來表明自己躬耕之願，在在表露
杜甫耕種祈願。然「直以其地爲桃源，作避秦計耳」〔註31〕，杜甫是否就眞
能安居於此呢？恐怕不是如此單純。王志清曾言：

> 一個人往往在人生的某一時刻放棄先前執著的價值信念，轉而追求
> 相反的價值與信念，或放棄先前的生活方式，轉而追求相反的生活
> 方式。〔註32〕

若因價值觀轉換導致生活方式改變，這是生命主體的主導。如今歸路迢迢，
杜甫被迫放棄原先生活模式，難免也思起另一種生活的可能。這樣的態度並
非自願的，故如朱熹所說：「隱者多是帶性負氣之人爲之」〔註33〕，杜甫誠然
有著入世之心，因此上一首詩中還顯出對桃花源的追求，生活較穩定時，視
角便再度回到對人世的不捨，如〈暮春題瀼西新賃草屋五首〉中所言：

> 久嗟三峽客，再與暮春期。百舌欲無語，繁花能幾時。
>
> 谷虛雲氣薄，波亂日華遲。戰伐何由定，哀傷不在茲。
>
> 此邦千樹橘，不見比封君。養拙干戈際，全生麋鹿群。
>
> 畏人江北草，旅食瀼西雲。萬里巴渝曲，三年實飽聞。
>
> 綵雲陰復白，錦樹曉來青。身世雙蓬鬢，乾坤一草亭。
>
> 哀歌時自惜，醉舞爲誰醒。細雨荷鋤立，江猿吟翠屏。
>
> 壯年學書劍，他日委泥沙。事主非無祿，浮生即有涯。
>
> 高齋依藥餌，絕域改春華。喪亂丹心破，王臣未一家。
>
> 欲陳濟世策，已老尚書郎。未息豺虎鬥，空慚駑駘行。
>
> 時危人事急，風逆羽毛傷。落日悲江漢，中宵淚滿床。

（卷18頁1610）

決定暫時定居在此的杜甫，詩名中以「賃」字表述，可知詩人尙有觀察，詩
中亦透露如此意味，反覆道出杜甫此刻內在的不安。「谷虛雲氣薄，波亂日華
遲」兩句仍見杜甫紛擾的心情，特別是「虛」、「薄」、「亂」、「遲」四字，寫

〔註30〕見〔明〕王嗣奭著，曹樹銘增校：《杜臆增校》（臺北：藝文印書館，1971年
　　　　10月），頁474。

〔註31〕見〔明〕王嗣奭著，曹樹銘增校：《杜臆增校》，頁474。

〔註32〕見王志清：《盛唐生態詩學》（北京：北京大學出版社，2007年4月），頁36。

〔註33〕見〔宋〕朱熹：《朱熹詩話》，引自吳文治主編：《宋詩話全編》（南京：鳳凰
　　　　出版社，2006年10月），頁6112。

出心靈的不定。不定的根源是什麼？正是國家政局的紛亂促成，於是戰伐不曾結束，杜甫的心亦難以安歇。第二首詩緊接前詩的不安，點出此地貧脊外，更道出暫居於此是爲保全生計，因爲害怕戰爭，只好旅食瀼西一帶，類比麇鹿，委屈與不甘，杜甫的無奈盡表於言語。

關於類比麇鹿的表現手法，在〈麂〉一詩裡有更精采的描寫：

永與清溪別，蒙將玉饌俱。無才逐仙隱，不敢恨庖廚。

亂世輕全物，微聲及禍樞。衣冠兼盜賊，饕餮用斯須。

（卷 17 頁 1533）

麂是一類體型較小的鹿，仇注以此詩爲「嘆其不當鳴而鳴也」（卷 17 頁 1533），蓋言未守住隱者道路之人。詩歌一開頭便是決絕之語，一種與仙隱永別的命運，這般命運導因「微聲及禍樞」，即致禍的關鍵是沒有守住隱居的信念。然而隱居深山清溪中的麂本是過著消遙無爲的生活，卻因本能微細的聲音無端受禍，甚至成爲他人桌上食，究其因，未必真爲不能隱居。則杜甫之意蓋指自己未能於亂世隱居，甚至還爲了心中正義發聲，才受此奔波流離之苦。如此命運讓人憤恨，「玉饌」這一反諷似的用語，強烈凸顯淪落人間的不捨與悲痛。而作者對悲劇似乎只能消極看待，故將結果解釋成沒有才分，使得仙道之失不是因後文盜賊貪心所致，而是自己無才拖累，又何從怨起被食的種種？惟杜甫的儒家信念莫敢或忘，遂在頸聯將事實真相做一表露，直指麂被害與自己的飄泊都是亂世所導，於是生命的整全不被允許，生命的權利更無端被剝奪，「亂世本難自全」，又何況「以微聲致累」〔註34〕者，皆是杜甫面對世間動蕩無情的控訴，有真切體驗存在。此詩最後把盜賊和衣冠並舉，對當今官員的指責之意已十分清晰，片刻之間的貪心無度，短暫生命和慾望無限的對比，兩樣極端於杜甫筆下巧妙回扣題中之麂，那麼究是麂受苦、人民受難，還是自己的悲苦，已不可細分，又何需在意是隱或仕？反正仙隱終成玉饌，罵世語、警世語，一切的語言指向的只是心中的不滿、不解。

前文曾提及「定似昔人迷」一句，表示杜甫亦有對歸田的追尋；然觀「壯年學書劍，他日委泥沙」一聯，他的願望仍舊是年少時「致君堯舜上」的初衷，只是苦於今日之見棄泥沙罷了。如此，杜甫重回清溪的生活似乎若有開啓，卻又匆匆爲心中理想所掩，不論是「浮生即有涯」的生命有盡，或者「已

〔註34〕見〔清〕浦起龍：《讀杜心解》，頁525。

老尚書郎」的欲振乏力，眼前原本桃源式的土地竟成自己「中宵淚滿床」之
所，桃源在何處？杜甫此刻想必百感於衷。然寧靜的日子確實可以暫緩心中
所憂，雖然杜甫仍嫌此處「市喧宜近利」，畢竟離城已遠，只有四、五戶人家
〔註35〕，生活確實比較容易得到一種安定，〈過客相尋〉即寫出這種寧適：

　　　窮老眞無事，江山已定居。地幽忘盥櫛，客至罷琴書。

　　　挂壁移筐果，呼兒間煮魚。時聞繫舟楫，及此問吾廬。

　　（卷 19 頁 1633）

此詩一顯杜甫生活的安穩，「窮老眞無事」，老而無事可以是消極的心境，也
可以是道家去執的寬心，眞實的杜甫未必吻合上述兩種，此處確實道出放下
的心境，否則如何與鄰居這般悠閒相處，忘了盥櫛，復攬上琴書。表達生活
安適的作品在〈園〉一詩也有很深刻的表現：

　　　仲夏流多水，清晨向小園。碧溪搖艇闊，朱果爛枝繁。

　　　始爲江山靜，終防市井喧。畦蔬繞茅屋，自足媚盤餐。

　　（卷 19 頁 1634）

杜甫夔州晚期似乎比較安定，裡面提到了瀼西的定居除生產水果外，本爲求
安靜，如今避了喧擾〔註36〕，此園更成杜甫的理想天地。全詩交代小園風景
外，亦讓我們看到杜甫擇居的原因，然而士人與農夫間的差異仍然存在，如
〈小園〉：

　　　由來巫峽水，本自楚人家。客病留因藥，春深買爲花。

　　　秋庭風落果，瀼岸雨頹沙。問俗營寒事，將詩待物華。

　　（卷 20 頁 1779）

前四句交代駐足瀼西之因本爲治病，如今爲了春花而買，當是爲種植蔬果，
籌資旅費。考量實際原因後，杜甫躬耕之事大爲落實，因爲租賃的生活畢竟
不甚穩定，只有眞正生根一地，農耕才不至成爲一種表象。杜甫既有心耕作，
向鄰人詢問經營之事便成必然，此時方與農者身分有一貼切吻合。惟杜甫本
身雖開出不同視角，展現農人領域，「將詩待物華」一句仍顯詩人精神的文化
意識，足見杜甫跨越在士／農間的存在處境，受到士人使命與審美情調的深
層影響。這種情況在〈自瀼西荊扉且移居東屯茅屋四首〉更爲明顯：

〔註35〕此處根據簡錦松所考。見簡錦松：〈杜甫夔州生活新證〉，頁 151。

〔註36〕杜甫後來甚至爲此遷居到東屯。

白鹽危嶠北，赤甲古城東。平地一川穩，高山四面同。
煙霜淒野日，秔稻熟天風。人事傷蓬轉，吾將守桂叢。
東屯復瀼西，一種住清溪。來往皆茅屋，淹留為稻畦。
市喧宜近利，林僻此無蹊。若訪衰翁語，須令賸客迷。
道北馮都使，高齋見一川。子能渠細石，吾亦沼清泉。
枕帶還相似，柴荊即有焉。斫畬應費日，解纜不知年。
牢落西江外，參差北戶間。久遊巴子國，臥病楚人山。
幽獨移佳境，清深隔遠關。寒空見鴛鷺，迴首憶朝班。
（卷 20 頁 1746）

杜甫擇居在瀼西外，尚有東屯這一重要之所。第一首詩裡，杜甫以人生四處漂泊為累，寫出自己欲居於此的念頭，此中透顯出杜甫不再出夔的想法，是杜甫放棄回京華的重要表露。第二首詩裡，杜甫交代兼營東屯的意義是為稻穀，一水之間，瀼西是果蔬種植之地，東屯則為稻穀栽植之所。然杜甫也延續了上面避開喧擾的想法，表明東屯的安靜更為他所重視，可見文人情趣與士人審美的一面。而「若訪衰翁語，須令賸客迷」則是杜甫桃花源意象的再度使用，可知孤城生活中，農耕與桃花源在杜甫心裡實是一種等號。但這一決定居住的心情在第三首詩中又遭到否定，「斫畬應費日，解纜不知年」一聯言種植須花費許多時日，解纜而去之年猶未可知，其實就在暗示出峽的規劃，說明上述定居只是一時之想。這樣的思維確定後，第四首詩便真如王嗣奭所說：

> 首言牢落、參差，見終非娛老之地。但以臥病故，取其幽獨清深，
> 以自休息，及見鴛鷺，又想朝班，此又公之轉念也。〔註37〕

杜甫的定居是為了養病，若重以上述諸多原因，籌備旅資儼然是他後期主要的原因，這時再聞杜甫「迴首憶朝班」之句便不覺衝突了。因為定居只是人生過程裡的一段表示，對杜甫而言是治病的藥，一朝病醒身癒，轉念之間，踏上歸途仍是他不變的方向。

我們考察杜甫擇居的態度，發現詩人雖一度有定居的強烈表現，卻都只是詩人生命的短暫歷程，無論風景如何幽美，生活如何寧靜，乃至有「道北馮都使」的好鄰居，杜甫從未改變他的京華追尋，而如下所示：

〔註37〕見〔明〕王嗣奭著，曹樹銘增校：《杜臆增校》，頁536。

　　京華追尋→顛沛流離→卜居農耕→生活穩定→放船出夔→京華追
　　尋。

此是迴圈式的思維，如同螺旋的運動方式，足見杜甫對理想的執著實非一般。
所謂的安定只是向內向外兩種力量平衡時產生的短暫時空，雖幫助杜甫得到
安慰，卻也造成他更深的思考，如「身世雙蓬鬢，乾坤一草亭」所道，身世
的飄泊是杜甫清楚不過的認知，而自己於乾坤中也只是一小小存在。我們或
許可以說草亭所代表的安穩，救不了困在蒼生之憂裡的杜甫；但若說是杜甫
不願被拯救，或將更貼近杜甫對自己的認識。

四、從「皇天」到「天路」的迢迢歸路

　　杜甫對定居之舉既投以「淹留」之想，「天邊長作客」（〈江月〉・卷 17 頁
1465）一句便容易理解。出蜀後，杜甫選擇以水路歸返京華，狀況若好，或
可「兩岸猿聲啼不住，輕舟已過萬重山」〔註 38〕。只是歸路中，除上述疾病
之因外，似有冥冥之舉阻止詩人歸途，形成重重阻礙，此不僅是杜甫滯留夔
州的重要因素，更是後來大量創作的原因。考察杜甫行路受阻的關鍵，可以
〈老病〉所指為代表：

　　老病巫山裏，稽留楚客中。藥殘他日裹，花發去年叢。

　　夜足霑沙雨，春多逆水風。合分雙賜筆，猶作一飄蓬。

　　（卷 15 頁 1282）

稽留之中，面對的不僅是藥囊已盡，尚有春花無情開放中所對映的老病身軀。
然而無論場景提供的映襯如何，難過中莫甚於大自然的阻撓，「夜雨逆風，難
於出峽」（卷 15 頁 1282），出峽道路受到大自然最直接的挑戰，此則非關疾病
與否，而是天意的捉弄了。杜甫曾在〈送惠二歸故居〉中以「皇天無老眼，
空谷滯斯人」（卷 18 頁 1623）一聯慰勉友人，將人生留滯的悲劇歸給蒼天無
眼。若詩人所言不只是對朋友的關懷，其中便有自我抒發，將對話直指天地
存在，以刑天的姿態怒喊，一聯中，綰合兩人身世，無限凄涼。杜甫在〈雨
晴〉一詩更提到：

〔註 38〕〈早發白帝城〉見安旗主編：《李白全集編年注釋》（成都：巴蜀書社，2004
　　　　年 4 月），頁 1310。

雨時山不改，晴罷峽如新。天路看殊俗，秋江思殺人。

有猿揮淚盡，無犬附書頻。故國愁眉外，長歌欲損神。

（卷 15 頁 1330）

異鄉殊俗中，早已倦看晴雨中的山峽，仇注言：「晴則可以出峽，而猶然留滯，故不勝愁思」（卷 15 頁 1330），合以〈老病〉一詩所指，則杜甫歸路的阻礙除了江水問題外，最大原因仍是上述談到的疾病，否則晴天已可出航，為何又留滯不出？疾病影響實為重大，在這樣的情緒裡，杜甫把皇天一詞從超越的人格神擬成人間實體，皇天無眼竟成了現實中阻礙歸路的迢迢天路，淚已盡，無音信，唯有眼前不變的阻礙成為杜甫心中最大愁思。仇注以天路即天邊，指夔州此地。筆者以為此解雖可，但不若以「路」所形塑的空間障礙來得深刻，因為天邊無際，天路卻明顯指出杜甫心中所想實是一條歸路的開展，所以無論皇天給出什麼樣的考驗，杜甫仍然能在故國遙望中，於歸路的一端裡，高歌自己的無奈，遙寄彼端，一者損其心神，一者京華盼歸。廖美玉曾言：

> 離開自己所熟悉的生長點，向陌生的、遙遠的征途邁進，內心必然產生畏怯、不安的感覺。離故鄉越遙遠，羈旅漂泊的不安定感也必然越強烈；做為「出發點」的故鄉，就成了維繫／穩定內心平衡的重要支撐點，並且形成「離去」與「歸返」的辯證：「線」拉得越長，「點」的固著力就有多大〔註39〕。

經過一段歲月，杜甫對京華的牽繫越加深刻，直到形成天路的概念，唱出京華的追尋是一條如天的遙遠。有這樣由皇天到天路的悲劇凝聚，無論是〈贈李十五丈別〉裡，「山深水增波」所造成的「絕域誰慰懷」（卷 15 頁 1344～1346）；或是「眼邊江舸何匆促，未待安流逆浪歸」〔註40〕兩句道出的無奈，都可以有一安置、理解之所，那就是歸路阻礙中的挫折。這挫折抽象地說是皇天，實像化則是天路的迢迢，具體來說則是行旅的無期。惟皇天可無眼，杜甫也可以在自己的堅持下，凝眸望出一條深愁，與天路交織出更多故事。

〔註39〕見廖美玉：《中古詩人的生命印記》，頁 32。

〔註40〕仇注以為兩句是譏夔人冒險以趨利（〈雨不絕〉，卷 15 頁 1331），筆者以為兩種意涵皆有。

第二節　訪古尚友的精神指標

　　孤城駐足中，杜甫也曾到訪許多地方，其中古跡佔有相當比例，可見孤城中，古跡與杜甫生命間存有相當關聯。而古跡往往由歷史人物、空間沉積而成，故步履古跡的同時，又常常是尚友古人的時刻。此節旨在了解杜甫踏訪古跡、尚友古人的意義爲何？尤其這些步履與杜甫的視角間有何影響，將對我們認識此時的詩人有相當幫助。

一、古跡與心跡——〈詠懷古跡五首〉中的精神慰藉

　　〈詠懷古跡五首〉（卷 17 頁 1499～1506）是杜甫一組非常有名的詠懷之作，杜甫詠史的題材有二：一、儒家先聖、歷代名君賢相及功在社稷之臣。二、未遇之賢才、斯文憔悴之士〔註41〕。郭曾炘亦言：「公避祿山之亂，自東北而西南，因風塵故懷及先主、武侯，因飄泊故懷及庾、宋、明妃，知非泛咏古跡也。」〔註42〕據此兩項前提，杜甫所詠先主、武侯自屬第一類，庾信、宋玉、明妃則爲第二類。然杜甫既是在風塵、飄泊中詠懷，與自己的內心、身世必有相當呼應。尤其主動地以古跡爲題，心中當有所思，如廖美玉所說：「杜甫藉由時事與歷史的連結，試圖以詩歌創作爲自己的漂泊異鄉找到精神層面的社群，也爲自己的選擇漂泊建立一套論述系統。」〔註43〕借古言之，正是以漫長歷史書寫自己心事，同邊連寶之言：

> 因胡羯作亂，至詞客哀時，既自東北遷於西南，復淹於西南而未還東北耳。庾信在周而思江南，其心跡正復相同，故引之以自比也。

〔註44〕

因爲與古人心跡相同，所處地理亦與之相近，在古跡與心跡一同碰撞時，詩人也就有了創作的動機。觀這五首作品：

〔註41〕詳見張潤靜：《唐代詠史懷古詩研究》（上海：上海三聯書店，2009 年 1 月），頁 197～199。

〔註42〕見〔清〕郭曾炘：《讀杜箚記》（上海：上海古籍出版社，1984 年 3 月），頁 346。

〔註43〕見廖美玉：〈漫遊與漂泊——杜甫行旅詩的兩種類型〉，《第三屆唐代文化、文學研究及教學國際學術研討會》（臺中：逢甲大學中國文學系、唐代研究中心，2010 年 5 月 28～29 日），頁 18。

〔註44〕見〔清〕邊連寶：《杜律啓蒙》（濟南：齊魯書社，2005 年 6 月），頁 446。

支離東北風塵際，漂泊西南天地間。
三峽樓臺淹日月，五溪衣服共雲山。
羯胡事主終無賴，詞客哀時且未還。
庾信平生最蕭瑟，暮年詩賦動江關。

搖落深知宋玉悲，風流儒雅亦吾師。
悵望千秋一灑淚，蕭條異代不同時。
江山故宅空文藻，雲雨荒臺豈夢思。
最是楚宮俱泯滅，舟人指點到今疑。

群山萬壑赴荊門，生長明妃尚有村。
一去紫臺連朔漠，獨留青冢向黃昏。
畫圖省識春風面，環珮空歸月夜魂。
千載琵琶作胡語，分明怨恨曲中論。

蜀主窺吳幸三峽，崩年亦在永安宮。
翠華想像空山裏，玉殿虛無野寺中。
古廟杉松巢水鶴，歲時伏臘走村翁。
武侯祠屋常鄰近，一體君臣祭祀同。

諸葛大名垂宇宙，宗臣遺像肅清高。
三分割據紆籌策，萬古雲霄一羽毛。
伯仲之間見伊呂，指揮若定失蕭曹。
運移漢祚終難復，志決身殲軍務勞。

主題性十分清楚，若以歷史分析的角度討論，將會使文獻往題中五個人物靠攏，遺失了杜甫的主觀意志。前面已言這五首詠懷古跡之作與杜甫心跡有關，地理／心事間必有線索可尋，以下便依詩人情感切入，試圖就杜甫的身世感懷，捕捉此刻所思所想。

（一）支離與飄泊的無奈

　　五首詩歌的開頭便是「支離東北風塵際，漂泊西南天地間」，在諸多地理詞彙中，杜甫貫串兩句的精神卻是支離與飄泊，可見生命悲感確實是五詩的基調。施鴻保即曰：

支離，當作離析解；謂幽薊諸鎮逆命，又浙東袁晁之亂方平，餘黨
反覆，是東北尚離析于風塵之際，而己則久客西南，浮泊天地間也。
〔註45〕

此解將歷史背景與兩詞並置，頗能帶出杜甫的身世之感，張懋賢卻有不同見解：

支離其神于東北風塵之際，飄泊其身于西南天地之間，則其所懷為
如何也，故其身在于西南，而神則遊於東北。〔註46〕

將杜甫的身世之感與心跡並陳，如此，飄泊的身軀雖在西南，精神卻恆在那
忘不去的東北方。筆者以為兩解不妨同參，畢竟文字表示的僅是一層，深藏
其中當有詩人複雜的心理運思〔註47〕，那麼東北支離的既是風塵未定的詩人
家國，也可以是杜甫一顆與身分離的心。總此，〈詠懷古跡五首〉的主旨當是
身心分離的無奈，使得杜甫必須透過歌詠古跡裡的人物，為西南的身軀尋覓
一精神支持。

　　這種尋覓其實與京華脫不了關係，畢竟杜甫尋找的仍是與國家間的依
存，則歌詠古跡只是藉由謳歌的方式，在地理與歷史的雙疊中，抽繹內在的
京華依戀。以此觀之，詩中「三峽樓臺淹日月，五溪衣服共雲山。羯胡事主
終無賴，詞客哀時且未還」所言就是杜甫駐足於此的身軀，而「庾信平生最
蕭瑟，暮年詩賦動江關」、「悵望千秋一灑淚，蕭條異代不同時」、「畫圖省識
春風面，環珮空歸月夜魂」等則為杜甫的心跡，描寫歷史、古跡之際，也寫
下自己的命運。但杜甫可以在古跡裡書寫命運，卻不代表命運的痛苦可以在
詩筆中消解，因為再多的書寫也無法解決外在問題，是故駐足歷史故事中的
杜甫就必須重回現實，以悲傷之心呼應這個世界，這時候面對的就是一事無
成的自己與懷才不遇的人生。

（二）跨時代的秋意蔓延

　　五首詩歌的背景已明，這些人物中都有一個屬於自己的故事，是已經過
往的陳跡，也是一段屬於自己的時空背景。杜甫將五個特殊時空以膠囊的型

〔註45〕見〔清〕施鴻保：《讀杜詩說》（臺北：臺灣中華書局，1986 年 11 月），頁 166。

〔註46〕見〔明〕張懋賢：《張懋賢詩話》，引自吳文治主編：《明詩話全編》（南京：
鳳凰出版社，1997 年 12 月），頁 3854。

〔註47〕如宇文所安所謂：「世界的各種事物不是隱蔽秩序的象形文字，而是複雜的心
理狀態的標誌。」見宇文所安著，賈晉華譯：《盛唐詩》（臺北：聯經出版事
業股份有限公司，2007 年 1 月），頁 302。

態濃縮在詩歌裡，更以連章詩歌的型態並之，如廖美玉所說：

> 各首之間關係密切，次序一定，不可倒置，彼此照應，相互補充、
> 說明，且使之同列一總題下者，則其主於合可知矣；又其不為長古，
> 不為排律，乃使之為數首或數十首之同體詩，每首又各有其主要情
> 節與意象，味之亦覺餘意無窮，則其為可分又明矣。〔註48〕

從上面的敘述中，可知連章詩中又有合分間的問題，合者必得在同一主題下
共同撐持、互相呼應；分者則許各詩擁有自己的意義。故這五詩分開言當與
各個人物的背景相扣，整體卻寫出杜甫的心跡。前言支離與飄泊，那是杜甫
的無奈與所處地理，那麼詩人自己呢？觀末二首討論的是君臣間的契合，杜
甫顯然對自己與帝王間的關係感到遺憾，才有如此書寫，此當於後文諸葛廟
的旅遊中論證，若就庾信、宋玉、明妃三人，杜甫要表達的恐是自己懷才不
遇的人生，如下幾句：「庾信平生最蕭瑟，暮年詩賦動江關」、「江山故宅空文
藻，雲雨荒臺豈夢思」、「千載琵琶作胡語，分明怨恨曲中論」。句中詩賦、文
藻、千載琵琶等詞彙皆與藝術相關，呼應著杜甫的詩筆，在人生空度的蕭瑟、
怨恨中，重以空山的地理拘囚感，杜甫懷才不遇之心可謂甚濃。何況杜甫並
包諸人故事，一口氣吞下五顆膠囊，其中感受將更深邃，踏進了歷史的想像，
滯留在地理的古今一同，杜甫眼前仍是自己不順遂的人生，所以動江關又能
如何？今天舟人可以懷疑宋玉之所，卻無人細心體會宋玉文章裡的言外之
意，一朝自己也亡去，殘留的不過是「獨留青冢向黃昏」的悲劇，歷史已矣，
今人又如何？

　　杜甫在秋天裡寫下這組詩歌，也在人生的秋天裡，宣告自己的詩賦可以
撼動江關，然歷史人物已踏過蕭瑟之秋的步履，難保如今自己不會重蹈覆轍，
在異代中，步上相同道路。杜甫的秋天在歷史古跡的對話裡蔓延，說明了跨
越的時代中，只有蕭條是不變的顏色，染上了歷史古跡，染上了詩人心跡。

　　以上是杜甫在歷史古跡裡的徜徉，不過就真實情況來說，〈詠懷古跡五首〉
只能說是神交、神遊，就算有實際旅行，比起同一地點的重複性踏訪，在捕
捉杜甫內在上仍有證據上的不足，故真正的踏訪之作還需要其他詩歌輔助才
能明瞭。在駐足的過程中，杜甫必有時間可以在詠懷外，以一旅者的身分重
回現場，人與時空的糾葛將超過自己的內在預期，那麼杜甫將如何透過歷史

〔註48〕見廖美玉：《杜甫連章詩研究》（臺中：東海大學中文研究所碩士論文，1979
　　　年），頁 336。

現場照現自己的心境呢？張佳胤曾有一詩：

> 艤舟下席楚雲生，落日清霜白帝城。
>
> 踏迹難忘諸葛陣，野田曾爲杜陵耕。
>
> 休言天地終陳迹，翻使江山借重名。
>
> 事業文章垂二子，更闌無語古今情。〔註49〕

可見耕田於此的杜甫不僅踏跡諸葛廟，也與白帝城有所關連。如今天地變轉，兩處因爲杜甫更加出名，則詩人創作必有動人處，方有後人之讚。方瑜也有此觀察，認爲杜甫特重武侯，又以杜甫再三登臨白帝城，堪爲風景攬勝的抽樣代表〔註50〕。以下便以杜甫夔州生活中最常去的兩個景點爲要，了解詩人在這兩處景點裡的創作視角、心靈省思及其間的自我成長。

二、天地衾枕的萬山血色──白帝踏訪的時空展延

（一）初遊的歷史糾葛

白帝是歷史名城，在夔州城東的白帝山上，西南下方臨長江。西漢末年王莽統治時期，公孫述佔據此地，傳說他見到白龍從井中出來，於是在此自稱「白帝」，建了白帝城〔註51〕。白帝城因地勢特殊，美景倍增，杜甫在〈夔州歌十絕句〉中便如此描寫：

> 中巴之東巴東山，江水開闢流其間。
>
> 白帝高爲三峽鎮，瞿唐險過百牢關。（其一）
>
> 白帝夔州各異城，蜀江楚峽混殊名。
>
> 英雄割據非天意，霸主并吞在物情。（其二）
>
> 群雄競起問前朝，王者無外見今朝。
>
> 比訝漁陽結怨恨，元聽舜日舊蕭韶。（其三）（卷 15 頁 1302）

東漢末「劉璋分三巴，有中巴，有西巴，有東巴」（卷 15 頁 1302），夔州爲巴東郡，在中巴之東。「中巴之東巴東山」一句皆爲陰平聲，造成山勢相連、壯闊不斷之景，而「江水開闢」以平仄平仄的結構，更形成舒緩到急促的語言轉變，使人從聲音上感受到大山間的江水奔騰。杜甫面對夔州壯景似乎感受

〔註49〕 出自〈宿夔府懷諸葛孔明、杜子美二公〉一詩。見〔明〕張佳胤：《張佳胤詩話》，引自吳文治主編：《明詩話全編》，頁 4623。

〔註50〕 詳見方瑜：《杜甫夔州詩析論》，頁 200。

〔註51〕 見栗斯：《唐世風光和詩人》（臺北：木鐸出版社，1985 年 7 月），頁 301～302。

特深，遂將夔州門戶形成之因推於浪打波穿，既表現造化偉大，又見地勢古老、險要。白帝城在夔州之東的高峰頂上〔註52〕，因爲守住瞿塘峽口，有鎮壓之效，故云「三峽鎮」。湍急的瞿塘峽江心過去有灩澦堆〔註53〕，多日露出水面，夏日則隱入水中成爲暗礁，自古可謂險要。百牢關在漢中，「兩壁山相對，六十里不斷」（卷15頁1302），與夔州瞿塘頗相似，故用來作比，表示瞿塘的險急。綜觀結尾兩句把白帝、瞿塘寫得極有氣勢，但若輔以第二首詩中的歷史描寫，古代英雄、帝王間所形成的歷史意義，就更加凸顯此地人文與自然的相乘，足以深入。

第二首詩從割據之險跨到爲政者德行，「竊據者逆天，得民者致王，見在德不在險也」（卷15頁1302），自有杜甫反對盜賊亂起、危及朝廷之意存在，見詩人對政治的關心。第三首承著割據／統一兩種視角，道出此地割據則競起，并吞則無外的地理位置，在上一詩的鋪敘下指出更新觀點，開拓出走京華後貫有的地方視野，以及此地「漁陽北叛，而舜樂南來，言蜀中無恙也」（卷15頁1303）的地理優勢。這一種因地起興的思考在白帝城頗常見，〈上白帝城〉中：「公孫初恃險，躍馬意何長」（卷15頁1272），以公孫躍馬一事折倒崔旰這班爲亂之輩〔註54〕；〈上白帝城二首〉則言：「兵戈猶擁蜀，賦斂強輸秦。不是煩形勝，深愁畏損神」（卷15頁1273），看到輸餉赴京的情形，詩人不覺觸目愁生，因而感嘆自己並非厭倦此地的形勝，而是愁之到來無處可逃，凡此皆見杜甫透過白帝城歷史指涉的當代政治問題，有杜甫對政治與人民的堅持存在。杜甫身居夔州而心鎖京華，從歷史到政治的視角轉移中，心境難免便隨著歷史終歸於土的結局趨向哀寂，乃言：「英雄餘事業，衰邁久風塵」、「勇略今何在，當年亦壯哉」、「谷鳥鳴還過，林花落又開」，這樣的歷史運會之感，有著人世幾回的悲愁，和「多慚病無力，騎馬入青苔」（卷15頁1273）的落寞。英雄何在，勇略何用，花鳥隨著季節去去來來，漸老的身軀似乎只有步上青苔一途了。

因歷史帶出的政治討論雖然深刻，卻非對此地的認同與接受，況且杜甫

〔註52〕古白帝在夔州城東（卷15頁1303）。

〔註53〕如李白〈長干行〉所云：「十六君遠行，瞿塘灩澦堆。五月不可觸，猿鳴天上哀。」見安旗主編：《李白全集編年注釋》，頁63。

〔註54〕永泰元年四月，朝廷以郭英乂任西川節度使成都尹；閏九月，嚴武舊部崔旰起兵攻郭英乂，郭逃到簡州，爲韓澄所殺。此後，效忠郭的一批武將又聯合起來討伐崔旰，蜀中大亂。詳見王實甫：《杜甫年譜》，頁173～174。

在登白帝的過程，除了上述因史發論的表述外，尚有更多的感情抒發，如〈陪諸公上白帝城頭宴越公堂之作〉（卷 15 頁 1275）一詩即在宴飲的歡樂氣氛中〔註55〕，道出自己因生計滯留夔州的心情，「莫問東流水，生涯未即拋」，歡樂與愁緒的反差，此非人類生活的苦悶？然而宴飲之中多少有人相陪，杜甫本非厭倦人情者，畢竟願意護生，又如何棄人！惟宴客之作或有經濟上的需求，或人情之約難卻〔註56〕，其中總非旅遊真正的享受，而有外在與內心應酬的束縛，此刻流瀉出的內在感情恐怕仍在少數，如此，白帝城真正的旅行實要到杜甫一人時才完成，如〈曉望白帝城鹽山〉：

> 徐步移班杖，看山仰白頭。翠深開斷壁，紅遠結飛樓。
>
> 日出清江望，暄和散旅愁。春城見松雪，始擬進歸舟。

（卷 15 頁 1280）

緩步登高，不只在仰望間一見白色山頭，還有翠深與紅遠彩繪的斷壁和飛樓，白色映帶青紅，「轉覺照耀璀璨」〔註57〕，一朗明亮。而原本總是為曉霧籠罩的山城，今日則因日出清明，不僅一散作者羈愁，亦使遠方松樹上白雪清晰立見，原本一直準備的「歸舟」，竟因「望見此異境」，而「將假斯舟之便，進窮其勝耳」〔註58〕。

（二）遠眺的蒼生憐惜

杜甫在前詩一露初至夔州的兩種心境：一種是「歸舟」之情，一種則是「始擬」之際，欲一覽此地之勝的閒心，可知杜甫兩種心態的交織。然當杜甫能夠單純遊覽此地景色時，由於暫時脫離歷史的負擔，自我的純粹存在本當應時而生。惟杜甫跳出了歷史，卻墜落於眼前蒼生，使視角在愈往後面的旅遊中一落再落，直到落入複雜的愁思中，如〈白帝〉一詩中所見：

> 白帝城中雲出門，白帝城下雨翻盆。
>
> 高江急峽雷霆鬥，翠木蒼藤日月昏。
>
> 戎馬不如歸馬逸，千家今有百家存。

〔註55〕「此堂存古製，城上俯江郊。落構垂雲雨，荒階蔓草茅。柱穿蜂溜蜜，棧缺燕添巢。坐接春杯氣，心傷艷蕊梢。英靈如過隙，宴衍願投膠。莫問東流水，生涯未即拋。」

〔註56〕詳見廖美玉：《中古詩人夜未眠》，頁 376～377。

〔註57〕見〔清〕浦起龍：《讀杜心解》，頁 497。

〔註58〕見〔清〕浦起龍：《讀杜心解》，頁 497。

哀哀寡婦誅求盡,慟哭秋原何處村。(卷15頁1350)

這是一首拗體律詩,打破了固有格律,仇注言此爲「律體似歌行者」(卷15頁1351),指此詩是以古調、民歌風格摻入律詩,形成一氣滾出的風格。杜甫登上白帝城後,只覺雲氣翻滾奔騰從城門而出,無形中,以雲之所出襯托了白帝城的高峻。登高者除有平行視角與仰觀視角外,尚有俯瞰者,杜甫往下一看,白帝城下竟是大雨傾盆,兩者間的落差實爲「白帝城門水雲外,低身直下八千尺」(〈醉爲馬墜諸公攜酒相看〉‧卷18頁1590)一聯所寫,確有八千尺之高,兩種視角中的杜甫,眼前還覺雲海洶湧,底下已是雨勢來不已了。頷聯承「雨翻盆」而來,描寫峽中雨景,誠如仇注所說:「江流助以雨勢,故聲若雷霆之鬪;樹木蔽以陰雲,故昏霾日月之光」(卷15頁1350),一片昏濛。兩句中集中六個形象,只各存「鬪」與「昏」兩動詞,在一個接一個奔湊的詞組中,不僅作者所見如在目前,急管繁弦中,傳達雨勢的急驟外,還帶出杜甫心中的憂愁、煩悶,如同「鬪」、「昏」兩詞的運用,有著負面情緒。於是高江之地勢,急峽之流急,加以暴雨翻盆、猛疾江水、水勢益急,竟使詩人如受壓抑一般,悄悄帶出後文對人民困苦的不捨。

透過前面詩歌的形式與內容分析,發現首聯兩句以歌行語法入詩,再加上拗體所成之音節奇崛,不合一般律詩的平仄,因而有一種勁健率直的氣骨〔註59〕。結合這樣的句法,前面所言雲雨之景實是在順承語氣中開展而出,以雲雨寄興,託寫時代的動亂,爲後文腥風血雨的社會面貌造勢、鋪墊。然而矛盾之處即在杜甫對兩景的視角有所分別,前者在全詩中僅以雲出門表示,後者卻大量描寫雨中俯瞰所見,尤其之後更側重人民的書寫,可知流暢語句中所寓藏的巧妙心理變化。第二聯也是情緒的埋伏,直到頸聯控訴的人間血腥顯現,詩人的視角才眞正浮現,由緊張激烈化爲淒冷陰慘,寫出一片雨後蕭條的原野。「戎馬之後,百家僅存」(卷15頁1350),戰爭造成的景象著實讓人心驚,戰場上已死之馬固然無益〔註60〕,殘存的馬匹也足教人悲嘆,那麼命運的無情豈不悲哉?何況十室九空的荒村,更見怵目驚心,令人歎息。尾聯以肝腸寸斷的語氣描寫孤苦無依的寡婦,不

〔註59〕浦起龍言此詩:「自是率筆」。見〔清〕浦起龍:《讀杜心解》,頁645。

〔註60〕王嗣奭言:「『戎馬』指作亂者。云『不如歸馬逸』,笑其勞而無益。」筆者以爲不必定將戎馬指爲作亂者,若解釋爲作戰後歸來之馬,或更可見兩者前後之差距、反差,且與「千家今有百家存」句法相同也。見〔明〕王嗣奭,曹樹銘撰:《杜臆增校》,頁417。

僅死去了丈夫，更有官府無情搜刮盡淨，才知戰爭只是第一線的殘酷，廣大老百姓的生活中，尚潛伏許多因戰爭帶來的悲劇。最後寫荒原中傳來陣陣哭聲，秋季收穫時節猶且如此，苦狀之中，早已分不清哪個村莊有人在哭？景色慘澹，滿目凋敝。

　　回顧前兩聯，由拗句進入到工整的律句，似乎代表作者情緒與視角的轉變，原本旅遊的心情在雲雨兩者的交夾中本就不易或存，如今隨著思考加劇，確實如旅行文學中的表現：

　　　　主體帶著自身的文化背景和意識形態去旅行，讀者閱讀的不只是
　　　　異地風景，尚包括旅者的觀點／偏見，也就是旅者的「內心風景」。
　　〔註61〕

此詩從歌行進入到律體，正似引文所寫，異地風景不再了，反覆出現的只是杜甫的內心，如此，詩人在這首詩中表露的內心風景和視角轉變實深深與他自身的觀點結合，並以自己擅長的拗律發揮。至此，杜甫過去所謂的忠君形象便有了問題，因爲杜甫不斷表現的，與其說是對君國的忠誠，還不如說是對心中理想的始終如一，因此才有詩、人合一的表現。

　　前詩在視角上的變化值得注意，這樣的視角變化在白帝一類的旅行創作中仍有，表現著放不下的懸念，甚至更加推向自己的內心世界，如〈返照〉一詩：

　　　　楚王宮北正黃昏，白帝城西過雨痕。
　　　　返照入江翻石壁，歸雲擁樹失山村。
　　　　衰年肺病惟高枕，絕塞愁時早閉門。
　　　　不可久留豺虎亂，南方實有未招魂。（卷15 頁1336）

開端走進悠久的歷史世界，兼寫雨痕初過、黃昏乍暝之景；但著墨不多之後便轉向自己的心靈書寫，可知杜甫在旅行之中，視角步向自己內在心靈的轉變〔註62〕。於是自然人文風景不多，倒是自己的心靈風景飽滿，特別最後四句，疾病、絕塞、戰亂、招魂四項生活苦痛並舉，整首詩歌的結構眞如黃生

〔註61〕見鍾怡雯：〈旅行中的書寫──一個次文類的成立〉，《經典的誤讀與定位──華文文學專題研究》（臺北：萬卷樓圖書股份有限公司，2009 年 7 月），頁 133。
〔註62〕廖美玉言此詩寫出古跡已成雲煙，山村又缺乏交集，因此杜甫只能以招魂來形容身處他界的自己。筆者以爲此正是杜甫走向自己內在心靈的關鍵。詳見廖美玉：〈漫遊與漂泊──杜甫行旅詩的兩種類型〉，頁 15。

所說:「前半景是詩中畫;後半情是紙上淚也」〔註63〕,景與情間兩種視角的轉換,正是杜甫在夔州時旅遊風光與心靈風景的兩種極大切換。黃生接著說:「年老多病,感時思歸,集中不出此四意」〔註64〕,依此,杜甫作品中主題性頗一致;然「橫說豎說,反說正說,無不曲盡其情」〔註65〕,那麼杜甫縱然其情一致,作品風格與表現卻可千妍萬秀,可見杜詩大手筆。

　　這首詩歌的情景表達尚有壯觀景色與小小個我的畫面落差,作為心靈風景的書寫,杜甫的內在精神實未真正與景共色,可見心靈視角尚未完全開展,而常與對世界的關懷結合。然而一旦風景升至最高點,一切人間事物彷若斷絕不在時,杜甫的內心世界就真的嶄露在紅塵中,與天同光。

(三)孤絕的純粹存在

　　杜甫從歷史、蒼生直至白帝城最高樓,其人追尋自我存在的方式是藉由不斷抽剝外在而成的。這首〈白帝城最高樓〉可謂白帝城諸作中的巔峰代表,更是杜甫拗體一格裡的絕作:

> 城尖徑仄旌旆愁,獨立縹緲之飛樓。
> 峽坼雲霾龍虎臥,江清日抱黿鼉遊。
> 扶桑西枝對斷石,弱水東影隨長流。
> 杖藜歎世者誰子,泣血迸空回白頭。(卷15 頁1276)

開頭即對城、徑、旌旆三者做出尖、仄、愁的描述,由於作者身處最高境遇,尖細絕孤的意象與內心翻湧的愁緒遂結成一致的形容詞。如此,最高樓中的杜甫已不是用欣賞風景的角度觀看一切,而是最徹底的「有我之境」〔註66〕,寫出一片心靈。這種視角有所緣由,只為杜甫所處乃一高若飛樓的巔峰,有著縹緲中的傲世高度、山至頂峰我為高的境界,以及「百年多病獨登臺」(〈登高〉‧卷20 頁1766)的獨立姿態,於是眼前所見不再是熟悉的世界,而是想像與神話交融的視域,這時,或者峽中山石盤繞、風雨交擊,在一片裂開的深坼雲霧裡,龍虎成為杜甫此刻眼中所見。或者江水澄清,太陽恍若抱著江頭,激盪一

〔註63〕見〔清〕黃生:《杜工部詩說》(京都:中文出版社,1946年6月),頁501。
〔註64〕見〔清〕黃生:《杜工部詩說》,頁502。
〔註65〕見〔清〕黃生:《杜工部詩說》,頁502。
〔註66〕「有我之境,以我觀物,故物皆著我之色彩。」見王國維:《人間詞話》,引自唐圭璋:《詞話叢編》(臺北:新文豐出版股份有限公司,1988年2月),頁4239。

流碎光，黿鼉在此遨遊，顯出一片清麗。杜甫在頷聯中寫出一條江裡的兩種世界，風雷日麗的極端差異不只是身在最高處下的視角，恐怕還是杜甫內心的活動，才有極端矛盾的世界和心靈，足見作者深藏於心的情緒、眼光。

　　在心靈涉足眼前風景後，頸聯的描寫便更顯肆無忌憚，於是「峽之高，可望扶桑西向；江之遠，可接弱水東來」（卷15頁1276），神話裡的扶桑與弱水共同開拓此地所見，使得東方日出之處以西枝遙接最高樓的斷石；西邊則是神話裡沒有浮力的弱水，東、西間兩種神祕共同交集於此，讓異空間不只交會在杜甫的心靈觀照，更成為杜甫心中息息相關、不可置身事外的一切。杜甫是先知、先行者，神話中已見杜甫哲學思考裡的民胞物與，於是一雙眼睛包容了上下、東西、古今裡的存有，無怪乎仇注評此為「所包世界甚闊」（卷15頁1276）。實際上杜甫晚年甚為潦倒，最後更在「老病有孤舟」（〈登岳陽樓〉·卷22頁1946）的哀嘆裡死去，杜甫卻無酸腐氣，只因詩人是這麼了解自己的寂寞，或說是一種孤獨，在廣闊天地中沒有人了解的獨在、存在、此在。

　　李杜同屬唐代的偉大詩人，更是古往今來漫漫長夜裡的雙子星，然杜甫此生了解李白甚深，所以李白猶得不孤；而杜甫則否，那麼是否就代表了杜甫的難受呢？「杖藜歎世者誰子」，一句中，杜甫問起了自己的存在意義，究竟是什麼原因讓自己滿腔的熱血與胸懷全部灑在這塊高處不勝寒的高樓裡？上五「杖藜歎世者」的句式正是杜甫面對人間許多問題的鬱積，而下二呢？「誰子」，你是誰？你的存在是什麼？思考堅持這路的自己到底是誰後，杜甫顯然不認為有誰會了解他了，因為自己的世界就像二、三聯所寫，早已超越現實而往向神話、想像的交融，又寄託何人的了解！只需如年輕所預告的自己一樣，「獨立蒼茫自詠詩」（〈樂遊園歌〉·卷2頁103），那麼就算驀然回首，發現自己早已白頭又如何？「泣血迸空」的不正是此生不放棄的堅持。至此，淚灑在下臨無地的半空中雖無人了解，但此生眼淚早不是為自己哭泣，所以哭不出「廣廈千萬間」，至少還哭出一份蒼生的眼淚來；道不出一份人間存在，至少用一種宗教的姿態存在，如韋伯《宗教社會學》裡討論先知的一段話：

　　　　視「世界」為一個「宇宙」，這個「宇宙」被要求能形成多少是個「有
　　　　意義的」、有秩序的個體，「宇宙」的個別現象都必須就此立場來予
　　　　以衡量與評價。〔註67〕

〔註67〕見韋伯：《宗教社會學》（臺北：遠流出版事業股份有限公司，2006年10月），
　　　　頁78。

沒有人了解，從來一位用著生命熱愛世界的人就不需要被理解，只需體會宇宙的意義。而當「道術將為天下裂」〔註68〕，眾人以紛紛擾擾的眼睛與意識形態割裂這個世界時，杜甫還能用一份完整的意義觀看這個動亂破碎的天地，不分東西南北，只要世界夠大，我的心量就有多大；只要「自反而縮」，雖「千萬人」，我亦可往矣〔註69〕。

此詩因是拗體，所以句法獨特，「獨立縹緲之飛樓」是上二下五句法，「杖藜歎世者誰子」是上五下二句法，都與一般律詩中上四下三者不同，遙遙呼應兩句中的存在。獨立者誰？歎世者誰？獨立是因為杖藜歎世的堅持，歎世則是因為自己立身縹緲最高的人生境地。杜甫以實實在在的腳步邁進，用一生的血淚寫出一部存在，而只有這樣突兀且生挺的句法，配合「城尖徑仄」的描寫，合以泣血的心靈，才更顯得自己的存在意義。拗詩不可以常理解，杜甫亦是。

莊子曾云：「無所逃於天地」〔註70〕，杜甫的哲學世界是儒釋道三家的融入而以儒家為旨〔註71〕，此詩把杜甫的內在完整表露，足見杜甫不走向隱逸生活的原因乃在世界不可置身事外。因為一切都逃不出去，看到了就無法裝做看不見，兼以杜甫的記憶是累積性的，層層疊疊後自然一片沉鬱頓挫。惟杜甫的憂鬱也是超越在世界之上的，仍顯一片海闊天空，如梁任公所云：「世界無窮願無盡，海天寥廓立多時」〔註72〕，杜甫不站在大海裡中，但白帝最高樓上仍是一片海天，讓自己孤獨地站立多時。

此後杜甫的白帝城之旅就不再是「始擬進歸舟」了，在漠漠的虛無裡，所存的僅是「去年梅柳意，還欲攪邊心」（〈白帝樓〉‧卷21頁1839）的歸心。而在〈白帝城樓〉（卷21頁1840）裡，「江度寒山閣，城高絕塞樓。翠屏宜晚對，白谷會深遊」的旅遊風味仍是存在；縱使如此，「急急能鳴雁，輕輕不下鷗」正似〈秋興八首〉中「信宿漁人還泛泛，清秋燕子故飛飛」的飄泊無聊。

〔註68〕見〔清〕王夫之：《莊子通‧莊子解》（臺北：里仁書局，1984年9月），頁279。

〔註69〕孟子曰：「自反而縮，雖千萬人，吾往矣」。見〔宋〕朱熹：《四書章句集註》，頁230。

〔註70〕見〔清〕王夫之：《莊子通‧莊子解》，頁40。

〔註71〕詳見陳弱水：〈思想史中的杜甫〉，《中央研究院歷史語言研究所集刊》（臺北：中央研究院歷史語言研究所，1998年3月），頁1～43。

〔註72〕見梁啟超著，張品興主編：《梁啟超全集》（北京：北京出版社，1999年7月），頁5425。

於是過去的「始擬進歸舟」終化爲「漸擬放扁舟」的歸意,有下荊湘和歸回京華之決心,畢竟如此才能夠一踐心中所想,在京華裡,實踐萬千世界的合一。

三、歷史迴廊的千鐘遺韻——武侯踏訪的歷史繼承

決心的萌發,當是杜甫內在心願,在空間上印證自我的存在感後,雖可爲眼前狹隘的人生開出廣闊視野;直截掉的人生之流,卻也讓人感到遺憾。杜甫熱愛世界,要打破內在的糾葛,除了空間上的存在感,尚需要時間感的承認,如曾昭旭所說:「歷史是純粹、珍貴、美好的每一刹那空間感的連貫,而非游離於時間之流以外的虛無。」〔註73〕此處我們即從杜甫歷史感的尋回,了解詩人的時間感受。

(一)歷史現場的憑弔

杜甫在夔州的生活中,與孔明相關的旅遊可說是一椿大宗,早在夔州時期前,杜甫便對諸葛亮充滿了尊敬之情,如草堂時期〈蜀相〉一詩:

> 丞相祠堂何處尋,錦官城外柏森森。
>
> 映階碧草自春色,隔葉黃鸝空好音。
>
> 三顧頻繁天下計,兩朝開濟老臣心。
>
> 出師未捷身先死,長使英雄淚滿襟。(卷15 頁1276)

從「何處尋」中發啓旅遊的開端,可見作者有目的而爲之心念。若說旅遊的意義在於尋找內在自我的眞實面目,杜甫心中必有一孔明式的理念或理想存在,所以才需以行腳來證明。惟這一次到訪中,杜甫對諸葛亮的感嘆是以對歷史故事的感發書寫,集中在普天之下皆如此的無奈,遂有英雄盡無奈、沾襟之慟,方瑜才會在書中認同日本學者「杜甫心中與孔明仍保持一定的距離」〔註74〕的說法。杜甫對孔明一生的付出體會到底如何?似乎只能從「三顧頻繁天下計,兩朝開濟老臣心」一聯看出杜甫對孔明貢獻的肯認,因而有「痛心酸鼻語」(卷15 頁1276)的契入。至於杜甫的主觀情感則顯得較爲薄弱,可見此時的旅遊仍屬於傳統模式,在以典範人物與自我的重合實現自我認

〔註73〕見曾昭旭:《存在感與歷史感——論儒學的實踐面向》(臺北:臺灣商務印書館股份有限公司,2003 年8 月),頁183。

〔註74〕見方瑜:《杜甫夔州詩析論》,頁204。

識、確保自我的存在〔註75〕。又如更早之前，乾元二年秦州時所作〈遣興五
首·其一〉：

> 蟄龍三冬臥，老鶴萬里心。昔時賢俊人，未遇猶視今。
>
> 嵇康不得死，孔明有知音。又如壟坻松，用舍在所尋。
>
> 大哉霜雪幹，歲久爲枯林。（卷7頁562）

杜甫以「賢者在世，貴逢知己」（卷7頁562）的寄託說明自己心事，一句「孔
明有知音」不知道盡多少委屈，尤以結尾「大哉霜雪幹，歲久爲枯林」兩句
最近杜甫心腸。凡此皆說明杜甫以古人爲類比，藉以貼近自我的一種創作心
態，仍少自我表露與歷史參與。而以孔明有知己一事做爲歷史知遇的典範雖
無誤，卻是將成敗之際放諸環境的遇合，足顯杜甫此時「自傷不得志」（卷7
頁562），對歷史的孔明仍少積極之體會。

　　這種體認到了夔州時期有很大轉變，旅遊所帶來的真實接觸與飄泊的心
情共同交會成更深瞭解，使得草堂時期也有的旅遊多了一層深化，此乃旅遊
過程中，「內心風景」的照見〔註76〕。這樣說來似乎唐突，我們不妨先藉許總
的話，了解同爲接觸孔明歷史古跡的兩個時期（草堂與夔州）有何差異：

> 杜甫在自「遲迴度隴怯，浩蕩及關愁」開始的流離漂泊的後半生中，
> 所得到的相對的安定，只有寓居成都與滯留夔州的兩個時期。這兩
> 個時期，作爲兩次漂泊的告一段落，其形式極爲相似，但是，這兩
> 個時期與兩次漂泊的環境的變化以及對詩人心靈創傷的程度的不
> 同，卻使詩人在這兩個時期中的心態及其詩歌創作風格呈現截然的
> 不同。如果說，杜甫在成都時期主要因爲依靠嚴武的緣故，使失望
> 的心中升起有限的希望之光。那麼，到了夔州時期，由於孤寂無依，
> 使希望破滅，更由失望而至於絕望。而這兩時期的形同實異，正是
> 成都詩大多表現了「長夏江村事事悠」（〈江村〉）的閒適環境與平順
> 風格，夔州詩大多表現了「聽猿實下三聲淚」（〈秋興八首〉）的悲悽
> 遭遇與沉重風格的根本原因。可見成都的安定，是偏於閒適的安定，
> 夔州的安定，則是偏於悲悽的安定。而夔州的安定無疑更易使人回
> 思往事，傷感無窮，自孤寂絕望之中形成痛定思痛的心態。〔註77〕

〔註75〕見川合康三：〈杜甫詩中的自我認識與自我表述〉，《杜甫與唐宋詩學》（臺北：
　　　　里仁書局，2003年6月），頁83。

〔註76〕見鍾怡雯：〈旅行中的書寫──一個次文類的成立〉，頁134。

〔註77〕見許總：《杜詩學發微》（南京：南京出版社，1989年5月），頁296～297。

筆者將整段文字引述出來，因爲此段文字不僅清楚地描述了兩個時期的特色，更仔細說明其中差異。現在我們再檢視此段文字，發現造成兩者差異的原因似乎是創作者內在有無希望，或者有無外力可供依靠，甚至整個歷史的亂整等。然而再仔細評估作者心靈在詩歌中的地位，杜甫的詩心才是兩時期作品不同的眞正關鍵，此亦是許總之意。以此再觀前文所言之內心風景，「透過他者／非自我，才能映照出自我」〔註78〕，兩地風景只不過是杜甫照現內在的一名客體，風景正似一面鏡子，「淺者見淺，深者見深，境由心造，未始照不出一點哲學來」〔註79〕，杜甫描寫成都與夔州的風景便是他心境的反應。然則何者更貼近杜甫的內在呢？

（二）歷史現場與存在現場的激盪

前文已說杜甫在草堂時期對諸葛亮的認識較乏主觀意志，足見當時是建立在知識認知，頂多加上了人生歷練的體會。夔州時期則不然，杜甫到夔州後便拜訪當地古跡，有了〈武侯廟〉：

> 遺廟丹青落，空山草木長。猶聞辭後主，不復臥南陽。（卷 15 頁 1277）

站在荒涼廟前，面對草木茂盛而人跡漸忘的歷史建築，不惟有「遺廟丹青落」之感，亦可有「臥龍無首對江濆」（〈上卿翁請修武侯廟遺像缺落時崔卿權夔州〉‧卷 20 頁 1803）之嘆，於是思及諸葛亮爲國盡忠，也想到其人「此生不復敢再逸其身」之死而後已〔註80〕。此時或許仍未觸碰到自己的心靈世界，卻已不再是普遍的同情了解，而顯「神采如生」之態〔註81〕，直有作者神遇諸葛之想，此則杜甫在普遍認知外，與歷史典範人物的第一次碰觸。

有此開端，杜甫對諸葛亮的情感便走上更深的體認，如〈八陣圖〉的不平之情：

> 功蓋三分國，名高八陣圖。江流石不轉，遺恨失吞吳。（卷 15 頁 1278）

此詩甚短，觀兩首夔州乍到之篇皆爲五言絕句，所謂「即興詩不宜於長，絕不宜於多」〔註82〕，可以猜想杜甫此時或正在風景的圍繞中，有許多對景而

〔註78〕見鍾怡雯：〈旅行中的書寫──一個次文類的成立〉，頁 134。
〔註79〕見余光中：《隔水呼渡》（臺北：九歌出版社有限公司，1990 年 1 月），頁 183。
〔註80〕見〔清〕浦起龍：《讀杜心解》，頁 828。
〔註81〕見〔明〕王嗣奭著，曹樹銘增校：《杜臆增校》，頁 388。
〔註82〕詳見顧隨，葉嘉瑩筆記，顧之京整理：《顧羨季先生詩詞講記》（臺北：桂冠圖書股份有限公司，1992 年 12 月），頁 25。

生的情感湧現，故在瞬息百感內以絕句表之。而後當心緒稍平，思慮亦整，長篇之作便應然而生。此詩雖簡略，解釋卻多〔註 83〕，惟不論解釋如何，不免仍如浦起龍所言：

> 豈知「遺恨」從「石不轉」生出耶？蓋陣圖正當控扼東吳之口，故假石以寄其惋惜。云此石不爲江水所轉，天若欲爲千載遺此恨跡耳。
> 〔註 84〕

以此而言，恨乃「天恨」也，一種天也欲證明的憾恨，那麼杜甫之恨實已不同「長使英雄淚滿襟」所言，〈蜀相〉遺憾者乃是未竟全功，其中之恨是普世的。而此處之恨誠如仇注所言複雜，足見情緒多端，加以浦起龍所云，此恨會之於天而以石不轉之姿存在，自有杜甫心中之不平，否則如何比之於不可討論而又冥冥注定之天？自古即有屈原〈天問〉，古人對不可知之事恆常指向老天爺，此處杜甫之問不知是否也是心中感受？恨諸葛亮一世付出竟有此恨，恨自己漂泊西南的不轉之憾，以及人世憾恨之如出一轍。

杜甫體認諸葛亮的差異已如上文稍露眉目，當日子遞嬗，杜甫更能以沉澱的心靈書寫心中對諸葛亮的呼應，如〈謁先主廟〉與稍後的〈諸葛廟〉：

> 慘淡風雲會，乘時各有人。力侔分社稷，志屈偃經綸。
> 復漢留長策，中原仗老臣。雜耕心未已，歐血事酸辛。
> 霸氣西南歇，雄圖曆數屯。錦江元過楚，劍閣復通秦。
> 舊俗存祠廟，空山立鬼神。虛簷交鳥道，枯木半龍鱗。
> 竹送清溪月，苔移玉座春。閭閻兒女換，歌舞歲時新。
> 絕域歸舟遠，荒城繫馬頻。如何對搖落，況乃久風塵。
> 孰與關張並，功臨耿鄧親。應天才不小，得士契無鄰。
> 遲暮堪帷幄，飄零且釣緡。向來憂國淚，寂寞灑衣巾。
> （〈謁先主廟〉·卷 15 頁 1353）

> 久遊巴子國，屢入武侯祠。竹日斜虛寢，溪風滿薄帷。
> 君臣當共濟，賢聖亦同時。翊戴歸先主，并吞更出師。
> 蟲蛇穿畫壁，巫覡醉蛛絲。欻憶吟梁父，躬耕也未遲。
> （〈諸葛廟〉·卷 19 頁 1674）

〔註 83〕 如仇注即錄了四說：一、以不能滅吳爲恨。二、以先王之征吳爲恨。三、不能制主上東行，而自以爲恨。四、以不能用陣法，而致吞吳失師爲恨。（卷 15 頁 1279）

〔註 84〕 見〔清〕浦起龍：《讀杜心解》，頁 829。

　　兩詩在仇注中卷數差異頗大，然一則皆爲夔州時期作品，二則主題性質接近，三則兩地就在接連之處，四則仇注有「〈謁先主廟〉與〈諸葛廟〉詩，是兩篇論世尚友文字」（卷 19 頁 1675）一言，五則杜甫夔州時期創作雖多，只在兩年多內完成，時間仍屬相近，故此處仍將二詩並列討論。前詩從風雲言起，面對歷史運會的時機，當然各看本事。蜀國以「主臣才力相敵，分任社稷之事」〔註85〕，本有統一之機，如今未能成事，乃有「志屈」之嘆。兩句中自成反語，不僅掌握詩歌張力，也捕捉到事與願違的天命難測，縱然托孤，甚或神焦力悴，「心未已」而「事酸辛」，西南消歇的豈止霸氣，最垂老挫折的恐是後來閱讀這段歷史的杜甫吧！如今廟宇空存，力侔已成往事，只餘廟中景色，蕭瑟青青。「絕域」寫的是此刻駐足的夔州，「繫馬」說的則是眼前歷史，搖落風塵中的杜甫已老，又如何與關、張、耿、鄧相較？只有年齒遲暮伴隨飄零，運籌之心只堪憂國於絕域之中，化作血淚，徒灑孤城蒼蒼山色。

　　從上一首「言有君必有臣……說到自身」〔註86〕已是滿眼蒼涼。前文曾說古人常以追憶、類比歷史典範作爲自我肯認的一種歷程，此詩當然也是，惟詩中之我強烈，已不若〈蜀相〉中客觀，足見自我與諸葛之間的並立，依賴之情漸少。復觀〈諸葛廟〉一詩，「屢入」一詞可見杜甫以此爲精神支柱的具體實踐，此與自己飄零的生命當有關係，當生命不爲自己所制，遭受無情作弄時，至少還有心靈的風景不必爲時代紛紛，此杜甫常以孔明爲生活景點之故〔註87〕。當試圖以生活風景爲自己心靈風景的創作視角誕生，杜甫旅遊的視角已徹底照現自己內在眞實感受，旅遊者乃當下之心旅，縱然孤城不在杜甫之心，卻可開啓詩人心靈的窗扉，照現心態變化及對政治環境的省識。因著視角的開啓，「君臣當共濟，賢聖亦同時」一聯中對君臣同心的感受便再度發起，與上詩「力侔分社稷，志屈偃經綸」一樣，強調君臣同心的意義，其中思考是雙向的，亦即由君臣上下兩端之不平等轉向平行雙向的觀照。再看杜甫早期「孔明有知音」的憂鬱，那種單向的尋求認同已不復，取而代之的是更清楚的政治認識和自我肯認。如此，杜甫便不再完全藉由典範追尋來看待自我了，在旅遊中，逼視而來的自我已悄悄轉而拉引歷史人物爲自己發聲。

〔註85〕見〔清〕楊倫：《杜詩鏡詮》（臺北：華正書局有限公司，1981 年 5 月），頁597。
〔註86〕見〔明〕王嗣奭，曹樹銘撰：《杜臆增校》，頁387。
〔註87〕廖美玉亦言：「透過對蜀國君臣的不斷吟詠，杜甫因爲士農越界所造成的認同危機，乃逐步獲得緩解。」見廖美玉：《中古詩人的生命印記》，頁250。

　　杜甫夔州詩歌中的我似乎特別容易爲事引動，此或即前引許總之言，乃痛定思痛後的反應，故此詩結尾與〈謁先主廟〉不同。〈謁先主廟〉是從歷史中興發「向來憂國淚，寂寞灑衣巾」之感，詩歌從外在回歸自身；此詩結爲「欻憶吟梁父，躬耕也未遲」，明顯從蟲蛇蛛絲中的自我回觀歷史，看到個人如今亦是躬耕之境，卻是竹日溪風的老年之時，面對未來真有「爲郎從白首，臥病數秋天」（〈歷歷〉‧卷 17 頁 1525）之嘆。前面言杜甫從歷史回歸自己，此處儼然從身世之感回看孔明的知遇，那麼「未遲」兩字之沉重自可想見，一個未爲晚，一個「身欲奮飛病在牀」（〈寄韓諫議注〉‧卷 17 頁 1508），人生相比若此，無怪乎此詩結調惆悵。

　　觀兩詩結尾迴向之不同或可如下所示：

　　　〈謁先主廟〉：向來憂國淚，寂寞灑衣巾→歷史到自己。

　　　〈諸葛廟〉：欻憶吟梁父，躬耕也未遲→自己到歷史。

以兩詩時間之順序與前面論述，一樣是以歷史討論存在，過去是依賴式的，如今反過來由自己的生命看待歷史發展，正如顧羨季所言：

　　　文人是自我中心，由自我中心至自我擴大至自我消滅，這就是美，
　　　這就是詩。〔註 88〕

杜甫的詩歌雖有強烈之我存在，這我卻非一自我、自私的存在，透過視角的轉變，其人逐漸將自我與整個歷史結合起來，「把歷史當做一個整體性的過程，而把個人的命運置於過程之中」〔註 89〕，甚至在「敘述歷史的時候，完全等同於敘述自己的過去，並且輕易將自己的感情代入」〔註 90〕，此即杜甫孤城駐足時，內在強化的一種表現。雖然現實對他的傷害愈益深重，但在歷史現場與存在現場的激盪下，也因此走進更深一層的心靈世界。

　　這樣的深化在〈古柏行〉（卷 15 頁 1357）一詩中得到更完整呈現，且由於屬較長的創作，不同之前絕句，可爲〈謁先主廟〉、〈諸葛廟〉兩首長詩之延續，更見杜甫心中之醞釀：

　　　孔明廟前有老柏，柯如青銅根如石。

　　　霜皮溜雨四十圍，黛色參天二千尺。

〔註 88〕見顧隨，葉嘉瑩筆記，顧之京整理：《顧羨季先生詩詞講記》，頁 6。
〔註 89〕見梁敏兒：〈杜甫夔州詩的開端與結尾：墜落的恐怖〉，《李白杜甫詩的開端結尾研究》（臺北：臺灣學生書局，2002 年 6 月），頁 87。
〔註 90〕見梁敏兒：〈杜甫夔州詩的開端與結尾：墜落的恐怖〉，頁 89。

君臣已與時際會，樹木猶爲人愛惜。
雲來氣接巫峽長，月出寒通雪山白。
憶昨路繞錦亭東，先主武侯同閟宮。
崔嵬枝幹郊原古，窈窕丹青戶牖空。
落落盤踞雖得地，冥冥孤高多烈風。
扶持自是神明力，正直原因造化功。
大廈如傾要梁棟，萬牛回首丘山重。
不露文章世已驚，未辭翦伐誰能送。
苦心豈免容螻蟻，香葉終經宿鸞鳳。
志士幽人莫怨嗟，古來材大難爲用。

此言夔州諸葛廟外之柏，即〈夔州十絕句‧其九〉所云之柏〔註91〕。詩歌一開始先言柏樹之蒼勁與樹皮之潤澤，全爲天外一筆之突發奇想，尤其誇張筆法更見杜甫極力渲染。一棵樹卻需如此費功夫的描繪，一來因古柏爲此詩興發之源，其形象自然牽涉到後來的詩歌鋪敘。二來此樹之巍峨實有杜甫敬意存在，如「干戈滿地客愁破，雲日如火炎天涼」（〈夔州歌十絕句‧其九〉‧卷17頁1525）所言，在戰亂干戈滿地之世，只要站在此樹下便覺愁緒皆破，有身心涼爽之感。古柏立於廟前已見時代悠遠，重以「雲來氣接巫峽長，月出寒通雪山白」，使古柏的空間意象不僅綿延整個巫峽，甚至遙接遠方成都雪山。成都亦有武侯廟，從文之形式言，在埋伏下文成都柏；以文之質處看，杜甫〈八哀詩‧贈左僕射鄭國公嚴公武〉中有「諸葛蜀人愛，文翁儒化成。公來雪山重，公去雪山輕」（卷16頁1387）之句，可知杜甫不只喜愛諸葛，更如前面所言之類比人物，以諸葛亮比嚴武，是歷史古道的相照，而雪山之輕重皆因嚴武一人的去來，可見雪山在杜詩中亦曾與人格典範相連。至此，我們除了看到杜甫思想的延續性外，也發現杜甫在夔州時期的視角與心靈實包含天地間之景物，有最大的美麗，最眞的存在，以及最久的悠遠。

　了解杜甫古柏的書寫後，卻不能忽略此詩眞正用意。「君臣已與時際會，樹木猶爲人愛惜」一聯早已洩露杜甫衷曲，古柏爲杜甫所愛是因蜀國君臣共創歷史的同濟，那麼到底杜甫要談什麼？詩歌並未立即接到杜甫的目的地，又隨詩人繞一圈，順著前文雪山來到成都古柏。杜甫之筆跳脫在兩個時期中，

〔註91〕「武侯祠堂不可忘，中有松柏參天長。」（卷15頁1306）

就成都之古柏言，因生長之處在「崔嵬枝幹郊原古」，高大本屬常態；夔州之古柏則非，高山上，土地取得已是不易，何況天高地迥，「冥冥孤高多烈風」，此其難長也。而今孤城古柏得以參天而立，乃是本身的內涵，故受造化神明之祐，如此，古樹便添了神力，與成都之柏不同。我們條列兩地古柏生長所得意義，頗可如此比較：

　　成都古柏：崔嵬枝幹郊原古→平原→人生平處→自然可久存。

　　夔州古柏：落落盤踞雖得地→高山→人生險處→因內涵而存。

上述所示已十分清楚，此詩既以樹興發，自有作者的寄寓、精神的注入、人格的存在。杜甫成都時期生活已如許總所言，生活相對安適；而就算孤城羈旅的日子不說，面對生活一再飄泊與失依，自是人生險處而難自存。如今杜甫得以邁步往前，其中不可說沒有自己的努力，此即杜甫刻意經營而與孤城古柏之同處。

　　杜甫此詩中的視角與心靈延續之前所言，當有其包容天地的寬廣，於是形成「雲霞滿空，回翔萬狀，天風吹海，怒濤飛湧」（卷13頁1499）的風貌。如今又有其深度存在，實是很特殊的現象，對此，劉熙載在《藝概》曾有一段描述：

　　吐棄到人所不能吐棄，爲高；涵茹到人所不能涵茹，爲大；曲折到

　　人所不能曲折，爲深。〔註92〕

面對社會政治種種妥協與利益，杜甫勇於吐棄與放下的心腸，是他在唐人眾多生命中高度的一面；而其作品中涵泳的宇宙，與表達上千迴百折的深刻、細膩更爲吾人所熟知。此刻，兩樹在杜甫回憶與當下的並立中，就像人生風景的畫面與輝映，如樹之高，亦如根之深。詩歌後段一筆雙寫，既寫古柏，也寫出自己心曲，使得歷史現場的諸葛亮與存在現場的杜甫融合爲一。然此樹雖如杜甫一樣，是人間棟樑，更如詩人心中涵納天下寒士的廣廈，爲曠世巨材。如今「萬牛回首丘山重」，大材卻非世間所能承受，徒負「濟世大任，必須大材」（卷15頁1360）的天賦，最終材大難爲用，落得赤心被食。倘若易材爲才，杜甫又有多少熱情能被耽誤呢？旅行過程中詩人不斷發現自己的存在意義，如今大聲一呼下，竟是一己的衰朽，何況那枝葉曾經還承載著鳳凰！那麼彩筆干天，苦低垂的正是政治裡的無奈。惟杜甫不再唱出淚滿襟的

〔註92〕見〔清〕劉熙載：《藝概》（臺北：金楓出版有限公司，1986年12月），頁89。

哀調，他積極訴說悲劇形成的原因正是「古來材大難爲用」，「志士幽人」又何必怨嗟。這種帶著煩懣與熱情的吶喊恰似強者的化身〔註93〕，絕無呻吟之感，在孤城絕望的生活中，燃出一紅赤焰，之後便有了〈詠懷古跡五首·其五〉這樣熱血奔騰的作品。

（三）歷史意義的探尋與肯認

杜甫在夔州中關於孔明的旅行似乎以高歌結尾；但駐足其中的杜甫仍然沉浮於絕望的世界裡，時而升，時而墜，有極大的落差，如〈閣夜〉一詩：

> 歲暮陰陽催短景，天涯霜雪霽寒宵。
> 五更鼓角聲悲壯，三峽星河影動搖。
> 野哭千家聞戰伐，夷歌幾處起漁樵。
> 臥龍躍馬終黃土，人事音書漫寂寥。（卷8頁1561）

臥龍、躍馬終至黃土，世上殞落原沒有賢愚之分，只待同歸於盡；何況音書已少，路遙漫漫，人亦隨之湮於聯絡，下一刻殞落的又將是誰？此詩由故鄉懷土之思跨到歷史宇宙的反省，境界一樣是廣大的。只是悲劇式的朦朧太深，聖賢既然不分，杜甫心中苦痛無法測量，此則又回到孤城視角的絕望基調。如此消沉主因來自對歷史時間感的抽剝，所以才會對整個歷史的賢愚感到無意義，這是杜甫夔州時期中的自悲與放逐，悲傷自我的無意義，然後放逐在佶大空間中。

然而詠懷古跡的過程中，因爲精神的支持與感應，加上杜甫主觀視角對歷史的介入與參與，承續前面強者的赤焰，萬古雲霄中的一羽存在便誕生了：

> 諸葛大名垂宇宙，宗臣遺像肅清高。
> 三分割據紆籌策，萬古雲霄一羽毛。
> 伯仲之間見伊呂，指揮若定失蕭曹。
> 運移漢祚終難復，志決身殲軍務勞。

在〈詠懷古跡五首·其四〉已有「一體君臣祭祀同」的感受，仍是杜甫面對政治中君臣知己、互相師友的認同。惟此詩表現出杜甫對諸葛高度的讚賞，其中所投射的已是自己主觀的感受，還有那對國家永不放棄的心意，所以諸葛之名不僅與宇宙同高，還因其肅穆清高，有了「垂」這樣立體的形象。頷

〔註93〕「強者感到煩懣，而弱者感到頹喪。」見顧隨，葉嘉瑩筆記，顧之京整理：《顧羨季先生詩詞講記》，頁9。

聯所寫甚爲有趣，將世人喜愛的三分鼎立與「鷙鳳高翔，獨步雲霄」（卷 17
頁 1506）之一羽並列，一則爲舉世功名，一則爲俗塵不染的蕭清模樣，一聯
中，天下與人格皆在一身。關於鳳凰在杜詩中的意義討論頗多，陳文華以爲
鳳凰可說是杜甫的圖騰，也代表才質秀異的幼輩和再造中興的理想象徵〔註
94〕。無獨有偶，王飛亦提出鳳凰在杜詩中的三點用法：一、人倫鑒識，以喻
俊傑。二、上天靈物，祥瑞之徵。三、心志所繫，理想化身。〔註 95〕甚至以
爲：

> 詩人在鳳凰這一形象中，傾注了更多的理想主義色彩，我們甚至不
> 妨用「鳳凰情結」這個詞來指代杜甫某種特定的人格理想和生命境
> 界。〔註 96〕

薛世昌亦認爲鳳凰意象代表杜甫高遠的心靈視角和高貴的人生精神〔註 97〕，
可見鳳凰一詞在杜甫詩中的意義，故此處雖是比之諸葛，未嘗不是詩人人格
的投射。此聯或兩者並舉言孔明之身兼，或「小視三分，擡高諸葛」〔註 98〕，
皆杜甫仰慕諸葛之一心也，不必只爲伊尹、呂尚、蕭何、曹參之類比。末聯
是杜甫個人意識極強的一聯，面對終究難以挽回的局勢，本是人力所難回天，
句中恐怕亦有杜甫深藏其中的大唐局勢之感。但諸葛如此，杜甫亦是，皆欲
奉獻生命於國家，有著知其不可而爲之的決心，因此就算勢不可爲，赤焰既
可燃燒，一羽便可撐天。希臘神話中有拾得鳳凰羽毛之人即爲勇士的故事，
杜甫此處顯然是拾起一羽歷史的鼓舞了，故志決身殲的心念終於使得此詩成
爲杜甫旅行諸葛古跡一系列作品中的振奮之作，在漫漫探尋裡，肯認了自己
與歷史的價值。

王嗣奭曾言：

> 再訪子美草堂，則有丞相專祠列于草堂之左，蓋嘉靖間創建者，余
> 謂二公神交有年，今作比鄰，九泉之下，定當相視而笑，亦應以葛
> 杜稱之。〔註 99〕

〔註 94〕詳見陳文華：〈杜甫入蜀紀行詩之道路意象〉，《杜甫與唐宋詩學》，頁 296～297。
〔註 95〕見王飛：〈天狗與鳳凰〉，《杜甫研究學刊》（成都：杜甫研究學刊編輯部，1998
　　　　年），第 3 期，頁 34～36。
〔註 96〕見王飛：〈天狗與鳳凰〉，頁 34。
〔註 97〕見薛世昌：〈鳳凰意象：杜甫的精神圖騰〉，《天水師範學院學報》（天水：天
　　　　水師範學院學報編輯部，2008 年 1 月），第 28 卷，第 1 期，頁 34。
〔註 98〕見〔清〕楊倫：《杜詩鏡詮》，頁 653。
〔註 99〕見〔明〕王嗣奭：《王嗣奭詩話》，引自吳文治主編：《明詩話全編》，頁 6641。

步履在杜甫遺跡中，王嗣奭想起當年葛杜兩人的跨代神交，有可相視而笑者，是王嗣奭對葛杜兩人的生命直感。事實上，以杜甫集中對諸葛的追尋，尤其逐步從歷史的普世欣賞提升到感情的直接肯認，若非知音、比鄰，亦難如此深刻。那麼此時的杜甫可謂跨越了歷史的洪濤，與諸葛完整相契。而在這一種訪古尚友的過程中，杜甫不再抽剝歷史的存在，反而更加深入其中，終於在歷史的繼承裡，重新找到自己堅持的力量。

四、典型人物的浮現

從〈詠懷古跡五首〉到白帝、武侯諸作，杜甫誠然透過步履古跡的過程尋得精神上的支持，然其中亦出現不少人物值得我們注意，如筆者上文分析的諸葛亮，其人物形象便如立體般，站立在我們眼前。事實上，這些典型人物的浮現正呼應著杜甫此刻的心靈，以下便分述這些人物對杜甫視角的影響。

（一）秋意中的蕭瑟身影

〈詠懷古跡五首〉中的歷史場景雖也存在，但整體而言，中間三首詩歌中歷史現場的處理較為濃厚，人物的浮現也與古跡本身的斑駁蒼痕相合。而第一首與最後一首歌詠庾信、諸葛亮的作品，由於杜甫本身心跡的契入與神交，內容反而少了許多現地陳述，取而代之的是詩人的心事，是故尚友古人的過程中，〈詠懷古跡五首〉明顯可以前後、中三做為區隔，首先便是蕭瑟身影的引入。

庾信的遺跡不在夔州，然因其江陵之居可能與宋玉有關（註100），而夔州又有宋玉之遺跡，層層的連結下，本非夔州歷史一角的庾信乃成為杜甫五詩裡的第一個人物。其實庾信飄泊的生平與異鄉的故國之思正與杜甫相近，以歷史、地理皆不在此的庾信做為自己精神慰藉的開端，應有創作上很深的投射效用，故詩中所寫既可以是庾信的生平，也是詩人的寫照。詩中庾信的身影以蕭瑟的姿態浮現，成為〈詠懷古跡五首〉前四首的基調，而發端四句的背景則導源自羯胡生起的戰亂，杜甫對於庾信和自己蕭瑟身影的成因有著時事和歷史的扣合，猶然是雙寫筆法。詩末以詩賦動江關的力量書寫蕭瑟中的

〔註100〕庾信〈哀江南賦〉即言：「誅茅宋玉之宅，穿逕臨江之府。」見〔清〕嚴可均校輯：《全上古三代秦漢三國六朝文》（北京：中華書局，1991年10月），卷8，頁3922。

生氣，正是杜甫彩筆干氣象的奮起〔註101〕，可見蕭瑟身影的浮現並非只有悲涼具有立體效果而已，放縱自己在歷史遨遊的杜甫，干天動地的生命顯然在庾信故事的慰藉下，有著跨代的攜手同行。在庾信帶領的發端下，這組詩有了兩個傾向，一者蕭瑟身影，一者生命振奮，惟踏入歷史漫流的杜甫，面對千絲萬縷擾動的時空迴響，蕭瑟的共感乃主導接下來的創作。

由庾信刻意爲之的發端，在連章組詩有機的結構下，已在第一首詩中潛藏的宋玉便成爲杜甫眞實史地書寫的第一位。宋玉在杜詩中常與屈原一同被書寫，如：「竊攀屈宋宜方駕」（〈戲爲六絕句·其五〉·卷 11 頁 98）、「羈離交屈宋，牢落值顏閔」（〈贈鄭十八賁〉·卷 14 頁 1256～1258）等，可知宋玉在杜甫心中的地位外，也可證屈宋一詞已爲有意義的組合。在一些以屈宋做爲判準的詩句中，如：「先生有道出羲皇，先生有才過屈宋。德尊一代常坎軻，名垂萬古知何用」（〈醉時歌〉·卷 3 頁 174～176）、「不必伊周地，皆登屈宋才」（〈秋日荊南述懷三十韻〉·節·卷 21 頁 1904～1909），無論正面或反面使用，都可證明屈宋並比在杜甫詩筆下有著一定肯認。其中屈原在杜甫筆下有時也與賈誼並列，如：「氣劘屈賈壘，目短曹劉牆」（〈壯遊〉·卷 16 頁 1441），詩中或有杜甫年少輕狂的飛揚自信，但以兩人並列亦是事實。

無論屈宋或屈賈，做爲文學成就的標準無疑是杜甫詩中明顯用意，成爲自評、他評的指標。然在杜詩中的屈原身影恐怕不只如此，如：「此鄉之人器量窄，誤競南風疏北客。若道士無英俊才，何得山有屈原宅」（〈最能行〉·卷 15 頁 1286～1287），詩中彰顯杜甫北方居住者的地域性，當他以屈原做爲文化鑑定的英俊之才時，一來可證屈原符合杜甫北方視角的評判外〔註102〕，也可在器量評比一項取得屈原價值層面的內涵，有逐漸取法南方作家之轉。故

〔註101〕關於杜甫的奮起，筆者將於下一章討論。

〔註102〕屈原在文學上對杜甫的影響，筆者認爲可以香草美人此文學傳統的繼承爲一例證，吳旻旻《香草美人文學傳統》即提到此一觀念，並實際以杜詩爲證，可參。詳見吳旻旻：《香草人文學傳統》（臺北：里仁書局，2006 年 12 月），頁 15～41、186～187。至於屈原在價值、道德上對杜甫的影響，孟修祥〈論屈原、杜甫文化精神之承變〉一文可參，除明確指兩人之間的繼承，文中也提到屈原、杜甫有相同的致君堯舜的政治理想。惟作者認爲杜甫沒有產生屈原似的徹底的懷疑精神一點，筆者以爲未必如此，如〈寫懷二首〉（卷 20 頁 1818～1822）即有類似論述，詳說待下一章，見孟修祥：〈論屈原、杜甫文化精神之承變〉，《荊州師範學院學報》（荊州：荊州師範學院學報編輯部，2001 年），第 3 期，頁 46～51。

縱然往後漂蕩兩湖浩渺，甚至以「冥冥九疑葬，聖者骨已朽。蹉跎陶唐人，鞭撻日月久。中間屈賈輩，讒毀竟自取」（〈上水遣懷〉·卷 22 頁 1957～1959）六句喊出失意者的頹喪，屈原仍舊是杜甫心中一項永恆的價值依歸，在「遲遲戀屈宋，渺渺臥荊衡」（〈送覃二判官〉·卷 22 頁 1933）中，為兩湖無邊無盡的水上生活指出一道依戀、堅持的方向。

　　藉由對屈原身影的刻劃，宋玉的形象在詞彙共構的情況下也可類比思考。異代的不同正是楚宮荒臺泯滅的事實，於是空餘的痕跡與文學代表的永恆便成為鮮明對比。宋玉在詩中並沒有明確的身影和形象，只有一枝筆畫在絕蹤的江山之中，和王者權力進行千朝百代的拉扯。而雲雨的荒唐不再，惟有風流儒雅的薪傳在杜甫心中湧動，以每一次王者的消逝見證文學不朽。第四首詩中也有類似呈現，不同的是以劉備和諸葛亮為比，曾有的帝王之尊與臣子形象，如今在村翁的祭祀中一泯政治結構的差異〔註103〕，可見楚王／劉備和宋玉／諸葛亮等，誠然對照出杜甫心中百感，對在官場上不得意與堅守理想的詩人，踏訪古跡中的尚友古人確實帶來安慰與同理的呼應，以遙遠的故事契入杜甫之心。

　　楚王／劉備和宋玉／諸葛亮四人之中只有諸葛亮的身影最為清楚，可參筆者前文。然而在蕭條、泯滅的空山野寺中，卻有一道身影迥異於諸葛亮的一羽存在，在悵望之中留下一圖美麗。王昭君是五首詩歌中惟一的女性，杜甫在群山萬壑中以青冢之獨立和夔州山形相亢，已見昭君身影絕代。而與紫臺對映下，紫青之間顏色的政治象徵或可有地位的區別；然在前文提到的王權消逝中，青塚繪製出的幽冷色反而能在自然中美麗千年，為孤絕的夔州寂寞凸出視覺焦點。杜甫在夔州是以老醜自名的，此在下一章將詳細討論，如今一道美麗身影出現在此，背景又同是因為君王愚昧而有如此遺憾，從庾信以來，杜甫刻意選擇與自己生命相關的題材，足見五首詩歌中的身影不論清楚或模糊，真正傳達的仍是背後那搬演的苦情者。杜甫為自己在夔州搬演一齣歷史的尋覓，依序站上舞臺的卻都是自己身影中的身影，當杜甫省識著圖畫中的形象時，何嘗不是哀憐自己的怨恨。王昭君只餘空歸的遺憾，杜甫也只複製一樣的故事，「千載琵琶作胡語」正似異鄉裡的處境，不只「兒童解蠻語，不必作參軍」（〈秋野五首·其五〉·卷 19 頁 1735）應該緊張，可能終老

〔註103〕「政治結構上君與臣的差異，更在歲時伏臘的村翁祭祀中完全泯滅。」見廖美玉：〈漫遊與漂泊──杜甫行旅詩的兩種類型〉，頁 19。

於此的自己，怕也僅是歷史的重演而已。搬演歷史故事安慰自己的杜甫，怨恨中當也意識到命運搬演人生、操控自己的真相。

前面四首詩歌中的身影顯然與杜甫蕭瑟的情況如出一轍，然庾信帶來的生氣與奮起並未在憔悴中遺忘，如諸葛亮即帶給杜甫龐大的力量，加上白帝城高的空間感，以下便討論白帝與武侯在拓展杜甫視角中的意義為何。

（二）白帝與武侯──步履中的視角拓展

人物的浮現以諸葛亮最為立體，白帝之公孫則多為杜甫討論割據／并吞一議題的切入點，或以之為歷史教訓，折倒崔旰等破壞秩序者。故在人物浮現上，諸葛亮的身影非常清楚，公孫則多與歷史、諷刺同出，形象較不清晰。惟割據／并吞一議題的注意，使得杜甫跳出京城的思維，乃至步入他鄉的孤絕空間，公孫做為杜甫開始尋覓空間存在的一發端，仍有其人物的意義。

杜甫從白帝城中尋回空間中的存在感，承載了失家之痛；復從諸葛亮的歷史遺跡中找回時間感，尋回滯留裡的理想，其中相融了空間與時間兩者，亦即對存在與歷史的肯認，呼應著庾信引出的奮起。實際上，前引〈白帝城最高樓〉所寫者，未必就是當地最高的地理指標，因為尚有白鹽山、赤甲山等環繞於旁。杜甫將此視為最高者，足見其人觀看自己所處後的反思，此即心境之最高。然「只緣身在最高層」〔註104〕固是知識份子立命之善，卻也因登高後的步履上升，形塑出「大小凩進」的壓力，終使杜甫開出生命境界的奇高，也嘆息了個人渺小。登臨的心境使得漫漫人生一無所依，終有「前不見古人，後不見來者」〔註105〕的哀嘆，這是存在的寂寞，亦是存在的蒼涼。而後在諸葛亮的招引下，杜甫重新肯認了歷史的意義，雖過程不免提出如「臥龍躍馬終黃土」的質疑，卻不礙「志決身殲」的決心。如此，兩個景點的相融使得杜甫的掙扎暫止，否則最高樓者，正是在最大空間中形塑出最大孤獨，此中應為寂寞才是；而諸葛亮之歷史遺跡則是在最長的時間裡深化出最長淹留，此刻該是無奈，可知時空下，杜甫之超越與修正，而如旅行文學所言：

> 不管是出生入死、冒險犯難的硬派旅行家，或者是內斂深刻、感受
> 性強的軟派旅行家，他們的旅行其實都不輕鬆，都不是休閒或尋歡

〔註104〕〈登飛來峰〉，見〔宋〕王安石：《王安石詩集》（臺北：廣文書局有限公司，1974年3月），頁227。
〔註105〕見〔唐〕陳子昂：《新校陳子昂集》（臺北：世界書局，1964年2月），頁232。

的觀光客之旅，他們大都是意志堅定的尋覓者，追求內在或外在答

案的人。〔註106〕

杜甫當然是硬派旅行家，在古老的唐朝尤是如此。然杜甫也有遲疑，如今他找回自己的初衷了，這對杜甫敢於踏上水路，一乘孤舟出峽是非常重要的意義。因為杜甫縱使仍需要朋友、官員的資助，卻在生命發展上擁有了永恆信仰，土地不必只是土地，只要自己清楚做的是什麼，堅持的是什麼，一切便都有了價值，此即許總為何言杜甫晚年出夔後會有與政治反抗和決裂的精神〔註107〕，正因其修正並肯認了自身價值，故能踏上自己的道。

顧羨季曾言人生學問、道理、生活皆須以體認、體會、體驗三種態度始不空虛，而「體認是識，體會是學，體驗是行」〔註108〕。若以此證諸杜甫創作視角與旅遊間的關係，那麼成都時期是較偏向體認與體會的，重視外在環境的影響，至於其中的精神意義則點到為止，尚未深刻〔註109〕。直到孤城夔府之際，人生頓失依靠後，雖不免也有隱居意識的萌生，然一旦走進旅遊的陌生化中，縱有時空導致的自我渺小，登高與尚友古人時，也同時開拓了自己的世界，豐富人生視野。於是杜甫孤城時期的旅遊踏訪讓他體會到深層中的自己，讓旅遊本身即是一種學習，學會了面對自己的意義。此外，由於杜甫親身走進白帝城與諸葛遺跡，真實的體驗交織了自身生命歷程，使得登高之處和歷史餘音不再只是客觀存在，反而有了自己的參與。這時旅遊對杜甫創作視角的開拓則在時空之外，更加證實「無我這般人」的存在體認〔註110〕，終於證成時空下的生命意義和心靈高度，拓展了孤城裡的視角，走向天高地迴的開闊。

第三節　夔州駐足的生活調適

杜甫雖然一心出夔，心態卻隨著出峽可能性的降低與定居生活的開始有了不同；也許最終仍是上述所言之迴圈，可駐足是事實，生活也有著不同以

〔註106〕見孟樊主編：《旅行文學讀本》，頁9。

〔註107〕見許總：《杜詩學發微》，頁299。

〔註108〕見顧隨，葉嘉瑩筆記，顧之京整理：《顧羨季先生詩詞講記》，頁14。

〔註109〕此或與杜甫尚有所依靠有關。

〔註110〕陸象山：「仰首攀南斗，翻身依北辰。舉頭天外望，無我這般人」。見黃宗羲：《宋元學案》（臺北：河洛圖書出版社，1975年3月），卷58，頁10。

往的開展。旅遊在生活中終究不是常態，是故他鄉生活的接受就成爲杜甫夔州駐足之必經，以下便討論詩人駐足的點滴，尤其集中在生活起居方面，如：氣候、爲農及生活觸發等。另關於這時的生活，有一類夜色之作，數量甚多，成爲杜甫生活裡的特殊視角，將於下一章討論。

一、氣候異常的紀錄

廖美玉曾言杜甫對溫度變化的適應能力不高〔註111〕，駐足中對氣候的關注便成爲詩人第一個需要面對的事情，首先就是炎熱的問題。

（一）士人與平民對炎熱的不同視角

杜甫夔州生活中，對氣候炎熱頗感不適，前引〈種萵苣〉已表示對氣候炎熱的不耐，「陰陽一錯亂，驕蹇不復理」一聯更直指上蒼。關此，在更早以前的作品就談及：

> 大旱山嶽焦，密雲復無雨。南方瘴癘地，罹此農事苦。
> 封內必舞雩，峽中喧擊鼓。眞龍竟寂寞，土梗空僂俯。
> 吁嗟公私病，稅斂缺不補。故老仰面啼，瘡痍向誰數。
> 暴尫或前聞，鞭石非稽古。請先偃甲兵，處分聽人主。
> 萬邦但各業，一物休盡取。水旱其數然，堯湯免親睹。
> 上天鑠金石，群盜亂豺虎。二者存一端，愆陽不猶愈。
> 昨宵殷其雷，風過齊萬弩。復吹霾翳散，虛覺神靈聚。
> 氣暍腸胃融，汗溼衣裳污。吾衰尤計拙，失望築場圃。
>
> （〈雷〉‧卷15頁1295）

炎熱的氣候使得山嶽都烤焦了，加上密雲無雨的氣候，可以想像當時生活必定黏熱而鬱悶。杜甫面對天氣炎熱雖在詩末寫出「氣暍腸胃融，汗溼衣裳污。吾衰尤計拙，失望築場圃」如此眞切的感受，士人視角仍舊佔據詩歌核心，故有與戰亂相比的想法。詩人還翻開歷史紀錄，檢視過往迷信，以此對照詩中夔州人民舞雩擊鼓以求雨，推想杜甫對迷信和夔州文化頗不欣賞，故而轉向認爲炎熱是上天安排，政府照顧好人民方是重點。由這首詩中，我們知道杜甫對炎熱存有三種視角，第一、杜甫也有一般人民的感受，因此才能夠寫實地繪下自己炎熱中的樣貌。第二、杜甫對炎熱是一種現代氣候的觀念，雖

〔註111〕見廖美玉：《中古詩人夜未眠》，頁408。

以上天爲主，卻將之視爲氣候運行的常態，堯舜聖王也不能避免。第三、杜甫面對夔州炎熱雖感痛苦，仍將主要視角置在國家問題上，除了凸顯前文所說「苛政猛於虎」的議題外，更希望爲政者可以努力爲人民著想，莫索取殆盡，使萬邦各安其業。

然而炎熱生活持續不斷，生活紀錄也就越多，如〈熱三首〉：

> 雷霆空霹靂，雲雨竟虛無。炎赫衣流汗，低垂氣不蘇。
> 乞爲寒水玉，願作冷秋菰。何似兒童歲，風涼出舞雩。
>
> 瘴雲終不滅，瀘水復西來。閉戶人高臥，歸林鳥卻迴。
> 峽中都似火，江上只空雷。想見陰宮雪，風門颯踏開。
>
> 朱李沈不冷，彫胡炊屢新。將衰骨盡痛，被褐味空頻。
> 欻翕炎蒸景，飄颻征戍人。十年可解甲，爲爾一霑巾。

（卷 15 頁 1300）

詩中再度提及此地酷熱，空中雷霆作響卻無雨水降下，可知赤甲一帶悶熱難受，使杜甫思欲回歸孩提時，風涼舞雩一番。第二首更以「峽中都似火」強化悶熱生活，惟杜甫仍一貫地拾起文人本色，將眼前悶熱轉移到從軍之人，發出「欻翕炎蒸景，飄颻征戍人」的感嘆。杜甫面對毒熱天氣亦有自己的無奈，〈毒熱寄簡崔評事十六弟〉即提到「老夫轉不樂，旅次兼百憂」（卷 15 頁 1307），可見杜甫對飄零中還須承受熱氣考驗是有所不滿的。惟杜甫不只爲自己流淚，他更善於爲天下蒼生哭泣，縱有「炎宵惡明燭，況乃懷舊丘」（卷 15 頁 1307）的感觸，其心恆常將視角放大到廣大土地上的人民，而有「十年可解甲，爲爾一霑巾」的體貼。不過或因居住已有一段時日，杜甫開始更多地著墨炎熱樣貌，如：「大火運金氣，荊揚不知秋。林下有塌翼，水中無行舟。千室但掃地，閉關人事休」（〈毒熱寄簡崔評事十六弟〉，卷 15 頁 1307～1308），鳥兒攤著翅膀，居民關閉門房臥地求涼，這些都是夔州一地非常鮮明的刻畫，可見駐足中雖遠離京華，也讓詩筆記錄到不同以往的圖象。

那麼夔州的炎熱究竟到什麼程度？杜甫在〈夔府書懷四十韻〉中提到：「地蒸餘破扇，冬暖更纖絺」（卷 16 頁 1420～1426），可知此地平時炎熱如蒸，冬天也不冷。詩人在〈貽華陽柳少府〉亦言：「火雲洗月露，絕壁上朝暾。自非曉相訪，觸熱生病根。南方六七月，出入異中原。老少多暍死，汗踰水漿翻」（卷 15 頁 1314），月下露水洗出的不是潔淨，反而是一朵朵蒸騰熱雲，不僅外出有生病之危，連當地人也難承受這般熱度。如此炎熱是中原所未有的，

若汗水多過江水是詩人前所未見,「瘴毒猿鳥落,峽乾南日黃」(〈又上後園山腳〉·卷 19 頁 1661)一聯所寫的鳥落峽乾之景更是怵目驚心。杜甫想起中原的氣候,更想起「吾衰臥江漢」的無奈,於是曾經視爲家業的詩筆在此也顯得無用,而有「文章一小技,於道未爲尊」之嘆,一地之熱產生的影響竟如此之劇,夔州氣候在杜甫心中實是一個重要議題。

杜甫不斷苦撐,寫下上述許多特殊視角之作,所幸氣候漸有改善,如下:

> 今茲商用事,餘熱亦已末。衰年旅炎方,生意從此活。
>
> 亭午減汗流,比鄰耐人詁。晚風爽烏匼,筋力蘇摧折。
>
> 閉目踰十旬,大江不止渴。退藏恨雨師,健步聞早魃。
>
> 園蔬抱金玉,無以供採掇。密雲雖聚散,徂暑終衰歇。
>
> (〈七月三日亭午已後校較熱退晚加小涼穩睡有詩因論壯年樂事戲呈元二十曹長〉·節·卷 15 頁 1316〜1319)

秋天漸至,炎熱之感漸失,生命再度快活,摧折的身體也好多了。杜甫回想近一百天的苦熱,不僅長江之水無法解渴,蔬菜由於多數枯乾,價格高如金玉,無怪乎杜甫恨雨師之未出,只能無力地看著早魃恣肆。詩裡杜甫談到了生活所見,其中蔬菜與口渴更與生命緊緊相關;不過面對炎熱,杜甫仍不忘回到文化視野,詩後即言:「前聖眷焚巫,武王親救暍。陰陽相主客,時序遞回斡。灑落惟清秋,昏霾一空闊。」否定了異俗的拯救方式,將炎熱視爲正常循環而如上言,在在顯出杜甫的視角。

我們觀杜甫面對炎熱的歲月中,除了展現士人視角,隨著居時日長,描寫一己小小人民的居住之感也越來越多,使得創作視角出現兩種觀照,可見他鄉生活的拓展,讓作品出現了更多元的視野。而炎熱終會解除,秋天到來時,杜甫立即大聲疾呼:「白谷變氣候,朱炎安在哉」(〈雨〉·卷 15 頁 1324),甚至直言:「清涼破炎毒」(〈雨〉·卷 15 頁 1333),可知杜甫確實厭惡炎熱,而歡欣著秋天的到來〔註 112〕。杜甫兩湖時期創作因歸鄉之念多描寫春天〔註 113〕,夔州則多秋天,除秋天思歸的傳統外,或許便與秋天在夔州的舒爽指標有關。不過炎熱的解除不只是氣節的遞嬗,還與降雨的出現有關。

〔註 112〕不過有時秋天也很炎熱,如:「江上亦秋色,火雲終不移。」(〈復愁十二首·其十〉·卷 20 頁 1741〜1745)

〔註 113〕筆者將於第四章交代。

（二）晴與雨的矛盾展現

　　前面談到杜甫高興降雨到來，面對及時雨，杜甫給予它人性與歷史的認證，以爲「多自巫山臺」（〈雨〉・卷15頁1324），牽上宋玉的故事和歷史，此雨對杜甫而言實不同凡響。然而有雨固佳，如下所述：

> 行雲遞崇高，飛雨靄而至。潺潺石間溜，汩汩松上駛。
> 亢陽乘秋熱，百穀皆已棄。皇天德澤降，焦卷有生意。
> 前雨傷辛暴，今雨喜容易。不可無雷霆，間作鼓增氣。
> 佳聲達中宵，所望時一致。清霜九月天，髣髴見滯穗。
> 郊扉及我私，我圃日蒼翠。恨無抱甕力，庶減臨江費。
> （〈雨〉・卷15頁1325～1326）

枯乾的萬物重新得到生機，杜甫園中生計也有好的結果，取水問題更因此得到解決，一場好雨確實助益多多。但「前雨傷辛暴，今雨喜容易」的差異既然存在，暴雨的可能性便不能忽略，如：「挂帆遠色外，驚浪滿吳楚。久陰蛟螭出，寇盜復幾許」、「日假何道行，雨含長江白」（〈雨二首〉・卷15頁1326）、「始賀天休雨，還嗟地出雷。驟看浮峽過，密作渡江來。牛馬行無色，蛟龍鬥不開」（〈雨〉・卷15頁1338）等。雨量過多使得江中怪物跑出來，盜賊也因此而多，甚至太陽還失去了行道的路軌，其中嚴重性不難想像。杜甫立刻取消他的認證，「干戈盛陰氣，未必自陽臺」（〈雨〉・卷15頁1338），否定雨的歷史性和優良身世，藉由霪雨批判戰亂外，也可以發現詩人主觀的筆法，隨己意決定雨的背景出處。

　　霪雨的麻煩不只如此，既可讓詩人「滂沱朱檻溼，萬慮倚簷楹」（〈西閣雨望〉・卷17頁1472），想必還有其他傷害，杜甫即寫道：「眼邊江舸何匆促，未待安流逆浪歸」（〈雨不絕〉・卷15頁1331），要船夫雨停安流後才歸，可見江流因雨而漲，不利船行。這種告誡當然也可以是對自己的描寫，如此杜甫便須承受著「野涼侵閉戶，江滿帶維舟」（〈夜雨〉・卷19頁1677）、「楚天不斷四時雨」（〈暮春〉・卷18頁1604）所造成的遺憾，滯留孤城，徒剩「臥病擁塞在峽中，瀟湘洞庭虛映空」（〈暮春〉・卷18頁1604）之苦。大雨阻擋了歸程，也阻擋了友人相約，如：「天雨蕭蕭滯茅屋，空山無以慰幽獨。銳頭將軍來何遲，今我心中苦不足」（〈久雨期王將軍不至〉・卷20頁1804～1805）。駐足中，朋友的交往是杜甫很重要的情感支撐，何況「人生會面難再得」（〈久雨期王將軍不至〉・卷20頁1804～1805），那麼因雨而失的約會實教詩人難受。當然王將軍不至或有其他人情等原因，杜甫歸咎霪雨卻是明顯事實。

霪雨不斷還會造成生活困悶無聊，所以雨停之時便是杜甫駐足之機，如：
「拘悶出門遊，曠絕經目趣」（〈雨〉‧卷 19 頁 1671～1672），雨後的曠絕景色
讓詩人享受一場視覺饗宴，這是雨過天青後的爽朗。不過雨停後的駐足常人
皆有，雨中駐足則顯一番詩味，也許仍只是前面憂愁的延續，但在「佳客適
萬里，沈思情延佇」（〈雨二首〉‧卷 15 頁 1326）、「菊蕊淒疏放，松林駐遠情」
（〈西閣雨望〉‧卷 17 頁 1472）這些句子裡，可以看見杜甫面對霪雨的另一種
態度，足見對氣候的適應。而在〈晨雨〉一詩中，因雨勢的清靈，更顯駐足
的審美情懷：

　　小雨晨光內，初來葉上聞。霧交纏灑地，風折旋隨雲。

　　暫起柴荊色，輕霑鳥獸群。麝香山一半，亭午未全分。

　　（卷 18 頁 1631）

小雨下在晨間的陽光裡，透過葉子上的聲響方才得知，與霧交融同落，更被
風吹起。晨雨也輕輕沾到鳥獸，為柴荊上了顏色，使得山被遮掩一半，到中
午都沒有露出形貌。杜甫細膩描寫晨雨，倘若非駐足的契機，如何有時間、
空間與晨光飄絲結緣。細膩可愛的筆法還有以下：「微雨不滑道，斷雲疏復行。
紫崖奔處黑，白鳥去邊明。秋日新霑影，寒江舊落聲。柴扉臨野碓，半溼搗
香粳」、「江雨舊無時，天晴忽散絲。暮秋霑物冷，今日過雲遲。上馬回休出，
看鷗坐不移。高軒當灩澦，潤色靜書帷」（〈雨四首〉‧卷 20 頁 1798～1800）
等，不過在同一組作品中，詩末卻出現了「物色歲將晏，天隅人未歸」、「時
危覺凋喪，故舊短書稀」、「繁憂不自整，終日灑如絲」的愁緒，可見駐足中
的寧靜不易得，更易消散在杜甫的歸京想念裡，讓難得的幽靜小雨再度被情
緒擾成一片愁絲。杜甫還有一些描寫晴天的作品〔註 114〕，雖然景色描寫上有
著美麗詩筆，結尾卻多他鄉之愁。

　　整體而言，杜甫面對氣候的態度很直接，透露出自己對氣候適應的不良
與駐足他鄉的不適。杜甫在炎熱時對雨滿懷感激，卻在霪雨中轉為滯留的惆
悵。雨停後，詩人又一露歡顏，復在雨停天晴時，為他鄉的自己感到遺憾，
多樣變異，反應出杜甫駐足時身心敏感。

〔註 114〕「雨時山不改，晴罷峽如新。天路看殊俗，秋江思殺人。有猿揮淚盡，無犬
　　　　附書頻。故國愁眉外，長歌欲損神。」（〈雨晴〉‧卷 15 頁 1330）、「返照斜初
　　　　徹，浮雲薄未歸。江虹明遠飲，峽雨落餘飛。……秋分客尚在，竹露夕微微。」
　　　　（〈晚晴〉‧卷 15 頁 1332）、「久雨巫山暗，新晴錦繡文。碧知湖外草，紅見
　　　　海東雲。……迴首周南客，驅馳魏闕心。」（〈晴二首〉‧卷 15 頁 1337）

（三）偶遇嚴寒的切身體驗

杜甫在夔州多爲炎熱所苦，卻難得地逢遇此地嚴寒，使得詩人再次面臨挑戰。關於夔州氣候，杜甫曾言：「荆巫非苦寒，采擷接青春」（〈暇日小園散病將種秋菜督勒耕牛兼書觸目〉·卷 19 頁 1669），可見寒冷實屬異常。異常氣候從秋天就有徵兆，如：「秋風欻吸吹南國，天地慘慘無顏色。洞庭揚波江漢迴，虎牙銅柱皆傾側。巫峽陰岑朔漠氣，峰巒窈窕溪谷黑。杜鵑不來猿狖寒，山鬼幽憂雪霜逼」（〈虎牙行〉·卷 20 頁 1806），天地失卻顏色，一片慘黑中，連山鬼也感到擔憂。杜甫詩中神話故事常常受現實所感影響，神秘之味較少，此處山鬼畏寒即爲一例。雖有朋友送上厚衣服〔註115〕，杜甫仍不敢輕心，如〈前苦寒行二首〉所說：

> 漢時長安雪一丈，牛馬毛寒縮如蝟。
>
> 楚江巫峽冰入懷，虎豹哀號又堪記。
>
> 秦城老翁荆揚客，慣習炎蒸歲絺綌。
>
> 玄冥祝融氣或交，手持白羽未敢釋。
>
> 去年白帝雪在山，今年白帝雪在地。
>
> 凍埋蛟龍南浦縮，寒刮肌膚北風利。
>
> 楚人四時皆麻衣，楚天萬里無晶輝。
>
> 三足之烏足恐斷，羲和送之將安歸？（卷 21 頁 1845～1846）

回憶長安時所遇之雪，這是人類經驗的自然反射，尋找舊例保護自己。杜甫思考此地仍以炎熱爲主，怕在氣候交替之間再度變熱，故乃留住白扇。然杜甫有寒冷的經驗，此地人、物卻無，楚人、蛟龍都吃了虧、太陽更是不知所之，可見嚴寒之一斑。

杜甫對嚴寒的抱怨不像面對炎熱時嚴重，也許與北方經驗更恐怖有關。可自己不苦，心中卻掛念著他人之痛，遂有〈後苦寒行二首〉：

> 南紀巫廬瘴不絕，太古以來無尺雪。
>
> 蠻夷長老怨苦寒，崑崙天關凍應折。
>
> 玄猿口噤不能嘯，白鵠翅垂眼流血，安得春泥補地裂。
>
> 晚來江門失大木，猛風中夜吹白屋。
>
> 天兵斬斷青海戎，殺氣南行動坤軸。
>
> 不爾苦寒何太酷，巴東之峽生凌澌，彼蒼迴幹人得知。
>
> （卷 21 頁 1848～1849）

〔註115〕「幾度寄書白鹽北，苦寒贈我青羔裘。」〈寄裴施州〉（卷 20 頁 1810）

從歷史淵源切入,考察歷史背景後,更能以同理心體貼此地人民的不適。如今崑崙亦凍、猿鳥皆愁,杜甫雖清楚知道嚴寒是天地自然運作,同炎熱般,卻將異常歸咎給兵伐殺氣,可見詩人就算明白天候的機械運作,仍習慣與政治得失相比,呈現出兩種視角。惟杜甫關心人民之心未變,故在祈求間,再以「安得」為此地求一廣袤之土,補得所有凍裂。

杜甫關心人民之情誠然不受氣候冷暖霪晴所動,作品中雖觸及當地生活,視角卻常常回到士人使命。不過駐足裡的影響仍舊存在,縱然士人視角如此,處理範圍卻更加廣大,甚至嘗試以不同居住者的角度看待夔州,這都是生活中的潛移默化,開拓著雙眼。

二、農者、士人與詩心──籌措旅資的時間焦慮

因古代士農工商的分類與階級,為籌措旅資,杜甫自然先走向田園世界〔註116〕。所幸傳統文人步履在京華、自然間,多有兩種生活的認識與期待,此正呼應傳統儒家與道家對文人生命的啓發,在朝不得,亦有一片自然可供欣賞。

田園生活脫離不了食衣住行,尤以杜甫一家大小不可能餐風露宿,準備旅資亦需一段不少的時間,定居乃成為必然的選擇。關於杜甫居住的瀼西與東屯,簡錦松以現地研究作了科學分析〔註117〕。一般說來,中國人安土重遷,人與土地的聯繫非常緊密,杜甫於大曆元年二月中左右放船來到夔州,首先借住白帝城上的西閣,而後才在赤甲擇屋而賃,此如上述。之後因旅資不夠與生活所需,始有瀼西與東屯具有規模的農業經營〔註118〕。關於杜甫為農之際的創作視角,廖美玉已著文章討論〔註119〕,細膩分析詩人籌措旅資的過程及其間士／農雙重視角,論證甚明。筆者旨在兩位前輩的基礎上,描述杜甫的為農體驗,藉由時間焦慮,闡述另一種切入角度,論證為農身分下的士人詩心。

〔註116〕「身覺省郎在,家須農事歸。」(〈復愁十二首・其四〉,卷20頁1741～1745)
〔註117〕詳細內容可見簡錦松之作。詳見簡錦松:《杜甫夔州詩現地研究》(臺北:臺灣學生書局,1999年12月)。
〔註118〕以上見簡錦松:〈杜甫夔州生活新證〉,頁133～155。
〔註119〕見廖美玉:《中古詩人的生命印記》,頁199～279。

（一）豐收的兩樣情懷

　　前文已討論杜甫京華迴圈的思考，縱然農事經營之目的在出峽一舉，耕作過程與收穫有無亦是不可忽視的一環。首先就夔州東屯地區的稻作栽種狀況來看，可從〈夔州歌〉了解梗概：

> 東屯稻畦一百頃，北有澗水通青苗。
>
> 晴浴狎鷗分處處，雨隨神女下朝朝。（其六・卷 15 頁 1271）

不論是否有無誇大，東屯一地適合種植稻穀卻是不爭的事實，杜甫才會在此另購一些土地從事稻作經營。杜甫的收成似乎也與此地的適宜相稱，如〈行官張望補稻畦水歸〉所示：

> 東屯大江北，百頃平若案。六月青稻多，千畦碧泉亂。
>
> 插秧適云已，引溜加溉灌。更僕往方塘，決渠當斷岸。
>
> 公私各地著，浸潤無天旱。主守問家臣，分明見溪畔。
>
> 芊芊炯翠羽，剗剗生銀漢。鷗鳥鏡裏來，關山雲邊看。
>
> 秋菰成黑米，精鑿傳白粲。玉粒足晨炊，紅鮮任霞散。
>
> 終然添旅食，作苦期壯觀。遺穗及眾多，我倉戒滋蔓。
>
> （卷 19 頁 1654）

六月稻穀收成之時，「千畦碧泉亂」，可知此次收成狀況之佳。然杜甫不專美於己，「遺穗及眾多，我倉戒滋蔓」，一貫秉持的護生之性讓杜甫樂於分惠於人，愛之博大，不因環境而易。惟杜甫雖表露士人民胞物與之心，面對可期的收成，仍不禁做了美食想像，可見農耕過程裡，詩人仍然有著農人面對收成的豐穰之想，這在〈秋行官張望督促東渚耗稻向畢清晨遣女奴阿稽豎子阿段往問〉中也有精采表露：

> 東渚雨今足，佇聞粳稻香。上天無偏頗，蒲稗各自長。
>
> 人情見非類，田家戒其荒。功夫競搰搰，除草置岸旁。
>
> 穀者命之本，客居安可忘。青春具所務，勤墾免亂常。
>
> 吳牛力容易，並驅紛遊場。豐苗亦已概，雲水照方塘。
>
> 有生固蔓延，靜一資隄防。督領不無人，提攜頗在綱。
>
> 荊揚風土暖，肅肅候微霜。尚恐主守疏，用心未甚臧。
>
> 清朝遣婢僕，寄語踰崇岡。西成聚必散，不獨陵我倉。
>
> 豈要仁里譽，感此亂世忙。北風吹蒹葭，蟋蟀近中堂。
>
> 荏苒百工休，鬱紆遲暮傷。（卷 19 頁 1656）

不獨惠自己的倉庫，更不爲沽名釣譽，杜甫將所有的分享歸因於亂世中的不定，批判之意，溢於言表。作爲未來生計的主要來源〔註120〕，杜甫展現一般農夫所有的期待外，也不斷關注稻作狀況〔註121〕，可謂稱職。詩中有幾點值得我們注意，第一、杜甫顯然出現農人／士人兩種視角的落差。依農者身分，杜甫有「有生固蔓延，靜一資隄防」之舉，爲農作除去雜草；以士人角度，杜甫又生起「上天無偏頗，蒲稗各自長。人情見非類，田家戒其荒」的護生之心與後設視角，既知人情善於依己所想分類，並依好惡取擇，卻仍須如農者斬草除根，可見兩種視角下的不同面向。第二、強調自己客居的身分。杜甫指出「穀者命之本，客居安可忘」，就前句見杜甫對農作的肯認；就客居的自己來說，亟欲出峽的杜甫，眼裡種成不過是旅資來源，如此，杜甫農者身分在此蕩然無存，終極目標仍是士人歸途和京華想像。第三、收割完成，百工皆休，杜甫卻未沉浸收穫的喜悅中，反而跳脫收成的氛圍，轉以文人視角發出對廣大蒼生的不捨。綜合三點，杜甫就算面對作物收割現場，仍難免跳回士人視角〔註122〕，這與詩人生命背景有關，也道出定居只是過渡的事實，解決阻礙，踏上京華追尋，才是眞正目的。

　　不過杜甫面對收割時的喜悅非常眞切而有農人之味，除前文所引外，〈暫往白帝復還東屯〉一詩也有提及：

　　　　復作歸田去，猶殘穫稻功。築場憐穴蟻，拾穗許村童。

　　　　落杵光輝白，除芒子粒紅。加餐可扶老，倉廩慰飄蓬。

　　　　（卷20 頁1772）

稻穀收割的工作尙未完成，杜甫已預期著未來的豐餐，而在〈茅堂檢校收稻二首〉：

　　　　香稻三秋末，平田百頃間。喜無多屋宇，幸不礙雲山。

　　　　御袷侵寒氣，嘗新破旅顏。紅鮮終日有，玉粒未吾慳。

〔註120〕「杜甫對這一期的稻作投下很大成本，對收成有很高的寄望，應該是杜甫一家人未來生計的主要來源。」見廖美玉：《中古詩人的生命印記》，頁237。

〔註121〕〈從驛次草堂復至東屯茅屋二首・其一〉：「峽內歸田客，江邊借馬騎。非尋戴安道，似向習家池。山險風煙僻，天寒橘柚垂。築場看斂積，一學楚人爲。」（卷20 頁1771）

〔註122〕以上矛盾杜甫都以詩筆不掩蓋地記錄下來，既不急於論斷何者爲是，也不說明孰是孰非，拋去士／農身分，單以詩歌而言，杜甫的詩心又是文人視角的一種表現。

稻米炊能白，秋葵煮復新。誰云滑易飽，老藉軟俱勻。

種幸房州熟，苗同伊闕春。無勞映渠碗，自有色如銀。

（卷 20 頁 1773）

兩詩充分表達收割的喜悅，「紅鮮終日有，玉粒未吾慳」言紅米終日有，白米
也不缺少，農家之情可謂飽滿。下一首詩更集中描寫食物之味，跳離士人思
考的面向，體現農者面對物質的觀感。無論農者對收成喜悅的直接抒發也好，
士人對物興懷的精神思考也罷，一旦作物收割完畢，「野曠冬寒之景」（卷 20
頁 1775）杜甫立刻想到自己飄泊的身分，前文「加餐可扶老，倉廩慰飄蓬」
一聯即有所指涉，〈刈稻了詠懷〉一詩更是滿滿感嘆：

稻穫空雲水，川平對石門。寒風疏草木，旭日散雞豚。

野哭初聞戰，樵歌稍出村。無家問消息，作客信乾坤。

（卷 20 頁 1774）

一片雲水空蕩之景，寒風吹起，雞豚散盡，忽地耳邊便響起戰聲與哭泣、喜
悅與現實，農者與士人的越界，心情跳躍之大實讓人不忍卒睹，故結句表明
自己無家可問的作客悲懷後，也只能任由天地擺佈。

　　東屯的稻物收成中，杜甫情緒擺盪如此，那麼瀼西的蔬果收成裡，又是
如何？〈課小豎鉏斫舍北果林枝蔓荒穢淨訖移床三首〉寫道：

病枕依茅棟，荒鉏淨果林。背堂資僻遠，在野興清深。

山雉防求敵，江猿應獨吟。泬雲高不去，隱几亦無心。

眾壑生寒早，長林卷霧齊。青蟲懸就日，朱果落封泥。

薄俗防人面，全身學馬蹄。吟詩重回首，隨意葛巾低。

籬弱門何向，沙虛岸只摧。日斜魚更食，客散鳥還來。

寒水光難定，秋山響易哀。天涯稍曛黑，倚杖獨徘徊。

（卷 20 頁 1735）

三首詩都有隱居意識，尤其前二首引用《莊子》典故，更深化此刻心境。只
是就第一首而言，杜甫雖化用〈齊物論〉，卻不盡然吻合莊子所說意境：

南郭子綦隱几而坐，仰天而噓，苔焉似喪其耦。顏成子游立侍乎前，

曰：「何居乎？形固可使如槁木，而心固可使如死灰乎？今之隱机者，

非昔之隱机者也。」子綦曰：「偃，不亦善乎，而問之也！今者吾喪我，

汝知之乎？女聞人籟而未聞地籟，女聞地籟而未聞天籟夫！」〔註123〕

〔註123〕見〔清〕王夫之：《莊子通・莊子解》，頁 10～11。

所謂隱几代表生命剝去執著與人形的桎梏，杜甫學莊只是因爲夔州風俗不好，帶著目的性，隱几一舉便有執著，故當秋山以哀響敲擊杜甫，詩心易感便帶走了無心的修爲與農者的素樸，獨留詩心與士人倚杖徘徊。無論「冬菁飯之半，牛力晚來新。深耕種數畝，未甚後四鄰。嘉蔬既不一，名數頗具陳」（〈暇日小園散病將種秋荣督勒耕牛兼書觸目〉‧卷 19 頁 1669）所寫的農者心情與田園體驗〔註124〕，或者村野價值的肯認〔註125〕，乃至生活安足裡的溫飽享受〔註126〕，杜甫執著歸路的殷望讓他始終與農者身分有了區隔，僅在過程中出現耕種時的爲農視角，就算有著「漸知秋實美，幽徑恐多蹊」（〈白露〉‧卷 19 頁 1669）的守成之心與憂竊之念，杜甫還是不吝與眾人分享〔註127〕，展現士人風範。

（二）滯留的時間焦慮

杜甫雖跳不出客居身分，耕作期間所見所聞卻著實美麗，不論周邊景色，物產的顏色便可逗起杜甫心裡之喜，如前引「秋菰成黑米，精鑿傳白粲。玉粒足晨炊，紅鮮任霞散」、「落杵光輝白，除芒子粒紅」、「紅鮮終日有，玉粒未吾慳」、「無勞映渠碗，自有色如銀」、「青蟲懸就日，朱果落封泥」等，顏色可謂豐富，照現詩人內心的多彩。而在「登俎黃甘重」（〈季秋江村〉‧卷 20 頁 1778）、「柴門擁樹向千株，丹橘黃甘此地無」（〈寒雨朝行視園樹〉‧卷 20 頁 1779）等句中，更見果實之美的厚實形象，可見杜甫記錄這些收成時，並非只有藝術欣賞而已，尚有實質性內涵。

美麗的圖象裡，杜甫還有另一種情緒，前文曾說這些物資籌措都是爲了出峽之用，著急出峽的杜甫必有時間壓力。筆者在緒論裡指出杜甫思欲歸鄉並點出前往荊州的作品，關於詩人描寫此時滯留之作亦甚多，如：「人生留滯

〔註124〕「『冬菁飯之半』，實歷始知，非腐儒能道。耕遲以無牛俟牛故，至『牛力晚來新』而鄰人先之矣，亦實歷語。」見〔明〕王嗣奭著，曹樹銘增校：《杜臆增校》，頁 495。

〔註125〕「雖爲尚書郎，不及村野人。憶昔村野人，其樂難具陳。藹藹桑麻交，公侯爲等倫。」（〈寄薛三郎中璩〉‧卷 18 頁 1620～1621）

〔註126〕「山險風煙僻，天寒橘柚垂。築場看斂積，一學楚人爲」、「山家蒸栗暖，野飯射麋新。世路知交薄，門庭畏客頻。牧童斯在眼，田父實爲鄰。」（〈從驛次草堂復至東屯茅屋二首〉‧卷 20 頁 1771）

〔註127〕「堂前撲棗任西鄰，無食無兒一婦人。不爲困窮寧有此，祗緣恐懼轉須親。即防遠客雖多事，便插疏籬卻甚眞。已訴徵求貧到骨，正思戎馬淚盈巾。」（〈又呈吳郎〉‧卷 20 頁 1762）

生理難，斗水何直百憂寬」（〈引水〉·卷 15 頁 1270）、「漁艇息悠悠，夷歌負
樵客。留滯一老翁，書時記朝夕」（〈雨二首·其二〉·卷 15 頁 1328）、「秋分
客尚在，竹露夕微微」（〈晚晴〉·卷 15 頁 1332）、「迴首周南客，驅馳魏闕心」
（〈晴二首〉·卷 15 頁 1337）、「蘆花留客晚，楓樹坐猿深」（〈峽口二首·其二〉·
卷 18 頁 1555）、「留滯嗟衰疾，何時見息兵」（〈奉送卿二翁統節度鎮軍還江陵〉·
卷 20 頁 1804）。大量表達留滯心情的作品裡，可以體會杜甫強烈的歸去之心，
畢竟停頓的時間可能會更長，人也可能在躊躇一段漫長時間後，仍無所得，
縱然眼前造色如何美麗，一旦歸去之情滿溢生活，便能使美麗的顏色褪去，
變成「寒水光難定，秋山響易哀。天涯稍曛黑，倚杖獨徘徊」裡的曛黑、暗
沉，徒留「無家問消息，作客信乾坤」之嘆。

　　以此再觀上述農業之作，杜甫既有留滯的壓力，耕作的結果勢必大於
過程的點滴。詩人仍寫下許多美麗、恬靜的作品，時間的壓力卻不斷提醒
歲月不多，如：「餘生如過鳥，故里今空村」（〈貽華陽柳少府〉·卷 15 頁
1314）、「四序嬰我懷，群盜久相踵」（〈晚登瀼上堂〉·卷 18 頁 1619）、「九
秋驚雁序，萬里狎漁翁」（〈天池〉·卷 20 頁 1740～1741）、「為客無時了，
悲秋向夕終」（〈大曆二年九月三十日〉·卷 20 頁 1789）等。龔鵬程曾云：「中
國詩中的時間、季節通常有寫實和象喻兩種可能」〔註128〕，無論是過鳥或
者悲秋，杜甫確實在寫實和象喻中透露自己的壓力，這或許是古代安土的
觀念，更可能是杜甫還欲實踐理想的著急。而時間飛逝不停，讓他越來越
緊張，既如「十年戎馬暗萬國，異域賓客老孤城。渭水秦山得見否，人經
罷病虎縱橫」（〈愁〉·卷 18 頁 1599）所寫，害怕自己再也看不到故鄉，也
同「無錢從滯客，有鏡巧催顏」（〈悶〉·卷 20 頁 1790），不甘對鏡催顏，甚
至還擔心自己的心念有一天會被摧折殆盡，如「巫峽長雲雨，秦城近斗杓。
馮唐毛髮白，歸興日蕭蕭」（〈哭王彭州掄〉·卷 17 頁 1540）。哀莫大於心死，
杜甫一直提防自己走入心死的胡同裡，可見詩人的勇氣與堅持；惟時間不
斷與詩人拔河，同龔鵬程所說：

　　時間有著消耗殞滅、稍縱即逝、瞬息萬變等普遍共通的象徵意義，
　　常喚起人們心中脆弱堪憐的對比情緒。〔註129〕

〔註128〕見龔鵬程：〈四季、物色、感情〉，《讀詩偶記》（臺北：華正書局有限公司，
　　　　 1987 年 8 月），頁 9。
〔註129〕見龔鵬程：〈四季、物色、感情〉，頁 12。

此時杜甫確實看盡世間萬物之變，如：「令節成吾老，他時見汝心。浮生看物變，為恨與年深」（〈又示兩兒〉‧卷 18 頁 1615～1616），時光無情飛逝中，恨意不自覺地越來越深，因為時間焦慮下的痛苦不只是上述遺憾而已，還有失路的可能：

> 年年至日長為客，忽忽窮愁泥殺人。
>
> 江上形容吾獨老，天涯風俗自相親。
>
> 杖藜雪後臨丹壑，鳴玉朝來散紫宸。
>
> 心折此時無一寸，路迷何處是三秦。（〈冬至〉‧卷 21 頁 1823）

長年為客，心也一點點消耗殞滅，何處是歸途呢？獨自老去的杜甫恐怕也不知了。上述所言都是外在對杜甫的催促，當時間焦慮的來源是自己朝夕相處的親人，「汝曹催我老，回首淚縱橫」（〈熟食日示宗文宗武〉‧卷 18 頁 1615），杜甫終於控制不住淚水，畢竟對比下的結果，親人的催促來得更是有力，也無怪乎詩人忍不住背著家人痛哭失聲。

（三）視角的抉擇——穀者之命與王者之命

　　觀看杜甫於耕作中展現的農者身手，復看其歸京實踐理想的希冀，於是再豐厚的收成、美麗的造色都不能給予生根於此的力量，只能偶而點綴生活，豐富了詩章，改變不了視線的方向。視角雖無法更易方向，卻可在寬度上拓展，杜甫耕作中不僅體驗了最真實的農者生活，也感受作物養成不易，收成時才有如此喜悅。也許時間的焦慮讓杜甫清楚意識到自己的處境，使得農者生活沒有成為詩人生命的最後歸宿，卻讓自己確切感受士人視角外，另一種生活的重要性，如「穀者命之本」一句所言，深刻體悟穀物的重要，與一般文人抬高文學價值的態度已然不同，足見夔州農人身分對杜甫的影響。

　　黃生曾言：

> 杜田園諸作，覺有傲睨陶公之色。以氣力沉雄、骨力蒼勁處，本色自不可扼耳。〔註130〕

同是創作田園詩歌，並提的杜甫與陶淵明有著明顯不同，是什麼原因讓兩者有歧異？施補華言：

〔註130〕見〔清〕黃生：《杜工部詩說》，頁 124。

> 陶公詩一往眞氣，自胸中流出，字字雅淡，字字沈痛。蓋繫心君國，
> 不異《離騷》，特變其面目耳。少陵忠義之心，亦如陶公，又變陶公
> 之面目。〔註131〕

> 羌村三首，驚心動魄，眞至極矣！陶公眞至，寓於平澹；少陵眞至，
> 結爲沉痛。此境遇之分，亦情性之分。〔註132〕

與黃生一樣將杜甫、陶淵明並比，施補華敏銳之處更在於看到杜甫改變了陶
淵明的模樣〔註133〕，此即境遇之不同。筆者在緒論已說明杜甫的成見，目的
在指出杜甫的視角，廖美玉言杜甫是非隱非仕的仁人志士〔註134〕，陳弱水以
杜甫體會的儒家性格具有宗教意味〔註135〕，筆者在前面亦談到杜甫這樣一種
包舉天下的生命涵量。雖然學界早已認同陶淵明本身也具有儒者特質，但與
杜甫這種宗教式且非隱非仕的儒者存在實有不同。加上筆者緒論所提的大唐
盛世文化特質，使得杜甫更不願放棄絲毫實踐理想的機會，終於塑造出特有
境遇，在不離不返的駐足中，拓展原先視角。

　　最後補充一點，既然杜甫沒有改變他的視角，僅是拓展視域所及，對人
民的體貼也就有了特殊的表現方式，其中以〈甘林〉一詩最具代表：

> 捨舟越西岡，入林解我衣。青芻適馬性，好鳥知人歸。
> 晨光映遠岫，夕露見日稀。遲暮少寢食，清曠喜荊扉。
> 經過倦俗態，在野無所違。試問甘藜藿，未肯羨輕肥。
> 喧靜不同科，出處各天機。勿矜朱門是，陋此白屋非。
> 明朝步鄰里，長老可以依。時危賦斂數，脫粟爲爾揮。
> 相攜行豆田，秋花靄菲菲。子實不得喫，貨市送王畿。
> 盡添軍旅用，迫此公家威。主人長跪問，戎馬何時稀。
> 我衰易悲傷，屈指數賊圍。勸其死王命，愼莫遠奮飛。

> （卷19頁1667）

〔註131〕見〔清〕施補華：《峴傭說詩》，引自丁福保編：《清詩話》（臺北：木鐸出版
　　　　社，1988年9月），頁977。

〔註132〕見〔清〕施補華：《峴傭說詩》，引自丁福保編：《清詩話》，頁979。

〔註133〕黃生「傲睨」一詞已見杜甫與陶淵明的不同，施補華之說則是明確指出杜甫
　　　　的變化。

〔註134〕見廖美玉：《杜甫「沉鬱頓挫」說及其他》（臺南：宏大出版社，1993年7月），
　　　　頁75。

〔註135〕見陳弱水：〈思想史中的杜甫〉，頁30。

這首詩前半寫出農者詩心共融的視角,在肯認萬物存在的價值後,杜甫以細膩詩心寫下農村樸素無爭的生活、雋永恬淡的詩篇。詩歌的後半急轉直下,帶出眼前幽靜之景外的殘酷、窘困。前言杜甫體會到穀物的價值,而有命之根的深切認識和尊重;可此處杜甫眼見人民痛苦,悲傷之下,卻只有「勸其死王命」的勸說,那麼穀物代表的生命之根不過是王命下的一層,隸屬在金字塔的結構下。杜甫早年即說過:「盜賊本王臣」(〈有感五首〉・卷 1 頁 973),可見杜甫基本視角並未改變,因此盜賊是王臣,遠地的農民在流離受苦時也莫可逃離王命。這樣的視角是杜甫本身的堅持所成,就算飄泊的後半生是為了堅持理想,仍割捨不下京華思念,讓自己走上一條歸返的道路。杜甫未曾離開這世界,也不願人民離開,哪怕有過歸隱之心,猶然不肯放棄。以批評的角度觀之,我們可以說杜甫過於國家中心而不夠體貼;以宗教情懷看之,非隱非仕的杜甫早就以生命體驗著「死王命」的準則,如詩人自己所言:「每欲孤飛去,徒為百慮牽」(〈秋日夔府詠懷奉寄鄭監李賓客一百韻〉・卷 19 頁 1699～1715),已將生命奉獻給宗教式的儒者信仰,他的勸說便有了血淚內涵,而非泛泛的國家中心,直為宗教情懷的「傾陽逐露葵」(〈夔府書懷四十韻〉・卷 16 頁 1420～1426),堅持著太陽的信仰。

三、物色奇險的激發

杜甫適應新生活時,也有許多新發現,如:「憶昔咸陽都市合,山水之圖張賣時。巫峽曾經寶屏見,楚宮猶對碧峰疑」(〈夔州歌十絕句・其八〉・卷 15 頁 1306),曾經在圖畫中見到的景色,如今就在眼前,可見駐足夔州雖然不是心中所喜,卻也帶來生活新體驗。杜甫對於所見不只感到新奇而已,也常帶有求證精神,如仇注所言:「咸陽所見者畫圖,夔州所對者真境。但楚宮難覓,終成疑似,即真境亦同幻相矣。公詩『舟人指點到今疑』即同此意」(卷 15 頁 1306),可知苦雖苦,來到新地方仍有探索的欲望。

杜甫在此的旅行已如上節所言,詩人對生活所見還有一些不同的感觸和啟發,如〈灩澦堆〉:

> 巨積水中央,江寒出水長。沈牛答雲雨,如馬戒舟航。
>
> 天意存傾覆,神功接混茫。干戈連解纜,行止憶垂堂。
>
> (卷 15 頁 1281)

眼前所見如此怵目驚心，使得杜甫憶起路途艱險，然而一路走來，面對上天造設猶然心存厚意，足證詩人仁心。杜甫對於壯闊之景似乎有較多注目，如以下三首詩歌：

> 卓立群峰外，蟠根積水邊。他皆任厚地，爾獨近高天。
> 白榜千家邑，清秋萬估船。詞人取佳句，刻畫竟誰傳。
> （〈白鹽山〉‧卷 15 頁 1352）
>
> 三峽傳何處，雙崖壯此門。入天猶石色，穿水忽雲根。
> 猱玃鬚髯古，蛟龍窟宅尊。羲和冬馭近，愁畏日車翻。
> （〈瞿塘兩崖〉‧卷 18 頁 1557）
>
> 西南萬壑注，勁敵兩崖開。地與山根裂，江從月窟來。
> 削成當白帝，空曲隱陽臺。疏鑿功雖美，陶鈞力大哉。
> （〈瞿唐懷古〉‧卷 18 頁 1558）

杜甫以詩筆記下夔州山川外，更用壯闊奇險的詩句描摹，尤其參雜許多想像和擬人手法，使得景色如在目前舞動。杜甫在此自信地相信眼前一切將因自己的詩歌流傳，如此，詩人雖是流寓他處，也意外地成了一名自然史傳家，不僅為天地立傳，甚至多天的悶雷也可以在詩人筆下成色〔註136〕，打破京華庭園景色的審美角度，轉以一己身分，書寫出帝王以外的世界與價值。既然景色壯闊，其地也險，〈覆舟二首〉（卷 18 頁 1592～1593）裡便寫到沉舟事件。杜甫將之轉成對求仙的諷刺，寫下「使者隨秋色，迢迢獨上天」的嘲諷，可見生活取材在夔州，寄寓情事卻常指向京華一端。

　　承上所言，於生活中融入家國之思的作品頗多，如：〈庭草〉〔註137〕、〈見螢火〉〔註138〕等，因無上述奇險景色，描寫上轉向自己的內在寄寓，觀杜甫駐足中的一切，縱然不是所願，接受的過程中也逗起許多感觸。若物色奇險，杜甫猶有不同以往的注視；若景色觸起宮中的聯結，或為生活中之小事，則恆常指向內在對京華的思緒。然不管如何，誠如前人所言：

〔註136〕〈雷〉：「巫峽中宵動，滄江十月雷。龍蛇不成蟄，天地劃爭迴。卻碾空山過，深蟠絕壁來。何須妒雲雨，霹靂楚王臺。」（卷 20 頁 1789）
〔註137〕「楚草經寒碧，逢春入眼濃。舊低收葉舉，新掩卷牙重。步履宜輕過，開筵得屢供。看花隨節序，不敢強為容。」（卷 18 頁 1598）
〔註138〕「巫山秋夜螢火飛，疏簾巧入坐人衣。忽驚屋裏琴書冷，復亂簷邊星宿稀。卻繞井闌添箇箇，偶經花蕊弄輝輝。滄江白髮愁看汝，來歲如今歸未歸。」（卷 19 頁 1676）

> 人于順逆境遇間，所動情思，皆是詩材。子美之詩，多得于此。
> 人不能然，失卻好詩，及至作詩，了無意思，惟學古人句樣而已。
> 〔註139〕
>
> 子美之詩，多發于人倫日用間，所以日新又新，讀之不厭。太白飲
> 酒學仙，讀數十篇倦矣。〔註140〕

日用境遇間，無論順逆皆成爲杜甫筆下的材料，成就一篇篇詩章。只爲杜甫不因好惡而廢去詩思，反而在兩種情緒中經營所得，著實不易。這種生活所記的順逆好惡更充斥在景色與人事間，以下便以此討論。

第四節　寄寓孤城的今昔情

孤城駐足中，杜甫必與此地風光、人士接觸甚繁，所見卻引起歸思，詩人即言：「眼前今古意，江漢一歸舟」（〈懷灞上游〉‧卷18頁1606），可知今昔中，喚起杜甫多少別情思緒。方瑜曾曰：

> 外在景物人事，受杜甫心底突然湧起意念、思緒的影響，往往改變
> 了原來的面目、形象，或者淡化、消隱。深入探究子美這些突發的
> 情緒，其實都與深埋心底的執念有關。〔註141〕

只因執念改變了所見風景，可知杜甫不願滯留之心，但其中細部糾葛究竟如何？以下分別就所見所思加以討論。

一、凝視孤城幽景的「雙眼」

夔州一地自然風景不錯，杜甫不斷稱讚此地，如：「春城見松雪，始擬進歸舟」（〈曉望白帝城鹽山〉‧卷15頁1280）、「平生耽勝事，吁駭始初經」（〈不離西閣二首〉‧卷18頁1565）。「形勝有餘」（〈峽中覽物〉‧卷15頁1288～1289）的地理空間，勢必在駐足中發現不少美麗之處。然而杜甫望眼不絕，夜依北斗思京城，如此，京華之思又讓詩人感到故土纏綿。明人邊貢即說：「秦城樓閣千年思，蜀道煙花萬里悲」〔註142〕，斬不斷的千年思念，跨越蜀道以後的

〔註139〕見〔清〕吳喬：《圍爐詩話》，引自郭紹虞編：《清詩話續編》（臺北：木鐸出
　　　　版社，1983年12月），頁474。
〔註140〕見〔清〕吳喬：《圍爐詩話》，引自郭紹虞編：《清詩話續編》，頁585。
〔註141〕見方瑜：《杜甫夔州詩析論》，頁34。
〔註142〕出自〈和馬尚寶文明讀杜秋興有感之作〉一詩。見〔明〕邊貢：《邊貢詩話》，
　　　　引自吳文治主編：《明詩話全編》，頁2133～2134。

山川景色，眼前煙花形勝與望眼欲穿的不捨交織出一幅悲喜詩人圖象，首先
分析如此雙眼裡的雙重視角。

（一）眼前所見的晦暗與狹窄

　　駐足初期，由於初到夔州不久，杜甫對滯留的無奈尚不能排解，故對此
地觀感並不好，如：

　　　　避暑雲安縣，秋風早下來。暫留魚復浦，同過楚王臺。

　　　　猿鳥千崖窄，江湖萬里開。竹枝歌未好，畫舸莫遲回。

　　　　〈奉寄李十五秘書文嶷二首・其一〉・卷 15 頁 1293～1294）

既云暫留，自然無心於此，於是此地惟有狹窄之感，不同於東行出峽的萬里
敞開。地理不好，文化自也不吸引杜甫，這般對比意味在其他詩中也很濃厚：

　　　　聞說江陵府，雲沙靜眇然。白魚如切玉，朱橘不論錢。

　　　　水有遠湖樹，人今何處船。青山各在眼，卻望峽中天。

　　　　〈峽隘〉・卷 19 頁 1727）

　　　　巫峽千山暗，終南萬里春。

　　　　〈喜觀即到復題短篇二首・其一〉・節・卷 18 頁 1617）

　　　　只應踏初雪，騎馬發荊州。直怕巫山雨，真傷白帝秋。

　　　　群公蒼玉佩，天子翠雲裘。同舍晨趨侍，胡為淹此留。

　　　　〈更題〉・卷 19 頁 1677～1678）

如此情緒到後期都還存在，故「總是心欲出峽，厭之而覺其隘也」〔註143〕、「我
已怕之傷之，不容再住矣。況聞朝廷之上，臣主俱安，同舍趨侍，胡為淹留
於此地？」〔註144〕連注解者都深刻感受到杜甫的心緒，詩人表示此地不為自
己所喜時，厭惡之感確實十分強烈。

　　厭惡之感甚至會引發許多質問，如〈愁〉一詩所寫：

　　　　江草日日喚愁生，巫峽泠泠非世情。

　　　　盤渦鷺浴底心性，獨樹花發自分明。

　　　　十年戎馬暗南國，異域賓客老孤城。

　　　　渭水秦山得見否，人經罷病虎縱橫。（卷 18 頁 1598）

〔註143〕見〔明〕王嗣奭著，曹樹銘增校：《杜臆增校》，頁 492。
〔註144〕見〔明〕王嗣奭著，曹樹銘增校：《杜臆增校》，頁 492。

詩裡有四個問號，一、江草爲何一直喚起我的哀愁？草有連綿不絕的意象，可與愁恨之不絕相彷彿，故使杜甫不堪對比。二、巫峽水聲爲何不近人情？水不斷往東流，杜甫卻滯留於此，顯得江水沒有同理心。三、白鷺爲何在漩渦裡沐浴？這當與杜甫行船有關，江水流急不適合出船，白鷺卻在其中自適自在。四、孤樹的花朵爲何獨自開放？這應是對映杜甫現在的情況，有花好人殘之照。由此四問，可見杜甫對美景的批評態度，使得美好之物不值注目。

　　然而籌措旅資與養病的時間沒有期限，駐足的時間更因此增長，情緒自然容易受到波及。但「如果我們將空間視爲允許移動，那麼地方就是暫停；移動中的每個暫停，使得區位有可能轉變成地方」〔註145〕，如此，隨著暫停的時間拉長了，眼前所見必將有所不同，消極的駐足乃轉爲積極而具肯定性的發聲，有了欣賞的可能。

（二）沉澱後審美心靈的甦醒

　　此地風景美好可以「登臨多物色，陶冶賴詩篇」（〈秋日夔府詠懷奉寄鄭監李賓客一百韻〉・卷19頁1699～1715）一聯證明，上述旅遊所見亦是。然生活中也有讓杜甫不斷以細膩詩筆關注的景色，如柑橘便數度引起詩人目光：

> 岑寂雙柑樹，婆娑一院香。交柯低几杖，垂實礙衣裳。
>
> 滿歲如松碧，同時待菊黃。幾回霑葉露，乘月坐胡牀。
>
> （〈樹間〉・卷19頁1673）

> 白露團甘子，清晨散馬蹄。圃開連石樹，船渡入江溪。
>
> 憑几看魚樂，回鞭急鳥棲。漸知秋實美，幽徑恐多蹊。
>
> （〈白露〉・卷19頁1669）

幽香滿溢的庭院兼有碧綠、金黃兩種色澤，就算到了夜晚也可以讓詩人駐足不睡，只因看不見顏色，也有一院之香可以留連忘返。欣賞不只出現在對樹相望，由於有著好心情，路途所見無非不美。而若未來秋實之美眞招惹了小偷，詩人也僅以幽默的方式表示，小路可能會因此多了幾條哩！兩詩跨越清晨與夜晚，吸引杜甫的是園圃裡的樹木和果實，或與收成到來的喜悅有關，但觀詩中所寫，美景不也是詩人此刻投入之處？

〔註145〕見 Tim Cresswell，徐苔玲、王志弘譯：《地方：記憶、想像與認同》（臺北：群學出版有限公司，2006年12月），頁16～17。

　　由於夔州不像京華繁榮，杜甫所居更遠離塵囂，「地幽忘盥櫛，客至罷琴書」（〈過客相尋〉‧卷 19 頁 1633），生活簡單又帶有雅趣。忘機的生活很容易醉在風景召喚中：

> 反照開巫峽，寒空半有無。已低魚復暗，不盡白鹽孤。
> 荻岸如秋水，松門似畫圖。牛羊識僮僕，既夕應傳呼。
>
> （〈返照〉‧卷 20 頁 1738）
>
> 白帝更聲盡，陽臺曙色分。高峰寒上日，疊嶺宿霾雲。
> 地坼江帆穩，天清木葉聞。荊扉對麋鹿，應共爾爲群。
>
> （〈曉望〉‧20 頁 1753）

細心描寫顏色，杜甫全心投入在眼前美景。夔州因其江峽地形，使得自然光影照射下，常常照現不同布局，像一位自然畫手，在夔州畫布上總是沒有藝術的界限。風景無界，詩筆無限，杜甫不僅捕捉到牛羊與僮僕間的互動，更在面對麋鹿時，脫下「野飯射麋新」（〈從驛次草堂復至東屯茅屋二首〉‧卷 20 頁 1771）的野食之味，改以與爾爲群的同化，彷彿走進畫裡般，泯滅了人與自然間的隔閡，真正領會到夔州山水。

　　曾昭旭曾說：「人才是美的泉源」〔註 146〕，更言：

> 回到我們的現實經驗，美感的發生仍是一邊靠心靈的覺醒，一邊也靠我們所見的是美物。換言之，這兩端的份量是互相補足的，當心的覺醒程度愈高，物就愈可以不須那麼完美；但當心的覺醒程度不那麼足夠，就須要物那邊完美些才能讓我們在心中湧現美感了。〔註 147〕

人畢竟不是佛、聖，轉識成智也只有在證道後才出現，因此人間實無法完全以道心觀之，故才須以美好經驗互相補足。杜甫飄泊在異鄉裡，美景的存在成爲喚醒詩人內在審美的契機，使得此地在前述批評中取得肯認。筆者所引作品大多屬杜甫駐足後期詩篇，可見隨著時間遞嬗，雙眼在美景的補足下，逐漸甦醒，於是留下與前文截然不同的差異，凝出視線的雙重觀照。

　　有此觀照，就算天邊一片雲也可以讓杜甫感到「秀氣豁煩襟」（〈雲〉‧20 頁 1786），生起在此居住之念，如：「龐公任本性，攜子臥蒼苔」（〈昔遊〉‧卷

〔註 146〕見曾昭旭：《我的美感體驗》（臺北，臺灣商務印書館股份有限公司，2005 年 9 月），頁 31。
〔註 147〕見曾昭旭：《我的美感體驗》，頁 29。

16 頁 1435～1437)、「龐公隱時盡室去，武陵春樹他人迷。與汝林居未相失，
近身藥裹酒長攜。牧豎樵童亦無賴，莫令斬斷青雲梯」(〈寄從孫崇簡〉·卷 18
頁 1613)、「傳語桃源客，人今出處同」(〈巫峽敝廬奉贈侍御四舅別之澧朗〉·
卷 19 頁 1681)、「全命甘留滯，忘情任榮辱」(〈寫懷二首·其一〉·卷 20 頁
1818～1822)。〈柴門〉一詩講得最清楚：

> 泛舟登瀼西，回首望兩崖。東城乾旱天，其氣如焚柴。
> 長影沒窈窕，餘光散唅呀。大江蟠嵌根，歸海成一家。
> 下衝割坤軸，竦壁攢鏌邪。蕭颯瀌秋色，氛昏霾日車。
> 峽門自此始，最窄容浮查。禹功翊造化，疏鑿就敧斜。
> 巴渠決太古，眾水為長蛇。風煙渺吳蜀，舟楫通鹽麻。
> 我今遠遊子，飄轉混泥沙。萬物附本性，約身不願奢。
> 茅棟蓋一床，清池有餘花。濁醪與脫粟，在眼無咨嗟。
> 山荒人民少，地僻日夕佳。貧賤固其常，富貴任生涯。
> 老於干戈際，宅幸蓬蓽遮。石亂上雲氣，杉清延日華。
> 賞妍又分外，理愜夫何誇。足了垂白年，敢居高士差。
> 書此豁平昔，回首猶暮霞。(卷 19 頁 1643)

描寫眼前所見後，立即想到「飄轉混泥沙」的人生，於是在「萬物附本性，
約身不願奢」的體認下，安於目前生活，仔細捕捉眼前時分。寫下這首詩的
杜甫是平靜的，如同「書此豁平昔，回首猶暮霞」所言，既然可以豁通心胸，
回首暮雲的遼闊之景也就顯得淡然許多。杜甫這時也與佛道人物有密集接
觸，如：

> 不見秘書心若失，及見秘書失心疾。
> 安為動主理信然，我獨覺子神充實。
> 重聞西方止觀經，老身古寺風泠泠。
> 妻兒待米且歸去，他日杖藜來細聽。
> (〈別李秘書始興寺所居〉·卷 19 頁 1679～1680)

> 藥囊親道士，灰劫問胡僧。
> (〈寄劉峽州伯華使君四十韻〉·節·卷 19 頁 1717～1724)

> 巫山不見廬山遠，松林蘭若秋風晚。
> 一老猶鳴日暮鐘，諸僧但乞齋時飯。

香爐峰色隱晴湖，種杏仙家近白榆。

飛錫去年啼邑子，獻花何日許門徒。

（〈大覺高僧蘭若〉・卷 20 頁 1801）

蘭若山高處，烟霞嶂幾重。凍泉依細石，晴雪落長松。

問法看詩妄，觀身向酒慵。未能割妻子，卜宅近前峰。

（〈謁眞諦寺禪師〉・卷 20 頁 1802～1803）

心境平和之際，接觸的宗教也有了改變，當然杜甫接觸佛道不僅在夔州才有，但這些作品出現在夔州駐足的晚期，確實暗示了心境的轉換。詩人甚至還為隱而不終的人感到遺憾，寫下〈覃山人隱居〉〔註148〕一詩，凡此，皆見此時態度。

惟不論杜甫儒者的宗教信仰或對京華的懸念，上述引文中皆可發現杜甫割捨不下的情緣，如：「妻兒待米且歸去」、「未能割妻子」，何況對京華的執念，如：「衰謝身何補，蕭條病轉嬰。霜天到宮闕，戀主寸心明」（〈柳司馬至〉・卷 21 頁 1824）。於是詩人又跳出美景、隱居與佛道思維，重新踏入滿是糾葛、纏綿的京華遙望，同〈貽華陽柳少府〉一詩所言：「相去四五里，徑微山葉繁。時危挹佳士，況免軍旅喧。醉從趙女舞，歌鼓秦人盆。子壯顧我傷，我歡兼淚痕。餘生如過鳥，故里今空村。」（卷 15 頁 1314）在此有佳士，且免於戰爭，當是不錯，一旦想到時間的焦慮與故里的情況，詩人不由得在歡笑中雜出淚痕，終於在前面筆者所言的迴圈中，開出平靜中的愁緒、悲喜交集的書寫。

（三）山光鳥色中的離情別緒

綜合兩種感受後，杜甫展現的風味常常是美麗與哀愁相共，可以「遠遊雖寂寞，難見此山川」（〈季秋江村〉・卷 20 頁 1778）一聯說明，這樣的斷裂有著內在思考，筆者將在下一章詳細討論，但就杜甫此時的詩歌創作來說，美麗風景的書寫下的確存在不少斷裂現象，尤其在眼前美景與歸去之心的交相影響下，產生許多這類的作品：

〔註148〕「南極老人自有星，北山移文誰勒銘。徵君已去獨松菊，哀壑無光留戶庭。予見亂離不得已，子知出處必須經。高車駟馬帶傾覆，悵望秋天虛翠屏。」
　　　　（卷 20 頁 1768）

美　景	斷裂	哀　愁	詩名與頁數
久雨巫山暗，新晴錦繡文。 碧知湖外草，紅見海東雲。 竟日鶯相和，摩霄鶴數群。 野花乾更落，風處急紛紛。 （其一） 啼鳥爭引子，鳴鶴不歸林。 下食遭泥去，高飛恨久陰。 雨聲衝塞盡，日氣射江深。 （其二）		迴首周南客，驅馳魏闕心。 （其二）	（〈晴二首〉‧卷15 頁1337）
故躋瀼岸高，頗免崖石擁。 開襟野堂豁，繫馬林花動。 雉蝶粉如雲，山田麥無壟。 春氣晚更生，江流靜猶湧。		四序嬰我懷，群盜久相踵。 黎民困逆節，天子渴垂拱。 所思注東北，深峽轉修聳。 衰老自成病，郎官未爲冗。 淒其望呂葛，不復夢周孔。 濟世數嚮時，斯人各枯冢。 楚星南天黑，蜀月西霧重。 安得隨鳥翎，迫此懼將恐。	（〈晚登瀼上堂〉‧ 卷18頁1619）
捨舟越西岡，入林解我衣。 青芻適馬性，好鳥知人歸。 晨光映遠岫，夕露見日稀。 遲暮少寢食，清曠喜荊扉。 經過倦俗態，在野無所違。 試問甘藜藿，未肯羨輕肥。 喧靜不同科，出處各天機。 勿矜朱門是，陋此白屋非。		明朝步鄰里，長老可以依。 時危賦斂數，脫粟爲爾揮。 相攜行豆田，秋花靄菲菲。 子實不得喫，貨市送王畿。 盡添軍旅用，迫此公家威。 主人長跪問，戎馬何時稀。 我衰易悲傷，屈指數賊圍。 勸其死王命，慎莫遠奮飛。 （筆者按：勸人勿走，正是 杜甫始終不願離開國家的心 念）	（〈甘林〉‧卷19頁 1667）
秋野日疏蕪，寒江動碧虛。 繫舟蠻井絡，卜宅楚村墟。 棗熟從人打，葵荒欲自鋤。 盤餐老夫食，分減及溪魚。 （其一） 易識浮生理，難教一物違。 水深魚極樂，林茂鳥知歸。 衰老甘貧病，榮華有是非。 秋風吹几杖，不厭北山薇。 （其二）		遠岸秋沙白，連山晚照紅。 潛鱗輸駭浪，歸翼會高風。 砧響家家發，樵聲箇箇同。 飛霜任青女，賜被隔南宮。 （其四） 身許麒麟畫，年衰鴛鷺群。 大江秋易盛，空峽夜多聞。 徑隱千重石，帆留一片雲。 兒童解蠻語，不必作參軍。 （其五）	（〈秋野五首〉‧卷 19頁1732）

美　景	斷裂	哀　愁	詩名與頁數
禮樂攻吾短，山林引興長。 掉頭紗帽仄，曝背竹書光。 風落收松子，天寒割蜜房。 稀疏小紅翠，駐屐近微香。 （其三）			
天畔群山孤草亭，江中風浪 雨冥冥。一雙白魚不受釣， 三寸黃甘猶自青。		多病馬卿無日起，窮途阮籍 幾時醒。未聞細柳散金甲， 腸斷秦川流濁涇。	（〈即事〉·卷20頁 1782～1783）
瘴癘浮三蜀，風雲暗百蠻。 卷簾唯白水，隱几亦青山。 猿捷長難見，鷗輕故不還。		無錢從滯客，有鏡巧催顏。	（〈悶〉·卷 20 頁 1790）

　　觀察這些詩篇，誠如杜甫所言：「衰年不敢恨，勝概欲相兼」（〈入宅三首·其一〉·卷 18 頁 1606～1608）、「客堂序節改，具物對羈束」（〈客堂〉·卷 15 頁 1267～1269）。駐足固然無奈，卻有美景相伴，但以羈束之身面對萬物，雖云未敢恨，恨意也未嘗真的消解，遂在兩端裡，成就一篇篇斷裂的詩章。杜甫對於自己的情形並非不了解，其人便云：「絕知春意好，最奈客愁何」（〈江梅〉·卷 18 頁 1598），老實說出困境，也算為之前厭惡夔州風景的發言作出解釋。

　　讓杜甫觸景傷情的還有一系列描寫時事的作品。杜甫直接描寫時事的作品很多〔註149〕，但以寫景方式藉眼前所見指涉時事，在藝術上更容易造成視覺上的效應，如：「盜賊浮生困，誅求異俗貧。空村惟見鳥，落日未逢人」（〈東屯北崦〉·卷 20 頁 1771），見鳥而無人，盜賊與誅求的傷害已經歷歷在目。或如：「林僻來人少，山長去鳥微。高秋收畫扇，久客掩荊扉。懶慢頭時櫛，艱難帶減圍。將軍思汗馬，天子尚戎衣。白蔣風颭脆，殷檉曉夜稀。何年減豺虎，似有故園歸」（〈傷秋〉·卷 20 頁 1782），清秋映照下的瘦弱詩人與天下猶然征戰的場景並比，傷秋之苦不言而喻。甚至以自己的生命作出吶喊，如：「壯心久零落，白首寄人間。天下兵常鬬，江東客未還。窮猿號雨雪，老馬怯關

〔註149〕如：〈近聞〉（卷15頁1283）、〈黃草〉（卷15頁1351）、〈諸將五首〉（卷16頁1363～1370）、〈折檻行〉（卷18頁1570）、〈承聞河北諸道節度入朝歡喜口號絕句十二首〉（卷18頁1624～1629）、〈解悶十二首·其九、其十、其十一、其十二〉（卷17頁1511～1518）、〈復愁十二首·其三、其四、其五、其六、其七、其八、其九〉（卷20頁1741～1745）、〈自平〉（卷20頁1809）、〈喜聞盜賊總退口號五首〉（卷21頁1857～1860）等。

山。武德開元際，蒼生豈重攀」（卷 20 頁 1841），白首寄在人間，正是自己未
得志又滯留於此的無奈，頸聯一語以景寫事，更將批判推到高潮。另杜甫在
〈錦樹行〉〔註 150〕一詩裡雖然議論的成分較多，藉由一顆樹的凋零來鋪展，
反能中和議論的說教味。除了因時事的觸感，使眼前美景變爲愁色，佳節時
令因爲日子的特殊性，也很容易讓詩人生起感受，如：〈小至〉（卷 18 頁 1567）、
〈立春〉（卷 18 頁 1597）、〈社日兩篇〉（卷 20 頁 1749）、〈太歲日〉（卷 21 頁
1854）〈人日兩首〉（卷 21 頁 1855～1856）、〈冬至〉（卷 21 頁 1823）等。這
些詩歌依舊寫出美景與哀愁的交織，而從作品的數量來看，孤城駐足裡的時
節，因時間點的刻意凸顯，確實更容易讓詩人感受異鄉的況味。

　　如此交織是杜甫在漫漫光陰中開展出來的創作，代表詩人堅持身分的過
程裡，同步吸收夔州景色，可知美景確實不凡，更看出杜甫無法放棄內心執
著。前面也談到美景讓杜甫生起隱居之念，足見杜甫亦遺憾自己的堅持，否
則生命應如如皆是，遂歌起〈鷗〉這樣的作品，寫出自己的不自得，進行了
一場沉重的自我辯證：

　　　江浦寒鷗戲，無他亦自饒。卻思翻玉羽，隨意點春苗。

　　　雪暗還須浴，風生一任飄。幾群滄海上，清影日蕭蕭。

　　　（卷 17 頁 1531）

江鷗嬉戲，亦有一番風味，尤其無他事時，生命自可寬饒而有餘裕。如今爲
謀食之故，「翻玉羽而弄青苗，雖風雪凌厲，亦不暇顧矣」（卷 17 頁 1531），
萬物爲了追逐外物拋捨自我尊嚴，在「還須」與「一任」間表露無遺。杜甫
將視角拉到遠方海中的鷗鳥上，身影雖與滄海共色成一冷青狀，至少保有閒
暇自得，有著如《莊子》書中澤雉的精神自主〔註 151〕。

　　就字面看，詩中似乎對江鷗頗有指責，尤其江、海兩種鷗類對照，文意
可謂不待而辨。然若如仇注所言：「憐其少自得之致」（卷 17 頁 1531），或浦

────────────────

〔註 150〕「今日苦短昨日休，歲云暮矣增離憂。霜凋碧樹待錦樹，萬壑東逝無停留。
　　　　荒戍之城石色古，東郭老人住青丘。飛書白帝營斗粟，琴瑟几杖柴門幽。青
　　　　草萋萋盡枯死，天馬跛足隨犛牛。自古聖賢多薄命，姦雄惡少皆封侯。故國
　　　　三年一消息，終南渭水寒悠悠。五陵豪貴反顛倒，鄉里小兒狐白裘。生男墮
　　　　地要膂力，一生富貴傾邦國。莫愁父母少黃金，天下風塵兒亦得。」（卷 20
　　　　頁 1808～1809）

〔註 151〕「澤雉十步一啄，百步一飲，不蘄畜乎樊中。神雖王，不善也。」見〔清〕
　　　　王夫之：《莊子通·莊子解》，頁 32。

起龍所說：「羨其閒而自得，傷己之觸處多愁多障也」〔註152〕，全詩所指的對象就必須歸向杜甫自身。實則杜甫爲了生計本就到處遷徙，重新檢閱詩中「還須」與「一任」兩詞，不也寫出爲堅持理想所付出的代價，於是「居然成濩落，白首甘契闊。蓋棺事則已，此志常覬豁」（〈自京赴奉先縣詠懷五百字〉・卷 4 頁 264），一種不放棄的想法隱然立其中，帶有自嘲又合著堅持的語句，不僅不顯矛盾，反而透過江鷗的「不當」含蓄道出心中無奈，辛酸加倍了，苦恨也加重。

　　仇注還有這麼一段文字：「此興士當高舉遠引，歸潔其身，不當逐逐於聲利之場，以自取賤辱也」（卷 17 頁 1531）。此段乍看乃言歸隱之事，惟衡諸文字，杜甫談的雖是對自己邁力國事的不解，卻透過頗爲激烈的語法形成一種反語，即愈激烈之詞，愈見作者主體不捨之情。如此解釋可以從「清影日蕭蕭」一句找到線索，亦可在「還須」與「一任」兩詞裡尋到蛛絲。就前者言，仇注解「蕭蕭」一詞爲「閒暇之意」，指歸去後的自由自在；但蕭蕭本有凄涼之意存在，豈不見閒暇之中還有杜甫寓藏於中的酸辛，則歸隱放去實非杜甫心中真正所想。又「還須」與「一任」兩詞，就鷗鳥而言是指責意，可放諸杜甫身上，卻見人類在雪深色冷中猶欲奮進的決心與任隨風飄打擊的堅毅，此詩之視角便不是歸隱之向，而是一種反語。

（四）雙重視角的疊合

　　杜甫在雙眼裡寫出了雙重感受，一是美麗，一是哀愁。如今在自我辯證後又不願離去，斷裂的部分將由什麼補上呢？筆者以爲此時的杜甫因爲向有眼前美景可以撐持，故詩中對故鄉景象的描寫並不多，如：〈憶鄭南〉（卷 15 頁 1290）、〈愁〉（卷 18 頁 1598）、〈又上後園山腳〉（卷 19 頁 1661）、〈大曆二年九月三十日〉（卷 20 頁 1789）等，王嗣奭曾言：「此因上後園山腳，忽憶舊登東岳，無限情事，偶然觸發，無關於後園也」〔註153〕，這句話也可以概括到其他幾首作品，都是在美景中思起對故園的回憶。可這些作品裡描寫故園景色的句子不多，比起〈秋興八首〉（卷 17 頁 1484～1497）、〈八哀詩〉（卷 17 頁 1372～1418）、〈夔府書懷四十韻〉（卷 16 頁 1420～1426）、〈秋日夔府詠懷奉寄鄭監李賓客一百韻〉（卷 19 頁 1699～1715）等作品〔註154〕，可謂小巫

〔註152〕見〔清〕浦起龍：《讀杜心解》，頁 524。
〔註153〕見〔明〕王嗣奭著，曹樹銘增校：《杜臆增校》，頁 490～491。
〔註154〕尚有許多作品，筆者將在下一節討論。

見大巫。與夜色之作亦相差甚多，因爲在黑夜裡，杜甫已沒有風景可以對應，所見一旦失衡，便要其他東西來補，記憶即是重要憑藉。如此觀來，故園描寫既可以在杜甫一系列記憶的作品找到，也可以在夜色之作中品味，不必定在此類詩歌。美景雖可以補足哀愁，形成一種情緒的平衡；一旦哀愁深到吞噬美景的色澤，景色又大到涵攝杜甫所有情緒，兩者一同成色，遂寫出情景澈底交融的作品：

> 風急天高猿嘯哀，渚清沙白鳥飛迴。
>
> 無邊落木蕭蕭下，不盡長江滾滾來。
>
> 萬里悲秋常作客，百年多病獨登臺。
>
> 艱難苦恨繁霜鬢，潦倒新停濁酒杯。（〈登高〉·卷 20 頁 1766）

天與渚，杜甫一人立定的上下方位；風與沙，杜甫橫向空間的存有；猿與鳥，杜甫之外的他類存在，凡此交錯成一幅極大、極孤獨的世界。杜甫眼前景已與京華故園澈底融合，在無邊不盡的望眼裡扭曲成萬里、百年的時空，裡頭只有自己的老病是眞實的，爲客的事實是明確的，其他一切則散發在沒有涯際的眼前。因爲視角沒有界限，理當看得到京華故園，詩中卻未曾言及；因爲視角沒有局限，除登臨之地，無邊不盡之所沒有讓詩人望出一幅圖畫，只有附近的猿鳥沙白，塡在無窮無盡的視角裡。故景與今景找不到區別，徒留艱難、苦恨與霜鬢，以及不得沾酒的病軀，共爲登高後的唯一所得，從清楚之景到無窮視角的杜甫，最終仍只有自己是清楚的。八個單位裡，以前後四句的有限包納著中間兩聯的無垠，無論孤城裡自己拓展多少、增長多少，現實就像這首詩一樣，緊緊抓住詩人的無限和視角。

杜甫在夔州看了不少山水景色，除了自己刻意而爲的白帝與武侯之旅，眼前所見多是生活周遭風景。然隨著詩人不斷遷居到更爲無人之所，生活之景也隨之越顯蒼茫，這時正如加斯東·巴舍拉所說：

> 藝術作品都是從那些正在面對危難的人身上噴湧而出的，他們跟著某種體驗一直走到盡頭，走到了一片無人到達之境。一個人越勇往直前，走得越遠，他的生命就越顯親切，越切身，也越獨特。〔註155〕

走到無人之境雖然得面對無窮危難，在這裡卻可感受到自己最清楚的樣子。也許眼前之景與所望之景都在打破界限後難以分別，但詩人的身影逐漸清

〔註155〕見加斯東·巴舍拉著，龔卓軍、王靜慧譯：《空間詩學》（臺北：張老師文化事業股份有限公司，2008 年 5 月），頁 322。

晰，視覺一次告訴我們太多事情，交錯在今景與過往之景間的人不見得就能確切掌握真實，因為看得見的不想駐足，看不見的又前往不了，那麼就在這一瞬間傾聽自己，或許還可以感受心語。駐足在今昔之景間，步履的過程是一實一虛的足印，倘若虛實間都是一步步駐足的真相，那就看一看所印的腳步，這是此刻杜甫最真實的一切。

二、時友與故交的交互映現

杜甫在夔州與許多人往來，發生對話和故事外，也拓展了視角，這作品包含不少友情、親情之作，前者如：〈贈李十五丈別〉（卷 15 頁 1344～1346）、〈王十五前閣會〉（卷 18 頁 1600～1601）、〈江雨有懷鄭典設〉（卷 18 頁 1614）、〈寄裴施州〉（卷 20 頁 1810）；後者如：〈第五弟豐獨在江左近三四載寂無消息覓使寄此二首〉（卷 17 頁 1478～1479）、〈寄杜位〉（卷 18 頁 1596～1597）〈遠懷舍弟穎觀〉（卷 21 頁 1852）、〈九日五首〉（卷 20 頁 1764～1766）等，兩類作品很多，只舉部分為例。友情的部分，杜甫展現更多情緒在勸勉友人，當於後文討論；就親情言，杜甫有〈孤雁〉一詩細膩表達自己情懷，表現上不只顯現「離鄉之愁」，也露其「流落之悲」（卷 17 頁 1530）：

孤雁不飲啄，飛鳴聲念群。誰憐一片影，相失萬重雲。

望斷似猶見，哀多如更聞。野鴉無意緒，鳴噪亦紛紛。

（卷 17 頁 1530）

雁兒不飲不啄必有心事存在，原來因為想念離散的故群，所以放下生活本能，徒以聲響追念。頷聯點一「相」字，引出彼此間的走散實非得已，其中或有冥冥運會與外力，否則兩方寧肯相捨相棄？惟失散已矣，其他雁兒至少仍是一個群體，只有自己需要面對失散的悲辛、孤獨的滋味。孤雁為自己的苦痛發一疾呼，追問世上有誰憐惜迷失在萬重高雲上的孤影。答案當然不存在，只好繼續望著依稀曾似的方向，偶然間猶可再見夢中之景；否則彷彿一見中的大聲疾呼，哀聲也是一種追尋。頸聯的意涵很豐富，迷濛之間的偶遇與尋及、乍覺之際的失落和哀怨，兩者共同表現孤雁的心境和不棄，真如「天雨泣矣」〔註156〕。此詩結尾沉重，藉野鴉鼓譟突顯孤雁形單，紛紛鳴噪裡，不落任何情緒，身世之蒼涼已烘托完畢。

〔註156〕見〔清〕浦起龍：《讀杜心解》，頁523。

此詩或以為「託孤雁以念兄弟也」(卷 17 頁 1530)，或「同氣分離之感」〔註157〕。無論所寫為何，都指向分離之苦，以此再觀杜甫一生流寓，從「有弟皆分散，無家問死生」(〈月夜憶舍弟〉‧卷 7 頁 589～590)，到「親朋無一字，老病有孤舟」(〈登岳陽樓〉‧卷 22 頁 1946～1947)，與親人確實聚少離多。然而成群者未必只有親人，杜甫的好友諸如：李白、高適、嚴武、房琯等，又何嘗不是「告歸常局促，苦道來不易」(〈夢李白二首‧其二〉‧卷 7 頁 558)，夢裡已難尋，何況現實裡重逢？惟孤雁意象仍如中國傳統，多指親人兄弟而言，杜甫一生飄泊，自有其理想存在，仍盼望親友間相知相惜；夔州不是不好，只是少了親友的血與情，何況京華的理想夢！所幸人生並未在絕境枯萎，逢生者正如仇注所言：「孤之中仍有不孤之念乎」，足見生命堅強處正在一點希望所及，所以「望斷似猶見，哀多如更聞」，只要有一點可能性，行動就不因此中斷，如孤雁之飛鳴。

這一種視角仍是指向他處，不論親友或京華，總之不是夔州。而杜甫夔州的交往也有如此特色。

(一)憂國憂民的請託

杜甫駐足夔州雖無用於政治，對國家的關心依舊不減，如：「社稷堪流涕，安危在運籌。看君話王室，感動幾銷憂」(〈西閣口號呈元二十一〉‧卷 18 頁 1560)，想到還有人願意一起討論國事讓詩人感動不已，讀到這類作品甚至激動地直呼「觀乎舂陵作，欻見俊哲情。復覽賊退篇，結也實國楨。……感彼危苦詞，庶幾知者聽」(〈同元使君舂陵行〉‧卷 19 頁 1691～1693)。一旦逢遇賢人，杜甫更不忘致上一兩言，衷心希望彼能為國家奉獻心力。這樣的作品很多，如：「活國名公在，拜壇群寇疑。冰壺動瑤碧，野水失蛟螭。……暗塵生古鏡，拂匣照西施。舅氏多人物，無慚困翮垂」(〈贈崔十三評事公輔〉‧卷 15 頁 1290～1293)、「解榻再見今，用才復擇誰。況子已高位，為郡得固辭。難拒供給費，慎哀漁奪私。干戈未甚息，紀綱正所持」(〈送殿中楊監赴蜀見相公〉‧卷 15 頁 1342～1343) 等〔註158〕，可見殷殷期許之心，縱然不得志，卻不代表他人未可完成。

〔註157〕見〔清〕浦起龍：《讀杜心解》，頁 523。

〔註158〕其他尚有：「未息豺狼鬥，空催犬馬年。歸朝多便道，搏擊望秋天」(〈送十五弟侍御使蜀〉‧卷 17 頁 1464)、「周南留滯古所惜，南極老人應壽昌。美人胡為隔秋水，焉得置之貢玉堂」(〈寄韓諫議注〉‧卷 17 頁 1508～1510)、「北辰當宇宙，南嶽據江湖。國帶烟塵色，兵張虎豹符。數論封內事，揮發府中趨。贈爾秦人

　　杜甫的期許還有幾項特色：一、仿造屈原招魂的創作模式，以當地之物不可處，讓有能之人趕快出仕。這種手法實不是招魂，是為國家招賢，與「外陳四方之惡，內崇楚國之美」〔註159〕的表現手法甚為相似，如：「丈夫蓋棺事始定，君今幸未成老翁，何恨憔悴在山中。深山窮谷不可處，霹靂魍魎兼狂風」（〈君不見簡蘇徯〉‧卷18頁1546）、「胡為飄泊泯漢間，干謁王侯頗歷抵。況乃山高水有波，秋風蕭蕭露泥泥。虎之飢，下巉巖。蛟之橫，出清泚。早歸來，黃土污衣眼易眯」（〈寄狄明府博濟〉‧卷19頁1688～1690）等，皆是藉由醜化所在，使人踏上救民之路。二、勸人不要獨善其身，這當與詩人構築廣廈的心念有關，如：「志士惜妄動，知深難固辭。如何久磨礪，但取不磷緇」（〈別崔潩因寄薛據孟雲卿〉‧卷18頁1596），詩中引用《論語》：「不曰堅乎，磨而不磷；不曰白乎，涅而不緇。」〔註160〕蓋言不因磨染而汙損，可知杜甫對之期待甚大，希望友人不要隱而不出。三、鼓勵不要干謁破壞國家清明的人，如：「願子少干謁，蜀都足戎軒。誤失將帥意，不如親故恩。少年早歸來，梅花已飛翻。努力慎風水，豈惟數盤餐。猛虎臥在岸，蛟螭出無痕。王子自愛惜，老夫困石根」（〈別李義〉‧卷21頁1825～1827），崔旰之亂是杜甫心中很深的痛，縱使詩人期待眾人為國奉獻，也不願他們走向不道德處，向小人妥協。

（二）雄鷹展翅的期許

　　杜甫鼓勵他人出仕，就像期許自己一樣，皆與國家未來相扣，「小臣議論絕，老病客殊方。鬱鬱苦不展，羽翮困低昂。秋風動哀壑，碧蕙捐微芳。之推避賞從，漁父濯滄浪。榮華敵勳業，歲暮有嚴霜。吾觀鴟夷子，才格出尋常。羣凶

　　策，莫鞭轅下駒」（〈別蘇徯〉‧卷18頁154～1549）、「幾時高議排金門，各使蒼生有環堵」（〈寄柏學士林居〉‧卷18頁1568）、「看君妙為政，他日有殊恩」（〈送鮮于萬州遷巴州〉‧卷18頁1580）、「余病不能起，健者勿逡巡。上有明哲君，下有行化臣」（〈寄薛三郎中璩〉‧卷18頁1620～1621）、「誰重斬邪劍，致君君未聽。志在麒麟閣，無心雲母屏。……龍蛇尚格鬭，灑血暗郊坰。吾聞聰明主，治國用輕刑。銷兵鑄農器，今古歲方寧。天王日儉德，俊乂始盈庭。榮華貴少壯，豈食楚江萍」（〈奉酬薛十二丈判官見贈〉‧卷19頁1684）、「九重思諫諍，八極念懷柔。徒倚瞻王室，從容廟謀。故人持雅論，絕塞豁窮愁。復見陶唐理，甘為汗漫遊」（〈奉送王信州崟北歸〉‧卷19頁1663～1665）、「將老已失子孫憂，後來況接才華盛」（〈寄裴施州〉‧卷20頁1810）等。

〔註159〕出自〈招魂〉一篇。見崔富章、李大明主編：《楚辭集校集釋》（湖北：湖北教育出版社，2002年10月），頁2126。

〔註160〕見〔宋〕朱熹：《四書章句集註》，頁177。

逆未定，側佇英俊翔」（〈壯遊〉・卷 16 頁 1438～1446），可見就算失去飛翔，也不忘期許他人振翅〔註161〕，於是形成以物象來傳達的特殊方式，如下：

> 近時馮紹正，能畫鷙鳥樣。明公出此圖，無乃傳其狀。
>
> 殊姿各獨立，清絕心有向。疾禁千里馬，氣敵萬人將。
>
> 憶昔驪山宮，冬移含元仗。天寒大羽獵，此物神俱王。
>
> 當時無凡材，百中皆用壯。粉墨形似間，識者一惆悵。
>
> 干戈少暇日，真骨老崖嶂。為君除狡兔，會是翻韝上。
>
> （〈楊監又出畫鷹十二扇〉・卷 15 頁 1340～1342）
>
> 悲臺蕭颯石巃嵷，哀壑杈枒浩呼洶。
>
> 中有萬里之長江，迴風滔日孤光動。
>
> 角鷹翻倒壯士臂，將軍玉帳軒翠氣。
>
> 二鷹猛腦絛徐墜，目如愁胡視天地。
>
> 杉雞竹兔不自惜，溪虎野羊俱辟易。
>
> 韝上鋒棱十二翮，將軍勇銳與之敵。
>
> 將軍樹勳起安西，崑崙虞泉入馬蹄。
>
> 白羽曾肉三狻猊，敢決豈不與之齊。
>
> 荊南芮公得將軍，亦如角鷹下朔雲。
>
> 惡鳥飛飛啄金屋，安得爾輩開其群，驅出六合梟鸞分。
>
> （〈王兵馬使二角鷹〉・卷 18 頁 1584～1586）

杜甫鷙鳥一類的書寫已有許多討論〔註162〕，研究成果可謂豐碩，此處僅指出夔州這一類詩作中的期許，不論畫中之鷹或現實之鷹，都擁有不凡的能力。第一首詩讓杜甫回想年輕所見，透過圖畫中的雄姿憶起美好過去。推敲時間，當年之鷹合已老邁，如同詩人現地的自我，不復當年；但只要國家肯予以重用，杜甫仍舊可以一振上天，期許他人之間，未嘗沒有自許之意。畫中之鷹

〔註161〕曹淑娟即以「自許到許人」一詞，點出杜甫鷙鳥詩中期許他人如俊鶻般得遇名主，斥逐不祥，廓清世氛。見曹淑娟：〈論杜甫鷙鳥詩之主題模式與變奏〉，《淡江大學中文學報》（臺北：淡江大學中國文學系，1995 年 9 月），3 期，頁 121～123。

〔註162〕如前引曹淑娟之作扣合杜甫的存在狀態發明這一類主題，而黃奕珍〈再論杜詩中的鷙鳥象徵〉，也有精彩論述，見黃奕珍：〈再論杜詩中的鷙鳥象徵〉，《象徵與家國──杜甫論文新集》（臺北：唐山出版社，2010 年 2 月），頁 9～40。

可以敲開記憶塵箱，喚起對自己的信心，現實中的鷹自然更可觸動詩人心弦〔註163〕，除了以鷹比人，杜甫還對此鷹寄予重望，以「安得」一語，願把惡鳥逐盡，鼓舞之情溢於言表。前面談到杜甫信心再度復燃，這也表現在〈見王監兵馬使說近山有白黑二鷹羅者久取竟未能得王以為毛骨有異他鷹恐臘後春生騫飛避暖勁翮思秋之甚眇不可見請余賦詩二首〉裡：

> 雪飛玉立盡清秋，不惜奇毛恣遠遊。
>
> 在野只教心力破，于人何事網羅求。
>
> 一生自獵知無敵，百中爭能恥下韝。
>
> 鵬礙九天須卻避，兔藏三窟莫深憂。（其一）
>
> 黑鷹不省人間有，度海疑從北極來。
>
> 正翮搏風超紫塞，玄冬幾夜宿陽臺。
>
> 虞羅自各虛施巧，春雁同歸必見猜。
>
> 萬里寒空祇一日，金眸玉爪不凡材。（其二）（卷18頁1587～1588）

遠遊之態與杜甫的人生相似，可見詩人對出走京華有相當覺醒。這樣的鳥不是人間可以衡量，其志更是壯大，如仇注所言：「鵬須避，欲擊其大。兔莫憂，不屑於細也」（卷18頁1587），此可與杜甫的政治生涯和孤城生活相扣，就前者言，曹淑娟認為兩詩指出：「自獵自用，生命的價值意義取決於己，不必經由與人爭長較短以突顯自己。」〔註164〕就後者言，詩人在孤城期間似與當地一些人物有了不快，筆者將於下一節討論，觀此詩所言，杜甫顯然沒有將之放在心上，因為既志於大，小者又何能擾。

　　除了以鷙鳥意象表現對人對己的期許，杜甫在〈荊南兵馬使太常卿趙公大食刀歌〉（卷18頁1581～1584）中也有精采描寫，如結尾處以「用之不高亦不庳，不似長劍須天倚。吁嗟光祿英雄弭，大食寶刀聊可比。丹青宛轉麒麟裹，光芒六合無泥滓」描寫對趙公建功立業的期望，物類隱喻中，救國心念誠然甚深。綜合對人才的期許與對鷹逐日老去的嘆惜，杜甫勸勉之際，也透露出不被重用的遺憾，所以一有機會便不斷鼓勵友人，可見生活在夔州的詩人，並未因僻壤忘掉初衷。然而這種苦痛卻是難以忘懷，那怕自己可如黑白雙鷹超然存在，仍不能忘懷自己不放棄的救世之心，故杜甫除以鷹、刀等

〔註163〕黃奕珍即以「對真骨的追尋」一小節討論。詳見黃奕珍：〈再論杜詩中的鷙鳥象徵〉，《象徵與家國——杜甫論文新集》，頁15～18。

〔註164〕見曹淑娟：〈論杜甫鷙鳥詩之主題模式與變奏〉，頁127。

描寫出仕救國的想法，也在〈鸚鵡〉一詩寫下自己的難過：

> 鸚鵡含愁思，聰明憶別離。翠衿渾短盡，紅嘴漫多知。
> 未有開籠日，空殘舊宿枝。世人憐復損，何用羽毛奇。
>
> （卷 17 頁 1529）

本詩開端即是擬人句法，讓不具思考的鸚鵡帶著人間愁思，此「公自謂親朋滿天地而鮮有眞知己」之謂也〔註165〕。對於自己的才分，杜甫以「聰明」一詞表示，並以回憶的能力爲鸚鵡的聰明作下清楚注解，此中愁與聰明造成的落差和矛盾已悄悄成立。對立如何產生？杜甫繼續寫著，以翠綠毛羽的凋零和紅嘴空言的無補並立〔註166〕，終知鸚鵡雖聰明、美麗，卻受到人類無情控制與羈留，開籠之日未有定期，故鄉枝條亦只殘留記憶，在在刻畫人類無情地擺佈與捉弄。此詩結尾是矛盾句法，寫出鸚鵡面對人類憐之損之的無措，正與聰明美麗形成相扣。細觀〈鸚鵡〉一詩，關懷的不是自然描寫，而是此生慨歎，浦起龍言此詩：「正不須豐滿見奇，有憐而收汝者，將復損之，不如息意於此」〔註167〕，道出其中心境正是因忠見棄的苦楚，否則當年肅宗既感杜甫之忠起爲左拾遺，又何必因事黜之〔註168〕，實有「憐復損」之感。仇注更以此詩「分明有才人失路，託身異族之感」（卷 17 頁 1529），與杜甫羈留夔州之感相應，「託身異族」一詞亦帶出坐夔望京的見與不見，使得生活安定的夔州成爲異邦，故乃不見夔州但見京華。

杜甫不斷鼓舞他人，甚至鼓舞自己。惟當今之事不如預期，雖對友人發出展翅般的期許，雄鷹形象的今昔交錯卻似詩人今日憔悴，乃有〈鸚鵡〉一作，在展翅的憧憬中，畫下失去飛翔的對比〔註169〕；而飛翔難得，過往的記憶便不斷湧上心頭，形成另一種人事紀錄。

〔註165〕 然以此言杜甫之「自謂」可也，以出於杜甫胸臆故；但若解釋爲鮮有知己者，則未免較狹隘，畢竟杜甫詩歌的內容可有其開拓性，不必只爲知己一者。引文見〔明〕王嗣奭著，曹樹銘增校：《杜臆增校》，頁 462。

〔註166〕 邊連寶云：「三句，羽毛憔悴也；四句，空言無補也。」詳見〔清〕邊連寶：《杜律啓蒙》，頁 267。

〔註167〕 見〔清〕浦起龍：《讀杜心解》，頁 523。

〔註168〕 杜甫與肅宗間的矛盾主要來自玄宗、肅宗間的糾葛，導致肅宗對玄宗舊臣的排斥。因本文重點不在此，故不論。

〔註169〕 杜甫早年曾有〈進雕賦表〉，其中言：「臣以爲雕者，鷙鳥之特殊，搏擊而不可當，豈但壯觀於旌門，發狂於原隰。引以爲類，是大臣正色立朝之義也。」（卷 24 頁 2172）可見杜甫早有以鷙鳥一類表達自己爲國奉獻、展翅大爲的決心。如今已入老病，誠謂挫折。

（三）記憶故交與自我的影像

　　杜甫歌詠回憶的作品很多，日人安東俊六即言：「追憶往事的詩歌，在當時的情況下，對杜甫的心靈而言則肯定是一種安慰。」〔註170〕可見回憶對杜甫的意義。關於杜甫的回憶詩，已有許多討論〔註171〕，京華的部分將在下一章藉京華追憶討論這個議題，此處強調的是在這些回憶之作裡，杜甫如何照見自己的生命，也就是詩歌裡存有哪些詩人投射的身影，這將代表杜甫認同的自己為何，以及個人最真實的視角〔註172〕。

1. 記憶裡的紅顏

　　杜甫駐足夔州時已老，嘆老之作在描寫夜色之作有更多表現，如今對比年輕時，真是「漫看年少樂，忍淚已沾衣」（〈九日諸人集於林〉‧卷17頁1483）。感傷頗多，尤其跨越死生之際，更是強烈，如：「一哀侵疾病，相識自兒童。處處鄰家笛，飄飄客子蓬。強吟懷舊賦，已作白頭翁」（〈秦漢中王手札報韋侍御蕭尊師亡〉‧卷16頁1450～1451），由生至死，當身影由彩色定格在灰黑的死亡裡，任誰都要嚎啕大哭。而與死亡同時被記憶的是時間，同〈觀公孫大娘弟子舞劍器行〉（卷20頁1815～1818）所言：「五十年間似反掌」，當時猶是童稚的詩人，如今固已老矣；讓人更難過的是從開元三載（715）到如今的大曆二年（767）十月十九日，這一段時間的計算不只如反掌般容易，還讓杜甫「老夫不知其所往，足繭荒山轉愁疾」，茫然之情滿布心中。

　　人生計年確實驚恐，面對時光飛逝，詩人想到的便是年輕時的自己，如：「欻思紅顏日，霜露凍階闥。胡馬挾雕弓，鳴弦不虛發。長鈹逐狡兔，突羽當滿月」（〈七月三日亭午已後校較熱退晚加小涼穩睡有詩因論壯年樂事戲呈元二十曹長〉‧卷15頁1316～1319），記憶自己年輕乘馬打獵的英姿，長劍射兔弓如月，如今卻是「少壯跡頗疏，歡樂曾俊忽。杖藜風塵際，老醜難剪拂」，紅顏老醜，五十年的計量也只是杜甫手裡的俊忽。

〔註170〕見安東俊六著，李演生譯：〈論杜甫的夔州詩〉，《杜甫研究學刊》（成都：杜甫研究學刊編輯部，2001年），第4期，頁94。

〔註171〕詳見方瑜：《杜甫夔州詩析論》，頁129～162。沙先一：〈試論杜甫的夔州回憶詩〉，《杜甫研究學刊》（成都：杜甫研究學刊編輯部，2001年），第1期，頁32～38。

〔註172〕高友工也認為杜甫開始集中自傳式的回顧，常在流放與飄泊中回想往事。詳見高友工：〈律詩的美學〉，《中國美典與文學研究論文集》（臺北：國立台灣大學出版中心，2004年3月），頁249。

關於年輕的回憶，杜甫還想到了與高適、李白遊宋、齊的經過，寫下〈昔遊〉（卷16頁1435～1437）一詩。只是記憶裡的旅遊已經不在，現在的白帝與武侯亦多只是自己一人的漫行，「青歲已摧頹」，美麗的青春隨著唐朝盛況逝去已然褪色，高、李不在了，自己也老了，只有孤城中「景晏楚山深」的灰暗與自己相襯，宣告老人的遲暮失色。〈壯遊〉（卷16頁1438～1446）也寫到杜甫年輕時的旅遊，範圍包括少年經歷、吳越之遊、齊趙之遊、長安之遊，一樣在時代動亂中，一同燒成灰燼，只留憑弔。〈遣懷〉（卷16頁1447～1450）記載遊歷宋中所見，「憶與高李輩，論交入酒壚。兩公壯藻思，得我色敷腴」，可見友情與年輕時的光輝照耀於臉，與現在的老醜不可並。上述三首詩中，杜甫強調美好記憶斷絕在動亂中，以常理言，青春本會逝去，可見詩裡的青春意涵並不單純，應該還包括唐朝盛世的隱喻。杜甫將青春與唐朝的興衰緊密結合在一起，如同血脈相連，故當「先帝正好武」促成唐朝衰敗，也成了自己青春的剝去，徒留「亂離朋友盡，合沓歲月徂」之嘆。

　　前面談到杜甫騎馬的年輕勝事，〈壯遊〉裡也提到：「放蕩齊趙間，裘馬頗清狂」，杜甫對年輕時的騎馬風光頗多得意，乃至在孤城裡實踐過去的騎馬技術：

甫也諸侯老賓客，罷酒酣歌拓金戟。

騎馬忽憶少年時，散蹄迸落瞿塘石。

白帝城門水雲外，低身直下八千尺。

粉堞電轉紫游韁，東得平岡出天壁。

江村野堂爭入眼，垂鞭嚲鞚凌紫陌。

向來皓首驚萬人，自倚紅顏能騎射。

安知決臆追風足，朱汗驂驔猶噴玉。

不虞一蹶終損傷，人生快意多所辱。

（〈醉為馬墜諸公攜酒相看〉‧節‧卷18頁1590～1592）

年輕之事複製在如今老邁之身，得意之情讓杜甫感受到青春的喜悅。只是誠如詩人所說：「人生快意多所辱」，已逝的青春只能得到眼前一瞬的滿足，就像記憶一樣，只堪在詩筆裡想像，一旦與現實衝撞，便如跌落的自己，徒增無限哀傷。

2. 儒者之姿的蓋棺論定

　　杜甫在〈存歿口號二首〉（卷16頁1451～1452）裡已經記憶起死去的朋友，〈八哀詩〉（卷16頁1373～1418）中卻不太一樣，這一組有計畫的詩歌藉

由詩序所言〔註173〕：

> 傷時盜賊未息，興起王公、李公，歎舊懷賢，終於張相國。八公前
> 後存歿，遂不詮次焉。

傷時，故憶起平亂的人物，嘆舊之作出現於此，可知杜甫心中友誼與國家間
有一定呼應；懷賢以張相國爲結，則見杜甫對朝政的關心。如此，這組詩除
了幫助我們理解八個人物背景，藉由杜甫刻意爲之的創作意圖，當也能彰顯
詩人心志。何況這組詩本是回憶之作，吳從先即言：「杜子美八哀，……一樣
憐才之心」〔註174〕，憐才之中何嘗不是自憐！

　　杜甫對自己的儒者之姿甚有覺知，如：「身覺省郎在，家須農事歸」（〈復
愁十二首・其四〉・卷 20 頁 1741～1745）、「兩京猶薄產，四海絕隨肩。幕府
初交辟，郎官幸備員」（〈秋日夔府詠懷奉寄鄭監李賓客一百韻〉・卷 19 頁 1699
～1715）、「萬里皇華使，爲僚記腐儒」（〈寄韋有夏郎中〉・卷 15 頁 1288），都
看出對身分的標記，無論生活因生計有了怎樣改變，儒者之姿始終是杜甫的
自我認同。〈八哀詩〉裡也可以找到相似痕跡，如：「飛兔不近駕，鷙鳥資遠
擊。曉達兵家流，飽聞春秋癖。胸襟日沈靜，肅肅自有適」（〈八哀詩・贈司
空王公思禮〉・卷 16 頁 1373～1379）、「好學尚貞烈，義形必霑巾」（〈八哀詩・
贈太子太師汝陽郡王璡〉・卷 16 頁 1390～1393）、「情窮造化理，學貫天人際」
（〈八哀詩・贈秘書監江夏李公邕〉・卷 16 頁 1394～1402）、「學蔚醇儒姿，文
包舊史善」（〈八哀詩・故秘書少監武功蘇公源明〉・卷 16 頁 1403～1408）等。
這些句子裡，描寫的當然是杜甫本欲記錄的人物，是杜甫對死去之人的蓋棺
論定，但如宇文所安所說：

> 「不定場合」的詩，指的是旨在表現特定時刻和場合，但詩題中的
> 場合定義和詩中對場合的處理都具有普遍意義的一類詩。這樣，此
> 類詩既跟特定時刻有關，又涉及一般情況。〔註175〕

> 不定場合詩成爲中國抒情詩最重要的類型之一，它深深植根於場合
> 和眼前的非虛構世界，卻又轉向一般意義。〔註176〕

詩歌裡的場合除了表面所見外，也有著一般意義的指向，作品的創造者本就

〔註173〕詩前有序，並敘述創作始末，可見杜甫有意爲之。
〔註174〕見〔明〕吳從先：《吳從先詩話》，引自吳文治主編：《明詩話全編》，頁 9484。
〔註175〕見宇文所安著：《盛唐詩》，頁 320。
〔註176〕見宇文所安著：《盛唐詩》，頁 321。

擁有駕馭詩歌思想的力量，詩中便有詩人之心跡。這些詩歌裡的描寫與杜甫皆有吻合之處，比如杜甫亦談兵法，如：「擒賊先擒王」（〈前出塞九首・其六〉・卷 2 頁 122）；杜甫更是一位飽讀經書、貫徹天人、胸襟貞烈而好靜的作家；杜甫也喜歡歷代典範人物，透過學習以成就醇儒的姿態。

〈八哀詩〉裡描寫最用力的是嚴武與鄭虔，與自己的相似之處也最多：

> 鄭公瑚璉器，華岳金天晶。昔在童子日，已聞老成名。
> 嶷然大賢後，復見秀骨清。開口取將相，小心事友生。
> 閱書百氏盡，落筆四座驚。歷職匪父任，嫉邪常力爭。
> ……密論貞觀體，揮發岐陽征。……
> 諸葛蜀人愛，文翁儒化成。公來雪山重，公去雪山輕。
> ……時觀錦水釣，問俗終相并。意待犬戎滅，人藏紅粟盈。
> 以茲報主願，庶獲裨世程。炯炯一心在，沈沈二豎嬰。
> 顏回竟短折，貫誼徒忠貞。
>
> （〈八哀詩・贈左僕射鄭國公嚴公武〉・節・卷 16 頁 1383～1389）

> 天然生知資，學立游夏上。神農或闕漏，黃石愧師長。
> 藥纂西極名，兵流指諸掌。貫穿無遺恨，薈蕞何技癢。
> 圭臬星經奧，蟲篆丹青廣。子雲窺未遍，方朔諧太枉。
> 神翰顧不一，體變鍾兼兩。文傳天下口，大字猶在榜。
> 昔獻書畫圖，新詩亦俱往。滄洲動玉陛，寡鶴誤一響。
> 三絕自御題，四方尤所仰。嗜酒益疏放，彈琴視天壤。
> 形骸實土木，親近唯几杖。未曾寄官曹，突兀倚書幌。
>
> （〈八哀詩・故著作郎貶台州司戶滎陽鄭公虔〉・節・卷 16 頁 1409
> ～1413）

這些文字有很多資訊，一、不論才學或氣質，都可以在詩中找到杜甫的身影。二、藉由「密論貞觀體」一句所述，知杜甫意欲追尋的現世價值是貞觀之治的風華，而非開元之治，可見杜甫對玄宗所帶來的盛世和毀滅有所保留，故乃追尋太宗典範。三、描寫嚴武一處比較可以看到儒者的杜甫，而鄭虔一處則較偏〈醉時歌〉（卷 3 頁 174～176）裡的詩人形象。此非人格分裂，因為杜甫本有疏放之處〔註177〕，惟整體而言，這種疏放出現的情形較儒者之姿為少，

〔註177〕廖美玉曾言這種特質是與李白同遊的改變，詳見廖美玉：《中古詩人夜未眠》，頁 364。

卻不掩年輕時漫遊天下的疏狂特質。如此，儒者之姿與年少之身便一同結合在記憶中，成爲杜甫晚年追憶的自己。

　　要言之，回憶中的自己年輕時疏狂，而入世後一顯儒者胸懷，兩者並非分裂而是融合，成就杜甫「亦狂亦俠亦溫文」的儒者身影。如今儒者之願難踐，年輕更成過去，只有這身影的中心思想未曾改變，在「葵藿傾太陽」（〈自京赴奉先縣詠懷五百字〉‧卷 4 頁 265）的疾聲吶喊後，更在孤城追憶中以永恆原型出現，再次發出「傾陽逐露葵」（〈夔府書懷四十韻〉‧卷 16 頁 1420～1426）的心聲，確立自己的方向。

3. 延續家聲與自我肯認

　　杜甫長時間駐足孤城，如自己所言：「羈絆心常折，棲遲病即瘳」（〈秋日夔府詠懷奉寄鄭監李賓客一百韻〉‧卷 19 頁 1699～1715），病體雖已日漸康復，歸去京華之心卻時時感到挫折。杜甫並沒有放棄自己，也許因老病已不太能提筆，「我病書不成，成字讀亦誤」（〈送高司直尋封閬州〉‧卷 21 頁 1828～1830），還可叫孩子協助書寫，「我多長卿病，日夕思朝廷。肺枯渴太甚，漂泊公孫城。呼兒具紙筆，隱几臨軒楹。作詩呻吟內，墨淡字欹傾。」（〈同元使君春陵行〉‧卷 19 頁 1691～1693）放不下的懸念，使得杜甫仍欲一書胸中感受，足見詩人對國家用心之深及其對詩筆的倚重。日常生活裡也是一樣，如：「杖藜還客拜，愛竹遣兒書」（〈秋清〉‧卷 19 頁 1724），喜歡竹子，也不忘請小孩在上面寫上幾個字，於所學實有深深情感，故云：「虛白高人靜，喧卑俗累牽。他鄉悅遲暮，不敢廢詩篇。」（〈歸〉‧卷 19 頁 1635）詩人甚至以此陶冶性靈，如：「登臨多物色，陶冶賴詩篇」（〈秋日夔府詠懷奉寄鄭監李賓客一百韻〉‧卷 19 頁 1699～1715）、「陶冶性靈存底物，新詩改罷自長吟」（〈解悶十二首‧其七〉‧卷 17 頁 1511～1518），陶冶外，還不厭其煩地修改細吟，杜甫對詩歌誠爲摯愛，貫串了一生。

　　杜甫不只對詩學有著莫敢或忘之志，對家族長期仕宦的精神象徵也緊緊牢握〔註178〕，〈季夏送鄉弟韶陪黃門從叔朝謁〉一詩即說道：「名家莫出杜陵人」（卷 18 頁 1648～1649）。除家族仕宦傳統，詩家傳統也莫敢或忘，高唱「詩是吾家事」外，杜甫更將此作了清楚的描述，寫下〈寄劉峽州伯華使君四十韻〉：

〔註178〕筆者緒論有更清楚的討論，可參。

昔歲文爲理，群公價盡增。家聲同令聞，時論以儒稱。

太后當朝肅，多才接迹昇。翠虛捎魍魎，丹極上鯤鵬。

宴引春壺酒，恩分夏簟冰。雕章五色筆，紫殿九華燈。

學並盧王敏，書偕褚薛能。老兄眞不墜，小子獨無承。

（節・卷 19 頁 1717～1724）

詩中描述自己與劉使君兩人祖父的成就〔註 179〕，「昔歲文爲理」表示杜甫對以文治世的憧憬。兩人祖父分別爲杜審言與劉允濟，詩中稱讚先祖與前輩的詩筆，更以劉使君能夠繼承其祖，自己卻無承爲愧。杜甫還寫到對友人詩歌的讚賞：

雕刻初誰料，纖毫欲自矜。神融躡飛動，戰勝洗侵陵。

妙取筌蹄棄，高宜百萬層。白頭遺恨在，青竹幾人登。

（節・卷 19 頁 1717～1724）

關於這些讚美，王嗣奭有一段話頗值得我們注意：

「雕刻初誰料」，言其文初實雕刻，而雕刻之妙，已入自然，人不能料也。「纖毫欲自矜」，言用心之細，雖纖毫不肯放過也。此二句乃作文之訣。「神融」句謂文有生氣；「戰勝」句謂文無敵手。其妙只取「筌蹄」之棄，而其高出人上已「百萬層」矣。稱劉到此，不審果能無愧否？然公實有之，故寫得淋漓爽澈如此。猶謂我已白頭，不無遺恨於此，古來登「青竹」堪不朽者，能有幾人？〔註 180〕

文字清楚交代稱讚的內涵，但如筆者所說，杜甫描寫他人亦在剖析自己，王嗣奭方言：「然公實有之，故寫得淋漓爽澈如此。」正是因爲明白自己的創作特色，才在稱讚之際，也寫出對自己的肯認，如此，杜甫又怎麼會愧對家祖呢！只是淋漓之時，雖可「回首追談笑」，卻敵不過「年華紛已矣，世故茶相仍」的事實，只有不斷地書寫與歌唱，在「勞歌蹦寢興」中，以詩篇細數孤城歲月。

　　綜合仕宦與詩家兩項傳統，杜甫乃言：「病減詩仍拙，吟多意有餘。莫看江總老，猶被賞時魚」（〈復愁十二首・十二〉・卷 20 頁 1741～1745）。身心老邁，猶時時配戴著銀章，可見象徵生命的印記並未隨著老邁而淡減。杜甫更將詩歌與銀章並置，雖然自稱老來詩歌已拙，仍一連寫了十二首；何況杜甫

〔註 179〕「劉之先人必有與公之祖審言同以文章起家者，故追溯昔歲朝廷尚文治，羣公有才其價盡增，己之家聲與劉之先同令聞而時論並以儒稱之也。」見〔明〕王嗣奭著，曹樹銘增校：《杜臆增校》，頁 496～498。

〔註 180〕見〔明〕王嗣奭著，曹樹銘增校：《杜臆增校》，頁 496～498。

也說過：「晚節漸於詩律細」（〈遣悶戲呈路十九曹長〉・卷 18 頁 1602），足證杜詩中律拙兩體並見，呼應著詩人他鄉的農者身分與不敢廢詩篇的詩人信仰。既有此認知，杜甫對自己詩筆的價值便可如同緊握銀章的態度一樣，皆是不朽而捨身相許，同〈偶題〉一詩所言：

> 文章千古事，得失寸心知。作者皆殊列，名聲豈浪垂。
> 騷人嗟不見，漢道盛於斯。前輩飛騰入，餘波綺麗為。
> 後賢兼舊制，歷代各清規。法自儒家有，心從弱歲疲。
> 永懷江左逸，多病鄴中奇。驄驥皆良馬，騏驎帶好兒。
> 車輪徒已斲，堂構惜仍虧。漫作潛夫論，虛傳幼婦碑。
> 緣情慰漂蕩，抱疾屢遷移。經濟慚長策，飛棲假一枝。
> 塵沙傍蜂蠆，江峽繞蛟螭。蕭瑟唐虞遠，聯翩楚漢危。
> 聖朝兼盜賊，異俗更喧卑。鬱鬱星辰劍，蒼蒼雲雨池。
> 兩都開幕府，萬宇插軍麾。南海殘銅柱，東風避月支。
> 音書恨烏鵲，號怒怪熊羆。稼穡分詩興，柴荊學土宜。
> 故山迷白閣，秋水憶黃陂。不敢要佳句，愁來賦別離。

（卷 17 頁 1541～1545）

肯定了詩歌的價值，才敢說是千古之事。杜甫歷數詩歌的發展，並在學習中肯定各朝各代價值，尤其各家典範的樹立，儼然在政治領域外，成立一處詩家國度，擁有著自己的法律與清規。甚至杜甫自己還成為詩家之主，如：「吾人詩家秀，博采世上名」（〈同元使君春陵行〉・卷 19 頁 1691～1693），建立詩統的支脈與歷史〔註 181〕。但這樣的詩歌與自己遵守的儒家信仰是一脈相連的，「法自儒家有，心從弱歲疲」一聯已將自己在政治和詩歌中的兩種信念縮合起來，可見確立了詩歌在政治外的獨立性後，杜甫還試圖給予他同政治傳統的正名，亦即詩統與政統可各自成一套體系，但背後的精神都是儒家信仰的道統貫串其中，如下所示：

詩統

> 道統

政統

〔註 181〕見廖美玉：〈杜甫在唐代詩學論爭中的意義與效應〉，《中華文史論叢》（上海：上海古籍出版社，2009 年 6 月），第 94 期，頁 6。

如此觀念僅代表杜甫儒家般的宗教信仰，畢竟詩人因其「難教一物違」的生命態度，也多方肯定他家，故在詩歌與生命表現上亦有學習各體的氣度，如六朝綺麗之文或佛道思想，但要言之，仍以儒家做為他基本的視角。

有了如此確立，縱然學習了異鄉風俗，踏上耕者工作，杜甫也能不忘書寫所見所聞，除了所體認的詩歌價值，也是面對自己不能捍衛理想，徒能在鬱鬱蒼蒼中，撫摸長劍的龍困沙灘之嘆。杜甫在生活中思索詩歌體系，他也在回憶中搜尋自己的詩家特質，如：

> 詩罷地有餘，篇終語清省。一陽發陰管，淑氣含公鼎。
>
> 乃知君子心，用才文章境。散帙起翠螭，倚薄巫廬並。
>
> 綺麗玄暉擁，箋誅任昉騁。自我一家則，未缺隻字警。
>
> 千秋滄海南，名繫朱鳥影。歸老守故林，戀闕悄延頸。
>
> 波濤良史筆，蕪絕大庾嶺。

（〈八哀詩·故右僕射相國曲江張公九齡〉·節·卷 16 頁 1414～1418）

此詩張九齡詩歌的成就，內容所及猶是自己的肯認，因為杜詩便是功夫底子深，而語言清新、綺麗、縱橫、精警外，更成一家之言，有著兼包舊制又創清規的成就。如今杜甫駐足孤城，甚至操起農者之作，雖非「歸老守故林」，卻也可能「蕪絕」在孤城，那麼張九齡的故事就可能成為杜甫對自己的一種安慰，不只懷賢，更有著寬解自己的認同，畢竟「戀闕悄延頸」的思京戀闕，不只是張九齡自己的思念，更是杜甫不曾斷絕的遙望。

追憶之中，杜甫的自我身影或可以這三類概括：「法自儒家有」言其思想根源、「密論貞觀體」與「昔歲文為理」論其政治理想、「文章千古事」申其詩人之道。如此，杜甫在記憶中的自我身影便可得其筋骨，瞭解杜甫心靈深處是如何模樣。

第五節　孤城殊俗裡的儒者之居

前面引述詩歌裡，多少可以看出杜甫對夔州文化的不認同，封野即認為杜甫對夔州有三點不能適應：一、杜甫對夔州奇異風俗和飲食起居習慣難以適應。二、夔州治安混亂，缺少安全感。三、夔州輕儒重商，夔州文化與中原文化價值取向相衝突，杜甫對夔州商業文化不能順應與認同〔註182〕。蔣先

〔註182〕關於這三點封野有詳細論證，可參。詳見封野：《杜甫夔州詩疏論》（南京：東南大學出版社，2007 年 12 月），頁 155～166。

偉也大量討論此地文化，引用許多文化、民俗文獻〔註183〕，嘗試為夔州文化辯駁，以為杜甫對夔州信巫好祀的風俗是只問天，不問人，只責怪朝廷政府，不指責黎民百姓〔註184〕；又認為此地重商是因生計需求，故詩人實非指責，而是深切叮嚀〔註185〕。那麼杜甫對夔州文化的看法到底如何？

一、杜甫眼裡的夔州文化

　　杜甫對夔州文化究竟是厭惡？還是一種切責？蔣先偉的論述便有分歧，他認為杜甫厭居夔州有幾項原因：一、炎熱、多雨和濕熱易於傳染疾病的氣候。二、此地的淫祀風俗。三、夔州人的飲食、行為舉止。四、夔人的行為、舉止和價值觀念〔註186〕。這四點在杜甫詩中都有提及，蔣先偉亦有舉出，可見蔣先偉雖欲為夔州說話，仍不得不承認這四項原因，故言：「既要看到詩人對夔州的一些落後風俗的不滿，更要看到他對人民的愛護和同情」〔註187〕。其實如筆者所言杜甫之成見，詩人自己早有一套文化視野，劉朝謙亦言：「在日常生活中，當杜甫面對南方文化時，他的評價向來是以北方理性文化為尺度，並且否定、批評多於肯定和讚揚的。」〔註188〕如此，觀看杜甫對夔州文化的態度當從其作看起，方能真正了解他的態度。

（一）重利的文化特色

　　杜甫對夔州文化最簡單的概括如〈峽中覽物〉所述：「形勝有餘風土惡，幾時回首一高歌」（卷15頁1288～1289），此詩寫於初到夔州不久，由於少生活的接觸，可視為杜甫的第一印象。之後又寫了〈負薪行〉：

　　　夔州處女髮半華，四十五十無夫家。

　　　更遭喪亂嫁不售，一生抱恨長咨嗟。

〔註183〕如：〈論杜甫夔州詩的山川形勝和風土人情描寫〉、〈從杜甫負薪行談古代夔州的民風習俗〉、〈古代夔人的信巫好祀風俗〉、〈杜甫夔州詩所反應的唐代食鹽問題〉、〈如何評價杜甫夔州詩的風土人情描寫〉等。詳見蔣先偉之書。見蔣先偉：《杜甫夔州詩論稿》（成都：巴蜀書社，2002年11月）。

〔註184〕見蔣先偉：《杜甫夔州詩論稿》，頁71。

〔註185〕見蔣先偉：《杜甫夔州詩論稿》，頁72～80。

〔註186〕見蔣先偉：《杜甫夔州詩論稿》，頁103～120。

〔註187〕見蔣先偉：《杜甫夔州詩論稿》，頁120。

〔註188〕見劉朝謙：〈杜甫賦文心跡與賦論、賦評〉，《杜甫研究學刊》（成都：杜甫研究學刊編輯部，2002年），第2期，頁5。

土風坐男使女立，男當門戶女出入。

十有八九負薪歸，賣薪得錢應供給。

至老雙鬟只垂頸，野花山葉銀釵並。

筋力登危集市門，死生射利兼鹽井。

面妝首飾雜啼痕，地褊衣寒困石根。

若道巫山女粗醜，何得北有昭君村。（卷 15 頁 1284～1285）

暫置求利之事，杜甫對此地婦女異於中原頗感驚訝，這主要來自杜甫「展現出男性對女性的凝視角度」〔註189〕，屬於傳統中國漢族觀，如此杜甫觀看女性便不如他詩歌的涵養包容，反而顯出束縛限制，縱使詩人頗為體貼女性。這首詩寫出夔州女性因為戰亂沒有出嫁的現狀，是不是只因戰亂？這尚有討論空間，如杜甫〈牽牛織女〉一詩：

牽牛出河西，織女處其東。萬古永相望，七夕誰見同。

神光竟難候，此事終蒙朧。颯然精靈合，何必秋遂逢。

亭亭新妝立，龍駕具曾空。世人亦為爾，祈請走兒童。

稱家隨豐儉，白屋達公宮。膳夫翊堂殿，鳴玉淒房櫳。

曝衣遍天下，曳月揚微風。蛛絲小人態，曲綴瓜果中。

初筵裛重露，日出甘所終。嗟汝未嫁女，秉心鬱忡忡。

防身動如律，竭力機杼中。雖無姑舅事，敢昧織作功。

明明君臣契，咫尺或未容。義無棄禮法，恩始夫婦恭。

小大有佳期，戒之在至公。方圓苟齟齬，丈夫多英雄。

（卷 15 頁 1320～1322）

此詩以不同觀點討論牽牛織女的故事雖是新穎，解構了故事的神話性，卻將中心主旨放在責難夔州婦女，如此，上述夔州婦女因戰亂未嫁或許有一部分真實，然亦可能存有杜甫對此現象的加工，試圖以外在影響說明此地婦女不嫁的特殊文化。這樣的觀點頗不可取，尤其詩末更以君臣之契說明夫婦之道，三綱五常的觀念出現在意欲天下無一物可違的詩人上，誠如歐麗娟所說，女性這一塊空間真是杜甫思想裡一片極大的空白。杜甫另有一詩〈最能行〉：

峽中丈夫絕輕死，少在公門多在水。

富豪有錢駕大舸，貧窮取給行艓子。

〔註189〕關於杜甫對女性的看法，歐麗娟有詳細的討論，參見歐麗娟：《唐代詩歌與性別研究──以杜甫為中心》（臺北：里仁書局，2008 年 9 月），頁 124。

　　小兒學問止論語，大兒結束隨商旅。

　　欹帆側柂入波濤，撇漩捎濆無險阻。

　　朝發白帝暮江陵，頃來目擊信有徵。

　　瞿塘漫天虎鬚怒，歸州長年行最能。

　　此鄉之人器量窄，誤競南風疏北客。

　　若道士無英俊才，何得山有屈原宅。（卷 15 頁 1286～1287）

此詩集中描寫求利之舉，與〈負薪行〉頗能互相呼應，關於此地人民好利的描寫頗多，如「蜀麻吳鹽自古通，萬斛之舟行若風。長年三老長歌裏，白晝攤錢高浪中」（〈夔州歌十絕句・其七〉・卷 15 頁 1305）所寫，真如仇注所說：「商賈販賣而競趨，舟人忘險而爭利，市舶輻輳，真西南一大都會也。」（卷 15 頁 1305）面對這樣的都市氛圍，杜甫直接遷徙所住，「市喧宜近利，林僻此無蹊」（〈自瀼西荊扉且移居東屯茅屋四首・其二〉・卷 20 頁 1746）），以行動證明自己對求利行為的不適。〈灩澦〉一詩亦提到：

　　灩澦既沒孤根深，西來水多愁太陰。

　　江天漠漠鳥雙去，風雨時時龍一吟。

　　舟人漁子歌回首，估客胡商淚滿襟。

　　寄語舟航惡年少，休翻鹽井攞黃金。（卷 19 頁 1650）

杜甫直接點名「惡少年」，足知此地少年也存有許多問題，否則詩人又為何露骨批判？如此之「惡」並非只存於少年，觀「此鄉之人器量窄，誤競南風疏北客」，「此鄉」代表總括概念，已將求利的文化現象範圍全體，杜甫對夔州文化的印象誠為不好。另外「疏北客」一詞也可見杜甫對文化的堅持，以南北做出分別，甚至如上以昭君、屈原做為文化的指標，強調夔州文化不應如此，以此視角和成見觀看夔州文化，自然存在許多批評。

（二）當地的祭祀風俗

　　杜甫對巫術等文化也有微詞，如：「封內必舞雩，峽中喧擊鼓。真龍竟寂寞，土梗空僂俯」、「暴尪或前聞，鞭石非稽古。」（〈雷〉・卷 15 頁 1295）可見杜甫認為這些文化沒有意義，因為真龍沒有回應，殺人求雨或擊鼓又有何意義。前面說杜甫對夔州女性的看法存在思想限制，在自然這一方面的認識卻有著領先視野，如〈火〉一詩：

　　楚山經月火，大旱則斯舉。舊俗燒蛟龍，驚惶致雷雨。

爆嵌魑魅泣，崩湊嵐陰眊。羅落沸百泓，根源皆太古。

青林一灰燼，雲氣無處所。入夜殊赫然，新秋照牛女。

風吹巨燄作，河漢騰烟柱。勢欲焚崑崙，光彌燉洲渚。

腥至焦長蛇，聲吼纏猛虎。神物已高飛，不見石與土。

爾寧要謗讟，憑此近熒侮。薄關長吏憂，甚昧至精主。

遠邊誰撲滅，將恐及環堵。流汗臥江亭，更深氣如縷。

（卷 15 頁 1297～1299）

夔州文化有燒山的習慣〔註 190〕，杜甫視為愚昧，因為此舉不僅危及生物〔註 191〕，也使神物、神山等超現實存在感到威脅。略去詩人誇張的筆法，杜甫在夔州對虎頗感憂懼，關於虎的作品更是不少〔註 192〕，此處杜甫能夠將所畏之虎一並放在思考裡，這便是偉大處。如此的杜甫，對於輕看樹木生命的夔人實有不解，縱然詩人將筆端指向統治者之未盡教化，「爾寧要謗讟，憑此近熒侮」一聯仍是直截地責罵。

（三）居住環境的特異

居住環境也有衝擊，如〈贈李十五丈別〉：

峽人鳥獸居，其室附層顛。下臨不測江，中有萬里船。

多病紛倚薄，少留改歲年。絕域誰慰懷，開顏喜名賢。

（卷 15 頁 1344～1346）

以鳥獸之名命之，未必等同排斥，有時還有藝術價值，杜甫就寫過：「赤甲白鹽俱刺天，閶闔繚繞接山巔。楓林橘樹丹青合，複道重樓錦繡懸」（〈夔州歌十絕句‧其四〉‧卷 15 頁 1304），可見只要欣賞角度轉換，世界也可以

〔註 190〕此地人民可能也有火耕，如：「燒畬度地偏」。（〈秋日夔府詠懷奉寄鄭監李賓客一百韻〉‧卷 19 頁 1699～1715）

〔註 191〕不過杜甫並非都如此，如在〈灩澦堆〉一詩：「巨積水中央，江寒出水長。沈牛答雲雨，如馬戒舟航。天意存傾覆，神功接混茫。干戈連解纜，行止憶垂堂。」（卷 15 頁 1281）杜甫便未下判語，可見詩人對殺生的祭祀文化並非都是否定。其中態度如何，尚需更多證據才能討論。

〔註 192〕「歲月蛇常見，風飆虎忽聞」（〈南極〉‧卷 18 頁 1556）、「不寐防巴虎，全生狎楚童」（〈秋峽〉‧卷 19 頁 1725）、「曾驚陶侃胡奴異，怪爾常穿虎豹羣」（〈示獠奴阿段〉‧卷 15 頁 1271）、「虎穴連里閭，隄防舊風俗」（〈課伐木〉‧卷 19 頁 1639～1642）、「人烟生處僻，虎跡過新蹄。野鶻翻窺草，村船逆上溪。」（〈復愁十二首〉‧卷 20 頁 1741）。

不同。但觀杜甫最後擇居之地仍是一般平地，或與農耕需要、避開爭利之民有關，也存在著北方居住的背景習慣，否則何以在詩中表露「林中才有地，峽外絕無天」（〈歸〉‧卷 19 頁 1635）的思惟。故鳥獸居在藝術上可以有欣賞價值，甚至如仇注所說「夔州庶且富也」（卷 15 頁 1304），仍不能影響杜甫的選擇。

（四）日常飲食的差異

杜甫不只感嘆「俗異鄰鮫室」（〈秋日夔府詠懷奉寄鄭監李賓客一百韻〉‧卷 19 頁 1699～1715），飲食也出現不適。首先是水資源的問題，夔州取水不易，故以竹引水成功後，杜甫高興地說：「人生留滯生理難，斗水何直百憂寬」（〈引水〉‧卷 15 頁 1270），百憂可解，確實不易。然當地人民卻為爭水破壞詩人引水之具，「郡人入夜爭餘瀝」（〈示獠奴阿段〉‧卷 15 頁 1271），此地文化誠然有問題。至於食物方面，「塞俗人無井，山田飯有沙」（〈溪上〉‧卷 19 頁 1672）可知此地飯食常混著泥沙，以此回看杜甫耕田之事，便能明白詩人品嘗自己的種作時為何如此喜悅。又杜甫喜吃蔬食，可種植的結果多不如意，「兩旬不甲坼，空惜埋泥滓。野莧迷汝來，宗生實於此。此輩豈無秋，亦蒙寒露委。翻然出地速，滋蔓戶庭毀」（〈種萵苣〉‧卷 15 頁 1346），地方贈予便成關鍵，杜甫即說：

> 園官送菜把，本數日闕。矧苦苣、馬齒，掩乎嘉蔬，傷小人妒害君
> 子，覓不足道也，比而作詩。
>
> 清晨送菜把，常荷地主恩。守者慳實數，略有其名存。
> 苦苣刺如針，馬齒葉亦繁。青青嘉蔬色，埋沒在中園。
> 園吏未足怪，世事固堪論。嗚呼戰伐久，荊棘暗長原。
> 乃知苦苣輩，傾奪蕙草根。小人塞道路，為態何喧喧。
> 又如馬齒盛，氣擁葵荏昏。點染不易虞，絲麻雜羅紈。
> 一經器物內，永挂粗刺痕。志士采紫芝，放歌避戎軒。
> 畦丁負籠至，感動百慮端。（〈園官送菜〉‧卷 19 頁 1636～1637）

地主送菜，但執事的小官似乎不太友善，所送皆是一些劣質品種，這或許就是杜甫口中的狐狸之輩，詩人在兩湖時即說過：「羈旅知交態，淹留見俗情。衰顏聊自哂，小吏最相輕。去國哀王粲，傷時哭賈生。狐狸何足道，豺虎正縱橫」（〈久客〉‧卷 22 頁 1936），可知小吏與狐狸間的等號。

斫斷杜甫水源的當地人民與態度輕慢的狐狸之輩，皆可見證上文所說的鄙陋文化生態。杜甫後來遠離鬧區，尋訪一處安靜農地，〈園〉詩云：「仲夏流多水，清晨向小園。碧溪搖艇闊，朱果爛枝繁。始爲江山靜，終防市井喧。畦蔬繞茅屋，自足媚盤飧」（卷19頁1634～1635），搬遷有許多因素，既可自由取水，又可種植蔬菜，重要的還可以避開上述所有人物。相較於食用菜蔬，當地人民更喜歡吃魚，杜甫即言：「頓頓食黃魚」（〈戲作俳諧體遣悶二首・其一〉・卷20頁1793～1794）、「溪女得錢留白魚」（〈解悶十二首・其一〉・卷17頁1511～1518）。此或與臨江地理有關，雖吃魚未必不好，「情人來石上，鮮膾出江中」（〈王十五前閣會〉・卷18頁1600～1601）、「挂壁移筐果，呼兒問煮魚」（〈過客相尋〉・卷19頁1633），一旦常吃也會產生「苦厭食魚腥」（〈奉酬薛十二丈判官見贈〉・卷19頁1684）、「敕廚惟一味，求飽或三鱣」（〈秋日夔府詠懷奉寄鄭監李賓客一百韻〉・卷19頁1699～1715）的不耐。吃魚的不耐是從杜甫自己的角度出發，代表杜甫與當地文化的衝突；若以士人關懷的視角來看，吃魚一事便擴大爲新聞報導了。

亂世之苦與老百姓生活一直是杜甫關懷的焦點，故重利與過度殺生兩點便引發不仁的議題。仇注引盧注曰：「黃魚以長大不容，白小以細微盡取，不幸生夔，大小俱盡，以嘆民俗之不仁也」（卷17頁1536），此處以大小俱盡說明人間苦辛甚是，唯有此才能道出亂世之痛。然兩詩不只隱喻人民問題，回歸詩歌觸媒，仍反映夔州文化。生命平等，這是杜甫既有觀念，亂世裡的生命卻不見得如此，弱肉強食裡，生命只有量的意義，而無高低區別，如〈黃魚〉一詩：

　　日見巴東峽，黃魚出浪新。脂膏兼飼犬，長大不容身。

　　筒桶相沿久，風雷肯爲伸。泥沙卷涎沫，回首怪龍鱗。

　　（卷17頁1535）

浦起龍以爲此詩刺蜀寇也〔註193〕，仇注解釋爲「嘆長大而罹患也。」（卷17頁1535）「日見」一詞頗顯黃魚被捕的常態，除有日日甚多之感，還有無奈之想。依此，黃魚被捕的畫面實是生靈塗炭的隱喻，「新」字便不只是詠物詩中特定立場的新鮮而已，還有日日如此之新的諷刺。捕魚倘是爲民生，在不浪費的前提下，杜甫也不見得反對，惟夔州捕魚之多，實已超越眞正需求，「吾徒胡爲縱此樂，暴殄天物聖所哀」（〈又觀打魚〉・卷11頁920），何況黃魚之

〔註193〕見〔清〕浦起龍：《讀杜心解》，頁525。

悲還兼屍骨不存，浪新時的冷酷畫面已讓人心寒，殘剩之軀尚需飼犬，黃魚
長大的意義爲何？杜甫在寶應元年曾有〈觀打魚歌〉（卷 1 頁 918～919）一作，
詩中提到「眾魚常才盡卻棄，赤鯉騰出如有神。潛龍無聲老蛟怒，迴風颯颯
吹沙塵」，蓋言造化亦惡傷其類也。此或可與「筒桶相沿久，風雷肯爲伸」相
呼應，畢竟在世俗相沿已久的殺戮中，雖有風雷肯相伸救，卻難保不至「迴
風颯颯吹沙塵」的狀況，徒剩風沙瀰漫在人類捕獲歸家的歡樂裡。惟此詩與
前作不同，杜甫表現了神明亦救不得之意，安排黃魚「徒望龍飛而驚怪」之
景，則杜甫把黃魚受到災難猶不知如何求救之貌刻畫地如此細微，是否也是
他對當地文化與拯救蒼生的一種無力？回首之際的「怪」字，似乎正暗示著
不得爲之的無力，有說不出的惆悵同杜甫的心起落。

　　長大而受到覬覦是亂世裡的受害者，未養成即遭殺戮更是悲劇，如〈白
小〉所言：

　　　白小群分命，天然二寸魚。細微霑水族，風俗當園蔬。

　　　入肆銀花亂，傾箱雪片虛。生成猶拾卵，盡取義何如。

　　（卷 17 頁 1536）

白小雖小，在「各分一命」（卷 17 頁 1536）的平等原則下，亦是生命的一
種，杜甫這種作品很多，〈縛雞行〉（卷 18 頁 1566）即是。回到〈白小〉一
詩，既然生命無貴賤，小魚爲何需被犧牲？成就「入肆銀花亂，傾箱雪片
虛」風秀而血腥的畫面，足見人類眼裡的美麗，只是白小生命中的刑戮。
浦起龍說此是「傷民困也」〔註 194〕，以魚類生命而言，便是傷魚困了。而
鍾惺說此詩：「問得貪饞人語塞」〔註 195〕，合〈黃魚〉、〈白小〉兩詩觀之，
實應如此，畢竟亂世至此，使得物無分大小而一體受罪，誰能不難過？此
刻杜甫是士人的視角，更是一種悲天憫人的發聲，如譚元春所謂之「菩薩
語」也〔註 196〕。

（五）與當地人民的疏離

　　杜甫對此地人民存有很大戒心，以下諸詩皆表現出杜甫對夔州一地人民
的觀察：「亭午減汗流，比鄰耐人聒」（〈七月三日亭午已後校較熱退晚加小涼

〔註 194〕見〔清〕浦起龍：《讀杜心解》，頁 526。

〔註 195〕見鍾惺、譚元春：《唐詩歸》，《續修四庫全書》第 1590 冊（上海：上海古籍
　　　　出版社，1995 年），頁 93。

〔註 196〕見鍾惺、譚元春：《唐詩歸》，頁 93。

穩睡有詩因論壯年樂事戲呈元二十曹長〉‧卷 15 頁 1316～1319）、「夷音迷咫尺，
鬼物倚朝昏。犬馬誠爲戀，狐狸不足論」（〈奉漢中王手札〉‧卷 15 頁 1333～
1335）、「聖朝兼盜賊，異俗更喧卑。鬱鬱星辰劍，蒼蒼雲雨池。兩都開幕府，
萬宇插軍麾。南海殘銅柱，東風避月支。音書恨烏鵲，號怒怪熊羆。稼穡分詩
興，柴荊學土宜」（〈偶題〉‧卷 17 頁 1541～1545）、「乾坤雖寬大，所適裝囊
空。肉食哂菜色，少壯欺老翁。況乃主客間，古來偪側同」（〈贈蘇四徯〉‧卷 18 頁
1546～1548）、「南極青山眾，西江白谷分。古城疏落木，荒戍密寒雲。歲月蛇
常見，風飆虎忽聞。近身皆鳥道，殊俗自人群。睥睨登哀柝，螢孤照夕曛。亂
離多醉尉，愁殺李將軍」（〈南極〉‧卷 18 頁 1556）、「虛白高人靜，喧卑俗累牽」
（〈歸〉‧卷 19 頁 1635）、「不愛入州府，畏人嫌我眞。及乎歸茅宇，旁舍未曾
嗔。老病忌拘束，應接喪精神。江村意自放，林木心所欣」（〈暇日小園散病將
種秋菜督勒耕牛兼書觸目〉‧卷 19 頁 1669）、「虛白高人靜，喧卑俗累牽」（〈歸〉‧
卷 19 頁 1635）、「兵戈浩未息，蛇虺反相顧。悠悠邊月破，鬱鬱流年度。針灸
阻朋曹，糠籺對童孺。一命須屈色，新知漸成故。窮荒益自卑，飄泊欲誰訴。
尫羸愁應接，俄頃恐違迕。浮俗何萬端，幽人有高步」（〈雨〉‧卷 19 頁 1671～
1672）、「不寐防巴虎，全生狎楚童」（〈秋峽〉‧卷 19 頁 1725）、「薄俗防人面，
全身學馬蹄」（〈課小豎鉏斫舍北果林枝蔓荒穢淨訖移床三首〉‧卷 20 頁 1735）。
杜甫一開始只解釋爲怕吵，隨著駐足時間增加，此地人民逐漸變成鬼物、夷音、
狐狸、蛇虺、巴虎、楚童等。實則，非人之物猶爲天地本然，杜甫亦當看作造
化而純然接受，困擾的確還有狐狸般的小人與前面說的惡少年、楚童，無怪乎
此地人民之歌成爲夷音〔註197〕，居住者成爲鬼物。杜甫曾作過〈夔州十絕句〉，
依當地音樂寫成〔註198〕，詩人對在地音樂當欣賞才是，足見人情上的挫折讓杜
甫十分難過。如此文化杜甫又概括爲：異俗、浮俗、薄俗、殊俗、塞俗，字字
批評，地理也成了絕域、絕塞〔註199〕，一處絕去此生的地域、邊塞，呼應著前
文所說天路，盡成前赴他鄉的阻礙。

　　既然強調此地的負面性，杜甫乃開始區隔自己，無論山川多美麗，人文
失調使得詩人不斷剝奪自己與此地地緣：

〔註197〕〈暮春題瀼西新賃草屋五首〉中所言：「萬里巴渝曲，三年實飽聞。」（卷 18
　　　　頁 1610）
〔註198〕關此，蔣先偉有討論，可參見蔣先偉：《杜甫夔州詩論稿》，頁 18～33。
〔註199〕〈秋日夔府詠懷奉寄鄭監李賓客一百韻〉（卷 19 頁 1699～1715）

牢落西江外，參差北戶間。久遊巴子國，臥病楚人山。

（〈自瀼西荊扉且移居東屯茅屋四首・其四〉・節・卷 20 頁 1746）

由來巫峽水，本自楚人家。客病留因藥，春深買爲花。

（〈小園〉・節・卷 20 頁 1779）

瘴癘浮三蜀，風雲暗百蠻。（〈悶〉・節・卷 20 頁 1790）

散騎未知雲閣處，啼猿僻在楚山隅。

（〈寒雨朝行視園樹〉・節・卷 20 頁 1779）

以絕去地緣的方式證明自己的文化正統性，是杜甫駐足於此的重要手續，因爲保住自己身爲「北客」的身份證，方能在絕域中除去此地文化。簡錦松曾言杜甫搬至東屯可能與當地官員有了一些問題，因爲此時已沒有關於諸公之詩作；加上長期對夔州文化的不認同，此地又有流寓的士人，可以形成一個文人生活圈，故使杜甫來到老虎更多的東屯〔註200〕。如此，爲了避開上述問題，杜甫可說是寧願與虎相近，成就一則「人情猛於虎」的故事。這樣防人的心情在〈阻雨不得歸瀼西甘林〉有更多表現：

三伏適已過，驕陽化爲霖。欲歸瀼西宅，阻此江浦深。

壞舟百版坼，峻岸復萬尋。篙工初一棄，恐泥勞寸心。

佇立東城隅，悵望高飛禽。草堂亂懸圃，不隔崑崙岑。

昏渾衣裳外，曠絕同曾陰。園甘長成時，三寸如黃金。

諸侯舊上計，厥貢傾千林。邦人不足重，所迫豪吏侵。

客居暫封殖，日夜偶瑤琴。虛徐五株態，側塞煩胸襟。

安得輳雨足，杖藜出嶇嶔。條流數翠實，偃息歸碧潯。

拂拭烏皮几，喜聞樵牧音。令兒快搔背，脫我頭上簪。

（卷 19 頁 1659）

王嗣奭認爲此詩另有隱情：

觀「佇立東城隅」，是往白帝城而阻雨，何至彷徨如是？觀末後「烏皮几」數語，知其厭與俗人喧闐，其甘林詩所云「經過倦俗態」者是也，非爲甘林也。然篇中多累句。〔註201〕

不論此詩是否有無累句，杜甫時在白帝城，爲了什麼而去並不清楚〔註202〕，

〔註200〕詳見簡錦松：《杜甫夔州詩現地研究》，頁 164～171。

〔註201〕見〔明〕王嗣奭著，曹樹銘增校：《杜臆增校》，頁 493。

〔註202〕據〈錦樹行〉一詩所寫：「飛書白帝營斗粟，琴瑟几杖柴門幽」（卷 20 頁 1808～1809），杜甫遷居瀼西、東屯後，應該還有爲了生計往來白帝城。

但詩人對於自己不得回歸的心情有很深的感嘆，只願對著樵牧音。就過往生活，舉輕若重的杜甫怎麼會討厭人情與官員〔註203〕？若杜甫從瀼西移到東屯真有如上述的考量，如今還在瀼西的杜甫便已對人情有這般恐懼，整個夔州文化的人情氛圍確實可怕。再觀鬼物、夷音、狐狸、蛇虺、巴虎、楚童等類，橫跨了自然與人文的不適，遂讓杜甫產生「此地生涯晚」（〈送李功曹之荆州充鄭侍御判官重贈〉‧卷 18 頁 1594）之嘆，阻礙歸京已教人感傷，何況還形塑出一條天路！駐足異鄉滿是無奈，偏是殊俗，誠如詩人所云：「天路看殊俗，秋江思殺人」（〈雨晴〉‧卷 15 頁 1330），京華阻礙中的點滴確實成為杜甫駐足過程中的遺憾，使得追尋中充滿艱辛，何況樵牧音的發聲者也可能如杜甫所說：「牧豎樵童亦無賴，莫令斬斷青雲梯」（〈寄從孫崇簡〉‧卷 18 頁 1613），這時杜甫的心情自是更加沉重，於是「死為殊方鬼，頭白免短促」（〈客堂〉‧卷 15 頁 1267）的預想沒有隨著山光景色的「始初經」而改變，反而一步步加深杜甫對此地文化的不認同，貫穿整部夔州生活史。

綜合以上所述，杜甫對此地文化反應的層面頗多，或可以一組詩總結：

> 異俗吁可怪，斯人難並居。家家養烏鬼，頓頓食黃魚。
>
> 舊識能為態，新知已暗疏。治生且耕鑿，只有不關渠。
>
> 西歷青羌坂，南留白帝城。於菟侵客恨，粔籹作人情。
>
> 瓦卜傳神語，畬田費火耕。是非何處定，高枕笑浮生。
>
> （〈戲作俳諧體遣悶二首〉‧卷 20 頁 1793～1794）

以可怪總稱夔州文化，這是杜甫居住此地一段時間後的結語。此詩提到了難於一起居住、巫文化、吃魚、人情、老虎、火耕等問題，幾乎囊括上述所言，確為杜甫心得之言。結尾以一笑任之的態度面對，雖是開放視野，但杜甫對自己的處境也曾有山鬼之喻，如：「臥病識山鬼，為農知地形」（〈奉酬薛十二丈判官見贈〉‧卷 19 頁 1684）、「江城秋日落，山鬼閉門中」（〈巫峽敝廬奉贈侍御四舅別之灃朗〉‧卷 19 頁 1681～1682），荒涼之態實不忍睹，兩種不同的感受中，是詩人居住在此的多元觀感。惟杜甫也有感到欣慰的事情，如當地人民的相贈：

> 有瘴非全歇，為冬亦不難。夜郎溪日暖，白帝峽風寒。
>
> 蒸裹如千室，焦糖幸一柈。茲辰南國重，舊俗自相歡。
>
> （〈十月一日〉‧卷 20 頁 1787～1888）

善意的文化仍為杜甫所喜，綜合上述所言，詩人面對文化問題，除了本身的

〔註203〕〈課伐木〉：「牆宇資屢修，衰年怯幽獨。」（卷 19 頁 1639～1642）

好惡外，主要還是以自己的背景文化來做判斷。然杜甫駐足於此是事實，讓自己更好地面對此地文化也是不得不爲之事，觀杜甫的解決方式，可有下面幾種：

一、以詩篇來安慰自己。如：「虛白高人靜，喧卑俗累牽。他鄉悅遲暮，不敢廢詩篇」（〈歸〉·卷 19 頁 1635），這是杜甫詩人的視角，也是他向來的堅持。

二、適當的學習。杜甫在此亦訪問了農耕之事，如：「稼穡分詩興，柴荊學土宜。」（〈偶題〉·卷 17 頁 1541～1545）縱然此地人民重商，農業之作亦行之有年，如此，夔州土質狀況與栽種情形的首要諮詢者，仍應以在地人民爲主。結合前兩點，即可如杜甫所說：「問俗營寒事，將詩待物華。」（〈小園〉·卷 20 頁 1779）成爲一名士／農雙重視角的詩人。另外防虎也是杜甫必須面對之事，如：「虎穴連里閭，隄防舊風俗」（〈課伐木〉·卷 19 頁 1639～1642），這是另一種學習了。

三、以自己的實際農作打破飲食問題。如：「殊俗還多事，方冬變所爲。破甘霜落爪，嘗稻雪翻匙。」（〈孟冬〉·卷 20 頁 1788～1789）透過自助自理，自可成一片天地。

四、以幽默的態度應之。此即上文所引「是非何處定，高枕笑浮生」，在經歷長期駐足的經驗後，杜甫嘗試給予自己一些新的可能，即不再對此地文化予以批評，反而以戲謔的方式看待，笑開了分別、是非，問題的答案，就交給笑聲吧！

除了這四種方式，杜甫也在思想方面開拓自己的視角，寫下〈寫懷二首〉：

勞生共乾坤，何處異風俗。舟舟自趨競，行行見羈束。

無貴賤不悲，無富貧亦足。萬古一骸骨，鄰家遞歌哭。

鄙夫到巫峽，三歲如轉燭。全命甘留滯，忘情任榮辱。

朝班及暮齒，日給還脫粟。編蓬石城東，采藥山北谷。

用心霜雪間，不必條蔓綠。非關故安排，曾是順幽獨。

達士如弦直，小人似鈎曲。曲直我不知，負暄候樵牧。

夜深坐南軒，明月照我膝。驚風翻河漢，梁棟日已出。

群生各一宿，飛動自儔匹。吾亦驅其兒，營營爲私實。

天寒行旅稀，歲暮日月疾。榮名忽中人，世亂如蟣蝨。

古者三皇前，滿腹志願畢。胡爲有結繩，陷此膠與漆。

禍首燧人氏，屬階董狐筆。君看燈燭張，轉使飛蛾密。

放神八極外，俯仰俱蕭瑟。終然契真如，得匪金仙術。

（卷 20 頁 1818～1822）

杜詩中偶有這種激憤之作，如〈醉時歌〉（卷 3 頁 174～176）、〈詠懷二首〉（卷 22 頁 1978～1981）等。這兩首詩描寫杜甫在異俗中的感受，雖然對異俗競利之舉有所責難，但也反省了儒家文化本身的問題，例如制度產生便是分別之始，那麼自己之前的批評便有了重新討論的空間，何況自己也多少為了生計營利。為此，杜甫批評了制度，攻擊讓人民學會熟食的燧人氏，因為這是產生人類暴食的關鍵；也質疑史筆的流轉，讓是非產生了爭議的空間，凡此，都是杜甫思考的地方。然而兩詩裡仍舊有杜甫的堅持存在，那就是心志的霜雪如清，正因為這樣的心志，使得詩人可以面對曲直做一開放式的視角，如此又何必在乎枝微末節之事，倘若人類可以守住此心，對此真如，世間萬物的存在都可以找到安置，又何須制度！這兩首詩寫於杜甫居夔之末，可以反應一定程度的思考總結，而從詩中所與，可知杜甫亦有一定程度的佛道思想，道家思想在詩中甚明白，關於佛教思想甚至有其他作品可觀，除前文所舉，〈秋日夔府詠懷奉寄鄭監李賓客一百韻〉裡即明白寫下：「晚聞多妙教，卒踐塞前愆。顧愷丹青列，頭陀琬琰鐫。眾香深黯黯，幾地肅芊芊。勇猛為心極，清羸任體孱。金篦空刮眼，鏡象未離銓。」（卷 19 頁 1699～1715），可知杜甫駐足期間，確實因為不同文化產生許多激盪。

二、詩人的儒者之居

從杜甫終究出夔來看，初衷仍是那儒家堅持，筆者在前文許多地方也或多或少帶出這樣思考。惟居住空間與一地之生活不同，一地畢竟受到外在影響，居住則可自由設計，藉由個人的空間哲學實踐人生哲學，以下便討論杜甫在夔州時期中重要的居住經營。

杜甫在夔州期間有居住的事實，那麼這個家有何特質呢？廖美玉曾言：

> 不同於「香草」所映現的對原有美好德行的堅持，「道路」則是走向四方，因而不斷拉長與原有位置的「距離」，以致形成兩種反向發展的生命體驗，可能因而造成生命斷裂的危機。〔註204〕

距離的危機會使生命出現斷裂，尤其天路迢迢，斷裂的情形將更為嚴重〔註205〕。

〔註204〕見廖美玉：《中古詩人的生命印記》，頁 32。
〔註205〕斷裂的情形將在下一章討論。

然而居住空間必然也因駐足慢慢成形，如此便有文化複製的可能。陳贇曾言：

> 從表面上看，「地方」似乎是一個空間概念，似乎物理學上的事物的
> 位置就是地方。但是，即使是「位置」也並不是那種對事物的感知
> 爲定向的經驗所能確立的。「位」從「人」從「立」，它最初的語境
> 顯然涉及到是個人的立身方式：它既包含著個人所處的周圍環境、
> 氣氛、遭遇與處境等等的總體，同時也是人在此遭遇總體中所採用
> 的立身方式。周遭世界的總體是被拋性的，「莫之爲而爲之」、「莫之
> 致而致之」的天命，但人在「對越」此無可奈何之天命中，並不是
> 被決定的，而有其選取不同立身方式的自由。〔註206〕

雖有莫可測知的天命，立身的方式卻握之在掌，如此，駐足之地便成爲杜甫
實踐自己的一點，何況地方本就有以下特質：

> 「地方」不是別的，而是一個與「立身處世」有關的詞語，「立身處
> 世」就是人的「居住」。一個人總是居住在某個「地方」，一個地方
> 意味著一種居住方式。〔註207〕

依此，探討杜甫的居住方式便成爲了解詩人立身處世的契入點，可以幫助我
們了解駐足中的杜甫抱持何種思想與價值觀。

（一）仁心展現與道德準範

　　關於杜甫夔州主要居住地，簡錦松已有討論，此處強調的重點在杜甫於居
住空間中，貫串了怎樣的思想與精神。杜甫居家常常出現幽隱之趣，如以下：

> 仲夏流多水，清晨向小園。碧溪搖艇闊，朱果爛枝繁。
> 始爲江山靜，終防市井喧。畦蔬繞茅屋，自足媚盤飧。
> （〈園〉・卷 19 頁 1634～1635）

> 殊俗還多事，方冬變所爲。破甘霜落爪，嘗稻雪翻匙。
> 巫峽寒都薄，黔溪瘴遠隨。終然減灘瀨，暫喜息蛟螭。
> （〈孟冬〉・卷 20 頁 1788～1789）

> 兩京猶薄產，四海絕隨肩。幕府初交辟，郎官幸備員。
> ……

〔註206〕見陳贇：《天下或天地之間：中國思想的古典視域》（上海：上海書店，2007
　　　　年 4 月），頁 51。
〔註207〕見陳贇：《天下或天地之間：中國思想的古典視域》，頁 51。

羈絆心常折，棲遲病即痊。紫收岷嶺芋，白種陸池蓮。

色好梨勝頰，穰多栗過拳。敕廚惟一味，求飽或三鱣。

俗異鄰鮫室，朋來坐馬韉。縛柴門窄窄，通竹溜涓涓。

塹抵公畦稜，村依野廟壖。缺籬將棘拒，倒石賴藤纏。

借問頻朝謁，何如穩醉眠。誰云行不逮，自覺坐能堅。

霧雨銀章澀，馨香粉署妍。

（〈秋日夔府詠懷奉寄鄭監李賓客一百韻〉·節·卷 19 頁 1699～1715）

詩裡展現與草堂時期相似的情調，筆者曾言杜甫居住草堂時期的家，影響到日後安居的印象，歲月安寧，讓杜甫不自覺地走上這樣的追尋。王嗣奭注解時也說：

此往園之作，前四句分頂。清晨即往，以避市井之喧也。眼邊無俗物，則畦蔬甘於芻荳也。〔註208〕

可見杜甫避人之態與追尋幽寧之心，甚至有了「禮樂攻吾短，山林引興長」（〈秋野五首〉·卷 19 頁 1732）的想法，彷彿可與陶淵明畫上等號。然觀最後一段引文，杜甫在營居之外記憶起京華，家族影響仍在，詩中還提到銀章此一生命印記，足知杜甫念茲在茲的還是回到京華實踐理想。如今現實讓杜甫因病滯留，廣廈的夢作來不易，遂在生活中一履所學，如〈催宗文樹雞柵〉：

吾衰怯行邁，旅次展崩迫。愈風傳烏雞，秋卵方漫喫。

自春生成者，隨母向百翮。驅趁制不禁，喧呼山腰宅。

蹦藉盤案翻，終日憎赤幘。課奴殺青竹，塞蹊使之隔。

牆東有隙地，可以樹高柵。織籠曹其內，令入不得擲。

稀間苦突過，觜距還污席。避熱時來歸，問兒所爲跡。

我寬螻蟻遭，彼免狐貉厄。應宜各長幼，自此均勍敵。

籠柵念有修，近身見損益。明明領處分，一一當剖析。

不昧風雨晨，亂離減憂慼。其流則凡鳥，其氣心匪石。

倚賴窮歲晏，撥煩及冰釋。未似尸鄉翁，拘留蓋阡陌。

（卷 15 頁 1311～1313）

杜甫教育宗文樹雞柵的道理，「我寬螻蟻遭，彼免狐貉厄。應宜各長幼，自此均勍敵」四句若爲杜甫發聲，此詩便是詩人的宣導教育；若視作宗文發言，杜甫的教育觀便較強調啓發，讓小孩發言。惟不論如何，杜甫保護雞與螻蟻

〔註208〕見〔明〕王嗣奭著，曹樹銘增校：《杜臆增校》，頁 484。

的心是一致的，彰顯眾生平等觀，與前文相扣。不過如此關懷不易貫徹，如
以下：

> 小奴縛雞向市賣，雞被縛急相喧爭。
>
> 家中厭雞食蟲蟻，不知雞賣還遭烹。
>
> 蟲雞與人何厚薄，吾叱奴人解其縛。
>
> 雞蟲得失無了時，注目寒江倚山閣。（〈縛雞行〉‧卷 18 頁 1566）

僕人捆雞欲賣，「相喧爭」寫出雞受綁之苦，不需深究自可體會。原來家人不
喜歡雞吃掉螞蟻之類的小蟲，要賣掉它，眾生平等的理念雖可提出，做來卻
不易。但雞賣出不也要面對宰殺的命運？為何對蟲施以厚恩，對雞卻如此刻
薄？杜甫不能接受，立即要求僕人解開束縛；然「雞蟲不能兩全」（卷 18 頁
1566），放了雞，蟲蟻不是又遭危？反覆思考，「計無所出」（卷 18 頁 1566），
只好倚靠山閣上，注視著寒冷江面，以景色道出心中一片蒼茫。上述思想不
論道耶！釋耶！還是儒者廣廈的心願，表明的不過是杜甫心中護生的念頭，
而盡為豐沛情感所包容。洪邁評論：「〈縛雞行〉自是一段好議論，至結語之
妙，非他人所能企及也」（卷 18 頁 1566），蓋言此詩突收議論，將欲盡未盡之
意轉以場景書寫，讓讀者根據自己的體驗品味、領悟。而以場景描寫作結，
更能表示杜甫心中的不堪與無奈，且在以事起興的事／情間建造一道省思的
橋樑，不惟物與作者寄託之理結合得當，其中之理還要更重要才是。西方美
學曾有論述：

> 藝術的主要特徵不在象形（representation），而在藉抽象的形式來象
>
> 徵情感的一般結構。藝術是符號的理由主要不在他與實物之相似，
>
> 而在於它與情感形式的相似。〔註209〕

此處提到藝術並非只是在形象的仿擬而已，更重要的是其中情意的表露，是
故與其精研實物之形式，不如致力情感的相似。以此討論杜甫這類詩作，我
們發現杜甫不只致力於萬物形象的契合，更注意其中意義的闡明與個人情意
的結合。如同「易識浮生理，難教一物違」（〈秋野五首〉‧卷 19 頁 1732）所
說，杜甫面對萬物除了不違其生命的展現外，更在意其中所寓藏之理，如此
才能令萬物不違於心，可見杜甫心中實有一思想貫串。有此思想貫串，以下
諸作便可以得到統一解釋：

〔註209〕見劉昌元：《西方美學導論》（臺北：聯經出版事業公司，2000 年 7 月），頁
　　　　188。

> 遺穗及眾多，我倉戒滋蔓。
>
> (〈行官張望補稻畦水歸〉・節・卷 19 頁 1654)
>
> 上天無偏頗，蒲稗各自長。……西成聚必散，不獨陵我倉。
>
> 豈要仁里譽，感此亂世忙。
>
> (〈秋行官張望督促東渚耗稻向畢清晨遣女奴阿稽豎子阿段往問〉・
>
> 節・卷 19 頁 1656)
>
> 復作歸田去，猶殘穫稻功。築場憐穴蟻，拾穗許村童。
>
> 落杵光輝白，除芒子粒紅。加餐可扶老，倉廩慰飄蓬。
>
> (〈往白帝復還東屯〉・卷 20 頁 1772)
>
> 堂前撲棗任西鄰，無食無兒一婦人。
>
> 不為困窮寧有此，祇緣恐懼轉須親。
>
> 即防遠客雖多事，便插疏籬卻甚真。
>
> 已訴徵求貧到骨，正思戎馬淚盈巾。(〈又呈吳郎〉・卷 20 頁 1762)

不論是體貼螞蟻、婦人、拾穗者、還是他人的收成狀況，杜甫一同展現自己的仁心，除了是廣廈大願外，也是深感「亂世忙」後的體悟，如王嗣奭所說：「蓋作亂者皆起於自利一念，而不欲自蹈其轍也。終以『鬱紆遲暮傷』，致有無窮之思焉」〔註210〕。杜甫也是亂世下的犧牲者，既然不免於苦難，只要有機會，在自己經營的空間裡便認真實踐當初理想。如此，農者之種中，力行的正是他心中理念，成就一種不同於一般農者的視野，堪為農者之政。

在〈催宗文樹雞柵〉一詩裡還提到：「不昧風雨晨，亂離減憂慼。其流則凡鳥，其氣心匪石」，藉物詠懷中，杜甫表明心中理想，然夔州一地的雞似乎讓他感到失望，如〈雞〉一詩所寫：

> 紀德名標五，初鳴度必三。殊方聽有異，失次曉無慚。
>
> 問俗人情似，充庖爾輩堪。氣交亭育際，巫峽漏司南。
>
> (卷 17 頁 1534)

此詩談到立身為人的問題，如仇注所言之「嘆其當鳴而不鳴也」(卷 17 頁 1534)。雞德以文、武、勇、義、信五德標舉，其鳴必至三次而成，此皆標舉雞的道德品格。然這樣習性卻在殊方中淪喪，夜鳴失次，又能不慚乎？杜甫開頭四句便先揚後抑，讓讀者產生美好事物墜落的心神俱亡；復在頸

〔註210〕見〔明〕王嗣奭著，曹樹銘增校：《杜臆增校》，頁493。

聯透過夔州當地文化得知此地雞聲失次之常，無怪乎杜甫發出「充庖爾輩堪」的怒吼。結尾言「夔雞漏失司晨」（卷 17 頁 1535），是作者對尸位素餐者的批判，也是對夔州文化的厭棄，如浦起龍之「陋殊俗也，厭夔之至也」〔註 211〕；又如王嗣奭之「此罵巫峽人無德無信，最可殺也」〔註 212〕，可知此詩兼有兩種意涵，一是對此地文化的不滿，二是對仕宦者不踐其事的指責。前文已提到杜甫對夔州文化的不適，就後者言，杜甫對從政者的要求向來很高，〈諸將五首〉（卷 16 頁 1363～1370）中的指責即是。有如此指涉，種菜時產生的君子／小人之喻便不難解，如「傷時君子或晚得微祿，轗軻不進」（〈種萵苣〉・卷 15 頁 1346），甚至園官送菜時，也可以成為杜甫筆下君子遭遇的討論：

　　園官送菜把，本數日闕。苦苣、馬齒，掩乎嘉蔬，傷小人妒害君子，覓不足道也，比而作詩。

　　清晨送菜把，常荷地主恩。守者慆實數，略有其名存。
　　苦苣刺如針，馬齒葉亦繁。青青嘉蔬色，埋沒在中園。
　　園吏未足怪，世事固堪論。嗚呼戰伐久，荊棘暗長原。
　　乃知苦苣輩，傾奪蕙草根。小人塞道路，為態何喧喧。
　　又如馬齒盛，氣擁葵荏昏。點染不易虞，絲麻雜羅紈。
　　一經器物內，永掛粗刺痕。志士采紫芝，放歌避戎軒。
　　畦丁負籠至，感動百慮端。（〈園官送菜〉・卷 19 頁 1636～1637）

園官因送菜的態度不好，遭到杜甫嚴厲批判。藉由這首詩的內容，我們可以知道杜甫儒家視角之一斑，故當送來的水果可見用心時〔註 213〕，杜甫便滿懷感激，不斷地稱讚。同樣都是贈與之舉，只因態度遭到不同評價，足知杜甫於生活中所立下的典範，不同於當時「奴僕何知禮，恩榮錯與權」（〈秋日夔府詠懷奉寄鄭監李賓客一百韻〉・卷 19 頁 1699～1715）的錯亂與失則。杜甫以儒家的標準，為自己生活周遭立下君子／小人的防線，有別於時代的異行，是詩人在大空間下的努力。

〔註 211〕見〔清〕浦起龍：《讀杜心解》，頁 525。
〔註 212〕見〔明〕王嗣奭著，曹樹銘增校：《杜臆增校》，頁 462。
〔註 213〕〈園人送瓜〉：「江間雖炎瘴，瓜熟亦不早。柏公鎮夔國，滯務茲一掃。食新先戰士，共少及溪老。傾筐蒲鴿青，滿眼顏色好。竹竿接嵌竇，引注來鳥道。沈浮亂水玉，愛惜如芝草。落刃嚼冰霜，開懷慰枯槁。許以秋蒂除，仍看小童抱。東陵跡蕪絕，楚漢休征討。園人非故侯，種此何草草。」（卷 19 頁 1638～1639）

（二）與奴僕的關係

上面談到杜甫對此地人民頗感不善，故不斷遷居，甚至不惜與虎同鄰〔註214〕。然杜甫在此的僮僕中就有當地人民，可見杜甫必有審查標準，以下便嘗試討論杜甫與僮僕的關係。

杜甫的引水系統遭到破壞，故請僕人幫忙維修：

> 山木蒼蒼落日曛，竹竿裊裊細泉分。
>
> 郡人入夜爭餘瀝，豎子尋源獨不聞。
>
> 病渴三更迴白首，傳聲一注濕青雲。
>
> 曾驚陶侃胡奴異，怪爾常穿虎豹羣。
>
> （〈示獠奴阿段〉‧卷 15 頁 1271）

阿段不聲不響地跑去修理，對此，詩人除贈詩以示外，更以古時義勇之舉比之，可見此次的感動。若此處尚未跨越到儒家標準的評判，下一詩就顯出杜甫基本的視角了：

> 汝性不茹葷，清靜僕夫內。秉心識本源，於事少滯礙。
>
> 雲端水筒坼，林表山石碎。觸熱藉子修，通流與廚會。
>
> 往來四十里，荒險崖谷大。日曛驚未餐，貌赤愧相對。
>
> 浮瓜供老病，裂餅嘗所愛。於斯答恭謹，足以殊殿最。
>
> 詎要方士符，何假將軍佩。行諸直如筆，用意崎嶇外。
>
> （〈信行遠修水筒〉‧卷 15 頁 1309～1310）

杜甫對他的稱讚頗多，清靜識本之心，做事簡潔俐落，已非一般讚美之詞，直有道德上的賞識，亦與自己的審美傾向相同〔註215〕，何況信行曬得滿臉通紅，更讓杜甫感到慚愧，甚至拿出自己養病的浮瓜與餅供之解飢。此詩最後以所用之筆比擬信行的人格，杜甫向來視寫詩為家中大事，如今以筆稱之，不僅是人格典範上的直道表現而已，也蘊含著杜甫的深刻認同。這樣的僮僕不只讓杜甫滿心認同，也讓他產生依託之心：

> 植梨纏綴碧，梅杏半傳黃。小子幽園至，輕籠熟柰香。
>
> 山風猶滿把，野露及新嘗。欹枕江湖客，提攜日月長。
>
> （〈豎子至〉‧卷 19 頁 1634）

〔註214〕〈太歲日〉：「愁寂鴛行斷，參差虎穴鄰。」（卷 21 頁 1854）

〔註215〕杜甫詩云：「用心霜雪間，不必條蔓綠。」（〈寫懷二首‧其一〉‧卷 20 頁 1818～1822）

僕人採摘水果予以杜甫，可以想見其中溫暖，故此詩寫來自然成趣而有仙靈味〔註216〕。詩末流露滯留於此的情緒，卻在倚仗僮僕的情緒中化解，同樣是滯留，提攜一詞所表示的相依之心使得時間也美味了。

杜甫對待僮僕十分客氣，除了湧泉以報如上述之瓜餅，杜甫也曾報之以酒，如：「爾曹輕執熱，爲我忍煩促。秋光近青岑，季月當泛菊。報之以微寒，共給酒一斛。」（〈課伐木〉‧卷19頁1639～1642）甚至派使工作時，也會看天氣狀況，如：「侵星驅之去，爛熳任遠適。」（〈驅豎子摘蒼耳〉‧卷19頁1665～1666）據王嗣奭所說：「摘蒼耳非難事，何用驅之？欲其早也。所以欲早者，秋熱猶盛而瘴猶劇，故令避之。至亭午而放筐矣。公之使人俱兼經濟」〔註217〕，可見杜甫用心之一斑。

杜甫從避開與當地人民的相處到詩中的可以倚仗，其中關鍵正在於性格是否符合杜甫內心準範。杜甫批判夔州人民時便出現儒者的視角，甚至以屈原、昭君等人物做對比，顯現知識份子的態度。然而屈原與昭君亦非北方人士，可知杜甫在道德上的判斷標準與飲食、居住習慣不同，不必皆與北方似，而爲一道德視角。如此，杜甫亦可與當地人民相處融洽，只要能夠符合杜甫道德的標準，甚至可以是詩人託養終生的對象。如此，杜甫不喜歡夔州人民的原因與其說是不適應此地文化，或許更與他們的性格不符合知識份子的欣賞角度有關。不過就其他夔州文化來說，杜甫的反應仍可看做北客與南風的衝突，顯見衝突過程裡，杜甫只吸收適合自己的部分，其他最多就是一笑置之，少見文化的真正融合，但多了生命智慧的消解。

（三）飲食中的不忘君

杜甫在此的飲食常成爲詩歌下的記載，當與長期駐足於此有關，使生活多了更多時間記憶這些事情。杜甫在此的飲食之作以〈槐葉冷淘〉一詩最爲特別：

> 青青高槐葉，采掇付中廚。新麵來近市，汁滓宛相俱。
>
> 入鼎資過熟，加餐愁欲無。碧鮮俱照筯，香飯兼苞蘆。
>
> 經齒冷於雪，勸人投比珠。願隨金騕褭，走置錦屠蘇。

〔註216〕「三四口頭語，天然作對，亦自成趣。五六有仙靈氣，而『山風滿把』尤妙。」
　　　　見〔明〕王嗣奭著，曹樹銘增校：《杜臆增校》，頁483。
〔註217〕見〔明〕王嗣奭著，曹樹銘增校：《杜臆增校》，頁502。

　　　　路遠思恐泥，興深終不渝。獻芹則小小，薦藻明區區。

　　　　萬里露寒殿，開冰清玉壺。君王納涼晚，此味亦時須。

　　　（卷 19 頁 1645～1646）

關於冷淘，即現代的涼麵也，龔鵬程〈布爾喬亞飲食小史〉有詳細的解釋：

　　　我們古代，如杜甫說的「槐葉冷淘」，用槐葉取汁和麵煮熟了吃，是
　　　否帶湯，我不曉得。可是蘇東坡〈食槐葉冷淘〉詩中講：「青浮卵椀
　　　槐芽餅」，則似乎是有湯的。清朝《帝京歲時紀勝》說北京夏至時家
　　　家吃冷淘，「俗稱過水麵，乃都門美品」，才明確講它只過水、不盛
　　　湯，現在各處涼麵涼粉也多是如此。〔註218〕

此物流行頗廣，在《唐六典》中亦有記載：「夏月加冷淘粉粥」〔註219〕，可知
朝中本有此食。惟杜甫不知是否做了加工，亦即槐葉之用，故乃欲致之天子。
此詩細膩描寫食物，並傳神地表達口感，只是詩中提到了獻與君王，仍與京
華相扣，如此，再美的食物都與思念的京華畫上聯結，可見杜甫此時心念。
這樣的詩作還有〈赤甲〉一詩：

　　　　卜居赤甲遷居新，兩見巫山楚水春。

　　　　炙背可以獻天子，美芹由來知野人。

　　　　荊州鄭薛寄詩近，蜀客郫岑非我鄰。

　　　　笑接郎中評事飲，病從深酌道吾真。（卷 18 頁 1608）

「炙背可以獻天子，美芹由來知野人」一聯雖用典，但亦與杜甫此時生活相
同。杜甫將炙背與美芹兩種在地體驗推薦與君王，仍見上述京華之思，蘇軾
曾說杜甫一飯不忘君恩〔註220〕，誠然不假。

　　杜甫對夔州的飲食頗多不耐，尤其蔬菜的少食更讓詩人感到不適應，加
上過於炎熱，蔬菜似乎也受到影響，於是有採摘野菜之舉：

　　　　江上秋已分，林中瘴猶劇。畦丁告勞苦，無以供日夕。

　　　　蓬荽獨不焦，野蔬暗泉石。卷耳況療風，童兒且時摘。

〔註218〕 此文出自龔鵬程部落格 http://blog.sina.com.cn/s/blog_492808ed0100hut2.html.
　　　　另亦收錄在《人民文學》，見《人民文學》：（北京：人民文學雜誌社，2010
　　　　年 3 月），第 3 期，頁 179～187。

〔註219〕 見〔唐〕李林甫等撰，陳仲夫點校：《唐六典》（北京：中華書局，2005 年 4
　　　　月），頁 446。

〔註220〕 「杜子美在困窮之中，一飲一食，未嘗忘君，詩人以來，一人而已。」見〔宋〕
　　　　蘇軾：《蘇軾詩話》，引自吳文治主編：《宋詩話全編》，頁 762。

侵星驅之去，爛熳任遠適。放筐亭午際，洗剝相蒙冪。

登床半生熟，下筯還小益。加點瓜薤間，依稀橘奴跡。

亂世誅求急，黎民糠籺窄。飽食復何心，荒哉膏粱客。

富家廚肉臭，戰地骸骨白。寄語惡少年，黃金且休擲。

（〈驅豎子摘蒼耳〉·卷 19 頁 1665～1666）

辛苦採摘的蒼耳不僅有治病的療效，也可以充當蔬菜食用。杜甫以熱水過之，使得蒼耳呈現半生半熟之態，頗似現在汆燙蔬菜的料理手法，有養生概念。詩人還細膩將筷子夾取之景寫出，甚至加入瓜薤調味，而有橘子般的香味，凡此都可見杜甫詳細描寫之力，呼應著他對蔬菜得來不易的珍惜。然詩歌後半一轉為天下蒼生之念，以「富家廚肉臭，戰地骸骨白」這樣一聯做出批評，與中年時「朱門酒肉臭，路有凍死骨」（〈自京赴奉先縣詠懷五百字〉·卷 4 頁270）之發聲如出一轍，可見在關心天下蒼生這一方面，杜甫確實是易地而不改。不過從飲食方面結出這樣的語言，仍見視角拓展中的影響，故有了槐葉、蒼耳等在北方不曾吃過的食物。

杜甫面對夔州飲食的不適中，尋得之味是過去記憶裡的冷淘；而就算採得野菜，詩人在果腹後，所得感受也是他人不斷求飽的嗜慾心態，在千折百回中，不斷深化的猶是自己對天下的良心。異鄉駐足裡，經驗在一定程度下改變了詩人的飲食，而有餐餐食魚的生活；然一旦可以選擇自己所吃，如此處槐葉冷淘、蒼耳、美芹等，取得異鄉裡的主控權後，杜甫所見也立刻展現自己的堅持。駐足過程中，影響必然存在，杜甫的視角也在拓展中，同時深邃自己望向京華的決心〔註221〕，迥立在夔州飲食文化外，自成一家。

（四）孤城殊俗中的教子

杜甫對詩學的莫敢或忘已如上一節所說，詩人可以有此警覺和價值確立，他的小孩呢？以下便討論杜甫此時的教育。

1. 失學的情況及生存擔憂

杜甫在駐足中能夠堅持自己的身分，但孩子還在成長，這便需要長輩從旁關注。教育與環境的關係已為吾人熟悉，夔州一地的學習環境似乎不好，〈最能行〉提到：「小兒學問止論語，大兒結束隨商旅」（卷 15 頁 1286～1287），學習只到《論語》，若依杜甫醇儒的性格，此亦不錯；惟杜甫學習範圍廣大，不

〔註221〕此在夜晚之作有更明顯的呈現，詳見下章。

以此為限，加上長期遷徙，孩子亦難定下來學習，「遠遊長兒子，幾地別林廬」
（〈將別巫峽贈南卿兄瀼西果園四十畝〉‧卷21頁1862）、「失學從愚子，無家
任老身」（〈不離西閣二首‧其一〉‧卷18頁1564），甚至異俗影響下，習得了
他鄉之語，如：「兒童解蠻語，不必作參軍」（〈秋野五首‧其五〉‧卷19頁1735）。
此聯蘊含典故〔註222〕，可以只是自嘲語，也可以是對夔州文化一定的消化，
但詩中凸顯的事實仍不可輕視，也就是杜甫到底希望孩子學到什麼？

　　環境讓杜甫惶恐，重以世局變化難料，生存往往需要更多的智慧與堅持，
特別在不安的世代裡，知徹事物的幾微變化便成了存亡關鍵，使得杜甫羨慕
起猿猴父子相提攜的不離，如〈猿〉一詩：

> 裊裊啼虛壁，蕭蕭挂冷枝。艱難人不免，隱見爾如知。
>
> 慣習元從眾，全生或用奇。前林騰每及，父子莫相離。
>
> （卷17頁1532）

裊裊聲響間，壁上之猿彷若虛無而存在；枝條清冷渺渺，身影掛在枝上亦是
如此難見。兩句為後文「隱見」之發端，忽隱忽現間，猿猴的智慧已具體描
寫。杜甫接著表露人間為難，以「人不免艱難」一語道出世間種種悲辛，詠
物之際，兼寫己身所感。猿猴有此智得之於天生，亦知從俗而隨之，故「狎
俗何妨詭隨」，只要「全生用奇」，知免於世又有何不可？惟千慮必有一失，
騰林故可相保，也須慎防「見幾宜不俟終日」〔註223〕，否則父子一旦相離，
亦徒增傷心而已。

　　此詩前六句彷彿稱讚猿猴得智而遠禍，字裡行間或有杜甫責怪自己既不
能從俗也未能用奇之意存在，畢竟離開京華的歲月中，不少日子便在仕／隱
間掙扎，以之觀照，杜甫責己隱／現不合時之意便甚明顯〔註224〕。事實上，
人自恃為萬物之靈，如今隨亂世之起，竟遠不如猿猴之智！此不僅詠物，更
藉物猶如此的對照，側面指出自己與人民的處境，人物之比，差若雲泥，豈
不哀哉。惟杜甫稱讚與哀嘆兩者並行之餘，詩歌仍有中心意識存在，詩人言

〔註222〕「郝隆為蠻府參軍，上巳日作詩曰：『娵隅躍清池』。桓溫問：『何物？』答曰：
　　　　『蠻以魚為娵隅。』溫曰：『何為作蠻語？』隆曰：『千里投公，始得蠻府參
　　　　軍，安得不蠻語也。』」（卷19頁1735）

〔註223〕以上引文皆見〔清〕浦起龍：《讀杜心解》，頁524。

〔註224〕仇注：「爾何識隱見之宜，有藏身之智若此。」見者，現也。從此句我們可以
　　　　發現隱與現是這首詩歌中所要關注的問題，亦見杜甫疑問猿猴何能如此也。
　　　　（卷17頁1532）

「全生或用奇」，提出詭譎用奇的方法解決人生屯蹇；然杜甫終是儒家人，奇故奇之，猶是情緒下一時的產物，那麼〈猿〉一詩中，既羨猿猴之智巧而能全生，卻也暗藏詩人對詭譎之法的質疑，顯現舉棋不定的心理狀態。

對於生活，也許眞需要學習當地之奇，此已在杜甫對夔州文化的消化看出，一旦眞的實踐教育理念，杜甫仍是以儒家的角度出發。

2. 異鄉裡的教育實踐

杜甫駐足雖難過，可因「將老已失子孫憂，後來況接才華盛」（〈寄裴施州〉・卷 20 頁 1810），在沒有「無後爲大」的壓力下，也可減卻一些憂愁。關於杜甫教育孩子的理念可從詩人對鄰居的稱讚談起：

　　孟氏好兄弟，養親唯小園。承顏胝手足，坐客強盤飧。

　　負米夕葵外，讀書秋樹根。卜鄰慚近舍，訓子學誰門。

　　（〈孟氏〉・卷 19 頁 1682）

孟氏一家已成爲教育典範，觀詩中兩兄弟照顧父母不辭辛勞、努力待人、辛勤工作、捕捉讀書時間等，無怪乎杜甫言「訓子學誰門」。既然對孟氏兄弟的行爲表示認同，必然也會加以實踐，杜甫的教育方式有別，其中男女與宗文、宗武間的差異已有討論〔註 225〕，本文旨在觀察杜甫異俗裡的儒者實踐，如對宗文的教育已見之前〈催宗文樹雞柵〉，說明詩人隨機教育中的點化，更見孩子分擔父母工作之一斑。

前面曾提到孟氏兄弟好讀書，杜甫在〈宗武生日〉一詩即談到此：

　　小子何時見，高秋此日生。自從都邑語，已伴老夫名。

　　詩是吾家事，人傳世上情。熟精文選理，休覓綵衣輕。

　　凋瘵筵初秋，欹斜坐不成。流霞分片片，涓滴就徐傾。

　　（卷 17 頁 1477～1478）

他人的稱讚使得宗武已有與杜甫共名的水準〔註 226〕，此或許只是應酬間的客套之說，然亦可看出杜甫對此言的重視。何況杜甫本就細心教育宗武，如寫完〈課伐木〉一詩，便言「作詩示宗武誦」（卷 19 頁 1639～1642）。詩本是杜

〔註 225〕參見見歐麗娟：《唐代詩歌與性別研究──以杜甫爲中心》，頁 23～123。蔣先偉：《杜甫夔州詩論稿》，頁 122～140。

〔註 226〕關此，甚至有小說家的故事，如：「《唐小說》載杜甫子宗武作詩示友人，友人以斧答之。宗武曰：『欲使我斤正吾父耶？』友人云：『令自斷其臂耳。不爾，天下詩名又在杜家矣。』見〔明〕胡應麟：《胡應麟詩話》，引自吳文治主編：《明詩話全編》，頁 5590。

甫自詡為家族傳統的象徵，是杜家代代相傳的精神，故詩人才要宗武好好努力，而非只想綵衣娛親而已。由此可知杜甫對宗武寄望甚大，而文選又與科舉考試有相當關聯〔註227〕，如此，杜甫顯然有希望其子出仕之意。筆者在緒論已經提到杜甫對家族傳統的繼承，如今教育自己的孩子時，亦走上這一條道路，杜甫在飄泊中無奈駐足於此，也許受到異鄉文化影響，可在自己的居住空間中，仍以一儒者之居的態度與此地文化做出區隔。

　　不過僅就上詩而言，杜甫似乎過於強調功名，實則不然，觀〈又示宗武〉一詩即可知：

　　　　覓句新知律，攤書解滿床。試吟青玉案，莫羨紫羅囊。

　　　　暇日從時飲，明年共我長。應須飽經術，已似愛文章。

　　　　十五男兒志，三千弟子行。曾參與游夏，達者得升堂。

　　　　（卷21 頁1850～1851）

宗武為了學詩，滿床都是翻閱的書籍，杜甫因此鼓勵他要一心於學。宗武對杜甫而言已可共飲，他日更將與杜甫同高；但讓杜甫高興的還不只這些，而是宗武對學問已有方向和喜好。詩末杜甫以孔子弟子期勉，曾參、子游、子夏皆是孔門弟子，如學界所知，曾參後來繼承了孔門衣鉢，而子游、子夏是四科十哲中的高徒〔註228〕。以此而言，曾參之例當有勉勵宗武繼承杜家之意；子游、子夏所屬學科在古代指經學，兩人之例則是呼應「應須飽經術」一句，希望宗武致力於經術也。這兩組人物還可以細分，如我們所熟知，曾參代表的是孔子之道，所謂一以貫之者；子夏代表的則是傳經，且其人本有孝順之名。如此，杜甫既希望宗武能傳自己之道，也希望他能傳經，扣合杜甫本身來說，一則是杜甫的思想，一則是杜甫的詩學，兼以孝順之心，可見杜甫對宗武的教育非常多元，且以道德為重〔註229〕。

　　前面已經談到孝道，〈熟食日示宗文宗武〉裡也有這樣的教導：

　　　　消渴遊江漢，羈棲尚甲兵。幾年逢熟食，萬里逼清明。

─────────────

〔註227〕傅璇琮即如此認為，詳見傅璇琮：《唐代科舉與文學》（臺北：文史哲出版社，1994年8月），頁420、441。蔣先偉亦言：「杜甫看重《文選》，應該和唐代科舉考試有關。」詳見蔣先偉：《杜甫夔州詩論稿》，頁131。

〔註228〕子曰：「從我於陳、蔡者，皆不及門也。」德行：顏淵、閔子騫、冉伯牛、仲弓；言語：宰我、子貢；政事：冉有、季路；文學：子游、子夏。見〔宋〕朱熹：《四書章句集註》，頁123。

〔註229〕孔門之學本以道德為重。

　　松柏邙山路，風花白帝城。汝曹催我老，回首淚縱橫。

　　（卷18頁1615）

杜甫多年來飄泊在外，對家中祖墳更是多存愧疚之心，畢竟無法歸家，遑論打掃整理。詩中真情流露，雖回首哭泣，仍見家庭關係並不緊繃，然或因哭泣，使得本欲說的話沒有說清楚，遂有下詩補充：

　　令節成吾老，他時見汝心。浮生看物變，爲恨與年深。

　　長葛書難得，江州涕不禁。團圓思弟妹，行坐白頭吟。

　　（〈又示兩兒〉·卷18頁1615～1616）

除了說出手足遺憾外，杜甫更談到死去後的事情，如《論語》所提：

　　子曰：「父在，觀其志；父沒，觀其行；三年無改於父之道，可謂孝

　　矣。」〔註230〕

「他時見汝心」一句代表杜甫對後代的無限期待，在世時可以藉由日常生活觀看孩子是否篤志，但死後將由誰看呢？飄泊的生活雖然辛苦，生死與共必也讓家人的關係更爲緊密。如今杜甫談到死後，頗有生命教育中死亡議題的嚴肅感，足見教育之深。由此觀之，杜甫在夔州的教育頗爲全面，亦與詩人自己的理念有關，加上駐足異地，還逗出養雞與生死的教育闡釋，孤城生活中雖未改變杜甫的中心思想，卻拓展許多寬度。

（五）擇鄰的汰選機制

　　生活不只一家所居而已，鄰居的選擇也相當重要，觀杜甫此時鄰居雖不多，卻讓詩人寫下許多詩作，如〈孟氏〉：

　　孟氏好兄弟，養親唯小園。承顏胝手足，坐客強盤飧。

　　負米夕葵外，讀書秋樹根。卜鄰慚近舍，訓子學誰門。

　　（卷19頁1682）

孟氏全家的氣氛良好，孩子們的狀況更如筆者前面所言，誠如王嗣奭所說：

　　「養親唯小園」，見其貧。承顏至胝手足，而強坐客以盤飧，此亦承

　　親志者。而子之孝、親之賢兩見之矣。力葵鉏菜；「讀書秋樹根」貧

　　而好學也。意欲卜鄰而慚與之近，謂訓子不如也。〔註231〕

簡單又幸福的氣氛在杜甫描寫鄰居的過程中頗多見，也許農耕生活並非心中

〔註230〕見〔宋〕朱熹：《四書章句集註》，頁51。

〔註231〕見〔明〕王嗣奭著，曹樹銘增校：《杜臆增校》，頁501～502。

所願，但眼前如草堂重現，加以友人相伴，沖淡了偏僻幽獨。這時杜甫縱然年老，也得常去拜訪這些朋友，如〈九月一日過孟十二倉曹十四主簿兄弟〉一詩：

> 藜杖侵寒露，蓬門啓曙煙。力稀經樹歇，老困撥書眠。
>
> 秋覺追隨盡，來因孝友偏。清談見滋味，爾輩可忘年。
>
> （卷 20 頁 1757）

因爲年老，走一段路便需休息，縱然讀書，也常常打睏睡著。只因孟氏兄弟頗重交友之道，讓老邁的詩人願意移動，可見看重友誼外，也對比出前文所言夔州人民促成的失望。他們也請杜甫品嚐道地食物：

> 楚岸通秋屐，胡床面夕畦。藉糟分汁滓，甕醬落提攜。
>
> 飯糲添香味，朋來有醉泥。理生那免俗，方法報山妻。
>
> （〈孟倉曹步趾領新酒醬二物滿器見遺老夫〉，卷 20 頁 1758）

對此，杜甫直欲將釀酒與釀醬之方帶回家與妻子分享，詩人對善意的文化往往樂於接受，亦可推知對夔州文化的厭惡有很大層面與非善意的行爲有關。

簡單來往是杜甫所憧憬的，使得杜甫樂意相往來，如：「明日重陽酒，相迎自釀醅」（〈晚晴吳郎見過北舍〉，卷 20 頁 1763）。前文已提及杜甫對讀書的重視，故於好書的友人自然欣賞不已，如：

> 碧山學士焚銀魚，白馬卻走身巖居。
>
> 古人已用三冬足，年少今開萬卷餘。
>
> 晴雲滿戶團傾蓋，秋水浮階溜決渠。
>
> 富貴必從勤苦得，男兒須讀五車書。
>
> （〈柏學士茅屋〉，卷 21 頁 1836）

> 叔父朱門貴，郎君玉樹高。山居精典籍，文雅涉風騷。
>
> 江漢終吾老，雲林得爾曹。哀弦繞白雪，未與俗人操。
>
> 野屋流寒水，山籬帶薄雲。靜應連虎穴，喧已去人群。
>
> 筆架霑窗雨，書籤映隙曛。蕭蕭千里足，個個五花文。
>
> （〈題柏大兄弟山居屋壁二首〉，卷 21 頁 1838～1839）

三首詩都提到讀書，不論詩歌所寫情緒的疏淡有味，光是不斷強調讀書一事，便可看出杜甫對閱讀的重視。另外此處可藉「碧山學士焚銀魚，白馬卻走身巖居」一聯得知柏學士曾有當官，如今居住於此，當給杜甫一些心靈上的補

足，消解駐足於此的無奈。又「靜應連虎穴，喧已去人群」一聯也可以看做
詩人的心理補償，藉由描寫他人之事，宣稱自己擇居原由。在這裡還有一位
鄰居——族孫杜崇簡，談話中不時帶著家國之念，很對杜甫胃口：

> 吾宗老孫子，質樸古人風。耕鑿安時論，衣冠與世同。
>
> 在家常早起，憂國願年豐。語及君臣際，經書滿腹中。
>
> （〈吾宗〉・卷 19 頁 1683）

遇到故鄉之人是高興主因，滿腹經綸外，還時常憂心國事，確實是很大鼓舞。
此人打扮與當地民俗一樣，應與在地文化有相當融合，前面談到杜甫對夔州
文化頗多不滿，如今有一位族裡的人士，一樣關心天下，既然他可以安居於
此，融入當地文化，自己又為何不可呢？廖美玉曾言杜甫藉諸葛亮化解士／
農兩種身分的認同危機〔註232〕，實則此位同鄉之人也有如此作用，尤其在家
族上有更緊密的關聯，帶給杜甫的親切感與安慰想必也更深刻。

　　整體而言，杜甫的鄰居與他自己有著許多相似之處，無論待人或人格
上，都見不凡，可知杜甫在生活中所做的汰選機制，反應詩人儒者性格。比
較前後兩處，面對夔州文化，杜甫後期雖有幾套消解機制，並嘗試接受當地
文化，但觀詩人選擇接受的部分多是生活上不得不如此的一面，諸如引水、
農耕與防虎之術，於飲食、淫祀則多不能接受，尤其此地人民重利與人格上
的缺失，更讓杜甫走上「避人擇虎」的決定，可見杜甫仍有意識地在異文化
中經營自己的文化氛圍。特別在待人、教子與擇居上，展現出與此地文化截
然不同的模式，顯示出以小亢大的儒者之心，當然夔州文化並未因此而變，
詩人也不斷地在生活上接受一些事情，無論是生活的必然性，或者智慧的悲
憫〔註233〕。

　　以小亢大的堅持僅在自己的空間裡，夔州文化雖也沒有改變詩人的視
角，卻拓展了杜甫的視野，終於在大小相亢裡，開啟異鄉裡的儒者之居。

〔註232〕見〔明〕王嗣奭著，曹樹銘增校：《杜臆增校》，頁 50。

〔註233〕黃奕珍即言：「一路上對殊方異俗的不斷適應，與鄰人的交往共處，最終停泊
在這樣中正而寬厚的想法上，他鳥瞰生靈大地，發現人生的實相是『萬里鞍
韉習俗同』，這正可視為其悲憫情操的發源點。」黃奕珍此解捕捉到杜甫智慧
消解的一部分，筆者十分認同；但作者是從鄰人與杜甫的相處得證，於夔州
生活的其他部分則未多談及，故於殊俗的不適應較無關注。見黃奕珍：〈從「與
田夫野老相狎蕩，無拘檢」之評談起——論杜甫與鄰人的交誼〉，《象徵與家
國——杜甫論文新集》，頁 140。

小　結

　　杜甫在孤城生活中的情緒差異頗大，凡此皆可於上述各節看見。然情緒也許因異鄉人的身分產生許多波動，卻也在駐足的停頓裡，漫漫沉澱自己的心靈。莊子在〈德充符〉談到：「惟止能止眾止」〔註234〕，生命只有在如水靜止的無執觀照裡，方能照見萬物本來面目，如同我們照鏡時，選擇的必是乾淨無瑕的鏡子。杜甫夔州駐足的心情當然沒有這種境界，可偶然的靜止亦讓詩人生出智慧，遂使情緒在靜中平穩，復在靜中惆悵，終至平地起波瀾。

　　這樣的迴圈似乎是無止盡的苦痛循環，然而在螺旋環繞的內外之際，必有一力學上的平衡點，哪怕稍縱即逝，卻足以撐起杜甫駐足的空間。伽達默曾言：

> 理論性的教化在於學會容忍異己的東西，並去尋求普遍的觀點，以便不帶有個人私利地去把握事物，把握「獨立自在的客體」。……這個世界是相當遙遠和陌生的，這必然使我們與自身相分離；但是這個世界也同時包含著返回到自身、與自身相友善和重新發現自己的一切起點和線索。〔註235〕

杜甫在夔州時不斷容忍異己，此中包含了當地的文化、風景等；但杜甫也持續返回自身，用訪古尚友與記憶的方式堅持自身視角。於是在繞出之時，又回到自身，同伽達默所謂：

> 在異己的東西裡認識自身、在異己的東西裡感到是在自己的家，這就是精神的基本運動，這種精神運動的存在只是從他物出發向本身的返回。〔註236〕

如此，縱然杜甫是用原先的視角觀看世界，可在視角不斷地繞出時，必也開啓許多新認識，使得回歸自身時的角度更加開闊，更在那一平衡點中創作出兩種情緒的合一之作，以及與夔州文化激盪下的點滴。

　　杜甫兼善天下的堅持是至死方休的，故其入世情懷滿布集子；惟在孤城中，鳥道的阻隔使得京華歸路更加遙遠，只好在駐足同時以各種方法追尋自己的方向。駐足中的一切讓生活更加豐富，詩篇也如：「古來詩材之富，無若

〔註234〕見〔清〕王夫之：《莊子通・莊子解》，頁49。
〔註235〕見〔德〕漢斯－格奧爾格・伽達默著，洪漢鼎譯：《真理與方法》（北京：商務印書館，2007年4月），頁25。
〔註236〕見〔德〕漢斯－格奧爾格・伽達默著，洪漢鼎譯：《真理與方法》，頁25。

老杜」〔註237〕、「少陵集，……。正如曬衣樓頭，五光十色，無所不有，洵詩中聖也」〔註238〕所說，展現了豐富多元。事實上，駐足的一切正似百花，杜甫生活其中，吸取百花精華後，所成之蜜自然增添許多滋味。那麼所謂「不改其志者」〔註239〕只是表面看法，在障礙中追尋京華一切的杜甫，因百花之釀，其志並非不改，而是在更多深刻的體貼中，拓展、加深了自己的視角。

〔註237〕蔣瑞藻輯：《續杜工部詩話》，引自張忠綱編注：《杜甫詩話六種校注》（濟南：齊魯書社，2002 年 4 月），頁 347。

〔註238〕蔣瑞藻輯：《續杜工部詩話》，引自張忠綱編注：《杜甫詩話六種校注》，頁 356。

〔註239〕張謙宜曾云：「古之人，如杜子美之雄渾博大，其在山林與朝廷無以異，其在樂土與兵戈險厄無以異，所不同者山川風土之變，而不改者忠厚直諒之志。」見〔清〕張謙宜：《絸齋詩談》，引自郭紹虞編：《清詩話續編》，頁 809。

第三章 孤城夜色
——遙望當歸的京華圖象

前　言

　　夜裡充滿神秘，尤其古代未有今日進步的照明設備，少了光害而多無盡黑色。自古日出而作，日落而息，白晝是人類致力各種生產活動的主要時刻，是故文明在此，生活亦在此。然人也有疲倦之時，面對白晝熙熙攘攘的人潮，一來一往間，多少愁緒、苦悶勢必難以宣洩。何況人生苦短，「逝者如斯夫」〔註1〕，自是未曾問過晝夜，那麼「何不秉燭遊」的生活型態便由此而生，此是李白「良有以也」〔註2〕的選擇，更是古往今來許多人類的共同心聲。夜晚除了上述兩種原因，也可如方回所言：「道途晚歸，齋閣夜坐，眺暝色，數長更，詩思之幽致，尤見於斯」〔註3〕，在黑夜中逗起詩思，展現晚上幽致的一面。

　　人類選擇夜色生活有諸多理由，就杜甫而言，莫礪鋒認為杜甫對夜色沉沉、群動皆息的黑夜情有獨鍾有四點原因：一、黑夜是白天的繼續，人們在白天的活動往往會延伸到夜裡，有些活動甚至更適宜於夜晚的發生背景。二、

〔註1〕　見〔宋〕朱熹：《四書章句集註》（臺北：鵝湖出版社，2000年9月），頁113。
〔註2〕　見〈春夜宴從弟桃花園序〉。見安旗主編：《李白全集編年注釋》（成都：巴蜀書社，2004年4月），頁1690。
〔註3〕　見〔元〕方回：《方回詩話》，引自吳文治主編：《遼金元詩話全編》（南京：鳳凰出版社，2006年12月），頁690。

經常發生在夜間的活動,便是作夢(莫礪鋒言杜甫的記夢詩不多)。三、記載自己的流浪。四、動亂中的時代印記〔註4〕。莫礪鋒此文討論的是暮夜詩的藝術價值,雖然列舉四項原因,所指卻稍嫌模糊,且文中未有論證。廖美玉診斷杜甫失眠的原因有四:一、夜間社交活動的影響。二、自經喪亂少睡眠。三、浪跡他鄉的不適與牽掛。四、生理因素〔註5〕。筆者以為廖美玉之說較具體〔註6〕,且能集中杜甫身上並以詩歌論證,可參。

　　杜甫現存最早的一首詩便記載這樣的生活習慣〔註7〕,或許是夜裡讓人更易沉澱,抑是闃黑的一片撩人思緒,使得詩人發出「欲覺聞晨鐘,令人發深省」的體悟;然而此時黑夜生活尚不是生活主軸,而為一旅遊經過。本章探討杜甫遙望京華的過程與心靈狀態,實際上,杜甫思念京華的詩篇,遍及整個夔州詩,在上一章的討論裡,便已流露這樣情緒。此章將重點放在夜裡遙望中的京華圖象,主因是杜甫在夔州時期夜晚作品大增,尤其詩中常出現具體的未眠詞彙,如:「大江秋易盛,空峽夜多聞」(〈秋野五首〉‧卷20頁1735)、「不眠瞻白兔,百過落烏紗」(〈季秋蘇五弟纓江樓夜宴三首〉‧卷20頁1777)、「峽雲常照夜,江日會兼風」(〈獨坐二首〉‧卷20頁1785)、「終年常起峽,每夜必通林」(〈雲〉‧卷20頁1786)等。方瑜曾說杜甫居西閣時期詠月夜之作頗多〔註8〕,並以大量篇幅闡釋這些作品;廖美玉更言杜甫離開京城與故鄉後,未眠詩作成遞增狀況〔註9〕,可知杜甫在夔州時期失眠應是常態。然而讓我們注意的是西閣做為杜甫夔州生活的居住地,只是旅館一類過渡性質的居住,客居他鄉本來就容易生起強烈的客居意識,影響睡眠。筆者所引詩句皆是杜甫後期已有固定居所之作,重以廖美玉更有〈詩人夜未眠的典型案例——杜

〔註4〕見莫礪鋒:〈穿透夜幕的詩思——論杜詩中的暮夜主題〉,《中國唐代文學會第14屆年會暨國際學術研討會論文匯編》(蕪湖:安徽師範大學,2008年10月),頁165～167。

〔註5〕詳見廖美玉:〈詩人夜未眠的典型案例——杜甫〉、《中古詩人夜未眠》(臺南:宏大出版社,2002年1月),頁358～417。

〔註6〕莫礪鋒所指第一、三、四點與廖美玉第一、二、三點同,不過廖美玉所指更為明確,且生理因素一點甚為重要,考察了杜甫的身體問題。

〔註7〕〈遊龍門奉先寺〉:「已從招提遊,更宿招提境。陰壑生虛籟,月林散清影。天闚象緯逼,雲臥衣裳冷。欲覺聞晨鐘,令人發深省。」(卷1頁1)

〔註8〕見方瑜:《杜甫夔州詩析論》(臺北:幼獅文化事業公司,1985年5月),頁185。不過杜甫夜裡的作品不只西閣時而已,方瑜所指乃強調月夜,實則關於黑夜的作品甚多,後文將會討論。

〔註9〕詳見廖美玉:《中古詩人夜未眠》,頁397。

甫〉〔註10〕一文考察，杜甫的夜色之作竟貫串整個夔州時期，值得吾人關注。

此外，方瑜另以〈秋野五首〉作爲杜甫心情起伏的抽樣性代表〔註11〕，爲方便討論，茲引如下：

> 秋野日疏蕪，寒江動碧虛。繫舟蠻井絡，卜宅楚村墟。
>
> 棗熟從人打，葵荒欲自鋤。盤飧老夫食，分減及溪魚。
>
> 易識浮生理，難教一物違。水深魚極樂，林茂鳥知歸。
>
> 衰老甘貧病，榮華有是非。秋風吹几杖，不厭北山薇。
>
> 禮樂攻吾短，山林引興長。掉頭紗帽側，曝背竹書光。
>
> 風落收松子，天寒割蜜房。稀疏小紅翠，駐屐近微香。
>
> 遠岸秋沙白，連山晚照紅。潛鱗輸駭浪，歸翼會高風。
>
> 砧響家家發，樵聲箇箇同。飛霜任青女，賜被隔南宮。
>
> 身許麒麟畫，年衰鴛鷺群。大江秋易盛，空峽夜多聞。
>
> 徑隱千重石，帆留一片雲。兒童解蠻語，不必作參軍。

（卷 20 頁 1732～1735）

筆者以仇注爲本，發現前三首詩歌分別展現了：「物我一視」、「秋野可以避世」、「野居之適，所謂山林興長野」等特質，可見在前三首詩中，杜甫均表達出一種幽逸、寧靜的念頭。時空一轉，黃昏來臨，第四首已在末句悄悄流露出「寒色淒涼，山林與廊廟判隔矣」的感傷，終於在第五首中，黑夜降臨，不論是「老別鷺班」的壯志徒負，還是以幽默筆法帶出的留滯之感，杜甫從白天轉到黑夜的心情，竟從「見道語」急下至「客巴日久」的哀傷，可見方瑜之說無誤，此組詩歌確實是杜甫面對時間轉變下，心情異動的抽樣代表作。爲集中焦點在杜甫心情的轉變，我們再把剛剛的敘述條列出來：

> 前三首：白日→見道語。
>
> 第四首：黃昏→漸轉憂傷。
>
> 第五首：夜晚→傷留滯。

杜甫在黑夜的確有更多不同的展現，但若見道之語能夠帶給杜甫寬慰，甚至成爲他面對人生挫折的箴言，我們亦可將白天傾向歸隱的表現視爲眞心話。可杜甫儒者身分的堅持已如緒論所言，則傷滯裡的「不必作參軍」實

〔註10〕見廖美玉：《中古詩人夜未眠》，頁 345～478。

〔註11〕見方瑜：《杜甫夔州詩析論》，頁 52。

只是反語，如此，杜甫在黑夜裡確然是吐出他的最終追尋了。杜甫在白天中以實際的農事操作籌措旅資，在山川景色中藉由景色撫平傷口，更在歷史古跡的精神遨遊中尋找依歸，甚至鼓勵友人為人民的幸福奮鬥，凡此，都是杜甫破除京華阻礙的努力。惟人生追尋未必都能順遂，杜甫一生「為客無時了」（〈大曆二年九月三十日〉‧卷 20 頁 1787），「一世之羈人」〔註12〕的形象尤其鮮明，可知其人一生多是不如意，那麼除了現實生活中的努力與追尋外，必然得在心靈的世界找一份安慰才可。過去杜甫還可以酒為醉，如：「濁醪有妙理，庶用慰沈浮」（〈晦日尋崔戢李封〉‧卷 4 頁 296）所說，這樣的安慰早隨著老病的關係，在「病從深酌道吾真」（〈赤甲〉‧卷 18 頁 1608）的體認下，做出「老人因酒病，堅坐看君傾」（〈季秋蘇五弟纓江樓夜宴三首〉‧卷 4 頁 296）的改變。惟哀傷之際，「潦倒新亭酌酒杯」（〈登高〉‧卷 20 頁 1766）的憂鬱總是讓人感到深深苦悶，遂在上一章談到的諸種追尋外，於夜裡書寫自己的思念，開闢另一條追尋，用思念的圖象作為此生失敗的安慰，本文即在探討杜甫黑夜裡如何經營這份思念，觀察另一種孤城與京華的關係。

第一節　孤城身影——黑夜裡的憔悴形象

　　廖蔚卿曾言：「構成『望歸』的意識情態的疏離感和孤獨感之產生，是以人之全部生活經驗活動為基礎的關注反省為核心的，而關注反省的重點即在時空兩者。〔註13〕」依此，上一章中，歷史古跡的精神追尋與天路般的空間障礙都是杜甫時空中的關注與反省。然而考慮時空外，廖蔚卿所說意識情態之產生實有一主體存在，否則時空中的中心人物是誰？感受又從何而發？因此除了藉由關注、反省時空來了解一人的望鄉意識，我們更有必要將目光放在詩人主體上，認識詩人身心，方能清楚遙望主體的情志、狀態，在遙望所及的客體與遙望者間，得到較全面的認識。

〔註12〕見吳文治主編：〈葛立方詩話〉，《宋詩話全編》（南京：鳳凰出版社，2006 年 10 月），頁 8245。

〔註13〕見廖蔚卿：〈論中國古典文學中的兩大主題——從登樓賦與蕪城賦探討遠望當歸與登臨懷古〉，《漢魏六朝文學論集》（臺北：大安出版社，1997 年 12 月），頁 68。

一、老病的時間壓力

　　杜甫喜歡在詩中表現自我，除了詩中流洩的意識外，更有明確如「杜陵野老」這樣的詞彙。關此，川合康三已有論述，以為杜甫自稱的形象常有如下的價值觀：

> 「杜陵野老」這一形象中包含有否定性的價值觀，得不到世人認可，甚至不具備懇求世人認可的資格，只不過是一個徒然老去的卑小人物，其中傳達的是作者蔑視自己的態度。〔註14〕

文中認為這是一種卑微的視角，甚至有蔑視自我的態度，又認為這種站在自我對面的觀察視角，雖描繪出窮途末路的自己，卻也因為肯定自我的存在，使自己獲得精神上的安定。此外，作者更以此說明杜甫面對自己的老醜是在否定與肯定中呈現〔註15〕，有著兩極的特質。

　　川合康三的論述很能掌握杜甫認識自我的面向，卻沒有為兩個衝突指出一個詮解。前文已提及杜甫此時呈現極大的不穩定，足見內心衝擊與感受的多樣，那麼除了認識自我外，詩人又是如何看待自己的生命呢？關於杜甫黑夜中的憔悴形象或可從〈老病〉一詩得出端倪：

> 老病巫山裏，稽留楚客中。藥殘他日裹，花發去年叢。
> 夜足霑沙雨，春多逆水風。合分雙賜筆，猶作一飄蓬。
> （卷 15 頁 1282～1283）

遙遠的巫山中，只有自己老病與稽留的形象，正似「杜陵野老」一詞所示，充滿老醜樣貌。而「藥殘他日裹，花發去年叢」兩句裡，裝載藥物的包裹已殘，眼前樹叢又綻新花，人隨光陰逐漸殞落，花朵卻在每一回季節更替裡，伸展紅顏，對比下，可以想見杜甫這些歲月裡為病所殘的辛酸。人生苦短，家國與家計已困擾杜甫至今，何況拖此殘生而行，步履崎嶇，實非容易。杜甫非常容易在靜觀萬物中，照見自己心中殘影，如：「感時花濺淚」（〈春望〉・卷 4 頁 320）、「叢菊兩開他日淚」（〈秋興八首〉・卷 17 頁 1484）等。況以詩人老病之身，復見去年叢枝綻放的鮮艷新色，年華每步，容顏漸逝，天地以花色催促詩人步伐，又怎能不傷？

〔註14〕見川合康三：〈杜甫詩中的自我認識與自我表述〉，《杜甫與唐宋詩學》（臺北：里仁書局，2003 年 6 月），頁 83。

〔註15〕見川合康三：〈杜甫詩中的自我認識與自我表述〉，頁 89。

　　頷聯並讀實有杜甫懷疑人生的意味存在，以花開寫己殘，稽留中的安定早被天地遞嬗所侵，尤其綻開即落的花朵，短暫生命無不提醒著詩人正駐足於此。而當夜裡雙足沾到沙石細雨之際，平生風波所染與數十年來風塵荏苒頓從此生，至此，阻隔杜甫的便不只音書斷絕的惶恐，一身洗不去的泥沙恐怕才教人難受。重以歸船所需之氣候，因逆水之風阻了歸期，飄泊西南，百事苦煎著熱腸，身體不堪老殘或仍可接受，蒼天拂逆其意則萬般無奈。面對這樣的自己，「自此合當分捨郎官雙筆」〔註16〕，蓋以出峽無期，遂生出放棄的想法。細讀全詩，可見杜甫對於苦難的認識，尤其老病的時間焦慮，與天意難違的人生運會，使得詩人感到無比煎熬。不過天意未必不仁，季節循環亦有序，只有自己的老病在時間推移中壓迫內心，成為迫切問題。由此可知，闃暗中的憔悴自我就是在老病兩種基調中推移，以下即從老／病兩點切入，藉以了解杜甫此時的自我。

二、悲老的描寫

　　老去是人間之必然，杜甫年老情態如：「白髮寐常早」（〈奉送王信州崟北歸〉‧卷 19 頁 1663～1665）、「遲暮少寢食」（〈甘林〉‧卷 19 頁 1667）、「力稀經樹歇，老困撥書眠」（〈九月一日過孟十二倉曹十四主簿兄弟〉‧卷 20 頁 1757）等描寫〔註17〕，有著老人早睡易醒、少食、打眠等特色。不過依照前面廖美玉的考察，外務、心事、疾病纏身的杜甫實難早睡，故失眠的情況更加嚴重。老邁雖為人類共相，面對這一處境卻有不同表現，以下考察杜甫悲老的描寫中展現如何視角。

〔註16〕 見〔清〕浦起龍：《讀杜心解》（臺北：九思出版有限公司，1979 年 3 月），頁526。

〔註17〕 杜甫描寫「老」的作品甚多，此舉幾例，〈暮春題瀼西新賃草屋五首‧其五〉：「欲陳濟世策，已老尚書郎。未息豺虎鬥，空慚鴛鷺行。時危人事急，風逆羽毛傷。落日悲江漢，中宵淚滿床。」（卷 18 頁 1610）〈過客相尋〉：「窮老真無事，江山已定居。地幽忘盥櫛，客至罷琴書。挂壁移筐果，呼兒問煮魚。時聞繫舟楫，及此問吾廬。」（卷 19 頁 1633）甚至連樹都要挑老樹來描寫，如〈謁先主廟〉：「孔明廟前有老柏，柯如青銅根如石。霜皮溜雨四十圍，黛色參天二千尺。」（卷 15 頁 1357）可見一斑。難怪黃生說：「年老多病，感時思歸，集中不出此四意。」見〔清〕黃生：《杜工部詩說》（京都：中文出版社，1946 年 6 月），頁 502。

（一）歷史對照中的墜落

　　藉由歷史人物的對照，在曾有的圖卷搜覓歷史老人的過往，一來可以提供老人哲學的借鏡，二來也可幫助自己化解情緒。杜甫曾以龐公〔註18〕的故事疏解自己困守孤城的無奈，如：「龐公任本性，攜子臥蒼苔」（〈昔遊〉‧卷 16 頁 1435～1437）、「龐公隱時盡室去，武陵春樹他人迷」（〈寄從孫崇簡〉‧卷 18 頁 1613），歷史相照中，情緒也獲得好轉，有了「書此豁平昔，回首猶暮霞」（〈柴門〉‧卷 19 頁 1643）的豁然。然筆者曾言白日中尤有景色可以輔助、支撐杜甫的困挫，如今來到黑夜，情況便不同了，杜甫悲老的形象如〈垂白〉一詩所寫：

　　　　垂白馮唐老，清秋宋玉悲。江喧長少睡，樓迥獨移時。

　　　　多難身何補，無家病不辭。甘從千日醉，未許七哀詩。

　　（卷 17 頁 1462）

歷史人物再度穿越時空與杜甫並列，馮唐為漢文帝時人，年紀已大仍作郎官，時文帝乘車路過感到奇怪，遂問之。馮唐談了自己對執法的看法後，文帝以為然，便派馮唐持節，並赦免魏尚。至漢武帝時，馮唐年九十餘，又被舉薦為賢良，但他已老得不能為官了〔註19〕。王嗣奭以為「馮唐老而為郎，公正

〔註18〕「龐德公居峴山南，未嘗入城府。荊州刺史劉表就候之。謂曰：『夫保全一身，孰若保全天下乎？』龐公笑曰：『鴻鵠巢于高林，暮而得所棲；黿鼉穴於深淵之下，夕而得所宿。夫趣舍行止，亦人之巢穴也。且各得其棲而已。』因釋耕壠上。表歎息而去。後遂攜妻子，登鹿門山，採藥不返。」（卷 16 頁 1435～1437）

〔註19〕「馮唐者，其大父趙人。父徙代。漢興，徙安陵。唐以孝著，為中郎署長，事文帝。文帝輦過，問唐曰：『父老何自為郎？家安在？』唐具以實對。文帝曰：『吾居代時，吾尚食監高祛數為我言趙將李齊之賢，戰於鉅鹿下。今吾每飯，意未嘗不在鉅鹿也。父知之乎？』唐對曰：『尚不如廉頗、李牧之為將也。』上曰：『何以？』唐曰：『臣大父在趙時，為官將，善李牧。臣父故為代相，善趙將李齊，知其為人也。』上既聞廉頗、李牧為人，良說，而搏髀曰：『嗟乎！吾獨不得廉頗、李牧時為吾將，吾豈憂匈奴哉！』唐曰：『主臣！陛下雖得廉頗、李牧，弗能用也。』上怒，起入禁中。良久，召唐讓曰：『公奈何眾辱我，獨無間處乎？』唐謝曰：『鄙人不知忌諱。』當是之時，匈奴新大入朝那，殺北地都尉卬。上以胡寇為意，乃卒復問唐曰：『公何以知吾不能用廉頗、李牧也？』唐對曰：『臣聞上古王者之遣將也，跪而推轂曰，闞以內者，寡人制之。闞以外者，將軍制之。軍功爵賞皆決於外，歸而奏之。此非虛言也。臣大父言，李牧為趙將居邊，軍市之租皆自用饗士，賞賜決於外，不從中擾也。委任而責成功，故李牧乃得盡其智能，遣選車千三百乘，彀騎萬三千，百金之士十萬，是以北逐單于、破東胡、滅澹林，西抑彊秦，南支韓、魏。當是之時，趙幾霸。其後會趙王遷立，其母倡也。王遷立，乃用郭開讒，卒誅李牧，令顏聚代之。是以兵破士北，為秦所禽滅。今臣竊聞魏尚為雲中守，其軍市租盡以饗士卒，私養錢，五日一椎牛，饗賓客軍吏舍人，是以匈奴遠避，不近雲中之塞。虜曾一入，尚率車騎擊之，所殺其眾。夫

似之」〔註20〕，蓋言杜甫因嚴武推薦他做劍南節度府參謀，加檢校工部員外郎，與馮唐類似，老而皆任郎官。然馮唐至老猶被重視，如今杜甫老矣，卻無人聽他之言，倘他時有機會，年老又豈復能用！宋玉則是悲秋文學的開端，秋氣最易動人，杜甫蓋欲以宋玉之悲類比自己之愁，使得此愁不僅只在當下發生，更似蔓延無數朝代的瀰天秋意。合此兩句，杜甫嘆老之中兼懷滿滿愁緒，不過既以馮唐爲比，其中尚有期待存在，猶有爲國諫言之心。「江喧長少睡，樓迥獨移時」一聯可堪杜甫少睡多慮的重要證明，仇注以「少睡移時，憂在國家也」（卷17頁1462）釋之，即言少睡之因實不在己而在國家。杜甫之老病必然影響睡眠，而江水滔滔作響亦可在長夜構成噪音之擾；但若一個人無憂無慮，亦不必「長少睡」，集中精神注意著不斷東逝的江聲，可知杜甫心頭之慮眞有所指，何況又在樓高之處，登高望遠，心事亦擴。

處在「多難無補，無家甘病」〔註21〕的日子裡，於事無補的現實對杜甫一心實踐理想的初衷當是一衝擊，遑論歸家不得的思緒。杜甫到底甘不甘病？或許言外自有其恨吧！故仇注才以「多難身何補，作憤語；無家病不辭，作苦語」（卷17頁1462）注解。如此情緒下，杜甫的自我實迴盪在歷史與現地中，包含了廣大悲苦相。詩人夜裡省視自己的結果竟是如此，又怎麼希冀超升？於是只求渾沌中盼得千日之爛醉，如歐陽脩之「醉中遺萬物，豈復記吾年」〔註22〕，又何必作什麼七哀詩〔註23〕，畢竟「牽情者未超，不若我之冥

士卒盡家人子，起田中從軍，安知尺籍伍符？終日力戰，斬首捕虜，上功莫府，一言不相應，文吏以法繩之。其賞不行。而吏奉法必用。臣愚以爲陛下法太明、賞太輕、罰太重。且雲中守魏尚坐上功首虜差六級，陛下下之吏，削其爵、罰作之。由此言之，陛下雖得廉頗、李牧，弗能用也。臣誠愚觸忌諱，死罪死罪！』文帝說。是日令馮唐持節赦魏尚，復以爲雲中守，而拜唐爲車騎都尉，主中尉及郡國車士。七年，景帝立，以唐爲楚相，免。武帝立，求賢良，舉馮唐。唐時年九十餘，不能復爲官，乃以唐子馮遂爲郎。遂字王孫，亦奇士，與余善。」見〔漢〕司馬遷著・瀧川龜太郎考證：《史記會注考證》（臺北：漢京文化事業有限公司，1983年9月），頁1129～1131。

〔註20〕見〔明〕王嗣奭著，曹樹銘增校：《杜臆增校》（臺北：藝文印書館，1971年10月），頁419。

〔註21〕見〔清〕邊連寶：《杜律啓蒙》（濟南：齊魯書社，2005年6月），頁235。

〔註22〕見〔宋〕歐陽脩：《歐陽脩全集》（臺北：河洛圖書出版社，1975年3月），上冊，頁202～203。

〔註23〕「曹子建、王仲宣、張孟陽，有〈七哀〉詩。釋詩者謂病而哀、義而哀、感而哀、悲而哀、耳目聞見而哀、口歎而哀、鼻酸而哀也。子建之哀，在於獨棲之思婦；仲宣之哀，在於棄子之婦人；張孟陽之七哀，在於已毀之園寢：是皆一哀而七者具也。」（卷16頁1373）

心一醉」，痛苦外，杜甫竟也走起阮籍醉酒的道路來。杜甫夔州生活中，透過歷史現實的交錯，視角也多了一層憂慮。這種憂慮有著極強烈的時間焦慮，如〈秋峽〉所記：

> 江濤萬古峽，肺氣久衰翁。不寐防巴虎，全生狎楚童。
>
> 衣裳垂素髮，門巷落丹楓。常怪商山老，兼存翊贊功。
>
> （卷 19 頁 1725）

據史記所載〔註24〕，商山四皓雖屏跡隱居，晚年卻有輔佐贊助朝廷之功；對比自己這一老邁多病的身軀，白髮丹楓，生命走向白淨的虛無裡，楓紅能以絕豔的姿態凋落，自己呢？老於萬古江濤中，只堪記憶裡一片空白與黑夜共色，在無止盡的黑暗裡，細數白髮蒼蒼。歷史對照中，可以有鼓舞之用，卻也可能在更深沉的對比下墜落，杜甫黑夜裡的老人形象屬於後一種，不斷跌落在歷史的卷頁裡，徒增哀嘆。

（二）親人對照下的哀愁

若說歷史是回顧的視角，那麼身旁親人的對照則是眼前關注。杜甫的老邁是自然生命現象，推移人生老病的力量本屬生理定數；外在原因所勾動的內在心理影響亦可催速此變化，家人的牽絆即是，如：「汝曹催我老，回首淚縱橫。」（〈熟食日示宗文宗武〉·卷 18 頁 1645）藉由小孩長成對照自己的衰老，可見親人的對照亦是詩人引出感性思考的中介。這種作品在夜色中更為淒豔動人，如〈草閣〉一詩：

> 草閣臨無地，柴扉永不關。魚龍迴夜水，星月動秋山。
>
> 久露晴初溼，高雲薄未還。汎舟慚小婦，飄泊損紅顏。
>
> （卷 17 頁 1468）

〔註24〕「留侯曰：『此難以口舌爭也。顧上有不能致者，天下有四人。四人者年老矣，皆以為上慢侮人，故逃匿山中，義不為漢臣。然上高此四人。今公誠能無愛金玉璧帛，令太子為書，卑辭安車，因使辯士固請，宜來。來，以為客，時時從入朝，令上見之，則必異而問之。問之，上知此四人賢，則一助也。』於是呂后令呂澤使人奉太子書，卑辭厚禮，迎此四人。四人至，客建成侯所。」〔唐〕司馬貞《史記索隱》：「四人，四皓也，謂東園公、綺里季、夏黃公、角里先生。按：陳留志云：園公姓庾，字宣明，居園中，因以為號。夏黃公姓崔名廣，字少通，齊人，隱居夏里修道，故號曰夏黃公。角里先生，河內軹人，太伯之後，姓周名術，字元道，京師號曰霸上先生，一曰角里先生」。見〔漢〕司馬遷著，瀧川龜太郎考證：《史記會注考證》，頁 808。

開頭描寫草閣之景，次聯凸顯杜甫的心事，「魚龍迴夜水」一句頗有〈秋興八首〉中「魚龍寂寞秋江冷」（卷 17 頁 1489）之慨，除以動寫靜外，更顯露杜甫一生的寂寞。杜甫的寂寞當然不單如此，如「故人何寂寞，今我獨淒涼」（〈寄彭州高三十五使君適虢州岑二十七長史參三十韻〉‧卷 8 頁 639）的身世之感、「千秋萬歲名，寂寞身後事」（〈夢李白二首〉‧卷 7 頁 555）中，一生不被了解的寂寞等〔註 25〕，都是詩人確切的寂寞經歷。最動人者，莫過杜甫對蒼生大愛的寂寞之感，一句「濟時敢愛死，寂寞壯心驚」（〈歲暮〉‧卷 12 頁 1068），還有誰能不敬愛杜甫！然今朝寂寞莫名複雜，秋山都為星月所動，山動本因水中倒影為魚龍所擾，今天則突變為星月撼動，如「山虛風落石」（〈西閣夜〉‧卷 17 頁 1475）所寫的山虛之貌，杜甫夔州夜裡的所立之處竟如此沒有乘載力。這般書寫除因黑夜裡虛無一片，使得視線不清將光影變換推因於秋山移動，杜甫長期飄泊下的不安全感更是其中關鍵，遂結合飄泊之痛在一深夜秋山裡，創造出黑夜的游移不定。

「久露晴初溼」點出杜甫遲遲沒有入睡，與「請看石上藤蘿月，已映洲前蘆荻花」（卷 17 頁 1486）相同，顯示杜甫漫漫長夜裡失眠的境遇。「高雲薄未還」一句則是詩人自傷飄泊之感，和上句一同架構出黑夜裡的時空。杜甫的夜是漫漫長夜，卻也是沉澱、省思的靜夜，此詩的結尾不寫自己，反而想起妻子的辛苦，杜甫的妻子本就小他數歲〔註 26〕，詩中卻不曾見過她的抱怨，兩人情感可見一斑。飄泊老去純屬自然，何況這條道路是自己所選；然原本年輕的妻子卻因此跟著蒼蒼衰去，看在杜甫心裡，怎能不難過？只是減損的不單是妻子，「彼小年漂泊，猶改紅顏，況我老而為客乎！」〔註 27〕杜甫憐惜妻子之餘，也在對照中復見自己的白頭，紅顏一變已為衰，杜甫的老去又將如何摧折他的心靈、身體？這是詩人沒有說出的一句。

杜甫本有廣廈之夢，藉由對家的尋覓擴及蒼生之家的構築；這種由妻子生起的對照，也可以延伸到他處，形成老化現象的蔓延，如〈江月〉一詩所寫：

江月光於水，高樓思殺人。天邊長作客，老去一霑巾。

〔註 25〕此詩雖寫李白，然而杜甫作品中描寫他人之作常常也暗指自己，故此寂寞便不侷限於李白身上，還有杜甫自己的感嘆存在。

〔註 26〕杜甫死時約 59 歲，當時楊氏尚存，而其妻約 49 歲而終，可知兩人年紀應有不少差距。見簡錦松：〈杜甫夔州生活新證〉，《唐代學術研討會論文集》（臺北：里仁書局，2008 年 11 月），頁 152。

〔註 27〕見〔清〕浦起龍：《讀杜心解》，頁 503。

玉露圓清影，銀河沒半輪。誰家挑錦字，燭滅翠眉顰。

（卷 17 頁 1465）

黃生認爲此詩：「蓋即男女之情，喻君臣之義」〔註28〕，邊連寶則以此詩「思其室家」〔註29〕，應改創作時間爲梓州時才合理。這兩種解釋的癥結點實在最後兩句身上，蓋夔州時期妻子正在身旁，不可能有這樣的想念。不同上述二人截然劃分，仇注迴避了對象的問題，乃以普天同想對照杜甫自身〔註30〕，開出第三種詮釋。當然，詩無定話，不必如何才是，惟仇注把問題指向普天同想，描寫杜甫的假想之詞，讓天下有情人皆在愁思中一同擔荷人間離愁，則仇注似乎比較可以同時面對作品的繫年、時地與杜甫妻子此刻在身邊的問題，又情人本可有君臣之喻，仇注實兼包黃生與邊連寶之說。惟不論如何，綜合三者詮釋，或者將內容意識擴大成普天男女的愁思，或以男女隱喻思念國君，甚至思念親人如連邊寶所語，三種解釋裡，江月明亮下，杜甫再次失眠是定論，高樓遠望產生的空間拘囚感亦是事實，自己的老去更是淚眼婆娑裡的眞相，杜甫乃有「天邊長作客」之嘆。失眠故有是想，思想開起天邊拘囚之苦，天邊苦思終結出老去自我的不盡淚流闌干，畢竟至老不還，青春不再來，自然的法則已讓人不甘，親近之人的共同老化，更是睹之腸斷，遂連結普天共相，成就一幅眾生相。

（三）神話對照出的必然

杜甫懷抱著客死他鄉的恐懼，使得他的悲老情感從歷史到親人，甚至跨越到廣大群眾的普天視角。然而杜甫似乎覺得不夠，故將視角帶到更遼闊的神話與星體上，寫成一首特殊的詩歌：

四更山吐月，殘夜水明樓。塵匣元開鏡，風簾自上鉤。

兔應疑鶴髮，蟾亦戀貂裘。斟酌姮娥寡，天寒耐九秋。

（〈月〉‧卷 17 頁 1476）

開頭二句「心境雙瑩」〔註31〕，浦起龍以爲就算是杜甫，亦是難得之作。觀看兩句展示的世界：月由山中吐出，樓因水上月醒眼，杜甫在萬里悲老

〔註28〕見〔清〕黃生：《杜工部詩說》，頁 269。

〔註29〕見〔清〕邊連寶：《杜律啓蒙》，頁 232。

〔註30〕「此時繡字空閨者，燭殘挑罷，得無對之而顰眉呼？當與樓上雲中者，同一愁思也。」（卷 17 頁 1465）

〔註31〕見〔清〕浦起龍：《讀杜心解》，頁 507。

之際，尚能有如此細膩的筆觸，可知黑夜確實給予杜甫許多想像，呼應著夜裡幽致。首聯描寫不只細膩，更合於物理，如邊連寶所言：「月吐四更，其光固甚微矣，然樓居則得月偏多。且樓下有水，水引月光而照於樓上，故樓爲之明也。」〔註32〕足見詩人描寫功力！杜甫在〈秋野五首〉中談到：「易識浮生理，難教一物違。」（卷19頁1725）實爲自明之言。頷聯描寫月亮，如鏡似鉤，無論光感或形象，黑夜裡的杜甫並不因失志而遺忘對自然的感觸。中段卻一轉視角，踏進神話，頸聯裡懷疑起月兔是否老邁？更開了月蟾玩笑，彷彿一切如是輕鬆〔註33〕，有一貫的幽默。難過仍是有的，尾聯一敝心事，如「斟酌姮娥寡」所寫，神話與杜甫間的橋樑就此搭上，延續悲老情緒，上達天聽。

　　姮娥居此早不知多少年數？倘若身旁的月兔已老，歲月必也在姮娥身上留下痕跡，杜甫的老人視角轉而投射在這神話身影，在黑夜裡形成異世界中的對照。如此視角拓展的不僅是詩人的世界，老人望京之悲也擴大了，同姮娥故事悠久。杜甫尾聯的處理細緻而同首聯，四更與殘夜本是寒冷，杜甫轉移自己的情緒於姮娥身上，是不是也要唱起滿天疑問？似龔自珍「喚出姮娥詩與聽」〔註34〕？楊倫以爲：「姮娥獨處而耐秋，亦同於己之孤寂矣。」〔註35〕黃生則謂：「寡婦孤臣，情況如一。」〔註36〕皆言杜甫以姮娥與己對看，是故言姮娥亦言自己，才能生出這麼孤寂的句子，雙寫孤寂兩端。至此，整理杜甫悲老的視角，可如下：

　　　　自己之悲老→歷史之悲老→親人之悲老→普天之悲老→神話之悲老
　　　　→自己之悲老。

從一開始的己悲，進入歷史世界後，透過時間開展拉出老去的時間長度，隨後回到現實，以親人間的對照引出悲老情感，並在觸感同時，思起天下蒼生的如出一轍。杜甫更以神話之超越時空與自己之老相比，如此，再沒有一種

〔註32〕見〔清〕邊連寶：《杜律啓蒙》，頁233。

〔註33〕王嗣奭以爲五六句必有所比，以爲「魍魎在月外，蝦蟆伏月內，外患易弭，而君側之小人難除。」筆者以爲雖可一參，然多少有過度穿鑿之嫌，詳見〔明〕王嗣奭著，曹樹銘增校：《杜臆增校》，頁495。

〔註34〕出自龔自珍〈夜坐〉。見〔清〕龔自珍：《定盦詩集》，出自《龔定盦全集》（臺北：新文豐出版股份有限公司，1975年3月），頁6。

〔註35〕見〔清〕楊倫：《杜詩鏡詮》（臺北：華正書局有限公司，1981年6月），頁856。

〔註36〕見〔清〕黃生：《杜工部詩說》，頁273。

年老可以相比，畢竟與遠古姮娥同立的杜甫，其老自是難以言喻。但杜甫沒有停留在神話，他仍是人，〈月〉詩有著作者強烈的自我意識，雙寫之中，悲老的議題終究回到詩人自己身上。

　　繞了一圈，杜甫還是杜甫，只是這一場「老」的歷程很重，讓人分不出到底杜甫的蒼老有多深？所以才有這麼多樣的比喻。我們也發現，杜甫面對老邁除了難過外，也有擔荷人生不同層面悲老情態的胸懷，哪怕等待他的還有沉疾重病，詩人的筆端卻不曾忘記天下容貌。

三、疾病的描寫

　　關於杜甫的疾病，上一章中已有部分詮釋，主要集中在疾病對歸路的阻礙，此處則強調杜甫黑夜裡的疾病書寫。杜甫多病，如〈秋峽〉所記：

> 江濤萬古峽，肺氣久衰翁。不寐防巴虎，全生狎楚童。
>
> 衣裳垂素髮，門巷落丹楓。常怪商山老，兼存翊贊功。
>
> （卷 19 頁 1725）

萬古長峽中，只有一染肺疾的老翁，夜須防虎，畫則防人，暮年生活誠如邊連寶所說：

> 以萬古之峽而貯久衰之翁，夜則防虎，畫則防人，白髮蕭條，門庭寂寞，此際此心，真如死灰難燃矣。而商山四皓獨能老立功名，何也？或是精力之強，亦其遭際之隆耳。〔註37〕

疾病是導致杜甫流落至此的關鍵，死灰難起，可見處境。如今養病已難，畫夜裡又各有煩惱事，杜甫身心煎熬之狀可謂艱苦。據張夢機研究，杜甫除肺疾外，還得過氣衰、風痺、眼暗、耳聾、瘧疾、頭風等病，晚年更因舟車勞頓，百病叢生，實為辛苦〔註38〕。如此身心怎能不憔悴？重以失眠之苦，故國難回，於是獨坐便成為一項特殊活動，展現著「每依北斗望京華」之態，如〈獨坐二首〉：

> 竟日雨冥冥，雙崖洗更青。水花寒落岸，山鳥暮過庭。
>
> 暖老思燕玉，充飢憶楚萍。胡笳在樓上，哀怨不堪聽。

〔註37〕見〔清〕邊連寶：《杜律啟蒙》，頁 313。

〔註38〕詳見張夢機：《讀杜新箋》（臺北：漢光文化事業股份有限公司，1986 年 2 月），頁 204。廖美玉在〈詩人夜未眠的典型案例──杜甫〉中也有很多討論，詳見廖美玉：〈詩人夜未眠的典型案例──杜甫〉，頁 407～417。

白狗斜臨北，黃牛更在東。峽雲常照夜，江日會兼風。

曬藥安垂老，應門試小童。亦知行不逮，苦恨耳多聾。

（卷 20 頁 1784）

無論眼前風景如何，老病中的杜甫並無太大心思經營風光之覽，何況生活狀況不好，如仇注所言：「暖老須被，充饑須食，若燕玉楚萍，乃世間必不可得之物，而思及於此，蓋甚言衣食之艱難耳」（卷 20 頁 1784），生活的問題使得江山風景大打折扣，故乃「怨從心生」（卷 20 頁 1784）。杜甫延續他的失眠，只是身坐山峽中，失眠的自己不僅需要於白日面對不盡江風，更在夜裡閱盡峽中雲朵。然「天上浮雲似白衣，斯須改變如蒼狗。古往今來共一時，人生萬事無不有。」（〈可歎〉‧卷 21 頁 1830）浮雲變化中寄寓多少人事無常，每每逗起杜甫思緒，正像「聞道長安似奕棋」般，夜裡的天空帶給杜甫的竟是一幅政治圖象，提醒著政局的紊亂。而今自己已是如此身軀，歸去之路無望，「亦知行不逮」，也就只好繼續「苦恨耳多聾」了。

杜甫關於耳聾的作品很多，如「君不見夔子之國杜陵翁，牙齒半落左耳聾」（〈復陰〉‧卷 21 頁 1848）、「耳聾須畫字，髮短不勝篦」（〈水宿遣興奉呈群公〉‧卷 21 頁 1895）、「此身飄泊苦西東，右臂偏枯半耳聾」（〈清明二首〉‧卷 22 頁 1970）等。夔州時期則如〈耳聾〉一詩：

生年鶡冠子，歎世鹿皮翁。眼復幾時暗，耳從前月聾。

猿鳴秋淚缺，雀噪晚愁空。黃落驚山樹，呼兒問朔風。（卷 20 頁 1784）

杜甫以「鶡冠子」、「鹿皮翁」自稱〔註39〕，用隱者之名言己似有歸隱之意；然隱者本該忘其姓名，方為「隱」者之意，如今未曾或忘，寫上姓名外，還添了哀嘆之想，離不開世界的情衷彷若執著。如今病已生，眼耳俱病，卻只有猿聲雀噪相伴；但又如何？「聞猿下淚，不聞猿聲，故而無淚；聞雀思親，不聞雀噪，晚愁也空。」〔註40〕若尚有痛苦知覺，至少還可能宣洩，如今隨病情影響，心物間似也畫上距離。聽而未能感，病之所以病恐不在此而已，猶有心病纏身，如〈冬至〉一詩所言：「心折此時無一寸，路迷何處是三秦」（卷 20 頁 1823）。故最後面對不聞風聲而見葉落的自己，杜甫終以「驚」字

〔註39〕「鶡冠子，常居深山，以鶡為冠。……或曰楚人，衣敝履穿，因服成號，著書言道家事。鹿皮翁，淄川人，衣鹿皮，居岑山上，食芝草，飲神泉。百餘年下，賣藥於市。」（卷 20 頁 1784）

〔註40〕見信應舉：《杜詩新補注》（鄭州：中州古籍出版社，2002 年 1 月），頁 563。

表示，遂有呼兒之舉，悲憤自己病已如此，不復生機。前面提到杜甫的執著，貫穿在疾病中的生活雖有無奈，也有著生機消逝的感觸，可知黑夜中，杜甫面對疾病的視角有著比較沉重的表現。然杜甫雖言耳聾，猶存廣納世間聲音的天聽，所以戰爭所致的胡笳之聲未絕，心便不斷地接收這樣悲曲，直呼「哀怨不堪聽。」就算耳聾了，憂國之心仍舊讓杜甫致力傾聽〔註41〕，哪怕身體真的累了，如〈李潮八分小篆歌〉：「我今衰老才力薄」（卷18頁1552），訴說自己的衰老無力；杜甫無才嗎？詩人未必如此認為，飄泊兩湖時都還有「老馬」之喻〔註42〕，實有過人之處。但隨著時光流逝與身軀老病，難免產生放棄之想，哀嘆著倘復歸朝，又豈有可用之時！

　　病中的杜甫仍保持人格的高度，〈寄薛三郎中據〉：「余病不能起，健者勿逡巡。上有明哲君，下有行化臣。」（卷18頁1622）因疾也許不能再用於世，可若他人有機會，必然是全心全力支持，成功不必在我，這在杜甫確是深刻的表示。杜甫亦未嘗因為世界的眼光而改變自己，如〈庭草〉一詩：

　　　　楚草經寒碧，逢春入眼濃。舊低收葉舉，新掩卷牙重。
　　　　步履宜輕過，開筵得屢供。看花隨節序，不敢強為容。
　　　　（卷18頁1598～1599）

此詩未標明何時所作，卻可為杜甫在老病中的人生悲劇作一轉折式的凸顯。邊連寶以為此詩：「人若憐而勿踐，得以屢供筵前，倘愛花而見棄，亦不敢強為容色以媚人，君子之交蓋如此。」〔註43〕筆者認為此解甚佳，杜甫縱然有才願為天下付出，但若必須媚俗而為，亦不屑行之。此作雖是君子之交之篇，作為杜甫面對君臣之際的態度亦未不可，就算生活已是「為郎從白首，臥病數秋天」（〈歷歷〉‧卷17頁1524～1525），帶著回京補官的夢滯留在峽中秋夜，卻仍吶喊著：「衰老自成病，郎官未為冗。淒其望呂葛，不復夢周孔。濟世數嚮時，斯人各枯冢。楚星南天黑，蜀月西霧重。安得隨鳥翮，迫此懼將恐。」（〈晚登瀼上堂〉‧卷18頁1619）「未為冗」正是自己猶有可用的宣稱，也許不若古人身影，更不復夢見周孔，甚至國家賢士一一凋零，杜甫都還有著飛翔的想像，與「通籍恨多病，為郎忝薄遊」（〈夜雨〉‧卷19頁1677）、「病多猶是客，謀拙竟

〔註41〕實則杜甫並未完全耳聾，可見上述引文。
〔註42〕「江漢思歸客，乾坤一腐儒。片雲天共遠，永夜月同孤。落日心猶壯，秋風病欲蘇。古來存老馬，不必取長途。」（〈江漢〉‧卷23頁2029）
〔註43〕見〔清〕邊連寶：《杜律啟蒙》，頁276。

何人」（〈太歲日〉・卷 21 頁 1854）多病無用的身影形成強烈對比。

筆者發現不論是悲老或者疾病，杜甫都不只看到眼前的自己，老悲中，杜甫最後表現神話般的高度，把古往今來的憂愁帶進生命；疾病時也不忘打開天聽收納廣大人民心聲，此實是杜甫憔悴中視角的一大開展。吉川幸次郎對杜甫的研究有此觀察：

> 草堂的生活是杜甫一生最幸福的時期，詩歌體現出自然的善意，詩
> 語則充滿著回復古典樂觀的圓熟。其後放浪於長江雄壯的風景中，
> 杜詩達到最後的完成，人生的漂泊雖有憂愁，然此憂愁既已不是個
> 人的憂愁而是化作人類共通的感情而歌詠。〔註44〕

我想正可以作為杜甫老悲與疾病視角中，寬度開啓的另一種證明。而就白日與黑夜間的對比，描寫老病的詩歌裡，黑夜顯然讓詩風轉向更為幽閟愁苦的世界，反應杜甫一定程度情緒的晦暗。這時杜甫自然有著畏黑的傾向，「猿鳴秋淚缺，雀噪晚愁空」一聯所指，秋淚晚愁本是詩人害怕面對的，因為不單是眼前風景的遲暮之色，更是自己黑色晚年的事實。這時杜甫對白日依舊有很大的依賴，故言：「賞月延秋桂，傾陽逐露葵。大庭終反樸，京觀且僵尸。高枕虛眠晝，哀歌欲和誰。南宮載勳業，凡百慎交綏」（〈夔府書懷四十韻〉・卷 16 頁 1420～1426），夜晚雖可藉由賞月活動陶冶性情、欣賞生命其他面向，杜甫卻更嚮往白日中的恣意揮灑，彷若追逐太陽尾巴的孩童，在遊戲中經營自己的白日夢。故當現實環境剝奪逐日活動時，就像取走杜甫為人的本質〔註45〕，不僅歌聲沒人相和，高枕也失去意義，徒剩空虛的晝夜輪替。當然，這種對白日的依靠也可能變成另一種表現，如前面討論的結果，黑夜裡的杜甫慢慢適應生活後，又重新思起飛翔的可能，以下便討論杜甫如何在黑夜裡轉出希望，見證詩人昇華。

四、星空下的轉折與體悟

前面曾說杜甫的憔悴身影是在老／病兩種基調中推移而出，若是如此，杜甫一生所圍仍是人類與動物間皆有的生老病死命限，並不足以偉大稱之。

〔註44〕 參見連清吉：〈吉川幸次郎即其杜甫研究〉，《杜甫與唐宋詩學》（臺北：里仁書局，2003 年 6 月），頁 41。

〔註45〕 杜甫曾言：「物性固難奪」（〈自京赴奉先縣詠懷五百字〉・卷 4 頁 265），可見對於自己的性格，詩人早有本質上的確立。

然其中蘊含寬廣視角，窮究人類身軀的極限，可見杜甫在老病中猶然存著天地般的胸襟，符應一生的懸念與堅持。胸懷越大，承擔也越多，如此，杜甫老病憂愁中的廣大視角竟是因自己的憂愁、執著而成，故分析杜甫夜裡的憔悴自我有哪些表現，除老病的現象外，更要仔細分析其中之因，方可了解杜甫究竟擔荷了什麼？

　　杜甫曾明確說自己「不眠憂戰伐」（卷17頁1469），可知諸多原因中，對國家人民的擔憂實是自己認知裡的最大因素〔註46〕，如〈冬至〉一詩中所言：

　　　　年年至日長爲客，忽忽窮愁泥殺人。

　　　　江上形容吾獨老，天涯風俗自相親。

　　　　杖藜雪後臨丹壑，鳴玉朝來散紫宸。

　　　　心折此時無一寸，路迷何處是三秦。（卷20頁1823）

年年爲客，愁本殺人，如今並非風俗不親〔註47〕，而是憶起長安冬至的場景與自己如今的老病時，兩相對映下，說什麼也快樂不起來。上一章曾提及田園生活與異地裡的生活體驗皆曾予以杜甫一定的寬慰與新奇，此處在相親中猶有窮愁之感，可見夔州穩定的生活也不能安慰其心。詩以丹壑比紫宸朝謁已散、眾官歸回的爲官生活，杖藜天地自然裡，不忘的猶是長安京華，孤城的一切終是路迷中的雲煙，無論曾有的歸田寧靜，關鍵一刻，杜甫還是做了北望的選擇。此詩是不是夜作並不影響論述，心路軌跡卻可爲夔州時期的杜甫作一注解，畢竟夜裡的失眠也是年年的，而冬至一天黑夜的延長更縮短白日照射，使得自己「獨老」而落處悠悠長夜，以身影憔悴提出與政治世界逐漸脫節的證明。故心也不復了，「心折此時無一寸」，關懷的僅是迷失的自己何時才能尋到三秦〔註48〕？

　　杜甫另有〈可歎〉一首，雖也未明言夜晚，但詩中提到的星辰意象卻可與杜甫黑夜中的憂民態度相證，而星辰本身更是黑夜中才能看見，如下：

　　　　天上浮雲似白衣，斯須改變如蒼狗。

　　　　古往今來共一時，人生萬事無不有。

　　　　近者抉眼去其夫，河東女兒身姓柳。

〔註46〕廖美玉考察杜甫失眠的四個原因已見上文。詳見廖美玉：〈詩人夜未眠的典型案例——杜甫〉，頁359～417。

〔註47〕關於杜甫對夔州風俗的態度實爲多樣，其中好惡有其深層的內涵和原因，請參筆者上一章。

〔註48〕「項羽分秦地爲三：章邯爲雍王，都廢丘；司馬欣爲塞王，都櫟陽；董翳爲翟王，都高奴。謂之三秦。」（卷21頁1824）

丈夫正色動引經，鄐城客子王季友。

群書萬卷常暗誦，孝經一通看在手。

貧窮老瘦家賣屐，好事就之為攜酒。

豫章太守高帝孫，引為賓客敬頗久。

聞道三年未曾語，小心恐懼閉其口。

太守得之更不疑，人生反覆看已醜。

明月無瑕豈容易，紫氣鬱鬱猶衝斗。

時危可仗真豪俊，二人得置君側否。

太守頃者領山南，邦人思之比父母。

王生早曾拜顏色，高山之外皆培塿。

用為羲和天為成，用平水土地為厚。

王也論道阻江湖，李也丞疑曠前後。

死為星辰終不滅，致君堯舜焉肯杇。

吾輩碌碌飽飯行，風后力牧長回首。（卷21頁1830）

此詩為王季友作，王嗣奭以為「是歎其懷才不用，非歎其夫婦乖離」〔註49〕。
若以全詩看之，兩者實可並存，未必得細分、強隔彼此。此處我們要注意的
是杜甫所用的比喻，其言：「死為星辰終不滅，致君堯舜焉肯杇」，可見杜甫
將王季友的生命比擬為星辰高掛，更以星星永恆照耀，說明王季友人格的傑
出和為理想奉獻的未肯衰朽。這樣的句子未必只是描述王季友而已，因杜甫
詩歌不定場合的特性〔註50〕，使此詩亦可兼述自己，如此，兩句話乃隱藏了
心聲和理想；何況杜甫本是容易失眠之人，常藉著望眼觀看長安上的北斗，
傾訴壯志未酬，可證此詩除以星辰言友人人格外，更是杜甫稱言自己理想的
象徵。《論語》曾提到：「為政以德，譬如北辰，居其所而眾星共之。〔註51〕」
古老的年代裡，北辰即是政治象徵，星辰的隱喻在孔子的語言世界早已存在，
當杜甫言「死為星辰終不滅」時〔註52〕，便是說明他「致君堯舜上」的願望，

〔註49〕見〔明〕王嗣奭著，曹樹銘增校：《杜臆增校》，頁640。

〔註50〕宇文所安以為不定場合詩成為中國抒情詩最重要的類型之一，它深深植根於
　　　場合和眼前的非虛構世界，卻又轉向一般意義。見宇文所安著，賈晉華譯：《盛
　　　唐詩》（臺北：聯經出版事業股份有限公司，2007年1月），頁320。

〔註51〕見〔宋〕朱熹：《四書章句集註》，頁53。

〔註52〕杜甫對星的描寫已有不少，其中以星星指賢者的作品，如：「北闕更新主，
　　　南星落故園」（〈寄高適〉，卷11頁943）、「嚴警當寒夜，前軍落大星」（〈故武

使北斗居其所，自己成爲眾星之一，守護著心中的北斗星。順此三點，可證星辰一喻，實杜甫一生理想寄託所在，不可輕忽。

　　杜甫曾言：「葵藿傾太陽，物性固難奪」（〈自京赴奉先縣詠懷五百字〉·卷 4 頁 265），把太陽當做國君，自己物化爲葵藿，使兩者形成一種自然依存。廖美玉曾言太陽對杜甫的特殊象徵與意涵：

> 杜甫把國君與太陽等同看待，認定其不可替代性與不可悖離性，是其個人實踐生存意義的憑依，也是自己一生仰望且護持的對象。〔註53〕

觀廖美玉所述，白晝中的太陽與國君的意義常是等號，是故不僅爲詩人仰望，更是一生犧牲、護持的目標，甚至漫漫長夜裡，還成爲依靠的對象。歐麗娟則從杜甫書寫月亮之作裡，發現另一種隱喻：

> 我們可以看到杜甫生命中三個大階段的月之意象有著明顯的轉變，每一階段對月的掌握也都呈現極爲不同的側面，和杜甫的生命發展息息相關。〔註54〕

以月亮代表杜甫不同時期的生命象徵，可見杜甫與月亮間的關係較多身影與情感的投射，總此，若是杜甫以太陽比喻君王，以月亮比喻自己的人生，〈可

衛將軍輓歌三首·其一〉·卷 2 頁 95）。有賢者之喻，自然也有小人之比，如：〈收京三首·其一〉：「仙仗離丹極，妖星照玉除」（卷 5 頁 421）、「往者胡星孛，恭惟漢網疏」（〈秋日荊南送石首薛明府辭滿告別奉寄薛尚書頌德敘懷斐然之作三十韻〉·卷 21 頁 1909～1913）等。而〈成都府〉裡提到：「初月出不高，眾星尚爭光。自古有羈旅，我何苦哀傷」（卷 9 頁 726），雖有人認爲以初月喻肅宗；眾星喻史思明之徒，稍嫌曲說（卷 9 頁 727），卻可證亦有此說存在。以星星描寫自己，如：「西漢親王子，成都老客星」（〈戲題寄上漢中王三首·其一〉·卷 11 頁 937），而〈宿白沙驛〉一詩提到：「萬象皆春氣，孤槎自客星。隨波無限月，的的近南溟」（卷 22 頁 1954），仇注以爲「皆春氣，見各有生意。自客星，見己獨飄零」（卷 22 頁 1954），可見以星稱自己的作品不論早、晚期都有。至於以眾星共之，如：「使者紛星散，王綱尚疏綴」（〈送樊二十三侍御赴漢中判官〉·卷 5 頁 351），兩句言朝廷派出的使臣如星辰似分散各地，藉以挽救尚處於垂危的朝廷綱紀。「南圖迴羽翮，北極捧星辰」（〈奉送嚴公入朝十韻〉·卷 11 頁 911）一聯亦爲輔佐之意。甚至赴京者，如：「南極一星朝北斗」（〈送李八秘書赴杜相公幕〉·卷 19 頁 1680），杜甫也看作是星星趨向北斗者。以上可見杜甫使用星星一詞的概況。惟杜甫此處大膽且直接地以星星爲喻，唱出至死不休的衷曲，較之上述諸說，顯然更有以星星之力量命己的意圖。

〔註53〕見廖美玉：〈詩人夜未眠的典型案例——杜甫〉，頁 351。
〔註54〕見歐麗娟：《杜詩意象論》（臺北：里仁書局，1997 年 12 月），頁 94。

歉〉一詩中的星辰之喻就是衷心的具象化了。雖然星星與太陽、月亮間的差距如此巨大，呼應夜色中自己的渺小與微弱；但日換月移間，縱然只是斗大黑夜中的一點，也可以在太陽照不到的地方、月色朦朧之際，以一己之力繼續關懷天下蒼生，撐起黑暗。

杜甫的憔悴自我從「杜陵野老」到黑夜裡的老病，其形容早已疲憊不堪，令人不忍卒睹。可杜甫並未放棄，黑暗中，他的自我總有一股力量存在，那就是亙古黑夜裡不曾缺席的星辰；而在日月奪目的天空中，星辰更以小小的姿態點燃希望，成為老病推移中一股逆勢力量，給予憔悴的老病身影一夜星光。在此提撕下，雖然生活依舊辛苦，自己也繼續失眠，甚至孤城與京華間的對比仍在，如〈夜歸〉一詩：

> 夜來歸來衝虎過，山黑家中已眠臥。
> 傍見北斗向江低，仰看明星當空大。
> 庭前把燭嗔兩炬，峽口驚猿聞一箇。
> 白頭老罷舞復歌，杖藜不睡誰能那。（卷 21 頁 1848）

不如意事太多，白頭的我也只有舞復歌，其間不能言喻的痛苦實深刻異常。惟「傍見北斗向江低，仰看明星當空大」一聯所寫，京華象徵的北斗猶是，而孤城裡的星星亦存，只要北斗燦爛依舊，杜甫就願以星辰的姿態繼續相伴，「死為星辰終不滅，致君堯舜為肯朽」的精神便不可忽視，因為它代表的是杜甫的昇華，將黑夜裡的憔悴自我提撕為宇宙星體。至此，超越現實的杜甫，拯救世界的念頭就不再是人間的廣廈夢，也非〈後苦寒行二首〉中的「安得春泥補地裂」（卷 21 頁 1848），因為廣廈與春泥都是土地物，終為黑夜籠罩；星星不同，只要肯相信，日月變化裡，它是永恆的星體，看不見卻依舊存在。

前面所提川合康三的論述很能掌握杜甫認識自我的一種面向，可惜沒有為兩個面相的衝突指出一個詮釋。杜甫對自己老病憔悴的形象雖有悲傷、沉重的描寫，最終仍昇華為天上星星，也許白日的太陽離他已遠，黑夜中的月亮又藏有太多自己的身影，杜甫仍能為不堪的人生留下一些尊嚴和希望，只是一顆小小的星星，卻足以撐起孤城裡的夐絕黑夜。如此，夜晚老病中的杜甫，終是以京華的北斗象徵與自己的星辰能量照亮了孤城生活。惟這樣的論述不能說杜甫是依靠在政治的權力下生長，因為他也幻想自己成為一顆星辰，與北斗一同發光；甚至當今北斗在戰亂陰霾下失色，杜甫也願意燃燒代耀。那麼杜甫面對老

病下，還能在悲傷中開出積極的視角，即在他也同時證明了自己的存在，不只京華是星辰，夔州中遙望京華的杜甫也可以是，如廖美玉所說：

> 杜甫選擇棄官以維繫詩人身分的完整性，並且承受失掉職場、失去生計的雙重挫敗，越過蜀道遠赴他鄉，開始了他的兩川生涯。杜甫論事深切時弊卻無力改善時政，故雖棄官而實未棄民，繼續以詩人的視角關懷時政。〔註55〕

正是這樣一種對自我身分的肯定，使得杜甫在黑夜獨對憔悴時，轉而在悲傷中開出更高昂的視角。至此，所謂否定與肯定間的意義就在於杜甫能將人生悲劇昇華成更高的自我辯證，不只在其中建立京華的永恆追尋，更有對星辰生命的肯認，同王國維所說：「有釋迦、基督，擔荷人類罪惡之意」〔註56〕，實踐了儒家天命的雙重性〔註57〕，在「天地終無情」（〈新安吏〉・卷7頁524）中，畫下自己的不妥協。以下便論述杜甫如何在黑夜謳歌他的理想。

第二節　黑夜謳歌——杜甫對理想的堅持

　　杜甫一生都在謳歌理想，雖然生活起起伏伏，心境更是隨著起落屢有衝突，但詩人的一生仍可如莫礪鋒所說：「就是用這種廣博的仁愛精神去擁抱整個世界」〔註58〕。只是理想似乎未因努力與否得到更大發揮，是故半生流離，使人鼻酸。顛沛中，謳歌如何能夠繼續它理想的基型，恐怕不易，於是奮鬥如杜甫，也有「儒術於我何有哉，孔丘盜跖俱塵埃」（〈醉時歌〉・卷3頁176）的感嘆，在清夜之中，吶喊心頭塊壘，穿插在鬼神與現實的寂寞中〔註59〕。可如上文所說，夜是一處讓人沉靜的場域，白晝不能完成的事，或許黑夜裡還能馳騁自我的完成，畢竟那是自己的世界，無須擔心有人打擾。

〔註55〕 見廖美玉：〈東京與兩川——王安石、黃庭堅學杜的兩種視角〉《傳統中國研究集刊（第六輯）》（上海：上海人民出版社，2009年6月），頁214。

〔註56〕 文本言李後主，此處筆者認為以之論杜更為適合。見王國維：《人間詞話》，引自唐圭璋：《詞話叢編》（臺北：新文豐出版股份有限公司，1988年2月），頁4243。

〔註57〕 天命包含兩種觀念，一是命中限制，杜甫老病身影與飄泊西南天地的困境即是：一是「天命之謂性」的價值肯認，此如杜甫昇華為星辰之舉，從超越處重新認識自己的價值。

〔註58〕 見莫礪鋒：《杜甫評傳》（南京：南京大學出版社，1993年10月），頁286。

〔註59〕 同樣出自〈醉時歌〉：「清夜沈沈動春酌，燈前細雨簷花落。但覺高歌有鬼神，焉知餓死填溝壑」。

一、對現實的懷抱與直指

杜甫雖在夔州黑夜曝露了老病身影，但如上述星辰隱喻，也常常伴隨謳歌理想的詩篇，如〈江上〉一詩：

江上日多雨，蕭蕭荊楚秋。高風下木葉，永夜攬貂裘。

勳業頻看鏡，行藏獨倚樓。時危思報主，衰謝不能休。

（卷 15 頁 1328）

多雨的蕭瑟之秋，木葉亦因風高而墜。詩人處在黑夜，不知詩中落葉飄零是朦朧裡所見，還是聽覺勉強下所得，雖非無邊落木，仍足以擾動詩人思緒。秋葉附著枝頭上已顯老病形象，投射杜甫身影，何況又是失眠、淒冷的長夜，攬得住貂裘，又豈擁得住希望？物質在飄泊生涯裡或許已非容易取得，如今仍存；理想的追索正像漫天黑夜無垠無涯，讓人摸不著。無論杜甫此處貂裘真假為何？潦倒、衰謝的他多是連東西也握不住了〔註60〕，遑論小人當道的世界中，詩人隻手更難以回天。如此，杜甫的永夜就不只是生命的永恆長夜，也是唐朝文化被摧毀後，僅剩的難以入眠，就像邊連寶所言：「行年半百，勳業無成，故看鏡以驗其衰壯。進退維艱，行藏兩誤，故倚樓以致其躊躇。」〔註61〕一葉知秋，杜甫正看見自己的人生之秋，行年半百，勳業無成，進退維艱，行藏兩誤，一切都是場空。

然杜甫沒有放棄，如浦起龍所言：「高爽悲涼。於老杜難得此朗朗之語，不須注腳也。」〔註62〕此詩確實如此，故在人生空白之刻，杜甫敲響永夜的不是嘆老傷悲之語，反是那足以振醒唐朝的高爽，於黑夜悲涼中唱出自己的堅持和關懷。「時危思報主，衰謝不能休」，沒有忘不了的蒼生，只有漸逝的軀體；可精神永存，那麼杜甫的生命在此眾絃俱寂時，以殘軀奏響一片高音，無怪乎不用注腳，畢竟生命的奮起本是言語難以道盡。這樣的高音並未輕易結束，無力的杜甫還能在堅持理想的過程裡，頻頻舉鏡，可見用心，於是在謳歌中，杜甫唱著唱著，便來到更深的夜，寫下〈中夜〉一詩：

中夜江山靜，危樓望北辰。長為萬里客，有愧百年身。

故國風雲氣，高堂戰伐塵。胡雛負恩澤，嗟爾太平人。

（卷 17 頁 1461）

〔註60〕 「鼓斜坐不成」（〈宗武生日〉卷 17 頁 1477～1478）、「力稀經樹歇」（〈九月一日過孟十二倉曹十四主簿兄弟〉‧卷 20 頁 1757）。
〔註61〕 見〔清〕邊連寶：《杜律啟蒙》，頁 235。
〔註62〕 見〔清〕浦起龍：《讀杜心解》，頁 507。

江山一片靜謐，萬籟無聲裡，只有自己的聲音是最清楚的。此詩表達出杜甫暮年作客的哀情，同仇注所說：「客變而傷亂離也」（卷 17 頁 1461）。深夜裡翹首北望，不望月，不望其他星辰，杜甫的世界只那顆可以代表長安的北斗堪以寄情，如〈秋興八首〉中「每依北斗望京華」（卷 17 頁 1485），更延續到晚年飄泊湖湘之「愁看直北是長安」（〈小寒食舟中作〉‧卷 23 頁 2062）。杜甫的凝望是世界最深的眼眸，不望長安眼不收，一輩子的情感就這樣傾注在凝望裡了。然而人間回報他的是什麼？只有〈登高〉中，一聯「萬里悲秋常作客，百年多病獨登臺」（卷 20 頁 1766）可供慰藉，恰恰與此詩呼應，永遠的萬里客，憔悴的百年身。而杜甫仍在憑望，或許中夜裡的星星更加明亮，遂讓杜甫看到了長安「變異無常」〔註63〕，與華屋燒燬的萬里烽煙未能平。杜甫〈秋興八首〉中有「聞道長安似奕棋」（卷 17 頁 1489）之句，更有「王侯第宅皆新主，文武衣冠異昔時」（卷 17 頁 1489）的描寫，皆與此處吻合，可爲一參。詩歌的結尾是指責語，其中解釋可依流水對與反對而不同，若依前者，兩句意思指向兵禍的譴責，上句指負恩如祿山者，下句指太平無端受擾之人。倘依反對，意思便豐富了，上句依舊，下句則指尸位素餐者，且可兼寓無辜之人和太平盛世的毀滅，杜詩多義性之特色誠見於此。惟尸位素餐一指威力萬鈞，堪爲當權者所懼，足見深夜裡的詩人，力量依舊豐沛、飽滿。

　　筆者以爲此詩實爲杜甫一生情感的濃縮，不惟包容了同時期重要的作品，也將杜甫的中心思想寫得淋漓盡致。一般以杜甫爲忠君報國形象的代表，難免帶有傳統愚忠之想；實則杜甫的批判性不弱，尤其在夔州這樣絕望的地方，縱使徘徊出處兩難中，詩人面對時事的批判依舊敏銳。筆者以爲杜甫這詩堪爲其人格代表作，正在這濃縮各作概念的集合意義，指出杜甫的敏銳，塑造出黑夜裡的銳利視光。

二、挫折中的無奈與反省

（一）扭曲的月色

　　杜甫雖有上述積極的創作視角，兼對時代永不放棄的心腸，他的無力卻也常在詩歌表露，如〈宿江邊閣〉、〈西閣夜〉二詩：

　　　　暝色延山徑，高齋次水門。薄雲巖際宿，孤月浪中翻。

〔註63〕見〔清〕楊倫：《杜詩鏡詮》，頁 667。

鸛鶴追飛靜，豺狼得食喧。不眠憂戰伐，無力正乾坤。

（〈宿江邊閣〉‧卷 17 頁 1469）

恍惚寒山暮，逶迤白霧昏。山虛風落石，樓靜月侵門。

擊析可憐子，無衣何處村。時危關百慮，盜賊爾猶存。

（〈西閣夜〉‧卷 17 頁 1475）

兩詩背景相近，皆爲江邊閣中之作。此閣倚白帝山而臨江，其勢必陡，其景必闊〔註64〕。詩中耐人思索的是對月亮的描寫，吉川幸次郎曾說杜甫的月亮多是不健康的〔註65〕，依兩詩觀之，恐怕還多了毀壞之氛。「孤月浪中翻」是浪水所激，巫峽江水本湍急，如：「西南萬壑注，勁敵兩崖開。地與山根裂，江從月窟來。削成當白帝，空曲隱陽臺。疏鑿功雖美，陶鈞力大哉」（〈瞿唐懷古〉‧卷 18 頁 1558）、「瞿塘漫天虎鬚怒」（〈最能行〉‧卷 15 頁 1286～1287）等皆有十分驚險的描寫；杜甫此處卻寫成是月亮在江水中翻滾，使得黑夜之景不只同「薄雲巖際宿」高危，還多了詭異、不穩的氣息。杜甫一生飄泊，常以月亮隱喻身世，此如上引歐麗娟所說，月亮的翻動或許就是杜甫面對人生的感嘆；然而翻騰中，何處是安定之刻？杜甫的心不曾安過，只好繼續隨著月亮在悠悠江水中湧動，翻動自己的人生，翻動整片唐朝歷史。〈西閣夜〉裡的月亮不似上面雲月之間所顯示的高迥、湧動，卻多了一絲虛幻、朦朧，石頭被吹落是風大之因，杜甫依著想像力把石頭之落導向白帝山的虛，如此，其上之閣不就更加危險！是故虛空上的危樓，月亮便不再以朗照或暖頰的姿態迎著眾人，取而代之的是侵入之想，顛覆了曾有的形象。夔州之月竟成了入侵者，象徵世界對杜甫的侵擾，詩人此刻的衰弱實不難推敲。

　　上述兩種月亮形象揭示著杜甫視角的怪異，夔州生活的不習慣怕不只摧毀生活的安定，還增加了對未來的不確定性，自然引出「鸛鶴追飛靜，豺狼得食喧」的驚人畫面。方瑜以爲鸛鶴兩句指大曆二年崔旰之禍，此時「民生艱困，河清無日。在豺狼追食，鸛鶴追飛的夜景中，杜甫的思緒已落入回想與沉思」〔註66〕，這一切悲傷的成因就是「盜賊爾猶存」。杜甫西行本有避亂打算，如今亂世延燒至可能安寧的地方，杜甫又能如何？「時危關百慮」正是過去「撫事

〔註64〕　參見簡錦松教授所製地圖：〈杜詩白帝城之現地研究〉，《杜甫與唐宋詩學》（臺北：里仁書局，2003 年 6 月），頁 166。

〔註65〕　因筆者不諳日文，故轉引自《杜甫夔州詩析論》一書，詳見方瑜：《杜甫夔州詩析論》，頁 3。

〔註66〕　見方瑜：《杜甫夔州詩析論》，頁 23。

煎百慮」（〈羌村三首・其二〉・卷5頁392）的重演，杜甫的一生就這麼在憂慮中度過了，所餘的僅是那以「擊柝可憐子，無衣何處村」為亂離背景的自己，成為黑夜中最無奈的景色。惟無衣、可憐又怎知不是杜甫自己的處境，至此，也只能說出「無力正乾坤」，貫串著無力、恍惚的氣氛。透過上面的闡述，這兩首詩歌在表達上實有互相參證的意義存在，如以下表示：

〈宿江邊閣〉：首聯、頷聯、頸聯、尾聯。

〈西閣夜〉：首聯、頷聯、頸聯、尾聯。

同樣的背景，杜甫卻在不同時間歌誦類似的作品，杜甫此時確實糾葛著百慮般的憂愁，使得創作視角一步也離不開世間民生，交織出無力而對自己的責備。

（二）女性故事的激昂

也許詩歌充滿無力氛圍，仍是正面而奮發，帶著一正乾坤的想望，足見杜甫救世之心未減，除為星辰外，也是夔州苦痛中更深一層的自我展現。杜甫是這樣善於表露，所以才會連一首歌也難以忘懷：

> 佳人絕代歌，獨立發皓齒。滿堂慘不樂，響下清虛裏。
>
> 江城帶素月，況乃清夜起。老夫悲暮年，壯士淚如水。
>
> 玉杯久寂寞，金管迷宮徵。勿云聽者疲，愚智心盡死。
>
> 古來傑出士，豈特一知己。吾聞昔秦青，傾側天下耳。
>
> （〈聽楊氏歌〉・卷17頁1480）

人類常常藉由同化自己週遭的顏色來安慰、宣洩自己，所以透過繪畫與顏色能夠了解一個人的內在，杜甫當然不是畫家，詩歌卻是了解他的最好媒介。〈聽楊氏歌〉描寫一次宴會上的音樂感受，開頭兩句讓我們看到過去〈佳人〉〔註67〕一詩裡的形象。幽居空谷中的絕代佳人彷若此處楊氏之獨立，可見「獨立」一詞乍看在描寫楊氏站姿，實際上雙寫了楊氏超凡脫俗的形象，證明此女冠

〔註67〕 〈佳人〉：「絕代有佳人，幽居在空谷。自云良家子，零落依草木。關中昔喪亂，兄弟遭殺戮。官高何足論，不得收骨肉。世情惡衰歇，萬事隨轉燭。夫婿輕薄兒，新人美如玉。合昏尚知時，鴛鴦不獨宿。但見新人笑，那聞舊人哭。在山泉水清，出山泉水濁。侍婢賣珠迴，牽蘿補茅屋。摘花不插髮，采柏動盈掬。天寒翠袖薄，日暮倚修竹。」（卷7頁552～554）

絕當代，堪爲「幽居在空谷」的化身。音樂表演得到如何掌聲與回饋呢？「滿堂慘不樂，響下清虛裏」，除了滿座重聞皆掩泣的憂愁哀傷外，更將音樂比擬成天上清籟，過去「此曲只應天上有」（〈贈花卿〉・卷10頁847）是爲諷刺而作，如今清虛是內在對音樂的感動，杜甫聽歌或反映自己對政治的不滿，或反映內在的戚戚焉，都是用力甚深。而諷刺需上指天際，方能刺入其骨，感動亦是，尤其描寫楊氏歌聲響亮高昂，穿透九天雲層，更從天而降，使得音樂的來源與青天合一，上天入地，暗合「絕代」一詞之寫。如此，能夠出入在人間天上的絕代之音，不僅透過皓齒所傳，更塑造出不同於人間的氛圍，聽者怎能不慘？

　　杜甫強化此處感受的方法是帶出月色，江水旁不惟音樂動人，還有無瑕素月，若楊氏之歌能夠喚起月亮樸素單純的相伴，那麼「天寒翠袖薄，日暮倚修竹」裡以修竹表示佳人人格特質的手法就是此詩的母體，一則修竹，一則素月，都爲簡單而無複雜的襯景。一個人的堅持如何觀察？如《論語》所說：「父在，觀其志；父沒，觀其行；三年無改於父之道，可謂孝矣」〔註68〕，是從行爲實踐觀之。杜甫的一生當然是堅持了，此從其一生所爲得之；若從創作視角來看，杜甫創作精神的延續便是另一種考察方向。如〈佳人〉與〈聽楊氏歌〉兩詩中的相承：

〈佳人〉：絕代有佳人、幽居在空谷、日暮倚修竹。

〈聽楊氏歌〉：佳人絕代歌、　　獨立　　、　江城帶素月。

杜甫詩歌內在精神的傳承與延續在漫漫人生後，竟以如此神似的表達重現，證明創作視角雖因環境變動而轉，內在基底卻以一種恆常的存在展延。

　　披著皎皎月光的清靜夜晚，楊氏的歌聲優越飛揚，良宵美景中，素月晶瑩圓潤，使披著滿城月光的孤城和楊氏顯得更美。杜甫還說到「況乃清夜起」，這是一句極容易讓人忽略的句子，卻滿盛關鍵。無聲的夜裡，月光不但使佳人相輝映，也使楊氏的歌聲具有高亢悠揚的空間，同時因爲黑夜褪下四周景物的色彩，眾人目光方更聚焦在楊氏身上。此刻除了素月與皓齒輝映，時高時低的樂音與幽美的環境合奏，使得黑夜與美人、素月合而爲一，在清夜中凝出無奈。

〔註68〕見〔宋〕朱熹：《四書章句集註》，頁51。

　　眾所皆知，音樂不只在樂器裡，更在人的心裡，杜甫恐怕也有這種感受。詩人寫下老夫聽歌後的暮年愁悲，更寫出豪壯之人聽後的淚湧如水，聽眾一一被感，表現跨越年齡層次的音樂渲染力。隨著歌唱與夜色交織，歌聲愈來愈使人動情而深入眾心，照應了「滿堂慘不樂」，杜甫此處的老夫與壯士又何嘗不是自己兩層人生階段的寫照？過去困守長安，縱有一任左拾遺的機會，卻因忠被離，杜甫壯士的生活不必哭也應當如長江淚流不息。如今年華老去，或許還想著實現理想，可尚未謳歌，卻一聽楊氏悲曲，不問楊氏生活背景如何，同是天涯淪落人的感受早已浮在杜甫筆端，壯士已淚，何況壯士的青春又悄悄化作白髮蒼蒼，自古英雄畏遲暮，兩句寫了孤城在座的人們，也寫了來自異鄉的杜甫與歷程！之後無論楊氏歌聲如何美妙動人、令人沉迷，或者那驚人的魅力、神奇力量，使簫管吹奏出來的樂曲，奏得一片迷幻，都已無所謂了，因為聽眾仍舊延續著慘不樂的聽覺感受，打破聽覺與心覺的界限，直到「愚智心盡死」，杜甫表示了心中翻案，以自古傑出之士不止一個知己的看法，加強音樂感人外，同時將在座諸人與楊氏之聲結合一起，形塑出一場相知相惜的際會，最後以「吾聞昔秦青，傾側天下耳」收尾，用古時善歌者秦青〔註69〕相較，凸顯楊氏。

　　楊氏有著滿座知音，自己呢？誰都希望得一知己，杜甫描寫李白「千秋萬歲名，寂寞身後事」（〈夢李白〉·卷7頁558），與此詩相較，杜甫冥冥中當是清楚自己處境。杜甫一生所為是傾側天下的大業，其心更是如此，只是夢想難以實現，如今聽聞一曲悲歌，老夫壯士的時空交錯湧現，只有素月般的夢未曾汙染，但又如何？在描寫外在的同時又自我表露，這是杜甫慣有的視角，讓描寫外在的作品寄寓著自己的眼光心事。而當眼前黑夜籠罩一切，歌聲竟取代時間，串聯了壯士、老年兩種身分，還有那份深藏心中的夢想，則杜甫夜晚視角中，確實有著超越一切隔閡的力量；惟傾側天下的夢只能在夜裡隨歌聲唱出，雖不是自己的口吻，卻是同樣心事，開啟了夜裡謳歌的無奈。

（三）從「濟世」到「趨競」的反省

　　杜甫一心一意想要實踐夢想，此夢卻不斷落空，如〈暮春題瀼西新賃草屋五首·其五〉中所言：

〔註69〕「薛譚學謳於秦青，未窮青之技，遽辭歸。秦餞之郊衢，撫節悲歌，聲振林　　　　木，響遏行雲。」（卷17頁1481）

欲陳濟世策，已老尚書郎。未息豺虎鬥，空慚鴛鷺行。

時危人事急，風逆羽毛傷。落日悲江漢，中宵淚滿床。

（卷 18 頁 1610）

滿滿的濟世之策，卻在老病中成為空想，身體惡化已難堪，何況逆風中，環境又不斷地摧折詩人，只能眼睜睜看著「豺虎鬥」，卻無力回到「鴛鷺行」，使得失眠問題一再重複，徒留滿床淚水和遺憾。痛苦可能讓杜甫產生更多無奈，如〈晚登瀼上堂〉一詩所說：

故蹊瀼岸高，頗免崖石擁。開襟野堂豁，繫馬林花動。

雉堞粉如雲，山田麥無壟。春氣晚更生，江流靜猶湧。

四序嬰我懷，群盜久相踵。黎民困逆節，天子渴垂拱。

所思注東北，深峽轉修聳。衰老自成病，郎官未為冗。

淒其望呂葛，不復夢周孔。濟世數嚮時，斯人各枯冢。

楚星南天黑，蜀月西霧重。安得隨鳥翎，迫此懼將恐。

（卷 18 頁 1619～1620）

登上較高之處，眼界也隨著風景而開，「開襟野堂豁」中，杜甫本應高興才是；然所思不在此，心念自然不斷流出，縱然可為景所動，思念卻受阻深峽修聳中，百折難出。前面提到杜甫失眠與老病的狀況，這使得孔子之事複製在詩人身上。惟孔子在文獻上應該沒有失眠的問題，其不夢周公是理想挫折；杜甫不然，不僅無奈，更是失眠的真實反映，生理與心理的雙重折磨。

處境艱困也讓杜甫心生不同道路，如〈晚〉一詩所寫：

杖藜尋巷晚，炙背近牆暄。人見幽居僻，吾知拙養尊。

朝廷問府主，耕稼學山村。歸翼飛棲定，寒燈亦閉門。

（卷 20 頁 1756）

簡單的農村生活因為人少更顯幽居之趣，縱然聽聞朝廷詢問當地官員公事，杜甫的身影卻在耕稼中，步履山村老人的腳步。此詩整體而言雖顯出優遊自得、與物和諧之趣；但「朝廷問府主」一句仍讓詩歌氛圍出現他味，使得山村亦洩出杜甫的心事。惟整體觀之，以耕稼之事對應朝廷之問，可見杜甫在政治思維外，對他鄉所學的吸收，或許朝廷一切仍是杜甫所重，耕稼的意義與價值在這段時間也為詩人體認，在黑夜裡形成一種開放的空間，於〈寫懷二首〉中延續：

勞生共乾坤，何處異風俗。舟舟自趨競，行行見羈束。

無貴賤不悲，無富貧亦足。萬古一骸骨，鄰家遞歌哭。

鄙夫到巫峽，三歲如轉燭。全命甘留滯，忘情任榮辱。
朝班及暮齒，日給還脫粟。編蓬石城東，采藥山北谷。
用心霜雪間，不必條蔓綠。非關故安排，曾是順幽獨。
達士如弦直，小人似鉤曲。曲直我不知，負暄候樵牧。

夜深坐南軒，明月照我膝。驚風翻河漢，梁棟日已出。
群生各一宿，飛動自儔匹。吾亦驅其兒，營營為私實。
天寒行旅稀，歲暮日月疾。榮名忽中人，世亂如蟻蛭。
古者三皇前，滿腹志願畢。胡為有結繩，陷此膠與漆。
禍首燧人氏，屬階董狐筆。君看燈燭張，轉使飛蛾密。
放神八極外，俯仰俱蕭瑟。終然契真如，得匪金仙術。

（卷 20 頁 1818～1822）

由於夔州的生活體驗，鄙夫的他鄉滯留經驗開啟杜甫不同以往的思考，其中反省最深的就是自己一直堅持的濟世思想。趨競的政治行為是人類失去自我的關鍵，制度的建立更使得人間產生比較、對立等劃分，可見他鄉生活讓杜甫看見原本視角以外的世界。詩裡特別的是黑夜經驗，杜甫在一夜失眠中獨坐，從明月之時坐到太陽升起，日夜連續性的呈現讓杜甫感受到生命動與靜間的區別，不同以往對白日的信仰，杜甫發現太陽出現的世界只是世間趨競的開始，每個人建立自己的價值體系，使得世界不斷在割裂中型塑彼我差異，終至結繩、取火與史筆的誕生〔註70〕，善惡對錯的區別也就更顯嚴重。黑夜卻不同，在沒有分別的世界中，各自休生養息，呈現一幅契入真如之景，停止了爭鬥，停止了紛擾。這兩首詩是杜甫在無從實踐理想中生起的特殊思維，在杜詩中並不多見，整體而言，佛道思維亦不是杜甫思想的主流，可其中生起的反省卻帶給杜甫更多思考空間，使得詩人能夠省視自己平生所持的信仰。這時黑夜就不再讓杜甫感到落日後的憂懼，反而能夠因為光線的取消，護全飛蛾的生命，更在休養中，透過息心止欲，暫歇人類社會趨競的汲汲營營。

三、月亮升沉的牽繫與承擔

杜甫的謳歌夾帶著理想與無奈，在〈夜〉一詩裡，即同時表達這兩種思緒：

〔註70〕「榮名中於人心，此爭趨所以長亂，若三皇以前，本渾沌無為，自結繩以後，不免智巧日生矣。飲食起而貪夫殉利，故燧人為禍之首。名教立而烈士殉名，故董狐為亂之階。」（卷 20 頁 1821）

　　絕岸風威動，寒房燭影微。嶺猿霜外宿，江鳥夜深飛。

　　獨坐親雄劍，哀歌嘆短衣。煙塵繞閭閻，白首壯心違。

　　（卷20 頁 1756～1757）

由於尚思想救世，所以夜裡獨坐中猶然「親雄劍」；無奈時不予，遂轉謳歌為
一「嘆短衣」的悲調。杜甫一生築夢而行，夢雖未必成，路確實是這樣走出
了。如今「白首壯心違」，自是現實無奈裡的挫折，而此挫折則導源於政治的
頹疲不可救，故使京華蒙上煙塵，成就看不見的惆悵。不過由於思考寬度的
增廣，這樣的惆悵讓杜甫對月亮的陰晴圓缺有一番更深體悟，如〈月三首〉：

　　斷續巫山雨，天河此夜新。若無青嶂月，愁殺白頭人。

　　魍魎移深樹，蝦蟆動半輪。故園當北斗，直想照西秦。

　　併照巫山出，新窺楚水清。羈棲愁裏見，二十四迴明。

　　必驗升沈體，如知進退情。不違銀漢落，亦伴玉繩橫。

　　萬里瞿塘月，春來六上弦。時時開暗室，故故滿青天。

　　爽合風襟靜，高當淚臉懸。南飛有烏鵲，夜久落江邊。

　　（卷18 頁 1629～1631）

淚臉高懸是因為漫長夜晚以來總是久坐江邊，這時除了烏鴉象徵的無家可歸
外〔註71〕，魏武帝詩中的「繞樹三匝」〔註72〕在杜甫詩中亦成一種空想，讓
詩人不得不以月亮的變換隱喻行路艱難。然而黑夜也可有哲學啟發，如「必
驗升沈體，如知進退情」兩句，筆者以為此聯代表杜甫對傳統行路難的哲學
反思，更是對儒家命限的體貼。蓋月下久坐，長期觀察中的月亮圓缺正似人
生遍嚐各種滋味後的感覺，呼應杜甫一生顛沛流離的「升沉」經驗，才能在
了解月亮圓缺的必然後，體貼出生命進退間的命數。其中「驗」字所示，更
是杜甫踏遍千山萬水後的體悟，在經驗世事人情後，一種回頭又是萬水千山
的智慧。前面談到杜甫對白日提出哲學懷疑，反證黑夜特有的寧靜，因白日
本是一種動態的精神象徵，代表人類文明活動；然文明本身又代表著制約，
使得一切現象在活動中再度遭受桎梏，月亮象徵的黑夜反而成為化解制約的
契機。如此，杜甫黑夜的經驗雖苦，卻讓他不斷拓展視角的寬度，終而在二
十四次的望月悲情裡，證出「升沈」人生裡的蘊含，綜合了理想與無奈間的

〔註71〕 筆者在下一章將討論這一意象。

〔註72〕 出自曹操〈短歌行〉。見〔魏〕曹操：《曹操集》（臺北：河洛圖書出版社，1975
　　　　 年10月），頁5。

衝突。這時黑夜將盡，白日的紛紛擾擾又要到來，只剩晨星與月亮一同高掛。
月亮是杜甫黑夜裡的身影，是詩人多年浮浮沉沉的人生形象；星星則是自己
渺小卻願照亮天空的心願，代表著至死不朽的精神。兩者的並現一同對治著
文明危機，更讓月亮與星星成為相伴的組合，此時，杜甫的憔悴身影終與理
想謳歌融合在升沈的證悟裡，成就一頁黑夜的哲學。

　　有了黑夜哲學，不同於白日的動態發展，坤母承載萬物的力量便可誕生。
此時杜甫乃可沉澱下來，細心體會黑夜的幽趣，如以下二首詩歌：

> 日下四山陰，山庭嵐氣侵。牛羊歸徑險，鳥雀聚枝深。
>
> 正枕當星劍，收書動玉琴。半扉開燭影，欲掩見清砧。
>
> （〈暝〉・20 頁 1755）

> 岑寂雙柑樹，婆娑一院香。交柯低几杖，垂實礙衣裳。
>
> 滿歲如松碧，同時待菊黃。幾回霑葉露，乘月坐胡牀。
>
> （〈樹間〉・卷 19 頁 1673）

兩詩表達出杜甫對黑夜體會的另一種情緒，不見於憔悴，亦不見於謳歌的執
念，如此正是杜甫黑夜視角的第三種展向，在升沈的交叉點，藉由駐足的契
機轉而關注起自己以外的東西。Rollo May 曾言：

> 停頓的重要就在於因與果的僵硬關聯遭到打破。……一個人生命中
> 的反應不再只是盲目的跟隨外在的刺激起舞。在這裡人們的想像、
> 回顧、思慮以及沉思之間都有所分隔。〔註73〕

杜甫由於對天下蒼生的懸念，使得自己不斷受到京華牽引，於是詩歌表現中，
常常可見外在事物對他的影響。然而人必須學習在沉澱中傾聽他種聲音，方
能夠跳出自我迴圈，從而得到新的啟示與力量，如同杜甫此時，雖無白日的
乾德行健，卻有坤母的寬懷，讓黑夜除了有魍魎出沒，也有樹間裡的飄香。
這樣的體會雖是自己步履而出，卻是建立在「故園當北斗，直想照西秦」的
遙望下陳述，則杜甫體會人生進退之間的哲學中，竟是帶著故國家園的思念
完成。那麼杜甫的謳歌裡，不論是理想或者無奈，皆與京華的思念脫不了關
係，有著遙望下的聯繫，才於「空覺在天邊」（〈夜二首〉・卷 20 頁 1791）的
孤城之思裡，展現「斗斜人更望」的執著，一望再望，遙望當歸。

　　從前文中「故園當北斗，直想照西秦」與「斗斜人更望」，我們已看見杜

〔註73〕 見 Rollo May 著，龔卓軍、石世明譯：《自由與命運》（臺北：立緒文化事業
　　　 有限公司，2001 年 3 月），頁 243。

甫的京華遙望，縱然在閱盡各種人情後，杜甫還可以有星辰隱喻般的理想謳歌，然也不免地必須面對人生無奈。因此「若無青嶂月，愁殺白頭人」、「羈棲愁裏見，二十四迴明」、「時時開暗室，故故滿青天」這般的憂鬱隨筆便出，直如 Rollo May 所說：

> 在憂鬱中，人是極度痛苦的，他要對抗的是無意義，是那早晨張開眼睛，卻覺得沒有事情值得去做的沉重負擔。〔註74〕

杜甫在夔州中，多少有了無意義的感受，只是夜未眠的生活型態，使得他除了在清晨中張望無奈的負擔，如「千家山郭靜朝暉，日日江樓坐翠微」（卷17頁 1487)），還多了夜裡的愁殺、羈棲。杜甫從壯心的理想謳歌到對生命升沉的體悟，其中不能不說是在無奈與接受中推移，是痛苦，也是智慧。星辰壯心固可以帶來生活中面對黑暗的希望與勇氣，卻也不可否認必然而來的羈愁，於是同為前文提到的宇宙天體，代表京華的北斗又轉為杜甫寄託的重心，可見詩人以星辰比喻自己和京華的雙重內涵：一者己力，一者他力。就前者言，己力是自己無窮願力的展開，如同前文杜甫心裡的逆勢力量，使詩人能在老病中抵抗自然力量與現實顛沛，例如〈後苦寒行二首〉（卷 21 頁 1848）中的理想謳歌，詩中的雪寒之苦或可作為夔州生活裡辛苦的暗示，尤其大雪紛飛中，視覺也被掩蓋〔註75〕。然而如何酷冷，杜甫也抱持希望，如浦起龍所言之「西戎熾盛久矣，意者氣機旋轉，將欲滅此醜類耶」〔註76〕！縱然「巴東之峽生凌澌」，天心厭亂也會贗威殺賊。就後者言，我們也明白人類難免之疲態，故須有一目標作為皈依和撐持，以精神而言是對家國奉獻的心腸，以器物而言是那具體的長安城，以他力來說則是遠望當歸中的京華直想。然而杜甫尚有第三種視角，前文所說的大地承載，使得杜甫能夠在駐足的黑夜裡領悟到生命自由，進而產生審美之情，乃可在停頓當中思索、反省，進而敞開自我、接納他者與命運的當下。凡此三者，皆為杜甫黑夜裡複雜思緒裡的樣貌，代表詩人視角不斷地拓展與持續地深化。徐復觀曾說：

> 杜甫對於他的時代的痛切感受，並不是想飛越，而是想去承擔下來。

〔註74〕 見 Rollo May 著，龔卓軍、石世明譯：《自由與命運》，頁 188。
〔註75〕 〈其一〉：「南紀巫廬瘴不絕，太古以來無尺雪。蠻夷長老怨苦寒，崑崙天關凍應折。玄猿口噤不能嘯，白鵠翅垂眼流血，安得春泥補地裂。」〈其二〉：「晚來江門失大木，猛風中夜吹白屋。天兵斬斷青海戎，殺氣南行動地軸。不爾苦寒何太酷，巴東之峽生凌澌，彼蒼回軒人得知。」
〔註76〕 見〔清〕浦起龍：《讀杜心解》，頁 319。

要承擔，卻又無法承擔，這便形成杜甫一生的「苦難精神」，及由此
苦難精神所觀照的苦難世界。〔註77〕

可見杜甫仍以承擔爲主，飛越並非主流。如此，己力與他力仍是杜甫最主要
的兩項力量，幫助自己深化原先視角，而這兩者又緊扣著京華，以下就從杜
甫對京華的遙望談起。

第三節　京華遙望——看不見的城市

　　京華遙望最直接的便是對現實裡的城市展開望眼，如前面所說，杜甫將
北斗化爲思念與遙望的目標。這裡筆者想再引廖蔚卿對「遙望當歸」的定義
做補足：

> 欲突破困境，在孤立中得到歸屬，消除意識中的空間差距，泯滅疏
> 離，而他唯一的渴求是回歸於他心靈意識中的人類社會及其所存在
> 的空間：故鄉或故國，那是他生命之所由出，那是他生活世界的空
> 間依據，祇有那一生命的根源處所，才能成就並肯定他的人生意義
> 及目的。〔註78〕

從以上的定義，我們再次肯認古人以故鄉或家國做爲生命所由出的根源，以
下便看杜甫如何遙望這兩者。

一、星輝裡的京華迅影

　　長安這座都市曾是杜甫最熟悉的地方，但隨著政治環境轉變，小人當道
的紛亂裡，竟成了杜甫一處可望不可及的夢土，夜裡更是模糊。杜甫從沒有
放棄思念的機會，如卡爾維諾所說：「組成這座城市的不是這些東西（筆者按：
即都市的硬體），而是空間的量度與過去的事件之間的關係」〔註79〕，因此距
離雖遙遠，看不見中卻依舊存在著想像的可能，如〈中宵〉一詩所言：

> 西閣百尋餘，中宵步綺疏。飛星過水白，落月動沙虛。
> 擇木知幽鳥，潛波想巨魚。親朋滿天地，兵甲少來書。
>
> （卷17頁1462）

〔註77〕見徐復觀：《中國文學論集》（臺北：臺灣學生書局，1990年3月），頁133。
〔註78〕見廖蔚卿：〈論中國古典文學中的兩大主題——從登樓賦與蕪城賦探討遠望當
　　　　歸與登臨懷古〉，頁52。
〔註79〕見伊塔羅・卡爾維諾著，王志弘譯：《看不見的城市》（臺北：聯經出版事業
　　　　公司，2008年9月），頁19。

百尺高的西閣，很容易便與記憶中的城市相接，故深夜裡的杜甫沒有躺在床上，反而漫步在窗下，似乎正藉由黑色的馳想捕捉視線中的城市形象。前文已說過星星、京華間的隱喻，如今「飛星過水白，落月動沙虛」，飛星穿過江水上，一瞬而逝的光耀彷若將江水染白；而沙地空虛易動，遂使沙上月亮竟似移動。兩句「一就迅速中取象，一從恍惚中描神」（卷 17 頁 1462），前者彷彿杜甫對記憶裡的搜尋，因為夜深看不見，故似一瞬；但星星做為京華與理想的隱喻卻似耀眼的圖象，使得一瞬間又如此深刻，直可以一「白」字點亮黑夜的無光、黯淡。後者則為杜甫夔州此地生活的描寫，延續客居的虛無，杜甫又一次強調所處之地的虛緲。迅疾中的視角卻是最耀眼的一段，漫長黑夜則伴隨客居的不穩定，顯得縹緲而無安全感，對比記憶與現實，京華與孤城間竟似白與黑的拼貼，如卡爾維諾所說：「當來自記憶的浪潮湧入，城市就像海綿一樣將它吸收，然後脹大。」〔註80〕杜甫的京華即在漫漫黑夜中，耀眼成一瞬的白色，以脹大後的姿態，無限擴張於杜甫的視角，取代了眼前景色，終成〈洞房〉裡面的描寫：

洞房環珮冷，玉殿起秋風。秦地應新月，龍池滿舊宮。

繫舟今夜遠，清漏往時同。萬里黃山北，園陵白露中。

（卷 17 頁 1519）

無論眼前景色如何，杜甫眼裡只有膨脹後的京華圖象，讓詩人不斷臆測當地此時的狀況，秋風往那裡吹送，新月亦在秦地綻放。而現在呢？只能成為杜甫問號的媒介，抹去秋天夜晚裡的一切存在，消失在每一次提問中。

迅速、恍惚中，白色的京華記憶讓杜甫想起自身處境，黑夜中視線並不好，但想像的世界從未因此斷絕，眼睛更因此在黑夜中睜大。杜甫以物照己，選擇有處可歸的自然生物（幽鳥、巨魚）對顯自我，因為外在越模糊，想像世界的能見度便越高，黑夜原先看不清的世界竟也變大了。然而想像得越多，負擔自然越重，終至提醒杜甫當前的狀況，思起滿天滿地親友，在戰爭與動亂中斷絕彼此的消息，看不見城市，看不見故人。

持續、反覆思想很容易再次導致失眠，而失眠換來的惟有更深邃的想見，可說是負面循環。杜甫在此負面循環中，自然不愉快，寫下了〈不寐〉一詩：

瞿塘夜水黑，城內改更籌。翳翳月沈霧，輝輝星近樓。

氣衰甘少寐，心弱恨容愁。多壘滿山谷，桃源無處求。

（卷 17 頁 1463）

〔註80〕見伊塔羅‧卡爾維諾著，王志弘譯：《看不見的城市》，頁 20。

江水在夜裡恐是更深的幽黑，而改更後，月落而生的輝輝星空由於月光的消
失，使得原本所見的星星放大，讓居處高樓的杜甫產生更接近天空的錯覺。
這錯覺可有兩種詮釋，一個是前文所說的「死爲星辰終不滅」，讓星與人間有
更緊密的關係，是故永夜裡的星輝，也是杜甫內在的心輝，不僅未在月落後
接著沉沒，反而越益明亮。但此處又可因「每依北斗望京華」一句產生另一
解，因爲京華是杜甫每欲所望，如今星與樓間的距離拉小了，天空拉近，北
斗亦近，思念自然愈深。惟這樣的接近是人與星的，不論宇宙裡那眞實存在
的遙遠距離，就算杜甫可以超越光年，透過人與星的相觸，改變科學界的天
體觀念，現實中，北斗終究只是杜甫仰望的象徵，實非他心底眞正的歸回處。
就算如此，星輝也只是黑夜裡一道迅影，猶然可以讓杜甫產生許多聯想，故
在〈夜〉〔註 81〕一詩中，杜甫還是以星星做爲連結，迅速的一瞬也好，宇宙
天體的光年之距也罷，甚至如上文所說的現實處境──那永遠回不去的眞實
命運，杜甫還是如「步簷倚杖看牛斗，銀漢遙應接鳳城」所說，繼續遙望著
星星，讓每次仰望連成銀漢，構築一條星河的歸路。面對「氣衰少寐，理勢
自然」（卷 17 頁 1463）的現實，杜甫雖可以「甘」言，足見儒家傳統中面對
命限的坦然，亦看出詩人對京華遙望後的失眠困擾甘之如飴；但「心弱容愁，
時勢使然」（卷 17 頁 1463）時，杜甫內在的星辰之輝也擋不住政治的無情，
遂只有「恨」能說明內心憤恨。於是迅影即逝，眼前又回到滿山多疊的世界，
暗示著「群盜並起，充滿山谷」（卷 17 頁 1464），那麼在戰爭的世界中，桃源
到底又在何處？此時除反映理想的失落外，也多少帶進生活中的挫折。

二、月色連結的故園景象

　　遙望中也寄託著對故園的思念，如前文「親朋滿天地，兵甲少來書」，而
鄉愁一旦引發，常常使得當下之景變得一無是處：

　　牛羊下來久，各已閉柴門。風月自清夜，江山非故園。

　　石泉流暗壁，草露滴秋根。頭白燈明裏，何須花燼繁。

　　（〈日暮〉・20 頁 1754）

牛羊柴門之景與風月清夜之麗本是人間美事，杜甫想到的卻是非吾土的驚

〔註 81〕「露下天高秋水清，空山獨夜旅魂驚。疏燈自照孤帆宿，新月猶懸雙杵鳴。
　　　　南菊再逢人臥病，北書不至雁無情。步簷倚杖看牛斗，銀漢遙應接鳳城。」（卷
　　　　17 頁 1467）

覺，這時連燈都不要了，因為會照出白髮的燈，杜甫也不敢點亮。

面對故園，杜甫更多的是月亮的表述，不同前面的星星隱喻，如〈月圓〉：

孤月當樓滿，寒江動夜扉。委波金不定，照席綺逾依。

未缺空山靜，高懸列宿稀。故園松桂發，萬里共清輝。

（卷 17 頁 1466）

杜甫想像故園裡的場景，然後以月亮將之串連，形成「故園松桂發，萬里共清輝」如此故園今月的共輝現象。筆者曾以杜甫對月亮、姮娥、歷史、憂愁的包容，見證杜甫生命力量的廣大，更以杜甫在白帝城中開展出來的空間視角，指出他跨越空間的巨人腳步。而月亮可有時空二義：一是李白所謂「今人不見古時月，今月曾經照古人」〔註 82〕，將月亮代表的歷史亙古與人生短暫連結，故面對月亮或許會興起人生須臾之想，讓人感到無比渺小，仰月中亦可觀歷史之長，此即杜甫面對姮娥憂愁的包容，而顯杜甫胸涵歷史的無窮。月亮亦可突破空間的侷限，如蘇東坡筆下之「但教老師真似月，誰家甕裡不相逢。」〔註 83〕心如明月，則乾坤朗照下世人皆見，杜甫此處以「萬里共清輝」連結家中的故園景象，打破了空間拘囚，又一次證明視角遼闊，不因孤城一隅中而自我設限。承上，杜甫遙望當歸中的表示並非單純只有京華而已，尚有家園的意義存在，見證前引廖蔚卿之言，因為知識份子有兩個家，一則理想，一則故園，如同王粲〈登樓賦〉所顯現。更同筆者在緒論中所言，故遙望當歸中，理想與家園常常有所交集〔註 84〕，則京華意象不只有理想的象徵而已，還有故園的涵攝，不可不察。

然而故園場景除了綠意外，也有凋零如〈吹笛〉所示：

吹笛秋山風月清，誰家巧作斷腸聲。

風飄律呂相和切，月傍關山幾處明。

胡騎中宵堪北走，武陵一曲想南征。

故園楊柳今搖落，何得愁中卻盡生。（卷 17 頁 1470）

戰亂中，「胡騎中宵堪北走」，杜甫歸路既受阻礙，於是只能轉以南征。而戰

〔註 82〕 出自李白〈把酒問月〉。見安旗主編：《李白全集編年注釋》，頁 574。

〔註 83〕 出自蘇軾〈次韻法芝舉舊詩〉。見〔宋〕蘇軾：《蘇東坡全集上冊》（臺北：河洛圖書出版社，1975 年 9 月），頁 541。

〔註 84〕 登樓賦中的遙望有理想與家園，因本文不在討論〈登樓賦〉一作，故略。詳文可參見〔魏〕王粲：〈登樓賦〉，引自《文選》（臺北：藝文印書館，1991年 12 月），頁 166～167。

亂中的故園究竟如何？「故園楊柳今搖落」，似乎也不樂觀了。不樂觀的心情往往又因為杜甫對國家的信心，產生新希望：

> 林僻來人少，山長去鳥微。高秋收畫扇，久客掩荊扉。
>
> 懶慢頭時櫛，艱難帶滅圍。將軍思汗馬，天子尚戎衣。
>
> 白蔣風颼脆，殷檉曉夜稀。何年滅豺虎，似有故園歸。
>
> （〈傷秋〉．卷 20 頁 1782）

眼前景色幽美，杜甫在此顯然頗覺無聊，視角一轉，便是當今天下局勢的分析。此時萬物凋零，但日夜連續間的思索讓杜甫想像著歸去的一天，可見時局如何動盪，故園的景象仍能在期望裡，召喚著歸去的憧憬。惟憧憬是杜甫對故園的思念，卻不代表故園會在戰亂解除後恢復原本面貌，〈秋風二首．其二〉即提到：

> 秋風淅淅吹我衣，東流之外西日微。
>
> 天清小城擣練急，石古細路行人稀。
>
> 不知明月為誰好，早晚孤帆他夜歸。
>
> 會將白髮倚庭樹，故園池臺今是非。（卷 17 頁 1482）

黑夜又將到臨，不知此夜的杜甫是否仍會受到失眠所擾？這時擣練之聲勾起愁緒，行人紛紛歸家更是視覺上的衝突，杜甫便在視覺與聽覺的提醒下，再次憶起故園種種。只不過杜甫對於故園景色的描寫並不多，相對於京華的描寫，差若雲泥，殊為奇特的現象。關於京華圖象的描寫將在最後兩節討論，此處僅能推敲或與杜甫重視天下人民的生活大過於自己的生活有關，如詩人所說：「安得廣廈千萬間，大庇天下寒士俱歡顏，風雨不動安如山。嗚呼！何時眼前突兀見此屋，吾廬獨破受凍死亦足。」（〈茅屋為秋風所破歌〉．卷 10 頁 831～833）寧可自己受凍而死，也不願他人受苦受難，於是記憶所及，自然往京華傾斜。而故園的圖象除些許綠色植物的彩繪，大多就是破敗的記載，「故園松桂發」、「故園楊柳今搖落」，寫的都是植物，甚至杜甫回家所靠的，也是「會將白髮倚庭樹」，面對戰亂而毀的家園，詩人記憶的點多是這些綠色生命，成為故園景象中最特殊之處。

　　整體而言，杜甫抒發回歸故鄉的作品很多，如：「歸號故松柏，老去苦飄蓬」（〈往在〉．卷 16 頁 1434）、「叢菊兩開他日淚，孤舟一繫故園心」（〈秋興八首．其一〉．卷 17 頁 1484）、「亂後居難定，春歸客未還」（〈入宅三首．其二〉．卷 18 頁 1607）、「松柏邙山路，風花白帝城」（〈熟食日示宗文宗武〉．卷

18 頁 1615）、「故園暗戎馬，骨肉失追尋。時危無消息，老去多歸心」（〈上後園山腳〉‧卷 19 頁 1648）、「龜蒙不復見，況乃懷故鄉」（〈又上後園山腳〉‧卷 19 頁 1662～1663）、「豈無平肩輿，莫辨望鄉路」（〈雨〉‧卷 19 頁 1671）、「平居喪亂後，不到洛陽岑」（〈憑孟倉曹將書覓土婁舊莊〉‧卷 20 頁 1760）、「年年小搖落，不與故園同」（〈大曆二年九月三十日〉‧卷 20 頁 1787），甚至還有一整組詩的連章抒懷〔註 85〕，足見故園回歸之情的濃烈。可是當場景轉到夜晚時，或許對故園的想像因為戰亂而毀滅，植物亦在兵火、氣節中搖落，使得杜甫不斷以月色寬慰自己，如〈月三首‧其三〉：

斷續巫山雨，天河此夜新。若無青嶂月，愁殺白頭人。

魍魎移深樹，蝦蟆動半輪。故園當北斗，直想照西秦。

（卷 18 頁 1629～1630）

若沒有了月亮，杜甫以為自己就要被這愁緒謀殺了，詩人對月亮的依賴確實頗大。月亮可以打破時空的侷限，讓詩人在月色中，讀到過往與當今，過去是時間的記憶，當今則是藉由月亮照耀，折射杜甫的視角到那遠方的故園，如下所示：

這種折射在月亮明亮時更加清楚有力，杜甫在〈季秋蘇五弟纓江樓夜宴崔十三評事韋少府姪三首‧其一〉中即寫到：「峽險江驚急，樓高月迴明。一時今夕會，萬里故鄉情。」（卷 20 頁 1775）月亮越是迴明，照亮的地方便越廣大，此時自己投射思念於其上，折射所出的範圍自是不同以往。如此月亮不僅是詩人身影的寫照，更是遙望故園的媒介，不同於以北斗代替京華，月亮所表的故園反而多了一種溫潤之色，與故園曾有的溫暖相合。

〔註 85〕「重陽獨酌杯中酒，抱病起登江上臺。竹葉於人既無分，菊花從此不須開。殊方日落玄猿哭，舊國霜前白雁來。弟妹蕭條各何往，干戈衰謝兩相催。」、「舊日重陽日，傳杯不放杯。即今蓬鬢改，但愧菊花開。北闕心長戀，西江首獨迴。茱萸賜朝士，難得一枝來。」、「舊與蘇司業，兼隨鄭廣文。采花香泛泛，坐客醉紛紛。野樹敧還倚，秋砧醒卻聞。歡娛兩冥漠，西北有孤雲。」、「故里樊川菊，登高素滻源。他時一笑後，今日幾人存。巫峽蟠江路，終南對國門。繫舟身萬里，伏枕淚雙痕。為客裁烏帽，從兒具綠尊。佳辰對群盜，愁絕更堪論。」（〈九日五首〉‧卷 20 頁 1764～1766）

三、不得歸去的想像

　　無論上述所言如何，杜甫歸去不得卻是事實，使得遙望的詩人情緒沒有
得到抒解外，還愈益增強歸家之意，如〈江梅〉一詩：

> 梅蕊臘前破，梅花年後多。絕知春意好，最奈客愁何。
>
> 雪樹元同色，江風亦自波。故園不可見，巫岫鬱嵯峨。
>
> （卷 18 頁 1598）

春已到，江風卻仍舊吹拂著杜甫，仇注以爲「花開花謝，都非故園春色，是
以對巫岫而添愁耳」，此解確是抓到此刻心境。遙望之中的歸路想像不只有對
春去春回的感嘆，〈東屯月夜〉一詩中，由於夜色與夢的雙重觸發，讓杜甫更
直接以魂魄的歸去做爲創作特點：

> 抱疾漂萍老，防邊舊穀屯。春農親異俗，歲月在衡門。
>
> 青女霜楓重，黃牛峽水喧。泥留虎鬥跡，月挂客愁村。
>
> 喬木澄稀影，輕雲倚細根。數驚聞雀噪，暫睡想猿蹲。
>
> 日轉東方白，風來北斗昏。天寒不成寢，無夢寄歸魂。
>
> （卷 20 頁 1769～1770）

抱病之中，杜甫如漂萍般，去所未明。面對眼前景色，杜甫雖有記載，卻仍
將眼光投注在天空中的北斗京華，於是又是一次失眠，又一次一縷天寒中，
成就一抹無家可歸的魂魄。杜甫的歸去之意從感嘆到靈體的描述，轉實爲虛
仍無法將這念頭帶回京華故園，只能看著別人的歸去，在「半夜有行舟」〔註
86〕中，想像自己出峽。

　　乘舟歸去的念頭與京華一直都相伴著，兩者像是一條線，與眼中的牽掛
一樣長。或許杜甫也曾經試圖藉由遠走的方式，避亂之外，更伸展自己對政
治的批評，可當走得越遠，線索也拉得越深，終拉出〈洞房〉這樣京華與舟
的思念來：

> 洞房環珮冷，玉殿起秋風。秦地應新月，龍池滿舊宮。
>
> 繫舟今夜遠，清漏往時同。萬里黃山北，園陵白露中。
>
> （卷 17 頁 1519）

魂魄都飛不回的京華，一葉輕舟又豈能載動歷史的轉輪？終究只能如〈夜宿
西閣曉呈元二十一曹長〉所寫：「寒江流甚細，有意待人歸」（卷 18 頁 1559），

〔註86〕〈十六夜玩月〉：「舊挹金波爽，皆傳玉露秋。關山隨地闊，河漢近人流。谷
　　　　口樵歸唱，孤城笛起愁。巴童渾不寐，半夜有行舟。」（卷 20 頁 1752）

延續著「半夜有行舟」的羨慕。

　　歸去不得，黑夜裡的生活便顯得無奈，甚至造成現實與過去的交錯，同〈歷歷〉一詩的描寫：

　　　　歷歷開元事，分明在眼前。無端盜賊起，忽已歲時邊。

　　　　巫峽西江外，秦城北斗邊。為郎從白首，臥病數秋天。

　　　　（卷 17 頁 1524～1525）

開元盛事如在目前，可是巫峽與秦城間的距離卻是不爭的事實，於是改變不了距離的漸遠，更在臥病中老去。官職象徵的牽繫沒有給予杜甫什麼樣現實的寬慰，只能捉緊這條單薄纖細的關係，細細數著秋天的心情。這種生活有時很無聊，特別在失眠的歲月中，於是害怕夜晚到來成為無法歸家後的另一項生活障礙，如〈向夕〉所寫：

　　　　畎畝孤城外，江村亂水中。深山催短景，喬木易高風。

　　　　鶴下雲汀近，雞棲草屋同。琴書散明燭，長夜始堪終。

　　　　（卷 20 頁 1739）

孤城裡的一切景色皆與京華不同，然而眼前風景總能轉移一些目光，畢竟不會太沉重；如今隨著夜晚的即將到來，杜甫害怕之情使得自己不得不以他物對治，可見長夜漫漫在不得歸回的加重下，更加難熬。此處杜甫以琴書打發時間，顯現文人情趣的一面，也許白日中猶是農村之景，夜晚的空間卻仍留存詩意。百般無聊中，螢火蟲也吸引了目光：

　　　　巫山秋夜螢火飛，疏簾巧入坐人衣。

　　　　忽驚屋裏琴書冷，復亂簷邊星宿稀。

　　　　卻繞井闌添箇箇，偶經花蕊弄輝輝。

　　　　滄江白髮愁看汝，來歲如今歸未歸。（〈見螢火〉・卷 19 頁 1676）

偶然飛入的小生命，意外成為夜裡訪客，卻對杜甫屋裡的清冷感到不適，於是再度飛出。滿頭白髮的杜甫提出一問，明年你是否會再來呢？偶然的相遇，讓詩人有此發問，藉由螢火蟲發出的歸家之念〔註 87〕，寫出無比愁思。此詩有兩點特色：一、杜甫屋裡的擺設是琴與書兩物，證明文人之居。二、杜甫夜裡由於感到無奈，遂將眼光移至他處，才有機會注意到物微的世界。

〔註87〕「此詩本意全在末二句，而借螢以發端，正詩之興也。乃其描螢火，入神在『弄輝輝』；然『經花蕊』而『弄輝』，似自以為得所者，以起下『歸未歸』，不可謂全無涉也。」見〔明〕王嗣奭著，曹樹銘增校：《杜臆增校》，頁 496。

不得回歸的心情也讓杜甫對未來的道路做了想像，如〈夜雨〉中所寫：

> 小雨夜復密，迴風吹早秋。野涼侵閉戶，江滿帶維舟。
>
> 通籍恨多病，爲郎忝薄遊。天寒出巫峽，醉別仲宣樓。

（卷 19 頁 1677）

小雨綿密地下在異鄉的居所外，使得涼意隨雨點侵入家中。然屋內涼意影響仍不大，反是江滿造成的滯留讓詩人心煩，於是不得歸去，那就經營一片想像，在冬天水穩之時，踏上歸路〔註 88〕。杜甫還將月亮譬喻爲明鏡，歸去念頭譬喻爲大刀，如〈八月十五夜月二首・其一〉：

> 滿目飛明鏡，歸心折大刀。轉蓬行地遠，攀桂仰天高。
>
> 水路疑霜雪，林棲見羽毛。此時瞻白兔，直欲數秋毫。

（卷 20 頁 1750～1751）

據仇注所載，古樂府中有「何當大頭刀，破鏡飛上天」之句，後句即言「月半缺當還也。」杜甫所言乃是以月亮爲明鏡，歸去之念頭爲大刀，直欲破此鏡而還。仇注還引趙汸言：「以環爲還，猶言放臣待命境上，賜環則返」，不論是杜甫想像世界中的破月而還，還是希望君主能夠將他召回？都是在想像中經營遙望當歸的歸路。人至此，除照顯黑夜的無奈外，對照白天經營歸路的實際農耕，夜裡的想像可說成了另一種視角。

歸路既可想像，歸去後所見也可以如法炮製。惟此時戰亂依舊，現地之景將是不堪，遂在杜甫的京華想像中多了一種往事追憶，此則爲杜甫遙望當歸的眾多想像中，最複雜的一面。

第四節　京華圖象──遙望中的華麗與斷裂

杜甫的追憶多展現在過去的京華、現在的京華以及夔州現地，這些複雜的多面性都集中在他七律中的經典──〈秋興八首〉〔註 89〕。〈秋興八首〉是

〔註 88〕杜甫的規劃是到荊州後，再轉往襄陽北路，一圓京華歸夢。而這路徑是杜甫一直憧憬的，如〈聞官軍收河南河北〉：「劍外忽傳收薊北，初聞涕淚滿衣裳。卻看妻子愁何在，漫卷詩書喜欲狂。白日（一作首）放歌須縱酒，青春作伴好還鄉。即從巴峽穿巫峽，便下襄陽向洛陽。」（卷 11 頁 96）可見杜甫對於歸路的籌謀甚久。

〔註 89〕關於杜甫〈秋興八首〉這樣的特質可見於歷代注解，茲引其中幾例爲證。〔明〕張綎：「其有感於長安者，但極言其盛，而所感寓於中。徐而味之，則凡懷鄉戀闕之情，慨往傷今之意，與夫夷狄亂華，小人病國，風俗之非舊，盛衰之

一組奇異存在，它介於夔府與京華兩地間，用很華麗的語言表達京華遙望，其追憶的內容不屬於現實兩地間任何一處，卻又在其後道出幻滅、墜落〔註90〕的感傷，形成「雲霞滿空，回翔萬狀，天風吹海，怒濤飛湧」（卷13頁1499）的風貌。〈秋興八首〉並非只描寫夜晚，同時還跨越白天，這樣的考察合不合本章？廖美玉曾說此組詩「正好可以拿來做爲觀察在連續一段時間的不眠後，詩人的心智表現有無日夜的差異？」〔註91〕筆者十分認同此說，跨越漫長夜晚，沉思後所得的作品正是黑夜中的結晶，體現出白天較不易得的觀點。更何況〈秋興八首〉是一組連章詩，從黑夜所帶出的視角將是白日書寫時的關鍵，因爲連章而情緒獲得延續，使得黑夜裡的沉思在白日中得到承接，首先便從華麗的文字觀看其中內涵。

一、斷片與追尋——華麗往事的再現

　　歐麗娟曾以三種「地方」描述杜甫追憶樂園時的空間場域〔註92〕：現前的所在之地（現在的夔州）、想像的當前異地（現在的長安）、追憶的昔日異地（過去的長安）。上述關係其實可與華麗的往事、墜落、沉思三者做聯繫：現在的夔州即追憶往事的發聲所在，由於今昔間的差異，常使得詩歌發生斷裂的現象，如上一章所言；當今的長安則是沉思所指涉的終極方向，代表詩人對現今局勢的諫言與指控；過去的長安則成杜甫此生理想支撐的根源，以一連串的華麗往事呈現。茲條列陳之如下：

相尋，所謂不勝其悲者，固已不出乎言意之表矣。」〔清〕盧元昌：「公身羈夔府，心在長安。」〔清〕浦起龍：「八章總以望京華爲主。」〔清〕范廷謀：「此詩八章，公身寓夔州，心憶長安，因秋遣興而作。」〔清〕沈德潛：「懷鄉戀闕，弔古傷今，杜老生平具見於此。」〔清〕楊倫：「身居巫峽，心憶京華，爲八詩大旨。」由以上資料所顯，可知杜甫〈秋興八首〉確實如筆者所說，堪爲遙望京華的集成與代表。以上數例分別見葉嘉瑩：《杜甫〈秋興〉八首集說》（臺北：桂冠圖書股份有限公司，1994年6月），頁103、109、114、114、115、118。

〔註90〕 梁敏兒曾以「大空間突轉至小空間」一語說明杜甫的創作技法與特色，由大空間到小空間的轉換，常使杜甫有從美好追憶墜落到現實處境的難堪，此即筆者以墜落爲名之因。詳見梁敏兒：〈杜甫夔州詩的開端與結尾：墜落的恐怖〉，《李白杜甫詩的開端結尾研究》（臺北：臺灣學生書局，2002年6月），頁94～96。

〔註91〕 見廖美玉：〈詩人夜未眠的典型案例——杜甫〉，《中古詩人夜未眠》，頁461。

〔註92〕 詳見歐麗娟：《唐詩的樂園意識》（臺北：里仁書局，2000年2月），頁213。

　　追憶的昔日異地→過去的長安→華麗的往事。

　　想像的當前異地→現在的長安→墜落。

　　現前的所在之地→現在的夔州→沉思。

上述並列中，頗能突顯杜甫此刻錯綜複雜的思想跳躍，前引梁敏兒以「大空間突轉至小空間」一語說明杜甫的創作技法與特色〔註93〕。事實上，不只是技法，大小空間的轉變已是作者心理的強烈擺動，何況來回三種地方間，足見杜甫內心世界之危疑與身心之邊緣化有密切關係。惟不論杜甫如何以不同情緒對待三種書寫、地方，他所不能否認的仍是當下所處環境——夔州，這是身心二離後，「魂招不來歸故鄉」（〈乾元中寓居同谷縣作歌七首〉・卷 8 頁 697）的結局。然沒有往事則現地的無奈不能被凸顯，沉思、奮起亦無立足處，本文乃以往事的追憶做為分析的第一個步驟。

（一）斷片裡的華麗往事

　　〈秋興八首〉就外表形式所顯，最讓人注意的莫過對諸多過去的文字描繪，因為八首連章中，杜甫表達他感受的方式並不單單圍繞在蕭森秋色裡的百感交集，更多的乃從他對美好過去的追憶中露出。葉嘉瑩曾以「一本萬殊」〔註94〕說明這八首詩的關係，而楊倫亦言：「身居巫峽，心憶京華。」〔註95〕綜合兩者，乃知其本是對京華的懷念與沉思，萬殊則是散落在各詩中的京華斷片〔註96〕。杜甫便是透過這貫串其間的京華，將諸多記憶重新建構起來，形成一片巨大回憶網。我們不妨先引〈秋興八首〉原文〔註97〕，並以一表格先做分類，了解這一本萬殊的概念：

　　玉露凋傷楓樹林，巫山巫峽氣蕭森。

　　江間波浪兼天湧，塞上風雲接地陰。

　　叢菊兩開他日淚，孤舟一繫故園心。

　　寒夜處處催刀尺，白帝城高急暮砧。（其一）

〔註93〕詳見梁敏兒：〈杜甫夔州詩的開端與結尾：墜落的恐怖〉，頁 94～96。

〔註94〕見葉嘉瑩：《杜甫〈秋興〉八首集說》，頁 121。

〔註95〕見葉嘉瑩：《杜甫〈秋興〉八首集說》，頁 118。

〔註96〕萬殊所指應當還包含他鄉愁緒與八首詩的分章，由於此處在討論往事的部分，故暫時不談。

〔註97〕以下再出現〈秋興八首〉原文時，為求清晰，便不再注明出處。

夔府孤城落日斜，每依北斗望京華。
聽猿實下三聲淚，奉使虛隨八月槎。
畫省香爐違伏枕，山樓粉堞隱悲笳。
請看石上藤蘿月，已映洲前蘆荻花。（其二）

千家山郭靜朝暉，日日江樓坐翠微。
信宿漁人還泛泛，清秋燕子故飛飛。
匡衡抗疏功名薄，劉向傳經心事違。
同學少年多不賤，五陵衣馬自輕肥。（其三）

聞道長安似弈棋，百年世事不勝悲。
王侯第宅皆新主，文武衣冠異昔時。
直北關山金鼓振，征西車馬羽書馳。
魚龍寂寞秋江冷，故國平居有所思。（其四）

蓬萊宮闕對南山，承露金莖霄漢間。
西望瑤池降王母，東來紫氣滿函關。
雲移雉尾開宮扇，日繞龍鱗識聖顏。
一臥滄江驚歲晚，幾回青瑣點朝班。（其五）

瞿塘峽口曲江頭，萬里風煙接素秋。
花萼夾城通御氣，芙蓉小苑入邊愁。
珠簾繡柱圍黃鵠，錦纜牙檣起白鷗。
回首可憐歌舞地，秦中自古帝王州。（其六）

昆明池水漢時功，武帝旌旗在眼中。
織女機絲虛夜月，石鯨鱗甲動秋風。
波漂菰米沉雲黑，露冷蓮房墜粉紅。
關塞極天惟鳥道，江湖滿地一漁翁。（其七）

昆吾御宿自逶迤，紫閣峰陰入渼陂。
香稻啄餘鸚鵡粒，碧梧棲老鳳凰枝。
佳人拾翠春相問，仙侶同舟晚更移。
彩筆昔曾干氣象，白頭吟望苦低垂。（其八）

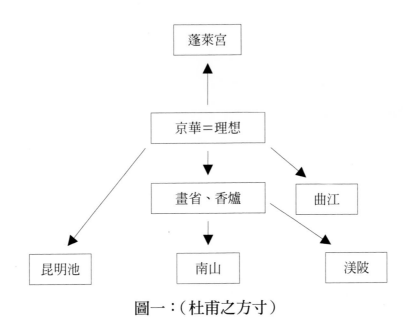

圖一：(杜甫之方寸)

筆者把此圖名為杜甫的方寸﹝註98﹞，意在表明一本雖是京華意象的反覆重疊，其中凝聚的仍是杜甫的心腸，亦即詩人主體。詩中最明顯的追憶正如圖中所示，以不同區塊為回憶方向，我們可先就這些句子觀看杜甫捕捉的斷片究竟為何：「畫省香爐違伏枕」(其二)、「蓬萊宮闕對南山，承露金莖霄漢間。西望瑤池降王母，東來紫氣滿函關。雲移雉尾開宮扇，日繞龍鱗識聖顏」(其五)、「瞿塘峽口曲江頭」、「花萼夾城通御氣」、「珠簾繡柱圍黃鵠，錦纜牙檣起白鷗」(其六)、「昆明池水漢時功，武帝旌旗在眼中。織女機絲虛夜月，石鯨鱗甲動秋風」(其七)、「昆吾御宿自逶迤，紫閣峰陰入渼陂。香稻啄餘鸚鵡粒，碧梧棲老鳳凰枝。佳人拾翠春相問，仙侶同舟晚更移」(其八)。

首先，這些句子中都有較為繁複的事物書寫，且將美好之物大量集中在詩歌的前半段﹝註99﹞。杜甫或有兩種企圖，一、為作者心中最真實的表達。因為作者一心一意想回到那樣美好的日子，畫面的選擇上便有組織地羅列這些東西，如歐麗娟所言：

﹝註98﹞ 此圖各地的方位據劉章璋著作所繪。參見劉章璋：《唐代長安的居民生計與城市政策》(臺北：文津出版社有限公司，2006 年 11 月)，頁 63。

﹝註99﹞ 其六中所見的華麗斷片雖與其他幾首一樣較集中前面，但由於上接其五尾聯中「一臥滄江驚歲晚」的江水符號，故在詩歌顯現上，除集中外，另顯瞿塘峽 (現今之地) 與曲江 (往事之地) 的並列，而有集中且交雜的形式。

> 凡是回憶觸及的地方，我們都發現有一種隱密的要求復現的衝動。
> 然而，回憶是和遺忘相對而並存的心靈活動，透過其中某些細節的
> 遺忘乃至於情節的扭曲變形，回憶中的事物嚴格來說並非以真正的
> 原始本貌出現，而是經過了選擇和重組的結果。〔註100〕

我們都有復現回憶的衝動，如杜甫大量地重現往事；回憶的結果卻非最初模
樣，於是表現在詩歌中，強烈的想念、執著便成為語言優先的出列，才在選
擇和重組的結果下，忽略比例的問題。如此，被放置在前端的正是思索中的
不捨，建構著〈秋興八首〉中不可取代的記憶，成為杜甫再創歷史、干氣象
的目標。二、另一種企圖則是接受者的部份。〈秋興八首〉因為大量在前端羅
列回憶，故雖有玉露凋傷之開頭，卻透過後半詩歌中的「扭曲變形」，在可能
也有的夔府之思中捨棄了家人故鄉，一股腦地流進記憶沙漏，造成讀者閱讀
時「一瞬」的感受，於意識未明、主觀未涉之際，將讀者帶進悠悠歲月中，
體會樂園盛世的美好外，更直接了解杜甫追憶的衷曲，先為其雄渾華麗感動，
然後在其盛世的描寫間，悟其所謂「不勝其悲」〔註101〕。此是〈秋興八首〉
的第一個特質，除因復現衝動而出現的不平衡，更兼引導讀者心理的手法。

　　〈秋興八首〉第二個特質是顏色與器物所透顯的氣氛。透過上述瞬間且
集中的氛圍，杜甫經營這些句子似乎有意地選擇較明亮的表達〔註102〕，可分
成顏色與器物兩種〔註103〕。前者如：金、紫、黃、白、粉紅、碧、彩等字彙，
後者則有：畫省香爐、蓬萊宮、承露金莖、瑤池、雉尾、宮扇、龍鱗、曲江、
花萼、夾城、芙蓉小苑、珠簾、繡柱、黃鵠、錦纜、牙檣、白鷗、昆明池、
旌旗、織女、石鯨、昆吾、御宿、紫閣峰、渼陂、香稻、鸚鵡粒、碧梧、鳳
凰枝、佳人、仙侶、彩筆等。杜甫在詩中所選多為明亮的顏色，器物或宮中
所用，或時人所遊，都顯現璀璨樣貌。此種現象胡若詩曾討論過：

> 詩人按照感知色彩總快於分辨事物的意識這樣一個順序構句，似乎
> 打亂了正常詞序，卻還原出人感覺世界的心理過程〔註104〕

〔註100〕參見歐麗娟：《唐詩的樂園意識》，頁166。
〔註101〕見葉嘉瑩：《杜甫〈秋興〉八首集說》，頁121。
〔註102〕詳見陳淑彬：《重讀杜甫》（臺北：文津出版社有限公司，2001年5月），頁239。
〔註103〕杜甫處理這些明亮的色系比較集中在往事的描寫，而「波漂菰米沉雲黑，露
　　　　冷蓮房墮粉紅」，已是描寫現今的長安景色，藉由生命的過熱所帶出的熟爛意
　　　　象描寫墜落下的顏色，故不列於此。
〔註104〕詳見胡若詩、王晶譯：〈色彩的詞，詞的色彩〉，《法國漢學家論中國文學——
　　　　古典詩詞》（北京：外語教學與研究出版社，2008年9月），頁190。

人們感受世界的方式中，視覺所帶來的效果是快過自我意識的，何況人常常用所有者的眼光觀看自然，才會覺得世界中美好的東西總是與人生的幸福、歡樂相連。是故杜甫選擇了「金」、「紫」、「蓬萊宮」、「芙蓉小苑」等較璀璨的呈現，就像呼應曾有的燦爛歲月一樣，雖然早期在京華的日子不見得就得意，如「朝扣富兒門，暮隨肥馬塵」（〈奉贈韋左丞丈二十二韻〉·卷1頁75）；可面對逝去的年代，或者基於不完美的心態，回憶起來竟似獨一無二，不僅用了最大想像，甚至還遺忘了曾有的悲辛。而畢竟金色記憶中的留戀是往事裡較美好的一段，且最接近自我實現的一刻，故當其夾處往事與現地的急劇間〔註105〕，縱然過去如何不完美，只要它曾是機會最大的一次，那麼凡是回憶觸及的地方，我們發現都有一種要求復現的衝動，正是這種復現的衝動，才讓杜甫在創作過程裡選擇了燦然顏料、豐富詞彙。

　　了解顏色的彩染是因為復現的心理動機，那麼追憶裡的天空自然洋溢著幸福與歡樂的語碼，所以如「春相問」的春天自然主宰了〈秋興八首〉裡許多回憶的背景，讓秋天的創作內容浮現滿滿春意，此時重以華麗的器物，視覺效果不言而喻〔註106〕。惟追憶就算可以復現，春天能夠以想像、追憶的方式與現地的秋天抗衡，卻仍不能避免虛空的可能，因為回首時的效果、成影仍是記憶裡的追尋，終究不存於現實。故縱然顏色如何鮮豔，風景如何富麗堂皇，他們仍

〔註105〕「詩人身處兩個時期急劇轉變的分野之間，更易於因為『對將來變革之觀照的難以捉摸』，而對適才消失的舊傳統遲遲不去的金色記憶留戀不已。」詳見歐麗娟：《唐詩的樂園意識》，頁165。

〔註106〕這些美好的追憶在夔州其他作品亦有提及，如：〈宿昔〉：「宿昔青門裏，蓬萊仗數移。花嬌迎雜樹，龍喜出平池。落日留王母，微風倚少兒。宮中行樂祕，少有外人知。」（卷17頁1521）〈立春〉：「春日春盤細生菜，忽憶兩京梅發時。盤出高門行白玉，菜傳纖手送青絲。巫峽寒江那對眼，杜陵遠客不勝悲。此身未知歸定處，呼兒覓紙一題詩。」（卷18頁1598）〈觀公孫大娘弟子舞劍器行〉：「昔有佳人公孫氏，一舞劍氣動四方。觀者如山色沮喪，天地為之久低昂。㸌如羿射九日落，矯如群帝驂龍翔。來如雷霆收震怒，罷如江海凝清光。絳脣珠袖兩寂寞，晚有弟子傳芬芳。」（卷20頁1815～1818）〈太歲日〉：「楚岸行將老，巫山坐復春。病多猶是客，謀拙竟何人。閶闔開黃道，衣冠拜紫宸。榮光懸日月，賜予出金銀。愁寂鴛行斷，參差虎穴鄰。西江元下蜀，北斗故臨秦。散地逾高枕，生涯脫要津。天邊梅柳樹，相見幾回新。」（卷21頁1854）甚至在夔州以前〈憶昔二首·其二〉也有如此描寫：「憶昔開元全盛日，小邑猶藏萬家室。稻米流脂粟米白，公私倉廩俱豐實。九州道路無豺虎，遠行不勞吉日出。齊紈魯縞車班班，男耕女桑不相失。宮中聖人奏雲門，天下朋友皆膠漆。百餘年間未災變，叔孫禮樂蕭何律。」（卷13頁1163）不過整體而言，都沒有像〈秋興八首〉這樣體大而思精，有著嚴密的內在關係。

只是擠壓在杜甫方寸裡的紛紛碎紙，對著回憶的整體只是一部份，向著現實的真相更是不存在的往事，遂與杜甫邊緣人的形象結合，進不能合，退不能忘，終成夾縫裡的鳥道、漁翁，在最逼仄的縫隙裡，擠壓最濃厚的渴望。

（二）追尋的目標與現況

華麗斷片的表現是杜甫面對過去的認同，然前引「身居巫峽，心憶京華」，除見其京華追憶外，更見此組詩歌是站在局外人的身分書寫。當其以局外人的眼光指向京華時，文字自然蘊藏了他的價值觀與思考，唐君毅便曾提到文字的效用如下五點：

> 1.在紀錄。此即客觀化自己之經驗、思想、概念、推理結果於文字。
> 2.在傳達，此為語言之表現自己於他人之效用。3.在表現自己之命人，此主要見於社會政治之活動。4.在表現自己之自命，此主要見於道德生活或自己支配自己之活動。5.在向宇宙或神表現要求，此可謂向一超越的自己或超越的貫通人我之天心或宇宙表現自己，而對此超越的自己或天心宇宙有所望而如有所命之活動。〔註107〕

依此所言，我們似可從幾個方向探討〈秋興八首〉京華意象為何佔了這麼重的比例。一、就紀錄與自命言。杜甫曾曰：「詩是吾家事」（〈宗武生日〉·卷17 頁 1477），更在〈秋興八首〉中寫出「彩筆昔曾干氣象」的過去，可知詩對作者而言不僅是一種專業書寫，更有他與天地共色的意義存在，實為存在證明。而京華是杜甫一直致力理想的地方，是故無論此刻如何潦倒，唯有京華的追憶才能讓他在窮愁之際，依然證明自己。再者，書寫動機亦常與作者自己的期許有關，此即唐君毅所謂「表現自己之自命」，杜甫本以知識份子作為自己安身立命的角色，因而在立功不得之際，自然便轉向立德與立言的兩種道路。中國哲學向來重視文道與實踐合一，杜甫作品裡史與聖的結合便成必然，此即把自己的經驗、思想、概念、推理結果透過文字客觀化，於是形成以詩言史、以詩言志、以詩救民的意義，而自己的道與文亦同時在此結合，終而輝映出迥異於時代的特色。此外道德實踐中，杜甫支配自己的努力，更見道德力量洋溢於詩中的千古氛圍，結合前面文道合一的自己，此刻便真的活出自己的丰采來，尋到一己的存在意義。凡此，皆是杜甫詩中常見的特色，

〔註107〕此為筆者的整理，全文詳見唐君毅：《文化意識與道德理性》（臺北：臺灣學生書局，1993 年 5 月），頁 55～56。

也爲他詩史與詩聖兩名概念中的蘊含〔註108〕。

　　二、就語言向他人表現一點而言。杜甫的書寫自應有其意義存在，此或可如廖美玉所指：「杜甫論事深切時弊卻無力改善時政，故雖棄官而實未棄民，繼續以『詩人』的視角關懷時政」〔註109〕。杜甫的詩歌不只是上述的聖、史觀念，其中還有他社會的實用功能，此正是用書寫來表達滿腔熱血，甚至用「死了一個杜甫的社會事件」喚起朝廷的關注〔註110〕。而京華是權力的中心，所以杜甫不僅用文字紀念對此的無限希望，其中存有的暗示與勸諫更是不言而喻。

　　綜合以上兩點，乃知杜甫是站在紀錄、傳達與自命的三種立場下書寫京華印象〔註111〕，而回憶常是人類處在時空裂縫下的依憑，因此京華書寫便成了作者追憶的目標，只爲召喚出心中曾有的美好文化樣貌和那持續撐持的永久力量。那麼，杜甫〈秋興八首〉集結的是華麗的往事斷片，圍繞的目標則是以「京華」爲主輻射出去的文化圖象。京華對古人的影響如廖美玉所言：

　　　秦漢以來的京城核心觀點，所謂「中國」，即指一國之中的京城長安，是實踐個人理念的唯一場域，生命存在的意義與價值在此獲得認定，使士人幾乎以京城爲心靈上的故鄉。一旦離開京城，除隱逸之士的另有天地外，心中的挫折感與失落感常是溢於詩文。〔註112〕

而今杜甫確是爲了政治上的堅持棄官，其人既以儒家淑世觀念爲終生皈依，自然走上詩文書寫的立言道路，讓文字成爲他遺憾的彌補。然在那諸多的華麗圖畫中，「京華」對杜甫的意義卻非一成不變，此已如緒論所言，歐麗娟曾言杜甫天寶之際時，詩歌作品對京華多是批判的、諷喻的〔註113〕，此或可與〈奉

〔註108〕此處聖偏指杜甫詩歌中的道德意識，而史則指杜甫透過詩歌書寫人民生活所留下的史料意義。
〔註109〕參見廖美玉：〈東京與兩川──王安石、黃庭堅學杜的兩種視角〉，頁214。
〔註110〕廖美玉所言是〈茅屋爲秋風所破歌〉的書寫意義，這樣的作品其實仍不少，如「但覺高歌有鬼神，焉知餓死塡溝壑」（〈醉時歌〉‧卷3頁176）、「常恐死道路，永爲高人嗤」（〈赤谷〉‧卷8頁676）等詩所言，可見以死抒發乃杜甫常見的一種表達方式。見廖美玉：〈東京與兩川──王安石、黃庭堅學杜的兩種視角〉，頁11。
〔註111〕唐君毅文中的第三點（在表現自己之命人）與第五點（在向宇宙或神表現要求）不在本文討論的範圍，前者可從杜甫他作〈諸將五首〉中得證；後者則可從〈白帝城最高樓〉中見證杜甫超越的精神與宗教的情操。
〔註112〕參見廖美玉：〈東京與兩川──王安石、黃庭堅學杜的兩種視角〉，頁204。
〔註113〕詳見歐麗娟：《唐詩的樂園意識》，頁181。

贈韋左丞丈二十二韻〉、〈夢李白二首‧其二〉等詩相印證；然歐麗娟又說：

> 一旦盛世已去，其中蘊涵的「樂園」價值就逐漸浮顯起來，使站在
> 樂園門檻的杜甫得以從以往的批判立場中跳脫出來，而重新挖掘開
> 元、天寶所蘊涵的意義，於是充滿了懷思戀慕之情的樂園追尋，也
> 就開始透過回憶的行動而清晰地呈現。〔註114〕

此可以緒論所言的作品為例〔註115〕。是故杜甫對京華整體的概念，前後其實
存著很大的相異性：前期批判、後期追懷，惟這樣的差異貫串的都是一份理
想的緊握不放，只是後期在現況中多了一味思念罷。

追尋並不代表就能回到過去的盛世裡，何況就算是過去，杜甫依舊有其
批評存在。因此京華雖是杜甫在〈秋興八首〉中回憶的目標，一旦碰觸當今
現況，不免地便流露出許多無奈，甚至凄涼之景了。如（其四）中便直言弈
棋般的政局，可見杜甫心中多少的不堪，而當他說著「王侯第宅皆新主，文
武衣冠異昔時。直北關山金鼓振，征西車馬羽書馳」的現況時，不定之中除
增添人員的流動與制度的更迭，戰爭與國難更是一刻不得緩，凡此皆是追憶
裡的現況與挫折，而為杜甫所經歷。

（三）重現華麗的意象

追憶既是目標卻又帶著現況無奈，只好藉由眾多華麗的斷片經營一片燦爛
意象，或許仍有一絲安慰。葉嘉瑩曾就〈秋興八首〉討論杜甫晚年詩歌的最高
成就，並得出兩點特色：句法之突破傳統與意象之超越現實〔註116〕，關於杜
甫的意象或句法的討論已太多〔註117〕，此處我們乃引葉嘉瑩另一喻說明：

> 譬如蜂之採百花，而釀成為蜜，這中間曾經過了多少飛翔採食、含
> 茹醞釀之苦，其原料雖得之於百花，而當其釀成之後，卻已經不屬

〔註114〕詳見歐麗娟：《唐詩的樂園意識》，頁185。

〔註115〕如：「賤子何人記，迷芳著處家。竹風連野色，江沫擁春沙。種藥扶衰病，吟
詩解歎嗟。似聞胡騎走，失喜問京華。」（〈遠遊〉‧卷11頁969）「異方同宴
賞，何處是京華。」（〈陪王侍御宴通泉東山野亭〉‧卷11頁963）「西江使船
至，時復問京華。」（〈溪上〉‧卷19頁1672）「楚雨石苔滋，京華消息遲。（〈雨
四首〉‧卷20頁1800）「悠悠照邊塞，悄悄憶京華。」（〈季秋蘇五弟纓江樓
夜宴崔十三評事韋少府姪三首〉‧卷20頁1777）等書寫。

〔註116〕見葉嘉瑩：《杜甫〈秋興〉八首集說》，頁62。

〔註117〕意象部份可參見前引歐麗娟《杜詩意象論》一書。針對葉嘉瑩提出的句法突
破，可見竺家寧：《語言風格與文學韻律》（臺中：五南圖書出版公司，2001
年3月），頁133～142。

於任何一種花朵了。〔註118〕

若以百花爲往事的華麗斷片，漫長飛翔後的杜甫確實是以其含茹之苦釀製人生之蜜，其味如何？觀杜甫反覆追憶，必定甘甜不已，否則如何能「每依北斗望京華」，甘心沉醉其中。然而從百花化成純一，究是何種工法能融百花爲一味呢？葉嘉瑩曾探討詩歌形式與內容間的問題：

> 杜甫的句法，雖然對傳統而言，乃是一種破壞，而其實卻是一種新的創建。這種創見可以把握感受之重點，寫爲精鍊之對偶，而全然無須受文法之拘執，一方面既合於律詩之變平散爲精鍊之自然的趨勢，一方面又爲律詩開拓了一種超乎於寫實的新境界。如此，七言律詩才眞做到了，既保持了形式之精美，又脫出了嚴格之束縛的地步。〔註119〕

由此，我們知道豐富律詩最好的方法並非突破既有格律，而是在範限中架構一味更深的體貼，葉嘉瑩稱此八首爲其正格之作，並與變體作對比，即是此種創作的意義。蓋以正言之，則顯出走向的坦途，於是同杜甫試著接受現實一切，並努力適應這個社會，從形式與生命兩者言都有契合的一面。而更重要的是杜甫雖努力適應社會，卻不曾忘卻自己的初衷爲何，如正格一體所示，雖受制形式上要求，卻在其中變化文字與意象的可能性，使其感受飽滿又不露，爲八章中能承載不同斷片的原因。

　　八首裡還指涉不少政治的意涵，但就算明顯如「聞道長安似弈棋」，仍不以清楚的論述表明，反而以拼貼的方法點出政治感受，使得一切的政治批評轉爲一股溫柔的表述。故八首外有律詩形式，而內有心跡爲限的方寸，使杜甫心中百花得以在律詩的工法下醞釀，正如高友工所說：「爲了將他與唐王朝命運千絲萬縷連結在一起的個人悲劇寫進詩中，他就必須拓展七言律詩這一傳統形式的表現能力」〔註120〕。杜甫的百花就是他對往事的追念，而律詩形式正是那工法，故能範限出此豐富之蜜。杜甫的往事還有與唐王朝複雜命運交融的部份，正似前文討論京華時的複雜情感，則釀蜜的過程時當添加一味

〔註118〕見葉嘉瑩：《杜甫〈秋興〉八首集說》，頁 53。另此說古人即言：「莫喫一家飯，久之便被養得慣了。只看蜂之釀蜜，豈止一花。」見〔清〕張謙宜：《絸齋詩談》，引自郭紹虞編：《清詩話續編》（臺北：木鐸出版社，1983 年 12 月），頁 814。

〔註119〕見葉嘉瑩：《杜甫〈秋興〉八首集說》，頁 52。

〔註120〕詳見高友工：〈律詩的美學〉，《中國美典與文學研究論文集》（臺北：國立臺灣大學出版中心，2004 年 3 月），頁 250。

苦澀，那便是杜甫的墜落，使往事與墜落以交集的方式合奏，讓華麗的往事、墜落、沉思三者同行而不擾，如下圖所示，其中沉思正是華麗與墜落中的交集：

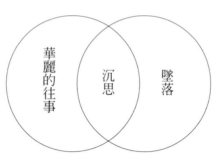

圖二：（往事與現地的交集）

墜落是杜甫站在夔州下的一種抒發，也是詩人對唐朝命運的悲慟，由於所處非善，遂產生了邊緣人的感受，夔州則是抒情的軸心。追憶當是杜甫另一個軸心，雖在現實上已失了他確切的位置，這份堅持卻轉變成生命存在的證明與樞紐，讓他站在記憶的天河畫出往事斷片。清楚兩者的意義實乃杜甫生命裡的雙軸心後，對家國政治的沉思便不言而喻，因爲現實政治的不合理正是造成追憶與墜落的禍首，於是自然存在於兩者間以一種隱性的姿態出現。

　　延續上圖分析，杜甫斷片中追尋的意義已經很明瞭，尤其那在回憶過程中百感的呈現與交集，實讓人體會杜甫心中的千絲萬縷。最後要談的是華麗往事的重現是否有其意義存在？或者繪出的內涵能否成爲我們後人步履的圖騰？唐君毅曾言文字「全爲人之個人之精神或社會精神所支持」〔註121〕，可知文字是人類精神力量撐持而出者。不說〈秋興八首〉的蘊含豐富，如〈乾元中寓居同谷縣作歌七首〉中「悲風爲我從天來」與「溪壑爲我回春姿」（卷8　頁 693～698）兩句，便看見杜甫如何以一己心靈之無限突破滿天悲風的蒼涼，然後造出多雪嚴嚴下豁然開朗的春意〔註122〕。何況〈秋興八首〉中，「佳人拾翠春相問，仙侶同舟晚更移」與「玉露凋傷楓樹林，巫山巫峽氣蕭森」的春秋對比，更是杜甫在孤城蕭瑟中的回春振奮。米歇爾曾說：

〔註121〕參見唐君毅：《文化意識與道德理性》，頁 58～59。
〔註122〕見方瑜：〈困境與突圍——以杜甫〈同谷七歌〉與〈秋興八首〉中的春意象爲例〉，《臺大文史哲學報》（臺北：臺灣大學文學院，2008 年 11 月），第六十九期，頁 128～134。

缺乏記憶就等於是時間的奴僕，就受限於空間；有了記憶，就等於
用空間做爲工具來控制時間和語言。〔註123〕

杜甫受制於現今局勢與飄泊生活，因此滯留夔州孤城，如今以回憶超越時空
限制，並以記憶中的圖象抵抗持續流動的時空，可見重現華麗往事的過程裡，
也是杜甫突破時空對他設下的牢籠。杜甫甚至更以這樣的書寫策略互換彼此
立場，轉爲詩人重塑時空的定義，越過現今的毀壞，再現往事華麗。

我們似可如此總結杜甫的斷片：不論杜甫所處環境爲何，杜甫從來不曾放
下對人民的感受，是故從年輕的書寫起，到晚年如此刻〈秋興八首〉，懸著的永
是他「回車」〔註124〕後的深思與堅持。只是滿滿的情緒終要宣洩，遂形成華麗
斷片，沿著律詩原有的河床〔註125〕，激動著複雜的情緒。語言因爲精神的充實
而有超越時空的可能性，語言更因爲精神的飽滿而能呼應作者的多層心境；就
前者言是夔州與京華的兩兩相望，就後者言則是杜甫多種情緒的糾葛纏繞，形
成前後兩者間，地方與心靈的互動和實踐。此種動態的交融過程最後則成爲〈秋
興八首〉中兩地轉換二十餘次的顯現和「腸一日而九回」〔註126〕的心事違，此
即杜甫斷片中所突顯的起伏和動盪，更是華麗斷片重現的意義。

二、斷裂與沉思──從墜落中奮起

了解杜甫的追憶後，上文實已透露墜落與沉思兩種有別於華麗往事的另
一種姿態。我們可以這麼說：杜甫一切痛苦的來源是這「回不去」的愁悶，
於是當眼前一切風景以不同形式加諸杜甫身上時，雖有天河般的華麗想像，
滿腹的蒼涼也隨之而到，如以下圖表〔註127〕：

〔註123〕見米歇爾著，陳永國・胡文徵譯：《圖像理論》（北京：北京大學出版社，2007
　　　　年3月），頁181。

〔註124〕「杜甫的回車是將尋求歸宿與行走道路的不同趨向，在一個旅途中的短暫交
　　　　會點上，讓記憶停格在生命裡的那一刹那，讓自己與景象、事件緊密結合，
　　　　使描繪更具有眞實性。」詳見廖美玉：《中古詩人的生命印記》（臺北：里仁
　　　　書局，2007年2月），頁29～31。

〔註125〕高友工認爲律詩的形式整個看來實是一種圖案，而圖案正是空間具體化的結
　　　　果。據此，筆者乃以律詩的形式爲杜甫腦海天河裡華麗斷片漫遊的河床邊界，
　　　　並以之呼應葉嘉瑩正格的說法。詳見高友工：〈中國文化史中的抒情傳統〉，《中
　　　　國美典與文學研究論文集》，頁144。

〔註126〕詳見趙謙：《唐七律藝術史》（臺北：文津出版社，1992年9月），頁107。

〔註127〕本圖位置以簡錦松之論爲本。參見簡錦松：《杜甫夔州詩現地研究》（臺北：
　　　　臺灣學生書局，1999年12月），頁186～187。

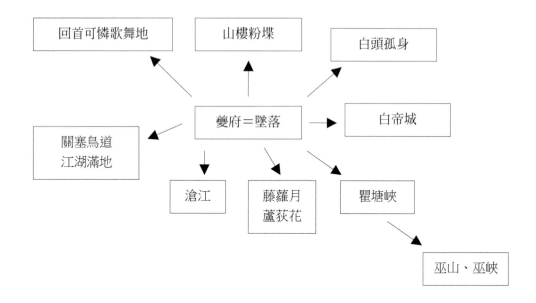

圖三：（杜甫之身）

所有追憶的華麗都將歸於眼前一觸的荒涼與無奈，使得心靈風景一裂為眼前地表現狀，此在心境的呈現已如上面所言，詩歌形式則顯為華麗往事斷裂的現象。以下即討論經歷華麗往事後，杜甫如何斷裂與墜落，並在墜落的驚覺中發出何等沉思。

（一）夔府孤城——斷裂與墜落

前文中，筆者以「杜甫的方寸」表達京華思念皆存乎杜甫的思想與往事的斷片中，亦即只有在抽離現實世界後，杜甫的京華才可彰顯，足見連章斷片下，往事追憶其實脆弱無比，縱然可見的詩歌華麗而所顯之景逼真，詩歌後面恆常急遽地回到夔州現況，形成強烈對比，蜜中有一味苦澀存在。李天生曾言：「八首只就景物瀠洄，而悲憤亦在言外。」〔註128〕透露出八首詩歌其實是不斷以景物作為連章下的主要鋪陳，於是灑滿一地的是前文所說的華麗斷片，瀠洄其中的則是連章成文後的滿紙秋意。然就詩歌表達而言，悲憤之情如何透過字句傳達出來，特別是在諸多美麗回憶下顯現，那麼便是前文的墜落了。

〔註128〕見葉嘉瑩：《杜甫〈秋興〉八首集說》，頁118。

　　杜甫斷裂的情況如下:「請看石上藤蘿月,已映洲前蘆荻花」(其二)、「匡
衡抗疏功名薄,劉向傳經心事違。同學少年多不賤,五陵衣馬自輕肥」(其三)、
「魚龍寂寞秋江冷,故國平居有所思」(其四)、「一臥滄江驚歲晚,幾回青瑣
點朝班」(其五)、「回首可憐歌舞地,秦中自古帝王州」(其六)、「關塞極天
惟鳥道,江湖滿地一漁翁」(其七)、「彩筆昔曾干氣象,白頭吟望苦低垂」(其
八)。由上所示,展現了相當多的斷裂,而更重要的,杜甫在書寫追憶後,往
往將視角極速拉回眼前所在之地,快速的空間移動容易造成心態失調〔註
129〕,何況追憶的多是那曾經富麗堂皇的景況!於是面對現實場域的淒涼下,
杜甫每每以極度受傷的心情書寫感受,所以在(其二)中,當杜甫憶及長安
為官的往事時,無論目視與嗅覺經歷過何種華麗,突來一聲奏擊,耳邊僅存
的只是夔州一地哀怨的胡笳聲樂。這種繞過視覺嗅覺的氛圍,而以驚嚇式的
聲響擊破追憶的華麗,實乃聽覺效果,使一切色彩歸諸現實漸隱而逝的幽咽
中,僅剩「不眠瞻白兔,百過落烏紗」(〈季秋蘇五弟纓江樓夜宴三首〉‧卷20
頁1777),縈繞整個夜空。

　　宇文所安曾對追憶的斷片做過一個說明:

> 一塊斷片是某件東西的一部份,但不只是整體的某一成分或某一
> 器官。假如我們把各種成分組在一起,得到的是這件東西的本身;
> 假如我們把全部斷片集攏起來,得到最多的也只能是這件東西的
> 「重製品」。斷片把人的目光引向過去:他是某個已經瓦解的整體
> 殘留下的部份:我們從它上面可以看出分崩離析的過程來,它把
> 我們的注意力吸引到他那犬牙交錯的邊緣四周原來並不空的空間
> 上。它是一塊「碎片」:它與整體處於一種單向的、非對換的關係
> 中。〔註130〕

透過引文,我們得知斷片無論怎麼收集,在它那「犬牙交錯的邊緣」都有著
讓我們清醒的裂縫,證明人們不管怎麼回憶,所得仍只是真實物品的替身。
所以不論華麗的往事能夠帶來什麼,只要黏補的隙縫存在,彩色畫面下就永
遠存在黑色縫線,讓憶者不斷承受再度撕裂或已經撕裂的苦恨。(其二)中回
憶的還是自己,(其三)跨越的幅度便越出了界線,在裂縫的認清中,杜甫思

〔註129〕筆者在上一章談到今昔之景中,也以斷裂名之,可參。
〔註130〕詳見宇文所安著,鄭學勤譯:《追憶:中國古典文學中的往事再現》(臺北:
　　　　聯經出版事業股份有限公司,2006年11月),頁93。

想的已不單純是自己的往事回首，而是那悠悠歷史中成功的前人典範。然而匡衡與劉向的成功是杜甫應該感到高興的，畢竟同能為人民付出，誰不快意？可惜環境不同，使得相同的付出流向不同結局，空餘朝中小人坐大，也難怪有「自輕肥」的感嘆了。

經過了自己與歷史前人的追憶後，隙縫溢流的東西更加龐大，杜甫的內心便壓抑非常，故在（其四）思想長安政局如奕棋的心情表露後，江邊自我與魚龍寂寞的呼應下，終開出一連串說不完的墜落，如後面驚歲晚與紫氣東來的對照，或者驀然回首中的可憐歌舞地，乃至當下低沉苦吟的漁翁形象，凡此皆可形塑出杜甫跨越華麗與蒼涼下的冷然斷裂。

突如其來的斷裂正似橫絕在過去與現在的鴻溝，誠如宇文所安之言：「時間在兩者之間橫有鴻溝，總有東西忘掉，總有東西記不完整」。〔註131〕杜甫被現實政治的冷酷硬生生地切開理想，因此才有兩段不同時間的對立與連結，而生命本是不間斷的涓涓長流，如今杜甫喪失實現理想的地方，便過份地在兩邊劃出輕重，使得追憶總是凌駕在當前生活之上，生命乃自然地傾向另一方，形成一種不健康的姿態。而置身於斷片的破碎中，更加激烈分化現地和回憶的距離，於是兩地愈形遙遠，終而在兩種空間中以墜落的姿態成就另一樣貌。此刻，支撐杜甫漂流在異空間的是許多華麗的斷片，連結彼此的則是杜甫對文化的淑世信仰，墜落的卻是眼前當下無可逃避的夔州孤城蕭瑟，此是一條巨大鴻溝，任怎樣也補不起的天裂。

文學是杜甫縮合二者的一種方法，畢竟這是他唯一能為自己辯護的方式，遂有〈秋興八首〉中華麗成織的圖象，又有生命浮沉於追憶的恐懼。浮浮沉沉的兩樣情緒，正似「波漂菰米沉雲黑，露冷蓮房墜粉紅」中蓮房鮮豔的顏色與菰米的滿池，在極盛中用一道最快速的力量陷在雲黑的泥淖中，此乃為浮沉之間的斷裂，讓杜甫的追憶不僅未能有立足當下的安全，亦脫離了過去照片中的連續發展，終而逼使杜甫唱出「一臥滄江驚歲晚」的惶恐，餘粉紅墜下後的富麗堂皇。原本追憶中明亮的色彩，在此亦轉為濃厚黑色與墜落的爛紅，繪出沉重幽暗的色調。杜甫不只一次回憶過去，甚至反覆地歌頌，乃至連章詩歌的表現，這種方式久了便成一種循環。但局勢終究不可挽回，明知更多追憶只會造成更大鴻溝，卻不忘書寫，此刻又是一種墜落，畢竟只要現實環境的問題不能解決，所有的追憶就只能安慰眼前短暫一瞬，終成一

〔註131〕見宇文所安著，鄭學勤譯：《追憶：中國古典文學中的往事再現》，頁3。

種追憶的高度和墜落的異常。

　　梁敏兒曾以波動的空間形容杜甫這樣的心理狀態〔註132〕，證明斷裂與墜落的特色。然而杜甫仍有成其杜甫之處，無論始終靠不近的距離多麼大，杜甫還是回憶了，現實生活的遙望無法滿足思念，只有回到想像中的美好，京華圖象才能夠有一最合衷曲的展現，而非如今的破敗。〈秋興八首〉中的墜落多帶有一種反思，在墜落的傷痛中，杜甫仍有撐持他的力量存在，此或如杜甫思想源頭中儒家的部分，已有論著專門討論〔註133〕，亦如筆者緒論所言之儒者視角，此刻要討論的是面臨沉浮過程中的跌落與攀登，是否也因此得到一種體悟和思考？這恐怕才是華麗與墜落兩者共同辯證下的眞正意義。

（二）現地與故園的連結

　　前面其實已經多次點到「地方」這個詞彙，杜甫詩中華麗與斷裂的關係都是建立在土地的思維上，循此乃察覺地方與杜甫之間似乎是互相影響，如現在的夔州生活未必眞的不好，杜甫便曾在詩歌中表露對此地的喜愛〔註134〕，那麼何以仍是有所怨懟，乃至歌出：「深山窮谷不可處，霹靂魍魎兼狂風」（〈君不見簡蘇徯〉·卷18頁1546）。詩中強烈表達人生不應就此埋沒深山中〔註135〕，其中語重處恐非「霹靂魍魎兼狂風」一句可以帶過，眞正讓人惆悵的實是未可放下的理想。這樣的想法影響杜甫對夔州一地的感受，使得孤城成爲杜甫不願居住之所，此正是透過個體主觀所賦予的空間意義。至於「現在的長安」與「過去的長安」，其中受杜甫主觀感情影響的成分自不待言，那麼如此的人文地方觀念又讓杜甫想起了什麼？

　　我們從華麗的斷片與墜落中，已發現杜甫將心靈重量一股腦地放在過去的長安上，於是才有如此落差，足見杜甫心中眞正的地方並非目前所羈留的夔州。那麼何處才是安身之所？爲解決以上兩個問題，我們先得對地方有概念上的了解，Tim Cresswell曾說過：「地方顯然是經由文學、電影和音樂這類

〔註132〕「由於感情波幅的襯托，可以想像到墜下所帶來的震驚和無法回頭的深海。」詳見梁敏兒：〈杜甫夔州詩的開端與結尾：墜落的恐怖〉，頁100。
〔註133〕可參趙海菱：《杜甫與儒家文化傳統研究》（濟南：齊魯書社，2007年8月）。
〔註134〕如〈季秋江村〉：「喬木村墟古，疏籬野蔓懸。素琴將暇日，白首望霜天。登俎黃甘重，支床錦石圓。遠遊雖寂寞，難見此山川。」（卷20頁1778）
〔註135〕此詩雖是贈人的期勉，字裡行間卻有作者的感受存在。

文化實踐而創造」〔註 136〕。可知地方的存在不只是地理空間上的，它還包含存在者用生命與之共振輝映出的文化磁場，此時地方會因爲一個人內在的不同而有不同界限，如同杜甫對三個地方的態度。杜甫面對夔州的態度已如上面所談，因非實踐理想之地，詩中顯然是用無奈的態度創造孤城這片土地的風景；至於過去的長安在華麗的斷片中已有交代，此處乃針對現在的長安。

憂心京華是杜甫對現在長安所有的永恆態度，如：「十年戎馬暗萬國，異域賓客老孤城。渭水秦山得見否，人經罷病虎縱橫」（〈愁〉‧卷 18 頁 1599）。文中指出自己不能歸去的無奈外，更多的是對現實生活中人病虎橫的譴責，可知杜甫對當時政治的不滿和焦慮，但又如何呢？「誰重斬邪劍，致君君未聽」（〈奉酬薛十二丈判官見贈〉‧卷 19 頁 1685），杜甫根本沒有參與政治的空間，何論斬殺千千萬萬的妖邪！是故當下的夔州不是杜甫期待的用力之地，現在的長安亦非杜甫所能介入，於是只能空懷「安得壯士挽天河，淨洗甲兵長不用」（〈洗兵行〉‧卷 6 頁 519）的理想，吶喊著「安得廣廈千萬間，大庇天下寒士俱歡顏，風雨不動安如山」（〈茅屋爲秋風所破歌〉‧卷 10 頁 832）的大夢，甚至吼出「安得務農息戰鬥，普天無吏橫索錢」（〈晝夢〉‧卷 18 頁 1603）如此嘶叫。這一連串的「安得」都顯現杜甫一身的無力，最後就連「安得春泥補地裂」（〈後苦寒行二首〉‧卷 21 頁 1848）這樣天雨雪的神蹟祈求都出現了，還有什麼比這潦倒？足證杜甫最想著力的仍是當下的京華，無奈時不我與，那麼唯一所剩的安身之地便是過去的長安了。

當前京華非杜甫所能碰觸，那麼便在華麗與斷裂間尋找一種新的方式，塑造出自己的存在意義。這當然是悲劇的，可當人生的堅持成爲不可放下的信仰後，何嘗不是一種寬慰？於是踏著非理想的土地，遙望著可望不可及的京華，杜甫終於在寂寞秋江中思索到一味殘香，此即追憶中的京華。惟杜甫對三種地方的實踐沒有因爲京華的追憶而停止，他仍在三者間徘徊，Tim Cresswell 指出：「地方從未完成，而是透過反覆的實踐而生產。〔註 137〕」此正與杜甫的徘徊相吻合，亦即三個地方從未跳出杜甫的世界，反而因爲反覆徘徊產生更多表述，成就以下一幅圖象：

〔註 136〕 詳見 Tim Cresswell，徐苔玲、王志弘譯：《地方：記憶、想像與認同》（臺北：群學出版有限公司，2006 年 12 月），頁 132。

〔註 137〕 見 Tim Cresswell，徐苔玲、王志弘譯：《地方：記憶、想像與認同》，頁 133。

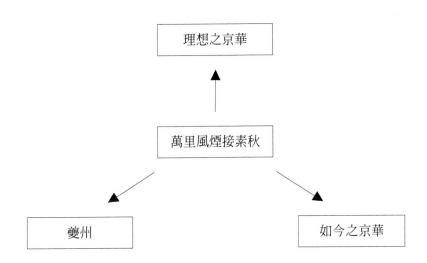

圖四：（杜甫精神的三道心向）

筆者將此圖名為「杜甫精神的三道心向」，便是指涉杜甫與三地的關係。所以現實的夔州在杜甫的沉思中成了創作的關鍵與軸心，讓杜甫在遠離京華的過程中，藉由邊緣人的身分不斷辯證自己的存在意義；而〈秋興八首〉中提到最多的是追憶的長安，同時也反面地證出杜甫對時政的關懷，成為對政治信仰的軸心力量。於是杜甫的京華從未因為「望」的距離而隔絕，在「每依北斗望京華」的堅持下，萬里風煙不只接了兩地素愁，更展延了京華的界限，直與杜甫碰撞，撞出了一片池塘〔註138〕、一色春光〔註139〕。

　　這是沉思後的精粹，讓杜甫堅定他的意志，否則生活這麼辛苦，早已折損一個人的生命，遑論意志的存在，以及前文所提到的憔悴身影。只是文學書寫上的杜甫仍然是讓人不捨的，畢竟無奈的事實從不曾改變，誠如文化心理學所說：

> 社會給予了個體以獨立、自由的許諾，每個人都可以按照自己的意志來決定自己的生活……然而，個體在自我選擇中又受到種種的限制，他常常無法自由選擇自己的職業，無法自由選擇自己的生活方式……結果個體一方面感到自己在決定命運的方面擁有無限力量，另一方面又感到徹底的軟弱無能。〔註140〕

〔註138〕曲江、昆明池、渼陂等。
〔註139〕如「佳人拾翠春相問，仙侶同舟晚更移」一句。
〔註140〕見萬魯嘉・陳若莉，吳英璋導讀：《文化困境與內心掙扎》（臺北：貓頭鷹出版社，2000 年 11 月），頁 71～72。

杜甫在當時的體制下自然沒有選擇政治角色的餘地,因此只有憤然離去,以表對思想源頭的負責。畢竟「王臣」是無法真正改變帝王的,而「王師」這樣的身分卻又難得,終於只有自己的存在可以選擇,此則真似無限力量,無論生活處境如何,至少還有自己可以決定、選擇。如此,一臥滄江也好,江湖滿地也罷,杜甫至少還能在白頭之中經營自己的彩筆,創造出一幅幅生命的沉思,就算是徹底的無能為力,徹底的老病身影,也還保有一些僅存的安慰吧!

　　杜甫選擇堅持理想,卻又依著追憶補給內在,讓我們彷彿看見地方不只是杜甫的主觀參與而已,透過杜甫詩歌裡思考的過程,地方竟反過來參與杜甫的人生,如此,上述圖表中的箭號便成了雙向的關係:

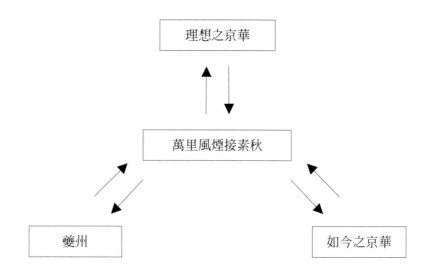

圖五:(雙向來回的三道心向)

與京華的互動下,不只杜甫參與其中,京華也走進杜甫的世界。無論現實的京華或理想的京華,他們都反向成為參與杜甫生命的力量;夔州一地則因當前所在,其影響自然不證而明了〔註141〕。此刻,杜甫的心靈可說有一部份是地方支撐的,所以悲從中來,有改變不了的無能;樂亦由此,有選擇的無限力量。此正可符合 Tim Cresswell 所說的:「記憶自然而然是地方導向的,或者,至少是得到了地方的支撐〔註142〕」。人與地方的關係是雙向的,地方依靠人類

〔註141〕筆者上一章已有討論,可參。
〔註142〕詳見 Tim Cresswell,徐苔玲、王志弘譯:《地方:記憶、想像與認同》,頁139。

而富有意義，人類亦因地方撐起自己的存在，雙方就在一個循環裡互相重疊彼此的關聯，直到分不開為止。

杜甫顯然是與地方脫不了關係了，是否正因為逃避這種關係而在後半生選擇舟船飄泊，藉以強化自己歸京的方向？這是一個可以討論的問題，惟杜甫與地方的關係不是飄飄何所似的孤舟可以帶過，無論他飄泊至何處，甚至在西南裡划了一片天地，杜甫仍舊擺脫不了與地方的糾葛，於是只好繼續和地方拉扯，既有安慰，也有心酸。至此，我們可以論斷杜甫在〈秋興八首〉裡的沉思是什麼了：正是那人與地方的關連，人與理想的關係。在夔州裡望向京華是杜甫對如今長安的不捨，面對長安時，又不可避免地走向理想世界的追憶，此為杜甫對過去長安的一份牽掛。而在夢土裡徘徊了，在春天裡張望了，杜甫卻又劇烈地墜至現實的夔州上，終於流下了「他日淚」，懷起了「故園心」，這是杜甫走回到現實所處之地，對現今自己存在的認識。

在夔州懸崖上沉思的杜甫應是為了解決自己生命中的矛盾，只是他想了幾夜，就算月亮已映蘆荻花，仍在想。杜甫應該是清楚自己問題的，否則怎能後設自己「有所思」的面目來！那麼這份與地方之間的沉思究竟代表什麼？又為何杜甫明知相思苦，偏偏苦相思？此則見證杜甫的奮起與堅持了。

（三）沉思之後的奮起

杜甫的躍升如何能開始？在超越三個地方之後，能夠拓展原先視野，跳脫朝廷觀點的窠臼，其間最大原因就在跳離京華的政治氛圍，因而有足夠的距離反省過往態度。這正似西方定義「放逐」一詞的概念：

> 在被迫遠離的情況下，與故土間形成一種距離的美感和惆悵之情。但「放逐」所拉開的距離，也會讓放逐者在文學和意識形態上，形成雙重視角的關係，得以別出一種創意，形成對故土的反思和批判。〔註143〕

杜甫能夠生出智慧，恐怕便是距離的開拓，畢竟人若沒有辦法讓外在事物與心靈有一客觀距離，便難以客觀的態度面對，此即唐君毅所說：

> 先本人之理智，以客觀化、外在化、一切我所接之刺激事象，而將我與外在世界間之空間開出，以使上述人我間之糾結繫縛打開。〔註144〕

〔註143〕見廖炳惠：《關鍵詞200》（臺北：麥田出版，2006年4月），頁104。
〔註144〕見唐君毅：《中國人文精神之發展》（臺北：臺灣學生書局，1988年5月），頁318。

先讓理智與外界事物保持相當空間，方能避免役於物後的迷失，轉以理智觀看人生。此轉俗成智的態度正是杜甫離開京華後的成長，〈秋興八首〉則為開出空間後的作品，讓他在「萬里風煙」的遙隔下，還能靜下心來思索，看清長安局勢。

　　許多東西就能夠開始進行釐清，什麼是道所應守住的，那便是心中所要留之物；什麼是可以放下的，便在理智的消磨中過濾、剝落而出。杜甫在反身的過程裡，逐步消化漫長歲月裡的點滴，無論成流的回憶中有多少紀錄？杜甫只取曾經華麗的斷片，以之為此生復現的憧憬。至此，剩下的便不再是糾葛不清的東西，反而能在自覺下隨時檢驗一切行為。這種消化與推磨的關係，就是中國儒家反身而誠的工夫，讓生命達到一種純粹，於是一念由己而出，遂貫串每一個參與的事物，不再迷惘與疑惑，杜甫才真有自己堅守的道路，三個地方也因而得到該有的位置。

　　這時滄江也好，白帝城高也罷，杜甫不須再為自己的飄泊疑惑，只需直截地認清自己心中方向，將力量放置在京華而努力，那麼〈秋興八首〉中的追憶便成了一道力量，使杜甫得以源源不絕地堅持。這時我們再看杜甫夔州孤城與京華間的雙軸心觀念，便會發現位於孤城的軸心其實是虛位，真正實成的是京華的永恆理念。然虛位雖非杜甫核心的價值，卻是這一份異地處境得以讓杜甫產生不同視野與觀點，如此，虛位的意義又成為詩人能夠堅持的原因。是故雙軸心的概念一實一虛，前為實存，後為虛位，彼此間又互成因果，此是杜甫人生與創作視角上，一個很大的突破與昇華。

　　杜甫晚年飄泊許多地方，卻在身處異鄉的契機中正視自身抉擇，即前文所謂「回車」也。然世界猶然紛紛，唐朝政府亦未因杜甫的努力而有所改變，在取得自己對當今長安的永恆堅持後，杜甫靠的不只是追憶的力量而已，恐怕還需要一種態度，此即放寬的心理。道德實踐之路只能要求自己，不論過去「死了一個杜甫」多麼動人，能因此被喚醒的人實寥寥可數，那麼就不必為此哀嘆，只要自己願意付出，不論五陵衣馬如何，杜甫就是杜甫，儘管自己懸崖上的等待是多麼蒼涼，而「長歌當哭」〔註145〕之景又多麼強烈，在相信光明遲早會降臨的信念下，黑暗至少就不會佔據自己的心靈。

　　這時杜甫的奮起與堅持已不止如方瑜所說的：

〔註145〕見葉嘉瑩：《杜甫〈秋興〉八首集說》，頁228。

　　杜甫終於超越自身白首低垂的老衰形貌與唐室中衰難振的困境，以
　　詩筆成功的召回了盛年的歡愉和盛世的春天。〔註146〕

他實有更多的內在修養，是踏盡千山後的滋味與沉澱。此時就算長安如塵
霧，而生活更似「信宿漁人還泛泛，清秋燕子故飛飛」般飄泊無聊，甚至
清晨裡「千家山郭靜朝暉」，「山郭淒涼，覊人兀坐，不克終日光景」〔註147〕
猶存，杜甫也能夠在跋涉三個土地後一肩挑起。雖然理想的前方是一片大
霧，是「瞿塘夜水黑」，也是「翳翳月沈霧」，一片無人而又悄然。但曾有
的樂園會重現的，只要不放棄，歷史就有改寫的一天，淒冷也終將爲熱情
所燃。當然杜甫沒有改變歷史，詩歌的精神卻從此流傳，好比春天在杜甫
詩歌中的出現，或者「爲我回春姿」，或者「春相問」，春天已傳至其他詩
人手中，影響了後來的世界，後來的堅持。這樣一種超越時代大霧的精神
可以用圖表說明：

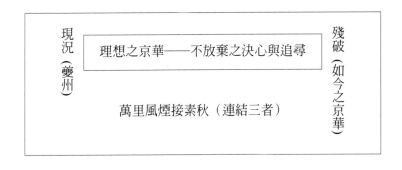

圖六：（以理想爲核心的三地兼融）

最外圍的框架是杜甫兼融三地的生命，第二個框架則爲杜甫之理想，也就是
追憶中的京華。杜甫透過生命在三地裡的辯證，使得一切事物涵攝在自己的
心量下，而以理想爲核心。至於杜甫的理想是什麼呢？那是一片生意盎然的
京華，永遠都有機會的「秦中自古帝王州」〔註148〕。

────────────

〔註146〕見方瑜：〈困境與突圍──以杜甫〈同谷七歌〉與〈秋興八首〉中的春意象爲
　　　　 例〉，頁145。
〔註147〕見葉嘉瑩：《杜甫〈秋興〉八首集說》，頁245。
〔註148〕此句可有多種解釋，如：長安一帶自古以來即是京城所在，怎麼會一次一次
　　　　 地淪陷呢？這是一種問句的形式。然而「自古」一詞意可有自古以來的堅持
　　　　 之意，那麼這句話便可有杜甫對唐朝中興的無限信心存在，本文此處即取後
　　　　 者之意。

第五節　孤城與京華——連章詩的情思組合

在華麗與墜落間的杜甫其實有一貫的堅持存在，正如前面所言的虛實視角；然〈秋興八首〉是杜甫集中素負盛名的連章詩作，八首之間的形式與內容便應有一相應之處。底下結合連章中的意義開展，將杜甫的情緒作一整理外，也建構孤城與京華的組合。

一、八首連章的情緒起伏與轉折

所謂連章詩乃用同樣體裁的詩作描寫同一主題，其詩歌數目或者數首，或者數十首，共同組成一有機體表達該題題旨，其中順序有作者主觀的安排，不可任意倒置。但凡是多首詩歌組成的作品，其間必有分合的現象，如廖美玉所言：

> 各首之間關係密切，次序一定，不可倒置，彼此照應，相互補充、說明，且使之同列一總題下者，則其主於合可知矣；又其不為長古，不為排律，乃使之為數首或數十首之同體詩，每首又各有其主要情節與意象，味之亦覺餘意無窮，則其為可分又明矣。〔註149〕

從上面的敘述中，我們可以知道連章詩中又有合分間的問題，合者必得在同一主題下共同撐持、互相呼應；分者則許各詩擁有自己的存在意義。八首之分章原就不必要在同一時間完成，畢竟一組長篇大作，醞釀的感情與內容本非一時一刻可成。況且杜甫仍在回憶，或許感情豐沛，於是一首不夠再來一首，此時單篇七律便顯得屢弱許多，乃有連章而成之意。此如古人所論：

> 少陵八篇，何所因仍，興盡而止耳。〔註150〕

為何需要用到八章來描寫呢？正因杜甫感興而起的情緒因著回憶翻騰不息，遂在滿天雲霞之際，越過一座又一座山峰，彷彿繚繞不盡的悠悠雲朵，纏綿在眾多回憶的頂端，風起雲湧，非要興盡才可，愁竭而消。然而興愁難止，往事重重湧現的結果，竟如錢謙益所云：

> 此詩一事疊為八章，章雖有八，重重鉤攝。有無量樓閣門在。〔註151〕

以思念京華為一事，疊唱成千山萬壑，一層綿似一層，其中看似各有不同，

〔註149〕見廖美玉：《杜甫連章詩研究》（臺中：東海大學中文研究所碩士論文，1979年），頁336。

〔註150〕見葉嘉瑩：《杜甫〈秋興〉八首集說》，頁105。

〔註151〕見葉嘉瑩：《杜甫〈秋興〉八首集說》，頁106。

卻在重重鈎攝後，若無盡、無限、無量。好比「江間波浪兼天湧」與「塞上風雲接地陰」中的蕭森之氣，亙古在兼天同高的遼夐，綿今於接地同袤的廣大，之後更因萬里風煙卻意氣難平，遂遙接京華種種與如今點滴，開啟了數不盡的追憶之門。

　　杜甫〈秋興八首〉正是在前面華麗的追憶中，藉由連章詩歌突破了斷而成片者的失延〔註152〕，把封鎖在五大區塊中的斷片連接起來，於是原本單一斷片的「方向指標」不再是一個遙指或遙望的動作而已，它更成了一座天河大流，讓遠在夔州的杜甫，還能幻想八月槎的神話，把引路作用的斷片連接成明顯的大道，用一艘船駛回，最後在長夜漫漫裡，細數過去京華平居的每一場思念。由此，這八首詩歌已不可切割，因為它已不是一般的斷片，而是由一份堅持所串起的「不勝悲」。而悲既不可局限，也無法用分開的眼光來讀，金聖嘆才道：

　　道他是連，卻每首斷，道他是斷，卻每首連，倒置一首不得，增減

　　一首不得，固已。〔註153〕

說是連，是由一氣與一念相連，這是合的觀念；說是斷，則因每一首詩各有自己的章法與空間，這是分的原則。於是在連與斷之間，天河與斷片間，「或承上，或起下，或互相發，或遙相應，總是一篇文字，拆去一章不得，單選一章不得」〔註154〕，此誠是難以道盡，吻合「故人何寂寞，今我獨淒涼。老去才難盡，秋來興甚長」（〈寄彭州高三十五使君適虢州岑二十七長史參三十韻〉·卷8頁639）裡的寫照。因為感受太深，所以秋興難盡；因為才不得使，化作文字與血淚，凡此皆是杜甫開創七律連章揮灑自己無窮思想的原因，亦是斷片與天河的相扣和矛盾。

　　綜合華麗的斷片與連章的綿延，我們知道杜甫復現的意義與對斷片的突破〔註155〕，尤其後者，使得原本單一的回憶藉由連章詩歌接連起來，如歐麗娟所說：

　　失樂園絕不等同於某些歷史學家毫不遺漏地根據種種蛛絲馬跡與細

　　微末節所進行的過去重建，務使失落的過去完整無缺而纖毫畢現；相

〔註152〕宇文所安認為斷而成片者，就是指失去了延續性。詳見宇文所安：《追憶：中國古典文學中的往事再現》，頁94。
〔註153〕見葉嘉瑩：《杜甫〈秋興〉八首集說》，頁108。
〔註154〕見葉嘉瑩：《杜甫〈秋興〉八首集說》，頁103。
〔註155〕即前面宇文所安之言：斷片沒有延展性。

反地，由於詩歌的篇幅形制與抒情性質的限制，再加上回憶本身特有
的處理方式，唐詩中呈現的失樂園將在一種「背景模糊不清」的氛圍
中，主要是以和某種意義、價值相連繫的特有型態浮現。〔註156〕

原本受限於詩歌的篇幅形制與抒情性質的限制，再加上回憶本身特有的處理
方式，回憶捕捉的過去多只是模糊不清的氛圍，亦是唐詩中的普遍成象。杜
甫卻因連章的使用，讓原本相斷而成的往事與現今作用成一片春色洋溢，使
追憶的主題如此清晰而深刻。甚至因為他有意識地組織這些經驗，於是衝破
常人所見，最後在方寸中，經營出一座夔州孤城裡的璀璨京華，敻絕在歷史
與現實之外，拉引讀者重新品嚐這滋味。可見連章書寫的策略，誠為杜甫京
華圖象得以構築完成的關鍵。

二、孤城與京華的多重組合

斷片成就了天河，詩篇歌成了連章，秋興更開出一地春光，孤城與京華
間必也因相連有了多重碰觸，前面已論及杜甫與三地的關係，此處則申論因
連章而起的組合。

（一）再談京華與杜甫〔註157〕

讓杜甫在秋高風疾的環境中，思索人生道路的是什麼？讓杜甫在三地之
間沉思的又為何？思考這樣的問題時，我們不由地便想起杜甫與國家間的關
係。緒論已提及杜甫在思想繼承了儒家的淑世關懷，自我選擇上又執著於理
想，於是才有那麼多複雜的糾葛存在於心靈世界。如今討論杜甫生命奮起的
姿態時，當然不能再用年輕的心態來看，畢竟身處異鄉的杜甫，生命的存在
場域早已被西南天地間的飄泊感染成一層新的境地。筆者以為杜甫這時期的
堅持與奮起其實要比早期的白鷗意象來得深邃，這當是在之前一連串討論
中，由華麗到斷裂、墜落到沉思等錯綜複雜的心靈風景下所得的感受。尤其
杜甫與地方之間的關係一直處在實踐的運動底下，更使詩人的堅持多了土地
的力道，那是種不放棄的念頭，也是萬物皆包，所謂「難教一物違」（〈秋野

〔註156〕詳見歐麗娟：《唐詩的樂園意識》，頁167。
〔註157〕古代君王常是一個國家的代稱，而京城更有此意義，此處京華即有國家意涵存
在。然本節引用唐君毅之文獻屬近代著作，其中多以國家而言，為配合引用與
論述之間的諧和，故此節行文乃以國家稱之。惟題目配合論文結構與文字美感
的統一，遂以「再談京華與杜甫」為名，而不以「再談國家與杜甫」命之。

五首〉‧卷 20 頁 1733）的心腸，貫徹在政治、人民以及詩歌創作上。

杜甫早期的鷗鳥意象是「白鷗沒浩蕩，萬里誰能馴」（〈奉贈韋左丞丈二十二韻〉‧卷 1 頁 74）所寫的雄闊，像是劃在天空中的一道光芒，無畏任何挑戰。這時的鷗鳥飛在京華世界，套鎖在政治追求的氛圍裡。而後當杜甫毅然選擇以棄官表達對政治的堅持時，白鷗便已非政治牢籠所能局限，正如莊子〈養生主〉中的澤雉〔註 158〕，也許覓食辛苦，卻擁有絕對的精神自主。杜甫化身成第二種鷗鳥，那是「飄飄何所似，天地一沙鷗」（〈旅夜書懷〉‧卷 14 頁 1229）描繪出的孤高，或許世界茫茫一片，而未來又不知何處是終點，只要心中有著堅定的方向，至少飛翔是自己選擇的，張翅也可以一任己心。

由上所述，杜甫與國家的關係乃從一種相羈的狀態，化成了羈絆仍存，卻無繩索可以綁住，因為這羈絆是杜甫自願的發出，更是不捨。惟為何杜甫不以一種相合的方式和政治妥協呢？唐君毅曾有這麼一段關於政治的論述：

> 吾人儘可在事實上承認個人之政治活動，恒夾雜個人追求權利之私欲，然此非政治活動之所以為政治活動之本質。此私欲之活動，在本質上，即不能普遍的客觀化者。凡能普遍的客觀化活動，雖初出自私欲，然當其普遍的客觀化時，即必須失其私之性質。而人之活動之真能普遍的客觀化者，必為依於或合於人之理性活動道德意志者。全不能普遍化客觀化之私欲之活動，乃從不能產生任何真正之政治活動，乃毫無助於國家之建立者。〔註 159〕

我們似乎發現杜甫始終與政治沒有辦法相合的原因，那就是私慾與普遍的兩種政治態度。杜甫面對國家的態度恆常是一種無私無欲的付出，對他而言，政治實現的初衷是在改善人民的生活，於是所有行為便須以人民為中心，不合者除。然大多數政治世界裡的投機份子卻非如是想，對他們而言，政治只是個人私慾滿足的活動場域，當私慾不能化為普遍的客觀存在時，勢必要與政治場域上堅持理想的部分衝突，勝負難料，誠如鄧小軍所道：

> 中國文人文化是由接受儒家思想的士人所創造，而實際政治狀況則在很大程度上取決於一人專制的君主的品質〔註 160〕

〔註 158〕見〔清〕王夫之：《莊子通‧莊子解》（臺北：里仁書局，1984 年 9 月），頁 32。

〔註 159〕見唐君毅：《文化意識與道德理性》，頁 255。

〔註 160〕見鄧小軍：《唐代文學的文化精神》（臺北：文津出版社有限公司，1993 年 9 月），頁 243。

當守住私慾的人是一國領導者時，由於權力集中，杜甫等人的失敗便可想而知。至此我們再繞回先前所討論的白鷗，若當時杜甫選擇對政治作出妥協，那麼白鷗將成宮中一牢鳥，或許實踐了某種程度上的理想，雙翅卻已不屬於自己，又遑論之後許多的堅持；且杜甫是篤守儒家傳統的人，故應該是帝王以道喚回臣子，而非大臣捐道以附和，頗似唐君毅之言：

> 唯吾人有此意識，而又能忘吾人自己之有此意識。故此意識爲一種能絕對超越其自己之超越意識。此超越意識仍發自吾人之理性自我，而依理性之推擴而成。故此理性自我可名超越的理性自我。而國家之如爲普遍的自我人格而有意志，仍畢竟依此超越之理性自我之超越意識而立。國家仍不能真離此超越之理性自我之超越意識與其道德意志，而自有自我人格，另有其獨立之存在性與意志。國家之存在，仍畢竟只由人超越的理性自我之超越意識所肯定，而爲自此超越意識出發之理性活動求客觀化之意志或道德意志所支持。
> 〔註161〕

國家因爲普遍的自我人格而有意志，只有這樣的國家才能以意志作爲領導，讓所有政策都是以人民的幸福爲出發點，所以最後才要依此超越之理性自我的超越意識而立，因此在杜甫觀念中的古代君國意志是不需要的存在，人民才是真正的主人。無奈君王卻真實地存在於每一個朝代中，成爲國家與道德之間的阻撓，此則中國文人每每以人民之要爲本，以人民幸福生活爲心心念念所繫，卻始終「無力正乾坤」之因〔註162〕。

（二）涵攝三地的政治思維

當杜甫與國家間的關係明瞭後，杜甫選擇離開的決定不能改變什麼也就理所當然了。因爲雖可在身體方面以遠離做出抗議，卻因爲理想國家是以意志爲衷，所以杜甫的意志必然也會與國家一詞永恆聯繫，除非放棄了這股對百姓的堅持。這時我們再回到方才的鷗鳥視窗，便可想像那是一幅怎樣的圖畫：天邊一隻沙鷗，縱情於黑暗無邊的天地裡，在欲走還走之際、陡然翻飛之時，忽地又以最深情的回眸望向塵寰。此時沒有了固定視角，只有不見長安見塵霧的感嘆。然而鳥倦飛亦知還，杜甫也有疲倦的一刻，此時便形成一

〔註161〕見唐君毅：《文化意識與道德理性》，頁258。

〔註162〕「暝色延山徑，高齋次水門。薄雲巖際宿，孤月浪中翻。鸛鶴追飛靜，豺狼得食喧。不眠憂戰伐，無力正乾坤。」（〈宿江邊閣〉‧卷17頁1469）

種退縮、反動，產生「古來材大難爲用」（〈古柏行〉・卷 15 頁 1360）的挫折。杜甫在面對外在環境的限制時，恆逼出自己之超越，顯出精神自我之活動；但他也有放浪形骸，一任自然的心理。此刻便須依賴其他精神活動的鼓舞而重振，在歷史上是許多古人前賢如諸葛孔明等，現實上則是那曾有的璀璨歲月了。

　　杜甫的離開是一種追尋，尋找一方屬於自己的定義；惟離開並不表示就能忘記，所以在他鄉之中又繼續與京華產生連結，直到杜甫承受不住，或者看清現實的無奈後，他才轉往非現實的追憶裡探索，而如上面華麗之斷片所述。此處我們再重新審視這些斷片，發現人類的一切存在概可以精神、文化與器物三者區分，前面所論〈秋興八首〉中的顏色與宮殿等顯然都只是器物的層次而已，其中所蘊含的文化和精神才是杜甫這一生所要追求的。然而夢想遙遠而身不由己，杜甫既然抓不到精神與文化，便只好回到最低的器物層次尋找，透過瞻仰下的搜索，得到一些蛛絲馬跡裡殘留的記憶。地方正是這種搜索的反映，讓杜甫在三地間不斷尋覓顏色與器物存在的可能，當然夔州孤城是失了顏色與器物的，現今的長安亦只是「王侯第宅皆新主，文武衣冠異昔時」，沒有了安慰，於是怎麼繞，杜甫總是得繞回追憶中。我想杜甫是如文化心理學所言般：

> 一方面，社會生活鞭策每一個社會個體努力走向成功，這意味著每個人都要堅持自己的利益、排擠和超越其他的人。每個人都渴望成功，而害怕失敗。如果他成功，他就有一定的價值；如果他失敗，他就一文不值。〔註163〕

在與政治勢力的碰撞下，強烈地感受到自己的一文不值，他的成功在回憶中僅有晝省香爐這一段小小的迷霧歲月，剩下的僅是自己一事無成的感慨。那麼要碰撞出這一種沉思的結果，實際上是非常殘忍的事情。但置之死地而後生，或許就是在〈秋興八首〉中，經歷過斷裂與墜落，杜甫才能在地獄中開啟一道生命啟示，一種決定「每依北斗望京華」的勇氣，此乃悲劇中的人性躍昇，一種義無反顧下的知其不可而爲之。

　　惟詩歌若只是一次的唱訴，那麼往事或許也能代表當下一切；然杜甫懸崖孤坐的思考並非單純抽離現地到往事裡就能帶過，他仍是拋不掉生活的詩人，於是連章是詩歌，更是杜甫生命與多塊土地間的連結，讓他在多種時空

〔註163〕見葛魯嘉、陳若莉，吳英璋導讀：《文化困境與內心掙扎》，頁71。

下反反覆覆、走走停停。這時詩歌中的連章因為碰觸到孤城與京華之間的來去，更與時間的長河搭上，徘徊在往事與現地間，遂使得詩歌忽而從前，忽焉現地，如前面所說之春光與秋氣，一片模糊。宇文所安曾這樣形容杜甫的詩歌：

> 杜甫晚年的詩篇經常採用模糊多義句法，創造出一個各種聯繫僅是可能性的世界：詩句中的各種意象確實相互配合，但卻沒有排除其他可能性，從而使得詩旨的闡述難於實現。〔註164〕

可見杜甫晚年詩歌模糊性之特色，重以前文筆者所論之連章，杜甫〈秋興八首〉中確實存在著因孤城與京華間時空多重組合下的模糊。惟杜甫的詩歌意識仍是存在的，此可從前文之奮起得知，而向前所引方瑜以〈秋興八首〉為杜甫之突破亦可見端倪。那麼杜甫此組詩歌雖然因為連章而有多義性，其中的堅持與理想卻不曾放下，而有多義中的一種清晰；否則一個真的放下、有心歸隱的人，又怎麼會「苦低垂」數個夜晚？杜甫心中不因模糊的詩歌表達而忘卻自己，縱然也曾有過仕與隱的徘徊，卻在連章抒懷中，「抒發無窮的憂思，浩茫的悲痛」〔註165〕，表現悲愴美的特質。足見其創作的中心仍是自己對理想不得實現的苦恨，正是這種苦恨，藉由多義性的表達中，揭示出一種隱藏視角，此即虛實之視角，有著獨善與兼善兩種價值的抉擇存在。

（三）獨善與兼善的最終取捨

杜甫在〈秋興八首〉中的虛實視角已如之前討論，這種視角其實寄寓著夔州時期詩人的感受，使得多義性中的模糊仍有一種人生態度中獨善與兼善的抉擇，這是杜甫〈秋興八首〉這類追憶作品中的特色。杜甫在夔州時期曾有仕／隱兩種的徘徊，其間自有杜甫身為人類的必然限制，故時而走向自然尋找獨善的空間，時而又步往理想，張望北斗下的京華。傅紹良曾謂中國士人的人格如下：

> 中國士人的政治人格，首先是一種具有強烈的實踐精神和悲劇意義的憂患人格。這種憂患在於士人們在人格設計時，總是將自己放在一種天下動盪的社會背景中，借以規定自己的政治目標，將個體的我與國家命運連結在一起，使弱小的個體通過政治活動顯得崇高而悲壯。……社會政治和現實人生為個體提供了生存的特定環境，但

〔註164〕見宇文所安著，賈晉華譯：《盛唐詩》，頁302。
〔註165〕見趙謙：《唐七律藝術史》，頁96。

> 環境並不能決定一個人的社會行爲和政治理想，個體的生存意識也
> 不單是「個體的我」的獨存，而是社會和「我」的共存。這種共存，
> 有雙重意義，是指在拯救社會的同時實現自我，在發展社會的同時，
> 完善自我。〔註166〕

杜甫顯然是這種典範，所以一生的思索裡，總是將國家人民融在自己的方寸
裡。杜甫當然清楚外在的東西沒有一定回報，更知與外在事物相糾葛下，心
靈必然的苦痛與束縛；可是「戰血流依舊，軍聲動至今」（〈風疾舟中伏枕書
懷三十六韻奉呈湖南親友〉・卷23頁2091），他又怎能棄之不理！杜甫爲了政
治而奮鬥的良心確實輝映了無數春秋，無論在朝爲官時是如此，就算在四川
浪跡也是，可知他的良心並非只是平居時的彰顯而已，那怕飄流的日子裡生
活困頓，他仍舊能夠超越於死生危迫之際，直破生死榮華的境界，如此，地
方的糾葛又算得了什麼？要把宇宙放進胸懷的杜甫，面對外在的苦痛或許也
曾長哭激越，卻沒有一樣痛苦比挖出他心中的夢還要痛，如此，還有什麼事
不能挑起？

杜甫還說過：「質樸謝軒墀」（〈移居公安敬贈衛大郎〉・卷22頁1928），
質樸即樸直，謝軒墀指棄官。這表示棄官乃是自己仁心而生的「不容已」，是
自己決定後的正義行動，可見詩人此生所走都是自己堅持的方向，所以走來
縱然始終孤獨，卻也吻合孟子所云：

> 吾聞之也：有官守者，不得其職則去；有言責者，不得其言則去。
>
> 我無官守，我無言責也，則吾進退豈不綽綽然有餘裕哉？〔註167〕

人的堅持應該是什麼？不正是那對天地人間的永恆關懷！於是無論所處爲
何、所得爲何，只有堅持生命貞定的方向，讓生活的一切統攝在良知理性裡，
那麼可以被消化的東西自然會消化在方寸中，不能消化的則屬於良心堅持以
外的東西，又有何求！如同孟子之言，無論有無官守、富貴，一名志士仁人
的終極關懷理當可以遨遊天地之外，而無受現實拘束。惟心中那一恆定的牽
掛與思念，遂在無有的定向裡找到一股貞定，那便是杜甫對人民的關心。

人恆常受到外在事物的誘惑而迷失自己，人更容易爲生活困頓而放棄，
紛紛擾擾的世界中，一切外在存在就像銀河裡無數隕石，不斷想要衝破心防，
直到人們受不了疼痛而投降。杜甫的心是一顆堅定不已的星辰，貞定在亙古

〔註166〕見傅紹良：《盛唐文化精神與詩人人格》（臺北：文津出版社有限公司，1999
年6月），頁104～105。

〔註167〕見朱熹：《四書章句集註》，頁245。

長夜的黑流中，於是無論政治的狀況如何艱險，他也從不曾退卻，反而用筆寫下一篇篇的承諾。唐君毅有言：

> 每一語言文字與其意義之有一機械聯想之價值，一方在使吾人向上
> 人表達心意、命人、而與人之精神貫通，成真正可能，使吾人用一
> 文字時之心，成一社會心或普遍心；同時亦使吾人當下自我之精
> 神，可貫通於過去自我之精神之內容，而成一統一自我。文字之所
> 以有對自我表現或紀錄備忘之用，及對自己下命令之用，即由於當
> 吾人將文字提起時，吾人即將吾人過去用此文字所代表之意義，亦
> 同時提起。〔註168〕

杜甫過去書寫了不少自己對理想堅持的詩，而今〈秋興八首〉仍是一組這樣的創作，可知杜甫一生的文字皆與其胸懷融合，使得詩歌中處處可見作者的靈魂、精神。而生活中幾次受傷欲退時，只要心頭堅持奮然一振，當下的文字便如源頭活水般，貫通了幾處將亡的穴道，直到巨筆在握，彩筆當前，那麼是不是春天都無所謂了，因為杜甫前前後後的生命皆在此刻重生，春天不再是追憶，而是一種苦低垂下的奮起。往事與現地的徘徊也因詩人心靈的喚醒，讓掙扎中的兩種視角一進一退，終成虛實的次序，使腳步困於夔州，心靈飛躍於京華。杜甫沉思中的三地固然造成他身心非常巨大的打擊，三地與杜甫間更是雙向影響的循環關係；但只要杜甫心量夠大，那怕三者都帶來異常沉重的壓力，仍然可以在心量中呈現一套獨特的地理觀念，此是杜甫徘徊在雙向循環之中的勝利，勝在那欲承擔且肩挑的責任感。

我想一個地方裡的姦賢是註定衝突的，此如唐君毅所說：

> 國家中個人之意志行為之出自私欲而與他人之意志行為相違反衝突
> 者，必相抵銷，而歸於求和融貫通，以合於吾人之建立國家之理性
> 活動，道德意志。而此種國家中人之自私欲出發之諸個人意志行為
> 如何自然的相抵銷，進而通過各個人之自覺的其意志行為之和融貫
> 通之意志，以如何形成一政治之理想，如何由人之政治活動加以實
> 現，以對自私欲出發之意志行為加以否定限制，或使之不能表現；
> 而化之為理性的道德的意志行為，而使之皆合於人之自覺一切建立
> 國家者之理性活動道德意志，即為一國家之政治史。〔註169〕

〔註168〕見唐君毅：《文化意識與道德理性》，頁 57。
〔註169〕見唐君毅：《文化意識與道德理性》，頁 264。

杜甫面對整個時代巨輪的無奈下，他的力量確實是用盡了，甚至臨終前最後
的一滴血淚也融注於此。人生至此，也無怪後代對其如斯尊重、景仰。畢竟
一紙〈風疾舟中伏枕書懷三十六韻奉呈湖南親友〉（卷 23 頁 2091），一道盛唐
餘音的最後力量，讓我們相信杜甫連死了都要這麼勇敢，不容侵犯。或許當
代沒有改變，而杜甫已去，詩人一生所奉獻的點點滴滴卻成為一部唐代理性
之政治史，在不理性的政治糾葛裡，為古老的歷史唱出一片高音。此高音正
是杜甫一生追求的重現，雖然一切不在杜甫實際的「望眼」中，卻恆在杜甫
的彩筆，畫出一種真實而堅定的理型。

小　結

　　杜甫黑暗中的形象固然憔悴，卻也在憔悴中體認到自我存在的價值。於
是在悲老的過程中，將憂己之心擴大到天下的憂愁；而在自我疾病方面，詩
人更未耽溺在自己的痛苦，一旦有機會，他仍然是努力給與他人鼓勵和支持。
從這樣的態度中，我們發現杜甫的創作視角不僅關注在天下蒼生，且有自傳
性的開展，故在自我傳寫的過程中，融入對天下的關心，達到主客合一的融
合。甚至，杜甫還將自己與星辰共比，把此生理想化為守護北斗的孤星，使
得老病的杜甫猶有星辰的力量，實是特殊的人生想像與創作視角。

　　黑夜中有描寫自己身影的作品，必然也會在自我省視的過程裡，更加深
切面對自己初衷，遂產生不少歌詠理想之作。惟歌詠理想的過程中，面對的
仍是理想難以實踐的現實，於是也夾帶著對無奈的抒發，在理想與無奈的交
會下，一同聚焦在京華的遙望中，終知京華遙望是杜甫不論在理想或者無奈
下，一個生命永恆的方向。

　　觀察杜甫遙望之中的視角，內容亦有故園在其中，那麼所謂的京華遙
望，也帶有對故園的思念，這是古人遙望當歸中的視角雙疊。只是遙望的
結果未必如自己預期，面對京華歸路杜甫又有了想像，其中不乏特殊的描
寫，直到想像也不成事，杜甫心中的京華圖象便慢慢醞釀，總結在〈秋興
八首〉中。

　　〈秋興八首〉是一組特殊的連章詩，寫出了杜甫心中的京華圖象，更道
出不少理想堅持。杜甫一生的文字皆與胸懷融合，詩歌處處可見自己的靈魂，
如今在黑夜中遙望京華，竟使所有對京華的感觸共同交織在這一幅圖象中，
形成三地交融的現象，造成杜甫身心非常巨大的打擊和折磨。然這樣的人、

地是雙向影響的循環關係，故只要杜甫心量夠大，那怕三者交會帶給杜甫異常沉重的壓力，仍然可以在詩人的心量中呈現一套獨特的地理觀念，此則是杜甫徘徊在雙向循環中的勝利，勝在那欲承擔且肩挑的責任感。

　　杜甫對夜的體會甚深，尤其發現黑夜雖是生命沉寂的開始，卻也是一切生命運動的關鍵，如同莊子〈逍遙遊〉裡的大鵬鳥：

> 北冥有魚，其名爲鯤。鯤之大，不知其幾千里也。化而爲鳥，其名
> 爲鵬。鵬之背，不知其幾千里也；怒而飛，其翼若垂天之雲。是鳥
> 也，海運則將徙於南冥。南冥者，天池也。〔註170〕

鵬鳥在北冥之中孕育，以中國《易經》之說，北者乃水之位，因名爲海，而其色爲黑，又象徵人生暗昧之際。以此觀來，此鳥原先爲魚，生於幽冥黑暗之處，卻憑著自己的努力，一變爲鯤，再化爲鵬。變者，質性未改，是身心猶在黑暗中的隱喻；化者，物質轉易，代表著生命超昇，由此可見鵬鳥成長的變化，正是一場由黑至明的始末。如今鵬已振翅飛於天池之中，南方之火代表明亮，此不就暗示著人生由黑至明的結果，只要肯努力，黑夜何嘗不是人類智慧所蘊藏之處！於是黑夜是一切消逝之刻，卻也是一切萌生之時，杜甫的黑夜生活與創作視角正是如此開啓他苦悶人生的又一頁新章，揭露了京華圖象中，一面異於現實的璀璨。

〔註170〕見〔清〕王夫之：《莊子通・莊子解》，頁1。